rororo

rororo

Zu versuchen, die Yakusa, die japanische Mafia, auszutricksen, ist tödlich. Das erfahren de Gier und Grijpstra, als sie den blutbesudelten Wagen eines japanischen Geschäftsmannes in Amsterdam finden. Doch der Commissaris lässt sich nicht einschüchtern. Er fährt nach Japan zum Boss der Yakusa. Ein mörderisches Duell beginnt …

Janwillem van de Wetering, geboren 1931 in Rotterdam, reiste fünfzehn Jahre lang durch die Welt und verbrachte davon achtzehn Monate in einem buddhistischen Kloster in Japan. Anschließend verdiente er sein Geld als Kaufmann. Zum Kriminalschriftsteller wurde er eher zufällig. Durch die Lektüre von Simenon wollte er sein Französisch auffrischen und beschloss, es besser zu machen als der Altmeister. Mit seinen Romanen um de Gier, Grijpstra und den Commissaris eroberte er die Leser in aller Welt. Er lebt jetzt mit seiner Familie in Surry/Maine in den USA.

Janwillem van de Wetering

Ticket nach Tokio

Roman

Deutsch von
Hubert Deymann

Rowohlt Taschenbuch Verlag

Neuausgabe Januar 2001
Veröffentlicht im Rowohlt Taschenbuch Verlag GmbH,
Reinbek bei Hamburg, April 1979

Die Originalausgabe erschien 1977 unter dem Titel
«The Japanese Corpse» im Verlag Houghton Mifflin
Company, Boston

Umschlaggestaltung Ulrike Kuhr
(Foto: The Image Bank)

Satz Minion PostScript, PageMaker;
Pinkuin Satz und Datentechnik, Berlin
Druck und Bindung Clausen & Bosse, Leck
ISBN 3 499 22863 7

1

«Und Sie meinen, es sei etwas passiert ...», sagte Brigadier de Gier zögernd, wobei er das Wort «passiert» betonte.

«Ja», sagte die junge Frau.

Adjudant Grijpstra räusperte sich und schaute hinauf an die Decke des grau gestrichenen Zimmers, in dem ein Teil der Amsterdamer Kriminalpolizei untergebracht war, die «Mordbrigade», wie die Kommission bei den anderen Dezernaten hieß, mit denen das große, hässliche Gebäude des Polizeipräsidiums voll gestopft war. Die Decke war vor kurzem gerissen, und Grijpstra betrachtete interessiert den Riss. Er war anscheinend wieder ein wenig größer geworden. Er fragte sich, ob der Riss jemals ganz durchgehen würde, weil er dann vielleicht den Maschinenschreiberinnen oben unter die Röcke gucken könnte. Er brummte. Es würde immer noch ein Holzfußboden und dickes Linoleum dazwischen sein, um ihm den Blick zu versperren. Und Maschinenschreiberinnen tragen heutzutage lange Hosen, wie die junge Frau, die auf der anderen Seite von de Giers Schreibtisch in dem niedrigen Plastiksessel saß, der für Besucher reserviert war. Die Hose der jungen Frau war aus Samt und glänzte. Ihre Bluse glitzerte. Ihr langes schwarzes Haar schimmerte. Eine sehr gut aussehende junge Frau, dachte Grijpstra, vielleicht zu gut aussehend und ein wenig übertrieben angezogen. Vielleicht eine Nutte?

De Giers Gedanken waren in die gleiche Richtung gegangen.

«Was sind Sie von Beruf, Miss Andrews?», fragte er mit gleichgültiger Stimme und drückte seinen Kugelschreiber. Sein Notizbuch lag auf dem Schreibtisch.

«Ich bin Hostess in einem japanischen Restaurant», sagte Miss Andrews in einem langsamen, bedachtsamen Niederländisch mit nur einer Andeutung von einem Akzent und lächelte nervös. Zähne mit Jacketkronen, dachte de Gier. Schräg stehende Augen. Schwarzes Haar. Die Haut weiß mit einem Anflug von Elfenbein. Die Mutter muss Japanerin sein und der Vater Engländer oder Amerikaner. Vermutlich Amerikaner.

«Und Ihre Staatsangehörigkeit?»

«Amerikanisch. Ich habe eine Arbeitserlaubnis.» Sie öffnete ihre Handtasche, eine kleine elegante Handtasche aus schwarzem Tuch mit einem gestickten Drachen auf der einen Seite. Der Drache hatte seinen Körper gekrümmt und schien an seinem Schwanz zu schnuppern. Sie holte eine kleine Karte heraus und legte sie auf de Giers Schreibtisch. Er betrachtete sie und schob sie zurück.

«Joanne Andrews», sagte er laut. «Und Sie meinen, Ihrem Freund Mijnheer Kikuji Nagai sei etwas passiert. Nagai ist der Familienname, das stimmt doch, nicht wahr?»

«Ja.»

De Gier hob die rechte Schulter und ließ sie vorsichtig wieder sinken. Er hatte am Vorabend drei Stunden lang Judowürfe trainiert und sich dabei eine Muskelzerrung oder möglicherweise sogar einen Muskelriss zugezogen. Sein Fußgelenk schmerzte ebenfalls. Er war in schlechter Verfassung. Er wurde alt. Ihm fiel die Geburtstagsparty ein, die ihm seine Kollegen vor einer Woche gegeben hatten.

Vierzig Jahre alt. Er war an jenem Morgen nichts ahnend hereingekommen und hatte seinen Stuhl mit vierzig glänzend roten und knallgelben Luftballons bekränzt vorgefunden. An der gekalkten Wand hing ein Pappschild mit der Zahl 40 und einer krausen goldenen Girlande drum herum. Die Konstabel von der Mordkommission standen an der Wand aufgereiht und hatten plötzlich ein Lied angestimmt. Und man hatte ihm ein Paar Handschellen überreicht als Ersatz für das Paar, das er verloren hatte, als er jemanden über die Hausdächer verfolgte. Die Handschellen waren in Goldpapier eingepackt, das mit einer roten Schleife verziert war. Als die Konstabel sangen, hatte Grijpstra sein Schlagzeug gespielt, wobei er geschickt eine Melodie aus den vielen Vorrichtungen herausholte, die er in den letzten Jahren dem ursprünglichen Satz von Trommeln hinzugefügt hatte, der eines Tages wunderbarerweise in ihrem Zimmer aufgetaucht war; vermutlich vom Fundbüro vorübergehend dort gelagert. Der Trommelsatz durfte das Zimmer nicht mehr verlassen, denn Grijpstra hatte früher in der Schulkapelle Schlagzeug gespielt und war von den Instrumenten inspiriert worden. Sie hatten auch de Gier inspiriert, denn er spielte Flöte, eine kleine Flöte, die er in der Innentasche mit sich trug. Ein Instrument, das schrille Töne von sich gab und sich bemerkenswert gut den Improvisationen Grijpstras anpasste. Aber de Gier hatte an dem Morgen seines Geburtstags nicht Flöte gespielt. Er hatte mitten im Zimmer gestanden und sich verloren und lächerlich gefühlt, während die Konstabel sangen und Grijpstra auf seine Glocken und Becken und die kleinen hohlen Holzgegenstände einschlug, die so durchdringende, betäubende Töne von sich gaben.

Es war ein besonderes Lied gewesen, komponiert von Grijpstra. Und die Konstabel hatten es viele Male geübt, denn Grijpstra hielt etwas davon, alles so gut wie möglich zu machen. Mindestens drei der Konstabel waren geübte Sänger, und ihre Stimmen hatten de Gier das Rückgrat erbeben lassen. Die Melodie war barock und bot Möglichkeiten für Soli und Chor. Sie hatte etwa zehn Minuten gedauert, und in dieser Zeitspanne hatte de Gier sich gleichzeitig blöd und ergriffen gefühlt. Aber Grijpstra hatte seinen Freund und Kollegen nicht ganz fertig machen wollen, und so hatte man dem Brigadier eine schwere Luftpistole gegeben und ihm gesagt, er solle auf die Ballons schießen, um seine Wut damit loszuwerden.

Und jetzt hatte sich die Szene wieder verändert. Es schien, als bekämen Grijpstra und er wieder etwas zu tun, nachdem sie wochenlang herumgesessen, Akten gelesen und Möglichkeiten überlegt hatten, wie sie andere dazu bringen könnten, ihnen den Kaffee zu bezahlen. Miss Andrews glaubte, ihrem Freund, dem Mann, der ihr die Ehe versprochen hatte, sei etwas zugestoßen. Er sei verschwunden, sagte sie. De Gier hob wieder die Schulter; der Schmerz war nicht mehr so schlimm. Vielleicht war der Muskel ja doch nicht gerissen. Er seufzte und musterte seine Besucherin. Das Mädchen starrte ihn an, aber es sah nicht den hübschen Brigadier in seinem maßgeschneiderten Jeansanzug und einem locker in das offene Hemd gesteckten Seidenschal, und sie bemerkte auch nicht das dichte braune Haar, tadellos geschnitten von dem dicken, alten homosexuellen Friseur in der nächsten Gracht, der seinen Kunden – vorwiegend Schauspieler und Künstler – Höchstpreise abforderte. Sie nahm nicht einmal Notiz von den starken, sonnengebräunten Händen, die mit dem Kugelschreiber und dem Notizbuch herumspielten. Joanne Andrews sah nur, was ihre Angst ihr vorgaukelte: den zusammengebrochenen, toten Körper ihres Freundes.

Grijpstra rührte sich auf seinem Stuhl. Er hatte den Blick vom Riss in der Decke abgewandt und änderte seine Sitzposition, wobei die Federn seines Drehstuhls quietschten. Sein schwerer Körper kam etwas nach vorn, mit der Hand fuhr er über die kurzen grauen Stoppeln auf dem großen Schädel.

«Nun, Miss», sagte Grijpstra freundlich, «vielleicht gibt es keinen Grund zur Sorge. Er ist erst seit zwei Tagen fort, nicht wahr? Und er ist Geschäftsmann, wie Sie sagen, Kunsthändler. Vielleicht hat er plötzlich einen Tip bekommen und ist für ein paar Tage fortgefahren. Haben Sie nicht gesagt, dass er viel reist? Verkauft er nicht Kunstwerke aus dem Fernen Osten an europäische Händler? Vielleicht ist er in London oder Paris und hat keine Zeit, um anzurufen.»

«Nein», sagte sie und versuchte, ihre Stimme zu kontrollieren. «Er ist sehr zuverlässig. Und wir hatten uns für vorgestern verabredet. Er wollte mich vom Restaurant abholen und mit mir in einen Nachtclub gehen. An dem Abend sollte ein junger Jazzpianist im Club spielen, nur an dem einen Abend, und Kikuji wollte ihn wirklich spielen sehen. Er hatte ihn nur auf Schallplatte gehört, und der Künstler soll sehr gut sein, und Kikuji wollte ihn spielen sehen. Er hatte sich darauf gefreut. Aber er ist nicht gekommen. Ich bin allein zum Club gegangen, und er ist nicht dort gewesen. Ich habe mich in seinem Hotel erkundigt, das Gepäck war in seinem Zimmer. Er war nachmittags ausgegangen und hatte dem Angestellten am Empfang gesagt, er werde zum Abendessen zurück sein. Er hatte eine Verabredung mit einem Käufer; dieser kam auch, aber Kikuji war nicht da. Die Verabredung war wichtig; der Käufer war an einer sehr teuren alten Skulptur interessiert, die Kikuji in seinem Zimmer hatte. Die Skulptur war noch da.»

«Na ja», sagte Grijpstra.

«Sie müssen mir helfen», sagte Joanne Andrews. «Sie müssen mir wirklich helfen. Ich hab ein Foto, hier.»

Sie legte es auf Grijpstras Schreibtisch. De Gier stand auf und ging hinüber, um es sich anzusehen. Es war ein Farbfoto und zeigte einen ziemlich großen, mager aussehenden Japaner, der lässig in dem Korbstuhl eines Straßen-Cafés saß. Ein schmales Gesicht unter einem Bürstenhaarschnitt, die Augen besorgt auf die Linse gerichtet. Er schaute über die Brille hinweg, die bis ans Ende der leicht gebogenen Nase gerutscht war. Ein Stapel Taschenbücher und eine Kamera in einer Ledertasche lagen neben dem Sessel. Das Telefon klingelte auf de

Giers Schreibtisch. Er entschuldigte sich und nahm den Hörer ab.

«Ich hab das Foto vor zwei Wochen aufgenommen. Er war gerade aus Tokio gekommen und noch müde von der Reise.»

«Er kommt oft her, nicht wahr?», fragte Grijpstra.

«Oft, fast jeden Monat. Er wohnt immer im selben Hotel, und ich hole ihn mit seinem Wagen vom Flughafen ab. Ich hab den Wagen, wenn er nicht hier ist.»

«Ein Wagen», sagte Grijpstra hoffnungsvoll. «Wo ist der Wagen jetzt?»

«Ich weiß es nicht.»

«Was ist es für ein Wagen?»

«Ein weißer BMW, ein Jahr alt. Er gehört dem japanischen Unternehmen, für das er arbeitet. Ein sehr hübscher Wagen.»

«Wissen Sie die Zulassungsnummer?»

«Ja, sie ist leicht zu behalten, 66–33 MU.»

«Gut», sagte Grijpstra aufgekratzt. «Wir werden den Fall untersuchen. Keine Sorge, Miss. Ich glaube nicht, dass dies ein Fall ist, aber wir werden uns trotzdem darum kümmern. Wir haben Ihre Telefonnummer und Adresse und werden Sie benachrichtigen.»

«Bald?», fragte sie nervös.

«Bald», sagte Grijpstra und sah sie mit seinen hellblauen Augen freundlich an. «Heute Abend schon. Vielleicht wissen wir bis heute Abend noch nichts, aber wir werden jedenfalls anrufen. Und Sie können uns ebenfalls anrufen. Hier ist meine Karte. Meine Privatnummer steht auch drauf, falls ich nicht hier sein sollte.»

Er stand auf, gab ihr die Hand und öffnete ihr die Tür.

De Gier hatte sein Gespräch beendet, als Grijpstra wieder an seinen Schreibtisch kam. Er seufzte.

«Ja», sagte Grijpstra. «Der Kerl ist einem anderen Mädchen begegnet und amüsiert sich irgendwo wie noch nie in seinem ganzen Leben. Oder er ist auf einen Jungen gestoßen. Oder er hat sich betrunken und dann noch einen gekippt, als er morgens aufstand. Immer das Gleiche, es passiert immer wieder. Aber die Ehefrauen oder Freundinnen kapieren es nie.»

«Frauen machen sich eine Menge Sorgen», sagte de Gier, «jedenfalls die meisten Frauen.»

«Macht Esther sich keine Sorgen?», fragte Grijpstra.

«Nein», sagte de Gier bitter. «Sie macht nur Kaffee, wenn ich nach Hause komme, und tätschelt mir den Kopf. Das heißt, falls sie in meiner Wohnung ist. Manchmal ist sie nicht dort, und dann mache ich mir Sorgen und spreche mit dem Kater. Der blöde Olivier sorgt sich ebenfalls, wenn sie nicht da ist.»

«Sie hat ihr eigenes Haus», sagte Grijpstra, «und ihre eigene Katze. Sie ist beschäftigt. Weshalb heiratet ihr beide nicht?»

«Sie möchte nicht.»

«Sehr vernünftig», sagte Grijpstra, stand auf und streckte sich. «Ach, es ist ein schöner Tag.»

De Gier schaute zum offenen Fenster hinaus. «Ja, das soll wohl so sein. Wir haben Sommer, nicht wahr? Was werden wir in Bezug auf die Anzeige von Miss Andrews unternehmen?»

Grijpstra erhob sich langsam von seinem Drehstuhl und ging zu de Gier ans Fenster. Zur Abwechslung sah er mal ordentlich aus. Sein gewöhnlich zerknitterter Anzug, dunkelblau mit weißen Nadelstreifen, war chemisch gereinigt worden. Er sah sogar gesund aus, denn das Wochenende am Strand hatte sein Gesicht gebräunt. Er rieb sich munter die Hände. «Während du am Telefon gequatscht hast, habe ich eine nützliche Information erhalten», sagte Grijpstra.

«Gequatscht?», fragte de Gier.

«Gequatscht», sagte Grijpstra. «Gescherzt und geklatscht. Ich hab dich gehört. Und währenddessen erhielt ich die Information. Unser japanischer Freund hat einen Wagen, einen weißen BMW, Zulassungsnummer 66-33 MU.»

De Gier nahm schnell sein Notizbuch und notierte die Nummer.

Grijpstra nickte gutmütig. «Gut. Jetzt können wir also feststellen, ob der Computer etwas über den Wagen weiß. Vielleicht wurde er irgendwo gesehen, und wenn nicht, kann er jetzt gefunden werden. Wir können eine Suchmeldung herausgeben.»

De Gier murmelte.

«Du meinst, es lohnt sich nicht?»

«Doch», sagte de Gier.

«Ich auch. Die junge Dame *war* besorgt, wir sollten versuchen, ihr die innere Ruhe wiederzugeben.»

«Ja», sagte de Gier und wählte eine Nummer. Der Computer wusste nichts. Er wählte noch einmal, sprach mit der Funkzentrale und bat, die Suchmeldung landesweit herauszugeben.

«Und wir haben das Foto, das Miss Andrews hier gelassen hat», sagte Grijpstra und nahm den Schnappschuss in die Hand.

«Das taugt nicht viel», sagte de Gier. «Die Aufnahme ist zwar scharf genug, und wir können sie abziehen und verteilen lassen, aber die Konstabel sagen immer, dass alle Chinesen und Japaner gleich aussehen. Die würden ihn nicht entdecken.»

Grijpstra hatte sich einen Zigarillo angesteckt. Er lachte.

«Was ist?», fragte de Gier.

«Japaner», sagte Grijpstra. «Von denen müssen jetzt zehntausend in der Stadt sein. Reisegesellschaften, denke ich. Vorige Woche war ich zufällig am Flughafen und sah Hunderte und Aberhunderte von ihnen eintreffen. Mehrere Gruppen aus verschiedenen Maschinen und mit unterschiedlichen Reisezielen. Damit sie beieinander blieben, hatten sie Führer, und diese hatten Fähnchen. Die eine Gruppe hatte ein rotes Fähnchen, die andere ein blaues. Sie folgten ihren Führern, und beide Reihen kreuzten einander. Ein sehr komischer Anblick. Sie sahen so ernst aus.»

«Ja», sagte de Gier. «Ich hab sie in der Stadt gesehen. Sie marschieren umher wie mit einem Uhrwerk aufgezogene Menschen und alle mit gekreuzten Lederriemchen, Kamera links, Belichtungsmesser rechts. Graue Hosen, blaue Blazer. Aber die Frauen sind anscheinend sehr hübsch, vor allem, wenn sie einen Kimono tragen. Sie schlurfen. Sehr zierliche Frauen.»

«Hmm», sagte Grijpstra. «Ich werde Abzüge von dieser Aufnahme machen lassen, wenn wir Nachricht über den Wagen bekommen. Bis jetzt kommt mir noch nichts verdächtig vor. Dir?»

«Nein. Mijnheer Nagai macht einen drauf. Oder er hat einen draufgemacht und fühlt sich jetzt schuldig. Ich denke, er sitzt jetzt mit dem Kopf in den Händen auf einer Bettkante und verflucht sich selbst.»

«Und fragt sich, ob er das ausgegebene Geld über sein Spesenkonto abrechnen kann», sagte Grijpstra und schaute in seine Kaffeetasse. «Dieser Kaffee ist kalt. Holst du frischen?»

«Nein», sagte de Gier. «Warum?»

«Nur so eine Idee. Warum gehen wir nicht raus? In der Nähe ist ein neues Café, wo sie türkischen Mokka und Fleischbrötchen haben.»

«Nein», sagte de Gier. «Ich bin mit dem Bezahlen dran. Ich bin immer dran mit dem Bezahlen, und ich bin pleite!»

«Geh und hol Geld», sagte Grijpstra. «Wir treffen uns in zehn Minuten am Haupteingang. Ich muss gehen und meine Pistole reinigen. Der Ausbilder sagte, sie sei voller Dreck, als er sie gestern Abend beim Übungsschießen inspizierte.»

«Gut», sagte de Gier und zog die kleine Automatik aus der Achselhöhle. «Reinige meine auch, ja? Und frag den Brigadier, ob er die Schraube an der Griffschale ersetzen kann, sie wird alt. Die ganze Pistole wird alt. Sie wird vermutlich explodieren, wenn ich das nächste Mal versuche, sie abzufeuern.»

«Und ich werde neben dir stehen und alles ins Gesicht kriegen», sagte Grijpstra schwermütig. «Warum sollte ich überhaupt deine Pistole reinigen? Ich hasse Pistolenreinigen. Ich krieg sie nicht wieder zusammen und muss fragen, und dann kichern alle über mich.»

«Weil du mich magst und du gern etwas für andere tust.»

«Stimmt», sagte Grijpstra. «Wir treffen uns in zehn Minuten. Vielleicht in fünfzehn. Lauf nicht weg. Und lass die Finger von der Sekretärin des Hoofdcommissaris.»

«Du hörst dich wieder an wie die Zehn Gebote», sagte de Gier, als er gemächlich aus dem Zimmer ging.

Beide dachten an Joanne Andrews, Grijpstra, als er zusah, wie der Brigadier in der Waffenkammer seine Pistole reinigte, und de Gier, als er am schwarzen Brett beim Haupteingang die Ankündigung über einen Judokampf las. Das Mädchen hatte verloren und bemitleidenswert ausgesehen, trotz des blendenden Glanzes seiner teuren Kleidung und seiner natürlichen Schönheit.

«Eine andere Frau kann es nicht sein», dachte de Gier. «Der Mann muss irgendwo saufen.»

Über die Lautsprecheranlage des Polizeipräsidiums ertönte eine Stimme: «Brigadier de Gier, bitte Nummer 853 anrufen.»

De Gier ging an das nächstgelegene Telefon in der Halle.

«Wir haben den Wagen gefunden, nach dem du dich erkundigt hast, Brigadier, oder vielmehr die Kollegen in Utrecht haben ihn gefunden. Die haben ihn heute früh um vier entdeckt, aber der Computer hat uns erst soeben unterrichtet. Er war im Bordellviertel von Utrecht abgestellt und behinderte den Straßenverkehr; sie haben ihn abgeschleppt. Er war verschlossen, und sie haben ihn nicht geöffnet. Die können Wagen jetzt auf irgendeine neue Art und Weise abschleppen; die haben da so eine Vorrichtung, heben sie damit vorne an, glaube ich, mit einem Greifer.»

«Ja», sagte de Gier geduldig, «und was ist dann geschehen? Die Utrechter Polizei hat es dem Zentralcomputer gemeldet, nicht wahr? Also muss etwas Besonderes mit dem Wagen sein.»

«Ja, Brigadier. Blut auf dem Vordersitz und eine Beule im Dach. Sie wurde erst vor einer Stunde entdeckt, wie die schriftliche Mitteilung des Computers besagt. Sie nehmen an, dass das Dach von einer Kugel getroffen wurde, abgefeuert im Wagen. Im Dach ist kein Loch, nur eine Beule, also muss die Kugel noch im Innenraum sein. Sie wollten Experten holen und den Wagen aufbrechen lassen, aber ich habe eben das Präsidium in Utrecht angerufen und gesagt, sie sollen auf euch warten. Der Wagen ist in Amsterdam zugelassen, also ist es vielleicht euer Fall.»

«Hast du die Adresse der Polizeigarage, wo der Wagen jetzt steht?», fragte de Gier, nahm sein Notizbuch heraus und drückte es gegen die Wand. Er notierte die Adresse. «Sag ihnen, dass wir in eineinhalb Stunden dort sein werden.»

«Gut.»

«Und ruf Adjudant Grijpstra an, ja? Er müsste in der Waffenkammer sein. Sag ihm, er und ich fahren nach Utrecht, und wir treffen uns in der Eingangshalle.»

De Gier legte den Hörer auf, überlegte kurz und wählte.

«Ja?», fragte der Commissaris mit seiner ruhigen Stimme.

«Guten Morgen, Mijnheer. De Gier.»

«Ja, Brigadier?»

De Gier berichtete.

«Wir nehmen meinen Wagen», sagte der Commissaris. «Er steht direkt vor dem Haupteingang. Ich werde unten sein, sobald ich mit dem Hoofdcommissaris in Utrecht gesprochen habe. Er könnte den Fall haben wollen, weil der Wagen in seiner Stadt gefunden wurde, aber wir werden ihn beanspruchen, da die Sache in Amsterdam angefangen hat.»

«Das Verbrechen könnte auf der Autobahn zwischen Amsterdam und Utrecht verübt worden sein, Mijnheer. In diesem Fall wäre es eine Angelegenheit der Reichspolizei.»

«Egal, was es sein könnte, Brigadier, das ist unser Fall. Ich bin gleich unten. Hol Grijpstra.»

«Ja, Mijnheer», sagte de Gier und legte auf.

2

Der schwarze Citroën des Commissaris fuhr auf den Hof des Amsterdamer Polizeipräsidiums, gefolgt von einem grauen VW mit dem Fotografen und einem Fingerabdruckexperten. De Gier schlief auf dem Vordersitz, er ließ den Kopf hängen und hatte den Mund leicht geöffnet. Grijpstra schüttelte die Schulter des Brigadiers. «Wir sind zu Hause.»

«Hä?», fragte de Gier.

«Zu Hause. Steig aus. Wir haben zu arbeiten.»

«Ja, ja, ja», sagte de Gier und drehte sich um. «Verzeihung, Mijnheer, ich muss eingenickt sein.»

«Ha», sagte Grijpstra. «Du bist eingeschlafen, als wir in Utrecht auf die Autobahn kamen, und du hast seit einer Stunde geschnarcht. Eingenickt!»

«Schon gut», sagte der Commissaris. «Im Schlaf ist man in einem idealen Zustand, und es gab sowieso nichts zu tun. Ich glaube, wir wissen alles, was es in diesem Stadium zu wissen gibt. Und wir haben Blutproben und die Kugel. Vielleicht sollte der Wagen noch einmal untersucht werden, wenn er hier eintrifft, Adjudant. Der Fingerabdruckexperte möchte vielleicht einen zweiten Blick darauf werfen. Die meisten Flächen waren abgewischt, aber man kann nie wissen.»

Ein Abschleppwagen mit dem am Haken hängenden weißen BMW manövrierte sich auf den Hof.

«Schnelle Arbeit», sagte Grijpstra. «Ich kümmere mich darum, Mijnheer. Der Lastwagen muss gerast sein.»

«Ein Abschleppwagen der Polizei darf rasen», sagte der Commissaris. «De Gier, lass Abzüge von der Aufnahme des mutmaßlichen Opfers, Mijnheer Nagai, machen und veranlasse einige Kripobeamte, sie in Amsterdam und Utrecht herumzuzeigen, wenn möglich noch heute Abend. Es wäre gut, wenn wir feststellen könnten, wie sein oder seine Begleiter ausgesehen haben. Vielleicht haben sie noch etwas getrunken, bevor sie die Fahrt angetreten haben. In letzter Zeit ist nicht viel passiert, sodass du genug Männer auftreiben solltest, vielleicht ein Dutzend. Der Fall sieht übel genug aus. Übergib Cardozo die Leitung.»

«Grijpstra?»

«Mijnheer.»

«Schnapp dir die junge Dame, die euch heute Morgen aufgesucht hat, diese Miss Andrews. Wir müssen sie sofort sprechen. Schick einen Wagen zu ihr oder, falls nötig, fahr selbst hin. Bring sie in mein Büro, und de Gier kann ebenfalls kommen, wenn er fertig ist. Und du kannst dich mit der Reichspolizei in Verbindung setzen. Wie es scheint, haben wir einen Mord ohne Leiche. Man muss die Leiche irgendwo an der Autobahn rausgeworfen haben. Sie sollen beide Seiten der Autobahn absuchen. Sie sollen Abzüge des Fotos bekommen, die sie jedoch vermutlich nicht brauchen. Der Wagen fällt auf. Jemand muss gesehen haben, wo der Wagen stand, als die Leiche abgeladen oder vergraben wurde. Und sei sehr höflich; die Reichspolizei nimmt nicht gern Befehle entgegen. Bitte sie und gib dich bescheiden, und wenn sie anfangen, Schwierigkeiten zu machen, zu behaupten, dass dies ihr Fall sei, kannst du sie mit mir verbinden. Ich werde in meinem Büro sein.»

«Ja, Mijnheer», sagte Grijpstra und grinste. De Gier grinste ebenfalls.

«Wir wären euch äußerst dankbar, wenn ihr vielleicht ...», sagte de Gier. «Selbstverständlich nur, wenn es euch nicht zu viel Mühe macht ...»

Grijpstra fügte hinzu: «Aber wir haben da so ein Problem, wisst ihr, und es könnte mit einem schweren Verbrechen zusammenhängen, und ihr Jungs seid dafür bekannt, dass ihr sogar die schwächste Spur verfolgen könnt, und da ist dieser strahlende, funkelnagelneue weiße BMW, der gestern irgendwo in der Nähe der Autobahn Amsterdam–Utrecht herumgekreuzt sein muss, und wir dachten, dass ihr vielleicht in der Lage seid ...»

Der Commissaris lächelte. «Ja, so müsst ihr es machen. Viel Glück.» Er drehte sich um und ging zum Paternoster, der sich in ihrer Nähe mahlend bewegte. Er griff nach der Haltestange des kleinen Kastens, der sich gerade mit ihnen auf gleicher Höhe befand. Die beiden Kriminalbeamten standen bereit, um ihm zu helfen, aber er schaffte es allein. Sie sahen dem zerbrechlichen alten Mann nach, der kurz vor der Pensionierung stand und ständig Schmerzen hatte; das Rheuma lähmte oft seine Beine, sodass er hinken und sich an Wänden und Möbeln festhalten musste.

Als der Kasten verschwunden war, seufzte Grijpstra. «Na, dann mal los. Hier ist das Foto. Ein toter Japaner. Wir brauchen ihn nur noch zu finden.»

«Er könnte verwundet sein», sagte de Gier.

«Er ist tot. Der Fingerabdruckexperte hat einen Knochensplitter. Er sagt, dass er vom Kopf ist. Die Kugel muss Nagais Schädel in kleine Teile zerlegt haben. Warum sollte nach deiner Meinung jemand einen Mann umbringen wollen, der fernöstliche Kunst verkauft?»

«Vielleicht hat er noch etwas anderes verkauft», meinte de Gier, «oder der Mord ist mit Raub verbunden. Miss Andrews sagte, er habe oft kostspielige Objekte zu verkaufen gehabt. Oder vielleicht hat die Konkurrenz ihn erwischt. Oder wir sind wieder einmal auf eine Liebesgeschichte gestoßen. Aber das Opfer ist Japaner, wir sind unerwartet in den Fernen Osten geraten. Vielleicht haben wir zur Abwechslung mal etwas Subtiles.» Er stieß Grijpstra in den Magen. «Einen Fall mit delikater Würze.»

Grijpstra runzelte die Stirn. «Guck nicht so begierig. Wenn er subtil ist, werden wir ihn nie lösen. Wir brauchten eine Woche, um herauszubekommen, wer im vergangenen Monat den Müllmann ermordet hat, und es stellte sich heraus, dass es einfacher Totschlag war, verübt mit Hilfe eines Schmiedehammers.»

De Gier machte ein blödes Gesicht.

«Und du bliebst bei deiner Behauptung, dass seine arme Frau es gewesen ist», sagte Grijpstra.

«Du hast das Gleiche gesagt, das habe ich selber gehört.»

«Ja, vielleicht hab ich es gesagt, aber nur einmal. Und die Frau sah aus wie ein Flusspferd.»

«Wenn sie die Kraft hatte, es zu tun, dann muss sie es getan haben. Das hast du gesagt. Das ist mir vielleicht eine Beweisführung. Nur gut, dass du es zu mir gesagt hast und nicht zum Commissaris.»

Grijpstra seufzte. «Aber wir haben den Mann gefunden, und zwar, obwohl uns niemand eine anonyme Notiz geschickt hat.»

«Und ohne Hilfe der Journalisten, waren wir da nicht tüchtig?»

«Ja, sehr. Na, dann wollen wir mal. Wir treffen uns im Büro

des Commissaris, sobald ich diese junge Dame erwischt habe. Ich hoffe, ich kann sie telefonisch erreichen. Sie könnte mehr wissen, als sie heute Morgen gesagt hat.» Grijpstra klopfte auf seine Tasche, machte ein überraschtes Gesicht und fischte eine Pistole heraus. «Was zum Teufel? Ich hab meine Zigarren gesucht.»

«Das ist meine Pistole, Adjudant», sagte de Gier vergnügt. «Du hast vergessen, sie zurückzugeben, und mich unbewaffnet herumlaufen lassen. Und der Lauf ist voller Tabakkrümel.» Er nahm sie Grijpstra aus der Hand, blies den Tabak ab, polierte sie mit seinem Taschentuch und prüfte den Mechanismus. «Und sie ist entsichert. Aber es ist keine Patrone in der Kammer, das muss ich dir lassen.» Er ließ sie in sein Schulterhalfter gleiten.

«Sie hat eine neue Schraube», sagte Grijpstra, «und sie haben die linke Griffschale ausgewechselt. Sie wollten nicht, aber ich hab darauf bestanden. Du solltest dankbar sein.»

«Ich bin dankbar. Das arme Ding wird alt. Ich wollte, die würden uns anständige Waffen geben. Diese ist von 1929, wie mir der Brigadier in der Waffenkammer vor einigen Tagen sagte. Es ist eine Antiquität. Die Verbrecher haben heutzutage vollautomatische Feuerwaffen. Ich habe einen Bericht gelesen, dass unsere Kollegen in Rotterdam einen Rauschgifthändler geschnappt haben, der in seinem Wagen eine Maschinenpistole hatte, so groß wie unsere FN oder vielleicht noch etwas größer. Vierzehn Patronen im Magazin, die alle innerhalb von vier Sekunden abgefeuert werden können. Du ziehst nur den Abzug durch und hältst fest.»

«Bah», sagte Grijpstra. «Wer will schon vierzehn Kugeln innerhalb von vier Sekunden abfeuern? Ich möchte nicht einmal eine pro Jahr abfeuern. Warum bist du plötzlich so mordgierig? Wirst du wieder mal unruhig?» Er machte ein finsteres Gesicht. «Wir sind nicht zur Polizei gegangen, um Helden zu werden, weißt du. Wir sollen die Ordnung aufrechterhalten. Wie kannst du die Ordnung bewahren, wenn du vierzehn Kugeln innerhalb von vier Sekunden abfeuerst? Das blöde Ding wird in deiner Hand herumspringen, und du wirst der alten Oma, die gerade auf der anderen Straßenseite einkauft, den Kopf wegpusten, und eine andere Kugel wird ein Baby aus dem Kinderwagen schmeißen.» Grijpstras Gesicht hatte sich gerötet, und er fuchtelte mit den Armen. «Warum gehst du nicht nach Afrika? Gestern Abend stand ein Bericht in der Zeitung über Söldner, die mit ihren Panzern mitten durch ein Dorf fuhren, die Hütten zerstörten und verbrannten und jeden umbrachten, der sich zeigte.»

De Gier lächelte und gab Grijpstra einen Klaps auf die Wange. «Ich habe nur gesagt, ich wünsche mir eine vernünftige Waffe», sagte er besänftigend, «und nicht etwas, das vor fünfzig Jahren aus Gusseisen hergestellt wurde und wahrscheinlich in meiner Hand zerplatzen wird.»

Grijpstra schüttelte den Kopf, als er beobachtete, wie der große Brigadier den langen, leeren Korridor hinunterschritt. «Unser Abenteurer», sagte er laut. «Unser Ritter auf seiner ewigen Suche. Unter dem Banner der Schönheitsgöttin das Böse bekämpfen und das Gute verteidigen.»

Er hustete und schaute sich um, aber er war allein. Schönheitsgöttin, dachte er. De Giers Freundin war nicht so schön, aber gewiss eine bemerkenswerte Frau. Geschmeidig, mit einem reizenden Kopf auf einem schlanken Hals und sehr ruhig. Er dachte an seine eigene Frau und schüttelte wieder den Kopf. Ein Fleischpudding, süchtig nach Fernsehen und Sahnetorten und rasend, wenn sie die Energie dazu aufbringen konnte, was nicht mehr so oft vorkam. Gewöhnlich starrte sie ihn jetzt an, ein unangenehmes Starren aus kleinen, blutunterlaufenen Augen, versunken in dem wabbeligen, glänzenden Walspeck ihres Gesichts. Er atmete tief und drängte den Gedanken beiseite. Er konnte an seine Frau denken, wenn er bei ihr war, was jetzt nicht mehr so häufig vorkam.

Er wollte über den Japaner nachdenken. Er erinnerte sich an das Foto und sah den schlanken Mann wieder auf seinem Korbstuhl, wie er in das Auge der Kamera spähte. Ein Mann, der Kunstgegenstände verkaufte. Ein Mann mit einem empfindsamen Gesicht, einem wehrlosen Gesicht. Ein Mann, der Interesse am Lesen hatte, mit einem Stapel Taschenbücher neben sich. Er hatte soeben das Flugzeug aus Tokio verlassen und während des Fluges gelesen, aber er trug seine Bücher noch bei sich, obwohl er in Begleitung von Joanne Andrews war, seiner Freundin, die er seit einiger Zeit nicht gesehen hatte. Ein attraktives Mädchen, das ihn liebte und seinen Wagen fuhr, wenn er nicht in Amsterdam war. Einen neuen BMW, einen eleganten, schnittigen Wagen, jetzt auf dem Hof der Polizei mit Blut auf dem Vordersitz und einem Knochensplitter vom Schädel des Opfers im Polster. Er musste vom Rücksitz aus erschossen worden sein, vielleicht während der Wagen zwischen Amsterdam und Utrecht über die Autobahn raste. Die Autobahn ist verkehrsreich, dachte Grijpstra. Tausend Wagen pro Minute, die auf vier Fahrspuren dahineilen. Müsste nicht jemand gesehen haben, wie der Mann vornüber zusammensackte, sich an den Kopf fasste, Blut heraussickerte?

Ein Japaner, dachte er wieder. Was wusste er über Japaner? Sein Gedächtnis reagierte mit einer Reihe von Vorstellungen. Er sah einen Kamikaze-Piloten, wie er sich auf einen amerikanischen Flugzeugträger stürzte und seine mit Sprengstoff beladene kleine Maschine direkt auf die Brücke des Riesenschiffs zusteuerte. Es gab keine Möglichkeit, den Zusammenprall zu überleben. Ein junger Mann mit einem um die Stirn gewundenen weißen Baumwollstreifen, die Zähne entblößt in einer Grimasse von Furcht und Freude. Kamikaze, er kannte sogar den Ursprung des Wortes; er hatte es irgendwo in einem Zeitschriftenartikel gelesen. Ein heiliger Sturm, der die koreanische Flotte vernichtete, als sie die Absicht hatte, in Japan zu landen und das Land zu erobern. Das war lange her. Was verband er noch mit Japanern? Ja, Grausamkeit. Grijpstras Vetter hatte in einem japanischen Kriegsgefangenenlager überlebt. Er war als wandelndes, zahnloses Skelett herausgekommen, erstaunt, dass er noch lebte. Nur ein kleiner Teil der Lagerinsassen hatte die Brutalitäten der Wächter überlebt. Grijpstras Vetter, jetzt ein Mann von Ende sechzig, Angestellter im Rathaus, fiel fast in Ohnmacht, wenn er auf den Straßen von Amsterdam japanische Touristen sah.

Was noch? Japanische Tempelmusik. Er hatte zu Hause eine Schallplatte mit einer Pagode auf der Hülle, wobei der mehrstöckige Tempel vor einem Hintergrund kunstvoll gestutzter Kiefern stand. Er legte die Platte oft auf, denn sie hatte ungewöhnliche Perkussionen, unheimlich gebrochene Laute, hervorgerufen von Holztrommeln, betont durch jähe Schreie aus priesterlichen Kehlen. Er hatte versucht, diese Laute auf seinem eigenen Schlagzeug zu imitieren, wobei de Gier ihm geholfen hatte. De Gier hatte sich die Schallplatte ausgeliehen und Grijpstras Faszination geteilt. Zusammen hatten sie die Rufe und Schreie geübt. Und de Gier hatte sogar ein Instrument – eine hölzerne Gurke auf einem Dreibein – gefunden, dessen Töne mit denen der Tempeltrommeln zu vergleichen waren. Ungewöhnliche Musik einer fernen Religion. Buddhismus. Der Commissaris hatte ihm einmal erzählt, dass der Buddhismus auf zwei Pfeilern ruhe, auf Mitleid und Gleichmut. Er schüttelte den Kopf. Ein Pilot, der sich selbst umbringt, während er Hunderte anderer tötet; ein Wächter, der Gefangene zu Tode prügelt; eine Tempeltrommel, die die Stille zerreißt. Wusste er sonst noch etwas über Japan? Er dachte an die Szene am Flughafen und an die beiden Reihen geduldiger menschlicher Insekten, die ihren bunte Fähnchen schwingenden Führern folgten. Und jetzt war eins dieser menschlichen Insekten tot, es hatte ein großes Loch im Kopf, und die Leiche war irgendwo im holländischen Sumpf versteckt.

Er machte sich auf zu seinem Büro. Er wollte die Reichspolizei anrufen.

3

«Tut mir Leid, Miss», sagte der Commissaris. «Wir haben zwar keinen schlüssigen Beweis, dass Mijnheer Nagai tot ist, Blut und Schädelsplitter können von jemand anders stammen, aber es sieht schlecht aus. Tut mir Leid.»

Joanne Andrews sah ihn an. Sie hatte den Mund leicht geöffnet und fuhr sich mit der Zunge über die trockenen Lippen. Sie saß auf der Sesselkante, den Körper zum Schreibtisch des Commissaris vorgebeugt. De Gier stand am Fenster und betrachtete den Verkehr auf der Straße; Grijpstra hockte in einiger Entfernung von dem Mädchen in sich zusammengesunken in einem Sessel. Er beobachtete traurig das Mädchen, wobei er sich die Knie hielt.

«Ja», sagte Joanne Andrews, «es ist schon so, wie ich es mir gedacht habe. Sie haben ihn umgebracht. Ich habe mir gedacht, dass sie ihn umbringen werden, aber er hat gelacht und gesagt, sie seien seine Freunde, er kenne sie gut. Und selbst wenn sie ihn umbringen wollten, würden sie es nicht hier tun. Sie würden es in Japan tun. Er war sich so sicher, dass er auch mich überzeugte. Aber sie haben ihn trotzdem ermordet.»

«Wer?», fragte der Commissaris.

Sie erschauerte und sah ihn an. Der Commissaris stützte die Ellbogen auf seinen Schreibtisch; er hatte ihr sein kleines, runzeliges Gesicht zugewandt und betrachtete sie verständnisvoll, so als teile er ihr Leid.

«Wer, Miss?»

«Sie werden auch mich ermorden», sagte das Mädchen. «Sie sehen zwar ganz nett aus, aber sie sind grausam. Zwei dicke kleine Männer. Sie sind fast so breit wie hoch und ähneln einander, nur ist der eine kahl und hat einen feisten Nacken. Sie haben keinen normalen Gang, sondern einen wiegenden und gleitenden, und sie lächeln und verbeugen sich immerzu. Aber es sind Mörder. Man hat sie gründlich dafür ausgebildet. Ich habe diese Typen gleich erkannt, als sie ins Restaurant kamen und ihr Essen bestellten. Solche wie die habe ich oft in Kobe in dem Nachtclub gesehen, in dem ich gearbeitet habe, nicht dieselben Männer, aber Typen wie sie. Der Nachtclub gehörte den Yakusa, und auch die Männer waren Yakusa. Zwar nicht der Kopf der Yakusa, sondern deren Hände. Werkzeuge.»

«Yakusa?», fragte der Commissaris.

«Ja», sagte sie und nickte ernst. «Ich sollte mich eigentlich vor denen fürchten; alle Japaner haben Angst vor ihnen, aber ich bin nur zur Hälfte Japanerin. Mein Vater ist Amerikaner. Er war Offizier und lernte meine Mutter während der Besatzungszeit kennen. Ich bin in San Francisco aufgewachsen, dann haben sich beide scheiden lassen, und meine Mutter ist wieder nach Kobe gegangen. Dann kamen keine Unterhaltszahlungen mehr, meine Mutter musste arbeiten, und ich arbeitete ebenfalls. Da ich fließend englisch spreche, war ich sehr gefragt, und der Chef des Nachtclubs mochte mich. Er war nur eine kleine Figur in der Organisation, aber auch er war gefährlich. Er begann als Killer, ehe man ihm die Leitung des Nachtclubs übergab. Ich habe mich mal vor denen gefürchtet, aber jetzt nicht mehr. Ich habe die beiden untersetzten Männer fotografiert.»

Sie schaute in ihre Handtasche und legte ein Foto auf den Schreibtisch. De Gier und Grijpstra stellten sich hinter den Sessel des Commissaris. Grijpstra putzte seine Brille, bevor er sie aufsetzte. Die drei Polizisten ließen sich Zeit beim Betrachten der Aufnahme. Sie sahen zwei Männer auf der Straße gehen. Grijpstra erkannte die Straße; sie lag in der Nähe der großen Reichsbibliothek. Er sah die Bäume im Garten der Bibliothek. Das Foto war etwas verschwommen.

«Ich habe sie vom Fenster des Restaurants aus aufgenommen», erklärte das Mädchen. «Sie haben nichts gemerkt. Sie waren zum Mittagessen gekommen und hatten zu viel Bier getrunken.»

Es war ein Farbfoto, und die Männer hatten ein rotes Gesicht. Sie lächelten glücklich. Beide waren ziemlich dick und trugen einen dunklen Anzug, die zweireihige Jacke spannte sich über dem Bauch. Der eine hatte kurz geschnittenes Haar, der andere war kahlköpfig. Ladenbesitzer, dachte Grijpstra. Untere Beamte, dachte de Gier. Sie sehen aus, als seien sie gesichert und unkündbar. Es könnten Polizisten sein, dachte der Commissaris, aber bestimmt nicht bei der Kripo, denn sie haben keinen Verstand. Schlägertypen. Gangster, ja, warum auch nicht?

«Sind die Yakusa Gangster, Miss?», fragte der Commissaris.

«Keine Gangster im üblichen Sinn», sagte das Mädchen. «Einmal bin ich wieder in Amerika gewesen, um Urlaub zu machen, und habe dort einige Gangster kennen gelernt, aber die amerikanischen sind anders als die japanischen.»

«In welcher Hinsicht unterscheiden sie sich?»

«In Amerika konkurrieren die Gangster miteinander. Sie bekämpfen sich gegenseitig. Das würden sie in Japan nicht tun. Und in Amerika sind die Gangster auf Verbrechen spezialisiert; die Yakusa stecken überall drin. Auch in der Kunst; sie finanzieren Kunstausstellungen, sie bauen Sporthallen, sie unterstützen sogar die Regierung und die Polizei. Man kann ein religiöser Mensch und Yakusa sein. Falls Japan einen Himmel hat, werden Yakusa darin sein. Der Pförtner wird ein Yakusa sein.» Sie versuchte zu lächeln.

Der Commissaris hob den Blick vom Foto. «Wie alt sind Sie, Miss?»

«Ich bin 1946 geboren.»

«Ein Gangster bewacht das Himmelstor», sagte der Commissaris. De Gier lachte, der Commissaris drehte den Kopf. «Glaubst du, dass ein Gangster das Himmelstor bewacht, de Gier?»

«Ja, Mijnheer», sagte de Gier und richtete sich auf. Er hielt eine imaginäre Maschinenpistole, seine starke, gebogene Nase war direkt geradeaus gerichtet. «Einer auf jeder Seite des großen Tores. Gangster sind entschlossene Männer, zuverlässig, gehorsam. Sie sind nützlich.»

«Nun», sagte der Commissaris, «ich weiß nicht. Du hast mehr über sie gelesen als ich, nehme ich an. In Wirklichkeit haben wir keine Gangster in den Niederlanden. Das ist ein interessanter Gedanke.»

Grijpstra war unruhig geworden. Er räusperte sich und ging um den Schreibtisch herum.

«Ja, Grijpstra?»

Grijpstra sah erleichtert aus. «Mit diesem Foto sollte die Aufgabe einfach sein, Mijnheer.»

«Falls sie noch im Land sind», sagte der Commissaris und drückte auf einen Klingelknopf. Ein Konstabel kam herein und bekam die Aufnahme ausgehändigt sowie den Befehl, sie zur Vervielfältigung ins Zimmer des Fotografen zu bringen.

«Ja», sagte der Commissaris. «Wir werden bald wissen, in welchem Hotel sie gewohnt haben und unter welchen Namen. Sie könnten falsche Pässe benutzt haben. Wenn wir sie hier nicht erwischen, kann die japanische Polizei sie schnappen. Wir müssen über das Außenministerium mit ihrem Botschafter in Den Haag Verbindung aufnehmen. Alles Routine. Sagen

Sie, Miss, warum haben diese Männer sich Mijnheer Nagai angeschlossen?»

Das Mädchen versuchte, eine Zigarette anzustecken, aber seine Hand zitterte. De Gier zündete ein Streichholz aus der Schachtel an, die auf dem Schreibtisch des Commissaris lag.

«Ich kann Ihnen einige Informationen geben», sagte das Mädchen, «aber ich möchte weiterleben. Ich muss meine Mutter unterstützen, und der Sohn meiner Schwester ist auf dem College; ich schicke ihm jeden Monat Geld. Wenn ich hier bleibe, werde ich nicht mehr lange leben. Ich hätte die Aufnahme nicht machen sollen, den Yakusa wird das nicht gefallen. Und gewöhnlich werden sie unangenehm, wenn ihnen etwas missfällt. Ich muss vorsichtig sein.»

«Sie haben einen amerikanischen Pass?»

Das Mädchen nickte.

«Was möchten Sie tun?»

«Ich ginge gern nach Amerika, aber vorher möchte ich mich für einige Wochen irgendwo verstecken, während ich mir überlege, was ich tun will. Falls ich nach Amerika gehe, darf niemand erfahren, wo ich bin. Ich muss mir den richtigen Ort überlegen. Vielleicht müsste ich meinen Namen ändern.»

«Sie brauchen einen Deckmantel», sagte der Commissaris. «Ich bin sicher, das lässt sich arrangieren. Wir sind mit der amerikanischen Botschaft befreundet, die irgendwo ein Zimmer mit einem Mann von der CIA hat. Ich kenne den Mann. Er kann Angelegenheiten sehr schnell erledigen. Wir sind nicht so schnell, aber Sie sind Amerikanerin; es wird ihm ein Leichtes sein, Ihnen zu helfen.»

«Kann ich irgendwo für einige Wochen untertauchen?»

«Ich habe eine Nichte auf dem Lande», sagte der Commissaris. «Sie hat im Fernen Osten gelebt und ist einsam. Sie könnten sie an glücklichere Zeiten erinnern. Soll ich sie anrufen?»

Der Commissaris telefonierte; das Gespräch dauerte nicht lange.

«Sie sind willkommen», sagte er, «schon heute, wenn Sie wollen. De Gier kann Sie zu einem Bahnhof fahren und dafür sorgen, dass ihnen niemand folgt. Wir werden alles gründlich machen.»

Er schaute das Mädchen an. «Vielleicht etwas Kaffee?»

«Gern.»

De Gier schenkte Kaffee ein; die drei Männer und das Mädchen bedienten sich mit Zucker und Sahne.

«Ja», sagte Miss Andrews. «Ich werde Ihnen berichten. Ich glaube, ich kann Ihnen vertrauen.» Sie schaute den Commissaris über ihre Tasse hinweg an. Er senkte den Kopf und zeigte, zögernd lächelnd, seine langen gelblichen Zähne. Der Commissaris sah ordentlich aus. Sein schütteres Haar war peinlich genau in exakt gleiche Hälften gekämmt, der Knoten seiner schmalen Krawatte tadellos. Eine dünne Goldkette zierte seine Weste.

«Die CIA?», fragte das Mädchen. «Einen neuen Pass mit einem neuen Namen für mich und einen Flugschein nach New York über Paris oder Rom?»

«Ja», sagte der Commissaris. «Die CIA schuldet uns ein paar Gefälligkeiten. Für die ist das nur eine Kleinigkeit.»

«Ich gehöre selbst zu den Yakusa», sagte das Mädchen, «und zwar seit dem Augenblick, als ich meine Arbeit in dem Nachtclub in Kobe aufnahm. Der Club hatte viele ausländische Gäste. Amerikanische Offiziere und Geschäftsleute aus Westeuropa sowie Chinesen aus Hongkong und Taiwan. Die Yakusa wollten wissen, was sich so tat. Sie stellten die Kontakte durch uns her, durch die Bardamen und Hostessen. Wenn wir etwas entdeckten, was lohnenswert war, sagten wir es dem Barmann, der es an den Manager weitergab. Dann kam jemand herunter von den Hügeln, wo der Daimyo seinen Hofstaat hat.»

«Daimyo?»

«Das Wort bedeutet Adliger. Japan wurde mal von Daimyos beherrscht, aber damals hatten sie Titel wie Graf oder Herzog. Die Titel gibt es nicht mehr, aber die Daimyos regieren weiter. Sie beherrschen die Großunternehmen und die Yakusa. Und sie sind mächtiger als die Herrscher von damals, denn der Titel geht nicht vom Vater auf den Sohn über. Die neuen Daimyos müssen sich jetzt erst bewähren.»

«Gut», sagte der Commissaris. «Erzählen Sie weiter, Miss.»

«Mein Freund Kikuji Nagai gehörte ebenfalls zu den Yakusa. Er stieß dazu, weil er das College besuchen wollte. Er bestand die Aufnahmeprüfung ohne fremde Hilfe, was sehr ungewöhnlich ist, denn Aufnahmeprüfungen in Japan sind wie Feuerproben; als müsste man barfuß über glühende Steine gehen. Man muss bei Tag und Nacht lernen. Man muss die Antwort auf Tausende und Abertausende Fragen wissen, die keine Beziehung zueinander haben. Es ist die wahre Hölle. Wir haben eine Bezeichnung dafür: Shiken Jigoku, Prüfungshölle. Kikuji bestand, aber er durfte dennoch nicht auf die Universität. Nur wenige Studenten werden zugelassen, wichtige Studenten, Söhne wichtiger Männer. Kikujis Vater war nicht wichtig.»

«Ich dachte, Japan sei eine Demokratie», sagte der Commissaris.

«Man nennt es Demokratie», sagte das Mädchen, «aber kein Japaner kennt die Bedeutung des Wortes. Die haben Regeln, die Jahrtausende alt sind. Die Bezeichnungen für die Regeln haben sich geändert, aber nicht die Regeln. Jetzt werden die Regeln als demokratisch bezeichnet.»

«Und?», fragte der Commissaris.

«Also ging Kikuji zu den Yakusa. Das ist ungewöhnlich, denn man nähert sich den Yakusa nie direkt. Aber Kikuji wurde nach dem Krieg geboren. Er glaubte nicht wirklich an die alten Regeln und erarbeitete sich oft seine eigenen Antworten. Er ging zu den Hügeln hinter Kobe, fand die Burg des Daimyo und sagte zu den Wachen, er wolle den Daimyo selbst sprechen und den Grund nicht sagen. Sie befahlen ihm zu gehen, und er setzte sich auf die Erde. Sie drohten, sie würden ihn verprügeln, und er verbeugte sich. Er beunruhigte sie. Sie sprachen mit ihrem Vorgesetzten, und der sprach mit seinem Vorgesetzten, und schließlich erwähnte jemand die Angelegenheit gegenüber dem Daimyo. Kikuji hatte zehn Stunden lang auf der Erde gesessen. Er hatte sich die Hose nass gemacht und war so steif, dass sie ihn hineintrugen und sagten, er solle ein Bad nehmen; dann gaben sie ihm Kleidung.»

Der Commissaris hatte aufmerksam zugehört. Auch de Gier und Grijpstra, die das Mädchen gespannt beobachteten. Sie sprach leise, ohne den Ton der Stimme zu verändern. De Gier erinnerte es an eine auf Tonband gesprochene Mitteilung.

«Der Daimyo stellte ihn ein. Die Yakusa versprach, seine Studiengebühren zu bezahlen. Kikuji wurde am nächsten Tag immatrikuliert, als er sich erneut bewarb. Der Rektor der Universität empfing ihn in seinem eigenen Büro und begleitete ihn bis zur Tür, wobei er sich verbeugte und durch die Zähne zischte. Wenn ein Japaner nicht weiß, was er tun soll, dann zischt er meistens oder sagt ‹saaaaah›.»

«Was hat Mijnheer Nagai studiert, Miss?», fragte der Commissaris.

«Kunst. Kunstgeschichte. Er hatte einen sehr guten akademischen Grad. Er hat sich auf Tempelkunst spezialisiert. Auf buddhistische, aber auch auf Kunst, die vom Taoismus und Hinduismus beeinflusst ist. Er hat sogar die Schöpfungen der Ainu studiert. Die Ainu sind ein Volk, das einst ganz Japan bewohnt hat, jetzt leben sie nur noch im Norden. Sie sind weiß, haben Bärte und sehen aus wie alte Russen. Ihre Kunst hat etwas mit dem Symbol des Bären zu tun. Kikuji hatte Bären gern. Er ging häufig in Zoos und sprach mit den Bären, die dann auch mit ihm sprachen. Aber nur große Braunbären, wie die von Hokkaido, der Insel im Norden Japans. Auch der Daimyo mag Bären. Er hat einige auf dem Burggelände; er spielt mit ihnen.»

«Und was hat Mijnheer Nagai gemacht, nachdem er sein Studium abgeschlossen hatte?»

«Er ist gereist. Nach Taiwan und Korea und Thailand. Er hat Skulpturen und Gemälde aufgekauft. Er hat sie von Priestern gekauft, denen die Tempel anvertraut waren, hauptsächlich buddhistische Tempel. Die Priester hatten kein Recht zu verkaufen; sie sollten sich um ihre Tempel kümmern und diese instand halten. Aber die Priester haben kein staatliches Einkommen mehr und brauchen Geld, also verkauften sie an Kikuji.»

«Und er zahlte mit Geld der Yakusa?»

Das Mädchen nickte.

«Und wohin gingen die Skulpturen und Gemälde?»

«Nach hier», sagte das Mädchen. «Er brachte sie nach Amsterdam und verkaufte sie an Händler oder ließ sie versteigern. Wenn er etwas ganz Besonderes hatte, ging er nach London, aber er kehrte immer nach Amsterdam zurück. Die Yakusa mögen Amsterdam. Die Stadt ist ruhig und schön, sie fühlen sich hier zu Hause. Sie haben hier ein Restaurant eröffnet, außerdem haben sie Büros für ihre legalen Geschäfte. Darüber hinaus besitzen sie jetzt Hotels. Mein Restaurant gehört den Yakusa.»

«Der Gewinn bei diesen gestohlenen Kunstgegenständen muss hoch sein», sagte de Gier.

«Sehr hoch. Häufig hundertmal so hoch wie der Einkaufspreis.»

«Was tun die Yakusa hier sonst noch, Miss?»

«Sie verkaufen Transistorradios und kaufen Produktionsgeheimnisse. Und unser Restaurant ist berühmt wegen der Tempura und des Sushi.»

«Ja», sagte de Gier, «ich habe in Ihrem Restaurant gegessen. Tempura sind Hummerkrabben, die in Teig getaucht und in Öl ausgebacken werden, und Sushi ist marinierter Reis, belegt mit Fisch, Früchten und Gemüse. Ein wunderbares Essen, aber ich bin nur einmal dort gewesen. Die Preise sind zu hoch. Und Sie habe ich nicht gesehen.»

«Sie müssen an einem Freitag gekommen sein, dann habe ich meinen freien Abend», sagte das Mädchen und lächelte. «Ich freue mich, dass Ihnen das Essen geschmeckt hat. Die Preise sind hoch, aber zu uns kommen Japaner mit Spesenkonten, und da spielen die Preise keine Rolle.»

«Hummerkrabben in Teig getaucht und in Öl ausgebacken», sagte Grijpstra und sah interessiert aus.

Das Mädchen lächelte wieder und nahm einen Kugelschreiber und ein Stück Papier zur Hand. Sie zeichnete einige Schriftzeichen und gab Grijpstra den Zettel. «Geben Sie das dem Mädchen an der Tür», sagte sie. «Sie werden gut bedient werden und nichts bezahlen. Sie sollten japanisches Essen probieren; es ist ein delikates Vergnügen. Aber Sie müssen innerlich zur Ruhe gekommen sein. Wenn die Speisen schnell und ohne Konzentration gegessen werden, füllen sie nur den Magen; sie haben dann keinen Geschmack.»

«Danke», sagte Grijpstra und steckte den Zettel in seine Brieftasche. «Verkaufen die Yakusa auch Rauschgift hier, Miss?»

«Ja», sagte das Mädchen, «aber nur gelegentlich. Heroin vom chinesischen Festland, das, wie ich glaube, in Hongkong in großen Mengen aufgekauft wird. Das Heroin bleibt nicht hier, sondern geht an die amerikanischen Streitkräfte in Deutschland. Die Geschäfte sind sorgfältig geplant, aber ich weiß nicht, wie sie abgewickelt werden. Der Transport muss über See erfolgen, denn ich habe im Restaurant Offiziere der Handelsmarine gesehen, japanische und niederländische. Ich habe sie mir genau angesehen und kann sie beschreiben.»

«Das ist gut», sagte der Commissaris. «Ich werde nachher einen Beamten vom Rauschgiftdezernat rufen lassen, der Ihnen einige Fragen stellen wird. Es wird nicht lange dauern. Ist Ihnen das recht?»

«Ja», sagte das Mädchen.

«Was sonst noch, Miss?», fragte Grijpstra. «Mädchenhandel?»

Das Mädchen lächelte traurig. «Nein, es gibt genug Frauen in Japan. Trotz der Geburtenkontrolle haben die Bauern zu viele Töchter. Sie werden an Bars und Bordelle vermittelt. Es gibt eine gewisse Nachfrage nach weißen und schwarzen Frauen, aber die Yakusa finden sie auf Hawaii und in Amerika und bezahlen sie gut. Dem Daimyo gefällt der Sklavenhandel nicht; er ist zu auffällig, weil die Ware redet.»

«Kunst», sagte der Commissaris. «Hat Ihr Freund eine Menge japanischer Tempelkunst verkauft?»

«Nicht zu viel. Die meisten der hier verkauften Kunstgegenstände kamen aus Thailand und Birma, aber einige Schriftrollen und Skulpturen kamen aus japanischen Tempeln, und das waren vielleicht die wertvollsten. Der Buddhismus ist in Japan zurückgegangen, obwohl er noch Millionen Anhänger hat, aber sie sind nur noch dem Namen nach Buddhisten. Die Tempel gibt es selbstverständlich noch, aber sie werden nicht immer von Priestern geleitet. Und einige Priester haben wenig oder gar keine Ausbildung und sind gelangweilt und uninteressiert. Sie verkaufen die ihnen anvertrauten Wertgegenstände, vor allem jetzt, da so große Nachfrage danach herrscht. Kikuji hat mir einige Töpfe gezeigt, hergestellt von Meistern, Schälchen für die Teezeremonie, handgeformt vor Hunderten von Jahren. Sie kamen aus einem Tempel, und er hatte sehr wenig dafür gezahlt. Sie brachten hier auf einer Auktion pro Stück Tausende von Dollars.»

«Warum ist er also ermordet worden?», fragte der Commissaris. «Falls er überhaupt umgebracht worden ist. Wir sind uns nicht sicher, wir müssen zuerst die Leiche finden. Es könnte die Leiche eines anderen sein. Vielleicht ist es die Leiche von einem der dicken kleinen Männer auf Ihrem Foto. Vielleicht ist Mijnheer Nagai sicher in einem Hotel in Utrecht und setzt sich bald mit Ihnen in Verbindung.»

Sie schüttelte so heftig den Kopf, dass ihr Haar flog. Es hatte einen einfachen geraden Schnitt, der ihre hohen Wangenknochen und die breite Stirn hervorhob. «Nein, er ist tot. Er wollte sich von den Yakusa absetzen und hier in Amsterdam einen Kunsthandel einrichten. Er wollte seine eigenen Waren importieren und sie legal kaufen. Er wollte sich auf Holzdrucke spezialisieren, auf antike und reproduzierte, aber die Reproduktionen werden nach der alten Methode hergestellt. Sie sind wunderschön, ich habe sie in Japan gesehen. Sie werden von Kunsthandwerkern hergestellt, denen die alten Methoden noch vertraut sind. Sie bringen hier das Drei- oder Vierfache des Einkaufspreises. Wir hätten bequem davon leben können. Ich wollte das Geschäft führen, sodass er für Einkauf und Studien Zeit gehabt hätte. Er beherrschte Englisch gut und wollte Artikel für Kunstzeitschriften schreiben. Aber die Yakusa wollten ihn nicht gehen lassen. Er hat darum gebeten, aber sie haben abgelehnt. Er dachte, er sei in Amsterdam sicher, und er sagte, er werde nicht zurückgehen. Wir haben eine Wohnung gesucht. Sie haben ihn bedroht. Sie haben auch mich bedroht, über meinen Chef im Restaurant. Sie haben nur Andeutungen gemacht, aber die sind wirksam im Japanischen.»

«Ja, ja», sagte der Commissaris. Er griff nach dem Telefon und sprach mit dem Rauschgiftdezernat. Ein Konstabel in Zivil kam, um das Mädchen in einen anderen Teil des Gebäudes zu bringen.

«Rufen Sie mich unter dieser Nummer an, wenn Sie damit fertig sind», sagte de Gier, schrieb sie auf eine Seite seines Notizbuches und riss das Blatt heraus. «Ich erkundige mich nach der Abfahrtszeit des Zuges und bringe Sie zum Bahnhof.»

Der Commissaris stand auf und schaute auf seine Uhr. «Ja», sagte er zu de Gier. «Cardozo kann im Zug mitfahren und sich ins nächste Abteil setzen. Meine Nichte wird sie an der Endstation abholen und nach Hause fahren. Was ist mit Ihrem Gepäck, Miss?»

«Ich lasse alles hier», sagte das Mädchen. «Ich habe mein Geld in bar bei mir. Es ist eine große Summe. Ich habe ein gutes Gehalt gehabt und gespart. Ich kann mir neue Kleidung kaufen. Werden Sie mir Bescheid geben, wenn mein neuer Pass fertig ist? Ich habe einige Passfotos bei mir.»

«Ja», sagte der Commissaris und legte die Fotos in seine Schublade. «Es dürfte nicht lange dauern, Sie lassen Ihren Pass am besten hier. Ich werde ihn der amerikanischen Botschaft geben.»

«Sie machen sich viel Mühe, Mijnheer», sagte Grijpstra, als das Mädchen gegangen war und der Commissaris seine Nichte angerufen hatte, nachdem er die Abfahrts- und Ankunftszeiten des Zuges mit de Gier geprüft hatte. «Und die Kleine könnte uns die Hucke voll lügen.»

Der Commissaris grinste. «Meinst du, Adjudant?»

«Nein», sagte Grijpstra, «ich denke, dass ich ihr glaube, und schließlich war ja auch Blut im Wagen und ein Schädelsplitter. Jemand ist tot.»

«Vielleicht hat sie ihn selbst umgebracht», sagte de Gier, «und sie erzählt uns nur eine lange Geschichte, um uns auf eine falsche Spur zu bringen. Es wäre nicht das erste Mal, dass ein Mörder zu uns gekommen ist.»

«Glaubst du das, de Gier?», fragte der Commissaris.

«Nein, Mijnheer, das glaube ich nicht. Ich glaube, sie hat die Wahrheit gesagt, so wie sie sie sieht. Aber es ist bekannt, dass ich mich auch früher schon geirrt habe.»

«Ja», sagte der Commissaris, «aber zunächst einmal wird sie bei meiner Nichte bleiben, die eine intelligente Frau ist. Sie hat viele Jahre in Hongkong gelebt mit ihrem Mann, der Chef einer Handelsfirma war. Und während des Krieges haben die Japaner sie in einem kleinen Lager für Frauen und Kinder interniert. Meine Nichte war die Leiterin, und die Wachen haben nur mit ihr verhandelt. Sie hat sogar gelernt, etwas Japanisch zu sprechen. Miss Andrews wird in ihrem Versteck unter enger Beobachtung stehen, und die örtliche Polizei kann ein Auge auf das Haus haben. Ich werde nachher dort anrufen.»

«Aha», sagte Grijpstra, «das ist etwas anderes. Und sie hat ihren Pass abgegeben, sodass sie nicht davonlaufen kann. Meinen Sie, dass die Amerikaner helfen werden?»

«Bestimmt. Und wenn dieser Tipp, wonach das Rauschgift nach Deutschland geht, ihnen weiterhilft, werden sie dankbar sein. Die wissen, dass Rauschgift über Amsterdam in die Truppenunterkünfte bei Köln und Bonn gelangt, und die von der CIA sollen den Handel unterbinden. Sie arbeiten mit uns zusammen.»

«Wenn Cardozo mit dem Mädchen fährt, dann übernehme ich heute Abend wohl besser die Aufsicht über die Kriminalbeamten», sagte de Gier. «Ich werde ihnen Abzüge von dem zweiten Foto geben. Wir können die Spur dieser beiden Spaßvögel verfolgen, aber sie werden nicht mehr hier sein. Sie werden in einer Maschine der Japan Air Lines auf dem Rückflug nach Tokio sein. Wir müssen uns beeilen, Mijnheer. Soll ich die Militärpolizei am Flughafen alarmieren?»

«Ja», sagte der Commissaris, «aber die Verdächtigen werden vermutlich über Brüssel oder Paris fliegen, und es ist zu spät, um die belgische und französische Polizei zu alarmieren, obwohl wir es vielleicht über Fernschreiber versuchen könnten. Übernimm du das, de Gier. Ich werde mich mit dem Außenministerium in Verbindung setzen, vielleicht sind die dort interessiert. Außerdem kann ich mit dem japanischen Konsul hier in Amsterdam sprechen. Grijpstra, du bringst das Mädchen zum Zug und kannst heute Abend ebenfalls herumschnüffeln. Sieh nach, ob bei uns gegen den Manager des Restaurants etwas vorliegt. Geh hin und verhöre ihn trotzdem. Wir werden sie ein wenig aufscheuchen.»

«Mijnheer», sagten beide und gingen. Der Commissaris griff wieder zum Telefon.

«Eine Japan betreffende Angelegenheit?», fragte ein Angestellter im Außenministerium. «Unser Botschafter in Japan ist für einige Tage hier. Möchten Sie ihn vielleicht sprechen, Mijnheer? Er ist irgendwo im Haus; ich kann ihn für Sie suchen lassen.»

«Das wäre nett», sagte der Commissaris und wartete. Er musste lange warten, während der Angestellte in zweiminütigen Abständen sagte, dass er immer noch versuche, den Botschafter zu finden. Der Commissaris rauchte eine Zigarre und betrachtete die Pflanzen auf der Fensterbank. Die Geranie macht sich gut, dachte er; sie hatte im vergangenen Monat zwei neue Ableger hervorgebracht, jeder trug eine schwere Last saftiger Blätter und hellroter Blüten.

«Commissaris?», fragte eine schwere Stimme.

«Ja.»

«Ich bin der Botschafter. Was kann ich für Sie tun?»

Der Commissaris legte seinen Fall dar, und der Botschafter stellte einige kurze Fragen. «Ja», sagte er schließlich. «Das ist sehr interessant, nicht nur von einem kriminologischen Standpunkt aus. Vielleicht ist das unsere Chance, eine Chance, auf die ich seit langem gewartet habe. Können Sie nach

Den Haag kommen? Vielleicht heute Abend? Wir könnten irgendwo zu Abend essen.»

Der Commissaris rieb sich die Beine. Der Schmerz war nicht zu schlimm. «Ja», sagte er. «Mit Vergnügen.»

«Ich werde im Außenministerium auf Sie warten», sagte der Botschafter. «Um sieben unten in der Halle. Wie sehen Sie aus, Commissaris?»

«Ich bin klein und alt», sagte der Commissaris, «und ich werde wahrscheinlich hinken.»

«Aha», sagte der Botschafter.

Der Commissaris wählte die Nummer der amerikanischen Botschaft. «Mr. Johnson, bitte.»

«Wen darf ich melden?», fragte die Dame in der Telefonzentrale.

«Seinen reichen Onkel.»

«Ja, Sir, einen kleinen Moment, Sir.»

Johnsons Stimme klang gespannt. Die Codewörter bedeuteten «Rauschgift» und «Polizei». Sie verabredeten sich für den nächsten Morgen. Johnson würde nach Amsterdam kommen. Der Commissaris grinste, als er den Hörer auflegte. «Kleine Jungs», murmelte er, «die unser Spiel mitmachen. Seine Leitung wird nicht angezapft sein, aber er würde am Telefon nie etwas sagen. Ich bin sicher, er glaubt, ein Russe sitzt unter dem Teppich und ein Chinese guckt durch die Zimmerdecke. ‹Reicher Onkel›, also wirklich. Ich konnte ihm nicht einmal sagen, dass ein Toter darin verwickelt ist; ich kenne das Codewort für toten Mann nicht. Es muss ein Codewort dafür geben. ‹Fisch› oder so was. Der reiche Onkel hat einen Fisch gegessen. Bah.»

Er kicherte noch, als er den Hut aufsetzte. Er war sicher, dass die Russen den Code hatten. Codes waren gewöhnlich verkauft, ehe sie in Kraft traten.

Er kicherte, als er durch die Drehtür zum Hof hinausging,

wo sein Citroën neben Mijnheer Nagais weißem BMW stand, der gerade von Experten auseinander genommen wurde. Auf dem Hof grüßte ihn ein uniformierter Brigadier, aber der Commissaris sah ihn nicht.

Bekloppt, dachte der Brigadier, wie alle anderen. Sie werden anormal, sobald man ihnen den ersten Stern auf die Schulterklappen näht. Nur gut, dass die Polizei von Brigadiers in Gang gehalten wird.

4

Grijpstra saß an seinem Schreibtisch und las die Notiz, die ein Konstabel auf die glänzende Kunststoffplatte gelegt hatte. Die Notiz befasste sich mit einem Fall, der vor Monaten abgeschlossen worden war, und Grijpstra betrachtete sie mürrisch, wobei er seine dichten Augenbrauen bewegte und die Luft zwischen den dicken Lippen ausstieß. Er las sie noch einmal, fegte sie vom Tisch, hob sie wieder auf, zerknüllte sie und warf sie in Richtung Papierkorb. Er warf vorbei, stand auf und stieß sie mit dem Fuß hinter de Giers Schreibtisch.

«Japaner», murmelte er. «JA-PA-NER. Bringen sich hier gegenseitig um. Warum hier? Die haben doch ihr eigenes Land – oder? Wir gehen ja auch nicht nach Japan und veranstalten dort solche Schweinereien – oder?»

Er nahm seine Trommelstöcke, schlug einen langsamen Wirbel auf der größten Trommel und zum Schluss einmal sanft auf das Becken. Er hielt den Kopf schief, während er lauschte. Zögernd schlug er noch einmal auf das Becken und probierte dann ein paar trockene Schläge auf dem Rand der kleinsten Trommel.

«Und sie hat mir eine Empfehlung für das Restaurant gegeben», sagte er laut, «und ich muss hingehen, um den Manager aufzuscheuchen. Einen Manager der Yakusa. Einen Gangster. Gangster sind gefährlich.» Er legte die Trommelstöcke weg, lehnte sich in seinem Sessel zurück und schloss die Augen. Er versuchte nachzudenken, aber es war warm im Zimmer, und er fühlte sich schläfrig. Die Menschen aus dem Fernen Osten sind dafür bekannt, dass sie ihre Ziele auf Umwegen erreichen. Die Japaner sind auch für ihre Energie und Klugheit bekannt. Warum hatte sie ihm den Zettel gegeben? Es würde ihm ein kostenloses Essen verschaffen. Aber der Manager des Restaurants würde die Notiz sehen, denn das Mädchen an der Tür würde den Zettel selbstverständlich in sein Büro bringen. Und der Manager wusste auch, dass Joanne Andrews, seine schöne Hostess, entwischt war. Und er wusste auch, dass Kikuji Nagai, der Freund der schönen Hostess, ermordet worden war. Und hier war ein schwerer Mann in gestreiftem Anzug und grauer Krawatte und einer am Gürtel angeschnallten Pistole, der gratis ein Essen verspeiste, wozu ihn das geflohene Mädchen bevollmächtigt hatte. Der Manager würde die Notiz selbstverständlich honorieren. Und dann? Würde der Manager den Mumm haben, gegen einen Angehörigen der Amsterdamer Polizei irgendetwas zu unternehmen? Grijpstra schüttelte schläfrig den Kopf.

Als de Gier eine halbe Stunde später hereinkam, saß Grijpstra zusammengesunken in seinem Sessel, die Hände über dem umfangreichen Bauch verschränkt, den Mund leicht geöffnet. De Gier blieb stehen, sah seinen Kollegen an und schüttelte den Kopf. Grijpstras Schnurrbart bewegte sich, wenn er ausatmete, und seine Lippen stießen sanfte, murmelnde Laute aus.

«He», sagte de Gier. Grijpstra schlief weiter. De Gier ging auf Zehenspitzen zum Schlagzeug und nahm einen Trommelstock.

«Ja?», fragte Grijpstra, als der Stock das Becken getroffen hatte und das Zimmer vom ohrenbetäubenden Getöse des Messingtellers erfüllt war. «Was ist los, Brigadier? Was Dringendes?»

«Nein. Es ist nur, dass ich gearbeitet habe, während du hier die Zeit verschlafen hast. Warum arbeitest du nicht? Die Stadt zahlt dir deine Besoldung, nicht wahr?»

«So?», fragte Grijpstra. «Ich dachte, es sei ein Gehalt, ein bescheidenes Gehalt. Ich habe neulich mal mit dem Mann von der Müllabfuhr gesprochen; er verdient so viel wie ich.»

«Es gibt keine Müllmänner mehr», sagte de Gier und versuchte, seinem altertümlichen, abgenutzten Feuerzeug eine Flamme zu entlocken. «Heutzutage gibt es nur noch Techniker für das Gesundheitswesen. Und deren Aufgabe ist ähnlich wie unsere. Sie halten die Stadt sauber.»

«Sauber», sagte Grijpstra und legte den Trommelstock, den de Gier auf dem Tisch hatte liegen lassen, wieder an seinen Platz zurück. «Hast du dir in letzter Zeit mal die Grachten angesehen? Auf denen treibt so viel Unrat, dass die Enten zuerst ein Loch hineinpicken müssen, ehe sie sich hineinlassen können. Und mit Verbrechen ist es ebenso. Der Hoofdinspecteur von der Altstadt hat mir erzählt, dass sie am Wochenende zweiunddreißig bewaffnete Raubüberfälle hatten, auf offener Straße.»

De Gier zuckte die Achseln.

«Das glaubst du nicht? Ich habe die Berichte irgendwo hier, in der Mappe mit den Fernschreiben. Du hast die Mappe nicht angesehen, nicht wahr? Das solltest du, es gehört zu deinen Pflichten.»

«Ja, ja, aber die übertreiben, weißt du. Da taumelt auf der Straße ein Betrunkener auf einen zu und sagt: ‹Geld oder das Leben!› Der Betrunkene ist siebzig Jahre alt, er hinkt und kann sich nur mit Mühe auf den Beinen halten. Unser Bürger macht sich in die Hose, gibt dem Betrunkenen sein Notizbuch mit einem Zehn-Gulden-Schein darin und rennt zur Polizeiwache. Bewaffneter Raubüberfall, auf offener Straße. Der Betrunkene hatte vielleicht ein Taschenmesser in der Hand; höchstwahrscheinlich zusammengeklappt.»

«Ja. Wie spät ist es?»

«Deine Uhr zeigt die Zeit an», sagte de Gier. «Heb dein Handgelenk und wirf einen Blick darauf; du bist jetzt wach.»

Grijpstra schaute auf seine Uhr. Fünf Uhr. Er stand auf und ging zur Tür. «Was ist mit unserer hübschen Dame?», fragte er, als er die Tür öffnete.

«Ich bringe sie jetzt gleich zum Bahnhof. Cardozo ist bereits dort. Ich habe ihn mit ihr bekannt gemacht, sodass er weiß, wen er beschützen soll. Der Commissaris ist bei diesem Fall sehr gründlich. Denkst du, dass diese Yakusa, oder wie sie sich nennen, versuchen werden, sich an sie ranzumachen?»

«Ich denke nicht», sagte Grijpstra. «Offiziere denken. Ich gehe zum Umziehen und Rasieren nach Hause und später in das japanische Restaurant. Du sollst heute Abend diese beiden Spaßvögel aufspüren, nicht wahr?»

De Gier nickte.

«Sag mir Bescheid, falls etwas passiert. Du kannst mich im Restaurant erreichen. Ich hab dir die Nummer aufgeschrieben. Hier. Vielleicht kann ich dann zu dir kommen.»

Die Temperatur war auf ein erträgliches Maß gefallen, und Grijpstra lächelte vor sich hin, als er den Leidseplein überquerte und direkt auf die gewaltige Silhouette einer riesigen Platane zuging, die am Rande des Platzes aufragte, ihr Laub ein Dach des Friedens neben dem donnernden Verkehr der Personenwagen und Busse, die Menschen zu Restaurants und Kinos brachten. Es war fast sieben Uhr, als Grijpstra den schützenden Baum erreichte. Er blieb stehen, um sich umzusehen und die kubistische Betonskulptur zu betrachten, die von den Stadtvätern vor rund dreißig Jahren aufgestellt worden war und die einen interessanten Bewuchs von Moos und Flechten aufwies. Ein älterer Mann saß auf der Skulptur und ließ die Beine baumeln. Grijpstra starrte den Mann an, der nickte und grinste. Grijpstra nickte zurück. Er hatte den alten Kerl erkannt, einen kleinen Dieb und Einbrecher, der viele Jahre abwechselnd im Gefängnis gesessen hatte und wieder in Freiheit gewesen war, aber das war lange her.

«Geht's gut?», fragte Grijpstra. Der Mann sprang herunter und kam gemächlich auf ihn zu.

«Ja, Adjudant, jetzt geht's. Und Ihnen?»

«Immer beschäftigt», sagte Grijpstra, «und das gefällt mir gar nicht; es ist ein schöner Abend. Was hast du denn inzwischen so gemacht?»

«Ich bin jetzt zu alt für das Spiel», sagte der Mann und bot eine Zigarette an. Grijpstra nahm sie. Der Mann riss ein Zündholz an und hielt die Schachtel so vorsichtig, als könne sie explodieren. Grijpstra machte einen tiefen Zug und bemühte sich sehr, das Gesicht nicht zu verziehen. Es war eine Menthol-Zigarette. Ein Eisbärenfurz, dachte Grijpstra und hielt die Zigarette vom Mund weg.

«Mir geht's wirklich gut», sagte der Mann. «Ich kriege jetzt Wohlfahrtsunterstützung und hab auch 'ne Art von Arbeit. Mein Vetter ist Parkplatzwächter am Museum, aber er trinkt ein bisschen und arbeitet nicht gern zu viel, deshalb löse ich ihn dann und wann ab.»

«Gute Trinkgelder?», fragte Grijpstra, vergaß sich und zog noch einmal an der Zigarette. Diesmal verzog er das Gesicht.

«Ja, gute Trinkgelder, vor allem, wenn ich die Wagen wasche.»

«Das ist Schwerarbeit», meinte Grijpstra und lächelte teilnahmsvoll.

«Einbrüche waren schwerer», sagte der Mann, «besonders die Vorbereitungen. Stunden habe ich damit verbracht und dann immer noch das eine oder andere vergessen, sodass ich zurückgehen musste. Wagenwaschen ist leichter; man braucht nur Wasser, ein Tuch und eine Bürste. Ich hab ein paar gute Bürsten.»

«Gut», sagte Grijpstra. Viel mehr gab es nicht zu sagen. Sie reichten sich die Hand, und Grijpstra ging weiter.

Das japanische Restaurant war nur wenige Häuserblocks entfernt. Er ging an der Gracht entlang und hielt sich eng an die Wasserseite. Er dachte an alte Filme, an Filme, die er vor dem Krieg gesehen hatte. Japaner hatten darin mitgewirkt, verruchte, schweigende Männer, die in ungestörtem Luxus lebten und an Fäden zogen, die andere Männer tätig werden und leiden ließen. Er versuchte sich zu erinnern, auf welche Schandtaten sich diese üblen gelben Männer eingelassen hatten. Opium, nahm er an. Vielleicht Erpressung. Es fiel ihm nicht ein. Er sah das undeutliche Bild von einem kleinen Mann in einem großen Sessel, das Gesicht teilweise von Zigarettenqualm verhüllt. Als die Polizei erschien, war er durch eine verborgene Falltür verschwunden, dann hatte es eine Jagd durch die unterirdischen Abflusskanäle gegeben. Am Ende der Jagd war der Mann angeschossen worden und gestorben. Hatte er gelächelt, als er starb? Ein lüsternes, boshaftes Lächeln?

Grijpstra warf die Menthol-Zigarette weg und blieb stehen, um eine Möwe zu beobachten, die das Wasser der Gracht im Fluge streifte. Er grinste. Es wäre komisch, wenn er jetzt in eine solche Situation geraten würde. Aber es hatte sich einiges geändert, Falltüren waren nicht mehr in Mode, und er bezweifelte sehr, ob die Abflusskanäle für eine Verfolgungsjagd breit genug waren. Aber das Böse gab es noch, sagte er sich. Mijnheer Nagai, der zurückhaltende Intellektuelle in einem Korbstuhl mit einem Stapel Taschenbücher neben sich, war zweifellos erschossen worden, Heroin wurde in der Stadt verschoben und ging in Richtung Osten zu den amerikanischen Garnisonen in Deutschland, wo junge Männer verdorben wurden und in nebelhaften Stumpfsinn verfielen, der in der Hölle endete. Er wusste vom Rauschgiftdezernat, dass dieses etwa zehn Prozent der Ware sicherstellte. Vielleicht konnte es jetzt den Prozentsatz etwas erhöhen. Mit ein wenig Glück, dachte er, zuckte die Achseln und setzte sich wieder in Bewegung. Das kleine bisschen Glück, das wieder zerrinnen könnte, wenn sie nicht vorsichtig waren. Die üblen Figuren nannten sich Yakusa, und er war in ihr Labyrinth getappt. Er dachte an de Gier, der jetzt die Anmeldelisten in den Hotels prüfen würde, und an den Commissaris auf seinem Weg nach Den Haag, um den Botschafter zu sprechen, und an die Wagen der Reichspolizei, die versuchten, den Spuren des weißen BMW nachzugehen. Jemand würde etwas herausfinden, und dann konnte man von dort aus weitermachen.

Er blieb wieder stehen und betrachtete den Giebel eines schmalen Hauses. Er befand sich in einer Nebenstraße, einer Einbahnstraße mit wenig Verkehr. Die Klänge eines Klavichords fluteten aus einem Fenster im ersten Stock. Bach, ein Präludium. Er kannte das Stück. De Gier hatte die Schallplatte; ihm fiel ein, dass er sie vor einigen Monaten in de Giers kleiner Wohnung in den Vororten gehört hatte. Aber dies war keine Schallplatte. Es musste ein Berufsmusiker sein; die traurige, exakte Melodie kam wunderschön heraus. Er vergriff sich bei einigen Noten und wiederholte sie. «Sehr schön», sagte Grijpstra laut. Überhaupt ein sehr netter Abend. Seine Frau war nicht zu Hause gewesen, sodass er sich in Ruhe rasieren konnte. Sein bestes Oberhemd hatte auf dem Regal gelegen. Er hatte Kaffee getrunken und die blühende Fuchsie im Wohnzimmer betrachtet. Er hatte sich vor kurzem noch um die Fuchsie gesorgt, aber sie machte sich jetzt sehr gut. Angenehm war es auch unter der Platane auf dem Platz gewesen. Die Musik hörte auf. Grijpstra wartete. Sie setzte wieder ein. Eines der Konzerte Bachs im italienischen Stil, sehr schnell, aber dennoch exakt. Die Noten folgten einander so schnell, dass sie sich berührten, aber jede hatte ihre eigene Identität und Rundheit.

«Herrlich», sagte Grijpstra und schaute die Straße hinunter. Er sah das japanische Restaurant, gekennzeichnet durch ein Schild, das unter einer Markise hing. Das Schild bestand aus einem einzelnen Schriftzeichen, das man auf einen weißen Untergrund gepinselt hatte. Er ging darauf zu und tastete nach dem zerknitterten Zettel in der Seitentasche seiner Jacke. Er fühlte die Pistole durch das Taschenfutter, und das Bild von der verruchten Gestalt in dem alten Film schoss ihm wieder durch den Kopf.

«*Irrasshai*», sagte das Mädchen, als er sich bückte, um unter dem Tuch, das den Eingang zum Restaurant teilweise verhüllte, hindurchzugehen.

«Wie bitte?», fragte Grijpstra.

«Willkommen», sagte das Mädchen. Es war Japanerin, eine kleine, lächelnde Gestalt im Kimono, die ihm zunickte, er möge mitkommen. «Haben Sie einen Tisch reservieren lassen?»

«Ich habe angerufen», sagte er. «Mein Name ist Grijpstra. Man hat mir gesagt, ein Tisch sei nicht frei, aber man werde mir einen Platz an der Bar reservieren.»

«Bitte», sagte das Mädchen und zeigte mit der Hand zum hinteren Teil des Restaurants. Er gab ihr den Zettel, und sie schaute auf die kleine, flüchtig hingekritzelte Notiz. Ihre Hand schoss nach oben und bedeckte ihren Mund. Die schrägstehenden Augen wurden groß.

«Miss Andrews», sagte Grijpstra. «Joanne Andrews, sie

kam zu mir und gab mir diesen Zettel. Den soll ich Ihnen geben.» Er fischte seine Brieftasche heraus und zeigte seinen Ausweis.

«Polizei», sagte sie. Ihr ursprüngliches Lächeln hatte sie wiedergewonnen. «Treten Sie bitte ein, Mijnheer. Ich werde dem Manager sagen, dass Sie hier sind. Wir haben heute Abend einige sehr gute Speisen. Haben Sie schon einmal japanisch gegessen?»

«Nein», sagte Grijpstra, «aber ich würde es gern versuchen.» Er sah sich um, während das Mädchen einen anderen Gast begrüßte. Sie war sehr klein; ein weißer Kimono umhüllte die schlanke, winzige Gestalt; eine breite Baumwollschärpe hielt das exotische Gewand zusammen. Er sah das Blumenmuster auf dem Kimono und betrachtete das Mädchen für einige Sekunden. Das Kleidungsstück betonte zwar nicht ihre Brüste, aber er sah den strammen Umriss ihres Hinterteils und den zarten nackten Hals. Seine Hand fuhr in die Höhe und spielte mit dem Schnurrbart, während er sich bemühte, ein ernstes Gesicht zu bewahren. Seine plötzliche Schlussfolgerung belustigte ihn. Eine andere Betrachtungsweise, sagte er sich, aber am Ende ist es immer das Gleiche. Wir schauen auf Beine und Busen und sie auf Hals und Hintern.

Das Mädchen hatte sich umgedreht, Grijpstra ließ die Hand sinken. Sein Gesicht hatte das übliche väterliche Aussehen angenommen, reserviert für den Kontakt mit jungen Damen. «Bitte hier entlang», sagte sie und ging voraus. Eigentlich ging sie nicht, sondern sie schlurfte, die Fußspitzen nach innen gerichtet, die kleinen Füße in weißen Söckchen mit separat angestricktem großem Zeh, auf hohen Sandalen stehend.

Er setzte sich an die Bar und studierte die Speisekarte, gab es jedoch auf. Die Worte waren ihm zu fremd, und obwohl auf der Speisekarte versucht wurde, auf Niederländisch und Englisch zu erklären, was die einzelnen Gerichte sein sollten, fühlte er sich verloren. Die Speisen klangen wie Kinderreime. Er legte die Speisekarte weg und sah sich um. Die Bartheke bestand aus einer dicken Holzplatte; er streichelte das sanft schimmernde Material. Man würde sie wohl täglich ölen müssen, dachte er, vermutlich mit Leinsamenöl. Er hatte selbst mal für die Küche seiner Frau eine Tischplatte angefertigt und Holz von gleicher Qualität verwendet; es war sehr teuer gewesen. Er hatte gedacht, seine Frau würde es zu schätzen wissen, auf der glatten Fläche zu arbeiten, aber sie hatte das zarte Kolorit der Platte und die samtene Struktur nicht bemerkt, sondern Essen darauf verschüttet und mit heißen Töpfen und Pfannen Ringe eingebrannt.

Er ließ den Blick wandern. Er sah einen jungen Mann in einer tadellos weißen Jacke, deren breiter V-Ausschnitt die nackte Brust frei ließ; er war an einem Tisch hinter der Bar mit der Zubereitung von Gemüse beschäftigt. Er hackte die Stängel von Frühjahrszwiebeln mit einer solchen Geschwindigkeit, dass das Messer ganz verschwommen war. Auf einer Schüssel war eine Reihe von Gemüsen arrangiert, deren unterschiedliches Grün die plötzliche rote Explosion einer Tomate hervorhob. Ein anderer Mann schnitt rohen Fisch, umhüllte die Stücke mit kaltem, klebrigem Reis und legte sie auf eine große Platte. Grijpstra lief das Wasser im Mund zusammen. Er aß gern Matjesheringe von den Straßenständen in der Stadtmitte, aber dieser Fisch sah besser aus. Was war es? Dorsch? Pollack? Makrele? Er schluckte und wandte den Blick nicht ab, aber dann fiel ihm ein, dass er ermitteln sollte. Er zwang sich, seine Umgebung zu registrieren. Die hohe Decke aus schmalen, dünnen Brettern, die durch Leisten von fast der gleichen Farbe zusammengehalten wurden. Die beiden Tönungen harmonierten miteinander, aber nur gerade eben. Wenn die Leisten etwas dunkler gewesen wären, hätten sie den Effekt verdorben. Er nickte vor sich hin. Die gehen so weit, wie sie können, sagte er beinahe laut, so weit sie können. Ihm fiel der schlurfende Gang des Mädchens ein. Hätte sie ihre Füße ein wenig mehr einwärts gebogen, würde sie grotesk ausgesehen haben, genau wie die Tauben, die das Pflaster der meisten Plätze in Amsterdam beherrschen. Aber sie wusste, wie weit sie gehen konnte.

Dennoch waren sie im Krieg zu weit gegangen. Also können auch sie es übertreiben. Sie sind fähig, einen Landsmann in einem Wagen auf der Autobahn zu ermorden. Den Hahn einer automatischen Waffe einen Meter vom Kopf des Opfers entfernt, vielleicht nicht mehr als dreißig Zentimeter, durchzuziehen. Vielleicht hatten sie sogar die Laufmündung gegen den Kopf des unglücklichen Mannes gedrückt. Wieder sah er das Flimmern des alten Films vor sich, den verruchten japanischen Verbrecher, der an seinem großen Schreibtisch sitzt, die mageren Finger gegeneinander presst und durch die Brillengläser glitzert, während er einem seiner Henkersknechte befiehlt, sich eines Feindes zu entledigen. Vielleicht waren die Japaner auch sehr gehorsam und deshalb gefährlich. Niederländische Verbrecher streiten sich mit ihren Chefs und schreien und fluchen und verweigern Befehle, deshalb sind deren Verbrechen nicht zu gewalttätig und gewiss nicht unheimlich, jedenfalls nicht sehr oft.

Das Mädchen stand neben ihm. «Folgen Sie mir bitte», sagte sie auf Englisch. «Der Manager und seine Frau erwarten Sie oben im Extrazimmer.» Grijpstra runzelte die Stirn. Sein Englisch war nicht sehr gut, obwohl er die Sprache für seine Polizeiprüfung gebüffelt hatte. Er kannte zwar genug Vokabeln, hatte aber Schwierigkeiten, sie zu richtigen Sätzen zusammenzufügen. Und er wusste, er hatte einen so schweren Akzent, dass es Ausländern schwer fiel, ihn zu verstehen. Bei Japanern könnte es noch schlimmer sein. Der Commissaris hätte de Gier schicken sollen, der das Englische ziemlich fließend beherrschte, denn er hatte einige Zeit in London verbracht und war einmal sogar bis nach Cornwall gekommen, wo er der britischen Polizei half, einen Niederländer festzunehmen, der einige hunderttausend Gulden in gestohlenen Schecks und Wertpapieren verjubelt hatte. Grijpstra brummte. Der Commissaris brachte seine Männer oft in Situationen, für die sie nicht gewappnet waren. Das tat der Alte mit Absicht.

Grijpstra erhob sich und folgte dem Mädchen. Ihm fiel eine Theorie ein, über die sich ein Kriminologe bei einem Abendkursus für Polizeibeamte einmal ausgelassen hatte. Der Mensch ist unfähig, etwas mit Absicht zu tun, hatte der lange, blass aussehende Experte behauptet, wobei er seine Zuhörer anlächelte, als bitte er sie um Verzeihung. Die Dinge ereignen sich, das ist alles, und der Mensch versucht verzweifelt, sich dem anzupassen, was ihm geschieht. Grijpstra hatte dem an jenem Abend zugestimmt, später jedoch seine Zustimmung modifiziert. Einige Menschen können eine Situation schaffen, Dinge mit Absicht tun, überlegt den Lauf von Ereignissen planen. Der Commissaris konnte das; er tat es zwar nicht immer, aber er konnte das Grundmuster von Ursache und Wirkung verschieben und in eine andere Richtung zwingen. Und obwohl eine solche Aktivität bewundernswert und merkwürdig war, so war sie doch nicht immer angenehm. Sie veranlasste Menschen, sich um die eigene Achse zu drehen, besonders die Männer, die mit dem Commissaris zusammenarbeiteten. Vielleicht wurden sie dadurch vervollkommnet.

Grijpstra seufzte. Er wollte sich nicht gerade vervollkommnen. Dennoch, er hatte die Versetzung zu einer viel leichteren Aufgabe abgelehnt. Er könnte jetzt den Beamten helfen, die für die Polizeifahrzeuge und -garagen verantwortlich waren. Regelmäßige Arbeitszeit von neun bis fünf mit einem guten Urlaub, der nicht umgestoßen werden kann, denn Fahrzeuge haben ihre Pannen in einem monotonen Rhythmus, und ihr Verhalten kann in Regeln gefasst werden. Verbrechen sind dagegen eine sprunghafte Angelegenheit. Heute hier, nächste Woche nirgendwo und dann ununterbrochen für mehrere Wochen mit allen möglichen plötzlichen Wendungen. Er hatte die leichte Aufgabe nicht übernommen. Zu schwach, dachte er, zu schwach, die gewohnten Geleise zu verlassen. Auch zu schwach, die Scheidung zu verlangen. Er wollte die Scheidung sehr und die Möglichkeit, irgendwo in ein ruhiges Zimmer zu ziehen, ein Zimmer ohne brüllendes Fernsehen und ohne fette Frau, die auf großen, geschwollenen Füßen herumlatschte. Aber er hatte noch kleine Kinder und spürte, dass er bei ihnen bleiben musste. Vielleicht noch für zehn Jahre. Zehn lange, sich verschlimmernde Jahre, in denen er ertauben und Magengeschwüre bekommen würde. Ihn schauderte.

Das Extrazimmer war sogar noch besser als unten das ruhige, elegante Restaurant. Das Mädchen hatte sich niedergekniet, um ihm die Schnürsenkel zu lösen. Grijpstra stand auf einem Bein und hielt sich an einem Pfosten fest, einem entrindeten Baumstamm. Ein ähnlicher Pfosten im Zimmer flankierte eine Wandnische, die einem offenen Schrank glich. Ihre Hinterwand war weiß, und eine aufgehängte Schriftrolle beherrschte die leere Fläche. Eine einzelne Blume in einer schmalen Vase schmückte den unteren Teil der Nische. Grijpstra betrachtete die Rolle, sechs chinesische Schriftzeichen, die ersten drei identisch.

«Gefällt Ihnen die Rolle?», fragte eine sanfte Stimme. Er schaute nach unten in ein lächelndes Gesicht. Eine Japanerin in den Vierzigern, beim Lächeln zeigte sie ihre vorstehenden Zähne, die reiche Goldfüllungen aufwiesen. Sie sprach englisch, was er erwartet hatte. Diese Frau trug ebenfalls einen Kimono, aber dessen Farbe war ruhiger als die seines Gegenstücks unten im Restaurant. Die kühle Höflichkeit ihres Lächelns milderte sich etwas, als sie Grijpstras Unbehagen bemerkte. In seinem linken Strumpf war ein kleines Loch, aus dem ein Zeh guckte; er versuchte es mit dem anderen Fuß zu verbergen.

«Setzen Sie sich bitte», sagte die Dame und zeigte zu einem niedrigen Tisch hinüber. Drei Kissen lagen auf dem Fußboden, der mit dicken Matten belegt war, jede sechzig mal einsachtzig groß und umsäumt von einem Baumwollstreifen, der mit einfachen Blumenmotiven bedruckt war. «Tatamis», sagte sie. «Wir haben die Matten, wie alles andere in diesem Zimmer, aus meinem Land importiert. Im Restaurant haben wir mit einheimischen Materialien gearbeitet, aber hier ist alles echt japanisch.»

In ihrer Stimme lag ruhiger Stolz, und Grijpstra war beeindruckt. «Sehr schön», sagte er, und sie lächelte wieder, und ihr Lächeln war noch milder geworden.

Er ließ sich nieder, bis seine Knie auf den Kissen ruhten. Er fühlte die Matte unter dem Kissen, sie war federnd. «Hübsch und elastisch», sagte er.

Sie nickte. «In meinem Land wohnen alle auf diesen Matten, sie haben die richtige Größe zum Schlafen, sehen Sie?» Sie zeigte auf die Matte neben Grijpstras Kissen, und als sie sah, dass er nicht verstand, ließ sie sich schnell zu Boden sinken, streckte sich aus, verschränkte die Hände hinter dem Kopf und schloss die Augen. Sie machte ein schnarchendes Geräusch. Grijpstra lachte.

Sie erhob sich und zwinkerte mit den Augen. «Mein Mann ist in der Küche», sagte sie und machte zu dem Mädchen eine Handbewegung, das mit zwei Flaschen Bier und Gläsern auf einem Tablett hereingekommen war. Das Mädchen kniete sich mit geschmeidiger Bewegung nieder und stellte das Tablett auf dem Tisch ab. Es erhob sich und ging, kniete an der Tür nieder, schob sie zur Seite und rutschte schnell durch.

Grijpstra hatte das Mädchen beobachtet und wandte sich jetzt seiner Gastgeberin zu. «Gehen Sie immer so durch die Tür?», fragte er.

«So ist es Brauch, aber moderne japanische Mädchen vergessen es jetzt häufig», sagte sie, öffnete eine Flasche und schenkte das Bier vorsichtig in sein Glas ein. Er tat das Gleiche für sie, dann hoben sie die Gläser und tranken.

Er wischte sich Mund und Schnurrbart ab. «Was bedeutet das?», fragte er und zeigte auf die Schriftrolle in der Nische.

Wieder lächelte sie, und jetzt war das Lächeln nicht mehr so abstoßend wie vorher; er begann sich an ihre Zähne zu gewöhnen. Sie hatte sich offensichtlich für ihn erwärmt, und ihre Beziehung zueinander war jetzt weniger formell. «Ein Gedicht», sagte sie «ein chinesisches Gedicht, es heißt *Schritt, Schritt, Schritt, die frische Morgenbrise.*»

«Man schreitet einige Stufen empor und erfreut sich des kühlen Windes?», fragte er.

«Es könnte sein», sagte sie und schluckte. «Es könnte auch etwas anderes sein.»

«Hmm», sagte Grijpstra und tastete nach seinen Zigarren. Sie beugte sich vor und knipste ein Feuerzeug an. «Schritt, Schritt, Schritt», sagte Grijpstra, «als wenn man sich langsam bewegt und über jeden Schritt freut.»

Sie nickte. «Ja, so etwa. Haben Sie sich die Speisekarte angesehen?»

Grijpstra lächelte. «Ja, aber ich habe nichts verstanden.»

«Soll ich Ihnen etwas empfehlen?»

«Ja, bitte. Vielleicht könnte etwas roher Fisch dabei sein. Ich habe gesehen, wie einer Ihrer Angestellten an der Bar Fisch geschnitten hat.»

«Sushi», sagte sie. «Wir könnten eine Platte ausgesuchter Sushi probieren und dazu Suppe nehmen. Sind Sie sehr hungrig?»

«Der Abend ist sehr warm, vielleicht bin ich nicht so hungrig, aber der frische Fisch wäre gut.»

Sie rief nach dem Mädchen, das an der Tür niederkniete und auf Befehle wartete. Die Dame sagte etwas auf Japanisch, das Mädchen antwortete mit hoher Stimme «*hai, hai*» und ging.

«‹Hai› bedeutet ‹Ja›?», fragte Grijpstra.

Sie schüttelte den Kopf, als sei sie im Zweifel. «Nicht so ganz. Es bedeutet ‹ich bin hier und stehe Ihnen zu Diensten›.»

«Und ich werde tun, was man mir aufträgt», sagte Grijpstra.

Sie kicherte. «Ja, so ähnlich, aber dann tun sie oft etwas ganz anderes.»

«Den Fisch nicht bringen?», fragte Grijpstra und machte ein besorgtes Gesicht.

Sie lachte, beugte sich vor und berührte seine Schulter. «Nein, sie wird den Fisch bringen. Sie mögen Fisch wirklich gern, nicht wahr?»

Er hatte sein Notizbuch herausgeholt und machte wieder ein ernstes Gesicht. «Ich bin Kriminalbeamter», sagte er und nahm eine Visitenkarte aus dem Notizbuch. «Da gibt es einige Fragen; ich hoffe, es macht Ihnen nichts aus.»

Sie schüttelte den Kopf mit der kunstvollen Frisur, bei der die pechschwarzen dicken Strähnen zu einem komplizierten Knoten verschlungen waren. «Nein. Mein Name ist Mrs. Fujitani. Mein Mann und ich leiten dieses Restaurant. Er wird in wenigen Minuten oben sein. Er bereitet gerade ein besonderes Gericht zu, das er nicht sich selbst überlassen kann. Ich nehme an, Sie ermitteln wegen der Anzeige von Joanne Andrews, weil ihr Verlobter verschwunden ist?»

«Ja, Mevrouw», sagte Grijpstra. Sie buchstabierte ihren Namen, den er sorgfältig niederschrieb.

«Vielleicht ist nichts passiert», sagte Mevrouw Fujitani

hoffnungsvoll. «Vielleicht vergnügt Mr. Nagai sich irgendwo und taucht bald auf.»

«Das dachten wir auch», sagte Grijpstra, «aber jetzt nicht mehr. Wir fanden seinen Wagen, wissen Sie, und im Wagen waren Blut und Knochensplitter eines menschlichen Schädels mit schwarzem Haar. Jemand wurde im Wagen erschossen.»

Er sah sie aufmerksam an. Die Reaktion von Furcht war anscheinend echt. Er glaubte, Mevrouw Fujitani hatte nicht erwartet, dass der Mann tot war. Ihre Augen starrten ihn an. Sie hatte scharf nach Luft geschnappt und die Hände mit solcher Kraft verschränkt, dass die Knöchel weiß waren.

«Haben Sie eine Ahnung, wer Mijnheer Nagai ermorden wollte?», fragte Grijpstra sanft.

«Deshalb hat Joanne sich heute also nicht sehen lassen», sagte Mevrouw Fujitani.» Ich habe ihre Wirtin angerufen. Sie hat gesagt, Joanne sei in den letzten Tagen nervös gewesen, sehr nervös.»

Grijpstra wiederholte seine Frage. Sie schüttelte den Kopf und hatte Tränen in den kleinen dunklen Augen.

«Mochten Sie Mijnheer Nagai?»

Sie nickte. «Ja, er war ein so netter, ruhiger Mann. Einmal, vor einem Jahr war es, glaube ich, hat er hier im Restaurant zu viel getrunken und Leute belästigt. Wissen Sie, er ist an ihre Tische gegangen und hat versucht, mit ihnen zu reden. Mein Mann musste ihm die Tür weisen, aber er hat keinen Krach gemacht. Er ist einfach gegangen und hat sich nicht getraut wiederzukommen. Ich bin zu ihm ins Hotel gegangen, und er hat vor Verlegenheit fast geweint.»

«Ist er dann wiedergekommen?», fragte Grijpstra.

«Ja, er hat mir Blumen mitgebracht und uns eine kleine Statue geschenkt, sie ist sehr wertvoll, glaube ich. Dort drüben ist sie.»

Sie zeigte auf einen niedrigen lackierten Tisch. Grijpstra erhob sich von seinen Kissen, rieb seine Beine, die unter ihm eingeschlafen waren, und stolperte auf den Tisch zu. Die Statue stellte einen untersetzten alten Mann dar mit großem Kahlkopf, buschigen, aggressiv vorspringenden Augenbrauen und großen, grausam hervorstehenden Augen. «He», sagte Grijpstra und trat einen Schritt zurück.

Mevrouw Fujitani kicherte. «Daruma-san», sagte sie, «der erste Meister des Zen, sehr mächtig.»

«Ein Priester?», fragte Grijpstra zweifelnd. «Sollten Priester nicht heilig aussehen?»

«Sehr heilig», sagte Mevrouw Fujitani und verbeugte sich ehrfurchtsvoll vor der Statue. «*Daruma* heißt ‹Lehren›, *san* heißt ‹Herr›, also ‹Herr Lehrer›.»

«Und was hat er gelehrt?», fragte Grijpstra, der die Wut auf dem Gesicht des alten Mannes sah.

«Buddhismus», sagte Mevrouw Fujitani. «Aber ich weiß nichts über Buddhismus. Mein Mann und ich sind Christen, Methodisten, aber ich schaue mir die Statue gern an. Es war sehr nett von Mr. Nagai, dass er sie uns geschenkt hat; sie ist jetzt der Mittelpunkt des Zimmers.»

Das Mädchen brachte ein großes Tablett mit Sushi herein, und Grijpstra erfuhr, wie er in einem kleinen Schälchen eine Sauce mischen und mit Essstäbchen den rohen Fisch und den Reis eintauchen musste. Er hatte keine Mühe mit den Essstäbchen; er hatte sie in den chinesischen Restaurants in der Altstadt schon oft benutzt. Nach dem Sushi bot sie eine Schüssel heißer, mit gebratenen Gemüsen garnierter Nudeln an und schenkte aus einer angewärmten Flasche Sake, den japanischen Reiswein, ein.

Mijnheer Fujitani kam zweimal herein, aber er entschuldigte sich jeweils nach wenigen Minuten. Das Restaurant hatte sich gefüllt, und er hatte hinter der Theke zu tun, um spezielle Speisen vorzubereiten und zu überwachen. Er war ein kleiner Mann in den Vierzigern und blinzelte nervös durch die beschlagenen Brillengläser.

«Sehr gutes Mädchen», sagte er immer wieder, als Grijpstra ihn über Joanne Andrews ausfragte. «Sie wird nicht zurückkommen, meinen Sie? Sehr gute Hostess, ruhig und tüchtig.» Er sprach schnell, die Worte kamen wie aus der Pistole geschossen, und der hohe Ton seiner Stimme blieb immer gleich.

«Nein», sagte Grijpstra, «ich glaube nicht, dass sie zurückkommen wird. Sie ist sehr traurig über den Tod ihres Freundes. Sie scheint sicher zu sein, dass er ermordet worden ist, obwohl wir die Leiche bis jetzt noch nicht gefunden haben. Wer würde ihn nach Ihrer Ansicht ermorden wollen, Mijnheer Fujitani?»

Aber Mijnheer Fujitani verbeugte sich nur, sagte «saaaaah», schüttelte den Kopf und sah äußerst verwirrt aus.

«Wann haben Sie Mijnheer Nagai zuletzt gesehen?»

Aber Mijnheer Fujitani sagte weiterhin «saaaaah» und schüttelte den Kopf.

Grijpstra sah Mevrouw Fujitani an, aber sie imitierte das Verhalten ihres Mannes. Sie sahen aus wie zwei Spielzeuge, die von einem Uhrwerk bewegt werden.

«Versuchen Sie sich zu erinnern», sagte Grijpstra sanft.

«Nein», sagte Mevrouw Fujitani. «Ich weiß es nicht. Ich glaube, er war vor einigen Tagen hier, aber wir haben immer so viel zu tun und so wenig Personal, und die Vorbereitung der Speisen dauert so lange, und zum Aufwaschen in der Küche haben wir nur zwei Jungen, die es nie schaffen, sodass wir mithelfen müssen. Viele Japaner kommen her, wir kennen die meisten und wechseln einige Worte mit ihnen, aber dann vergessen wir es wieder. Zu viel Arbeit.»

«Ja», sagte Grijpstra. Er dachte an die Beamten vom Rauschgiftdezernat, die bald sehr viel japanisch essen würden, während sie Ausschau nach den niederländischen und japanischen Marineoffizieren hielten, die Joanne Andrews beschrieben hatte. Sie würden irgendeine Falle stellen müssen, um die Heroinschmuggler zu fassen. Er fragte sich, welche Beamten man dafür einteilen würde, und er wünschte, er könnte einer von ihnen sein. Das Essen ist ausgezeichnet, dachte er, als er in seine Schüssel sah und mit seinen lackierten Essstäbchen einen großen Pilz herausfischte.

Eine der Serviererinnen kam herein und sprach mit schnellen Worten zu Mevrouw Fujitani.

«Da ist ein Telefongespräch für Sie», sagte sie. «Wollen Sie es hier entgegennehmen?»

«Bitte», sagte Grijpstra und nahm das Telefon, das sie von einem Beistelltisch genommen, nachdem sie einen Knopf gedrückt hatte.

«De Gier», sagte die Stimme. «Wie ist das Essen? Gefällt es dir dort?»

«Ja», sagte Grijpstra. «Hier ist es wunderschön. Ich kann nicht glauben, dass ich in Amsterdam bin. Dies muss das vollkommene japanische Zimmer sein. Du solltest kommen und es sehen.» Er schaute Mevrouw Fujitani an, die lächelte, obwohl ihre Augen noch feucht waren. Er fragte sich, ob sie eine besondere Bindung an Mijnheer Nagai hatte. Oder an Joanne Andrews.

«Wir haben diese beiden Spaßvögel», sagte de Gier. «Sie saßen in ihrem Hotelzimmer vor dem Fernseher. Sie sagen, sie wüssten nicht, wovon wir, zum Teufel, überhaupt reden. Einer von denen spricht ein wenig Englisch; vielleicht können wir morgen einen Dolmetscher bekommen. In ihrem Zimmer war nichts, keine Schusswaffen, keine Gemälde oder Skulpturen, kein Rauschgift. Ihre Papiere sind in Ordnung; sie sagen, sie seien für zwei Wochen auf Urlaub in Amsterdam.»

«Und ihr Beruf? Was tun sie?»

«Vertreter», sagte de Gier. «Sie verkaufen Chemikalien in

Kobe, sie arbeiten für irgendein großes Unternehmen. Ich habe mir den Namen aufgeschrieben. Sie haben die Reise als eine Art von Auszeichnung bekommen; sie haben mehr verkauft, als von ihnen erwartet wurde oder so was.»

«Hast du sie festgenommen?»

«Na, klar», sagte de Gier fröhlich. «Die Reichspolizei hat einen kleinen Beweis gefunden. Ein Japaner hat in einem Geschäft nahe der Autobahn nach Utrecht eine Schaufel gekauft. Er fuhr einen weißen BMW; der Ladeninhaber hat den Wagen gesehen. Und einigen Leuten in dem Dorf ist aufgefallen, dass ein Japaner versucht hat, die Polster eines weißen BMW zu reinigen. Er hatte den Wagen auf einem Feld in der Nähe eines Teichs abgestellt und rieb den Beifahrersitz mit einem Handtuch oder einem großen Staubtuch ab. Er hatte es im Teich nass gemacht.»

«Haben die nur einen Mann gesehen?», fragte Grijpstra.

«Ja, aber ich nehme an, dass der andere auch dort war. Vielleicht hat er im Wagen gewartet. Die Zeugen sind nicht sehr klar. Sie kommen morgen, um sich die Verdächtigen anzusehen. Ich habe die Spaßvögel hier im Präsidium.»

«Sind sie beunruhigt?», fragte Grijpstra.

«Nicht sehr. Sie wollen ihren Konsul sprechen. Ich habe ihn angerufen. Er ist ausgegangen, aber ich werde morgen früh wieder anrufen. Sie lächeln und nicken oft und sagen ‹saaaaah›.»

«Ja», sagte Grijpstra. «Ich habe das Wort auch schon gehört. Ich frage mich, ob es etwas bedeutet.»

«‹Ich weiß nicht›, denke ich», sagte de Gier. «Bist du dort fertig? Möchtest du, dass wir uns noch zu einem Drink treffen?»

«Nein», sagte Grijpstra schwerfällig. «Ich werde zu Fuß nach Hause gehen und mich durch nichts mehr stören lassen.»

«Danke», sagte de Gier.

«Diese Straße etwas weiter runter spielt jemand Bach auf einem Klavichord», sagte Grijpstra glücklich. «Etwas Trauriges, aber es hat einen herrlich gleitenden Rhythmus. Er setzt ein, schwindet dahin und setzt wieder ein. Sehr frisch. Ich glaube, du kannst es spielen. Du hast das Stück auf Schallplatte, aber ich habe offenbar nicht richtig zugehört, als du sie abgespielt hast. Die Musik ist zart, sie beginnt mit einem tii-taa-pom-pom, dann kommt eine gewisse Traurigkeit dazu, gespielt mit der linken Hand, eine Art von Glissando, ich glaube, dass ich es auf der mittleren Trommel spielen kann.»

«Ja», sagte de Gier. «Ich kann mich erinnern, es war ein Präludium. Du hast gesagt, dass es dir gefällt. Aber später wird es kompliziert, weißt du. Ich könnte vielleicht Teile davon spielen, aber ich müsste die Noten lesen können.»

«Quatsch. Ich habe vorhin aufmerksam zugehört. Wir brauchen den komplizierten Teil nicht zu spielen, wenn wir nur das Glissando und einiges von dem tii-taa-pom-pom richtig hinkriegen. Ich werde es dir vorsingen, vielleicht fällt es dir dann wieder ein.» Grijpstra summte.

Mevrouw Fujitani beobachtete ihn. Ihr Lächeln war verschwunden, aber sie sah friedvoll aus.

«Ja», sagte de Gier. «Ich erinnere mich. Es ließ mich an einen Mann denken, der in einem kleinen Boot einen See überquert. Er lässt alles hinter sich zurück, und das macht ihn traurig, aber es wird auch eine große Liebe geboren; ihr wendet er sich zu.»

«Ja», sagte Grijpstra. «Der Tod. Der Mann stirbt oder ist bereits gestorben. Der See ist schwarz, aber auf ihm liegt ein Schimmer von Licht, von silbernem Licht. Pass mal auf, ich werde zu dir ins Präsidium kommen. Hast du deine Flöte?»

«Ja», sagte de Gier. «Komm bald. Ich werde versuchen, mich an möglichst viel zu erinnern. Mir fällt gerade ein anderer Teil ein, das Ende. Wunderschön. Ich glaube, ich kann es spielen, und wenn du die Besen nimmst, kannst du die linke Hand mit hineinbekommen. Es ist die letzte Aussage des Mannes, bevor ihm etwas zustößt, was auch immer es ist.»

«Ich werde die Straßenbahn nehmen», sagte Grijpstra, «und in fünfzehn, zwanzig Minuten dort sein.»

«Ich kann nicht sehr lange bleiben», sagte de Gier. «Esther hat gesagt, sie will um etwa elf zu mir in die Wohnung kommen. Sie musste heute Abend Unterricht geben.»

«Ja», sagte Grijpstra und legte auf.

«Sie haben sehr hübsch gesungen», sagte Mevrouw Fujitani. «Möchten Sie noch Kaffee, bevor Sie gehen?»

«Gesungen? Ach so, ja. Aber es ist unmöglich. Ich kann Bach nicht singen. Mögen Sie Musik, Mevrouw Fujitani?»

«Koto», sagte sie. «Es ist eine Art von Gitarre. Aber ich spiele nicht gut. Ich hatte als Kind Unterricht und spiele jetzt manchmal für meinen Mann, wenn er sehr müde oder über irgendetwas beunruhigt ist. Hier in diesem Zimmer.»

«Irgendwann möchte ich es einmal hören», sagte Grijpstra und versuchte aufzustehen, aber er hatte wieder einen Krampf in den Beinen und konnte nicht darauf stehen. Er rieb sich verzweifelt die Waden und versuchte, sich hochzudrücken, aber er konnte sich nirgends festhalten und grunzte und fiel hin.

«Tut mir Leid», sagte Mevrouw Fujitani, «aber in diesem Zimmer sind keine Stühle, sie würden einfach nicht hineinpassen. Ich hätte Ihnen unten servieren lassen sollen, aber im Restaurant ist es jetzt so laut.»

«Schon gut», sagte Grijpstra, dem es schließlich gelang aufzustehen, «und für den Kaffee habe ich keine Zeit mehr. Wir haben im Präsidium einige Verdächtige; vielleicht kann ich heute Abend mit denen sprechen. Sie sind eingeladen, morgen zur Polizeiwache zu kommen. Ich glaube, die beiden Männer haben gewöhnlich hier gegessen. Vielleicht können Sie uns einige Informationen geben.»

«Saaaaah», sagte Mevrouw Fujitani und schüttelte den Kopf.

5

Er sieht aus wie ein Krämer, dachte der Commissaris, als er sich im vermutlich teuersten Restaurant von Den Haag dem Botschafter gegenüber an einem Ecktisch niederließ. Der Raum war ruhig, und die Kellner in tadellosem Frack, gestärktem Hemd und wehender Hose glitten um sie herum, spähten besorgt nach den Gästen und waren so eifrig, dass sie beim Servieren fast auf die Nase fielen. Es waren alte Männer. Einer von ihnen schien zu wanken unter dem Gewicht eines kleinen Silbertabletts mit zwei tulpenförmigen Gläsern auf hohem Stiel, gefüllt mit Genever, der so kalt war, dass er die Gläser bereifte und undurchsichtig machte. Graubärte, dachte der Commissaris, sie sterben aus. Bald wird es eine neue Generation von Kellnern geben, die nicht kommen, wenn man sie ruft, sondern auf die Selbstbedienungstheke zeigen und fragen, ob einem an den Beinen etwas fehlt, wenn man auf Bedienung besteht.

Er seufzte und sah den Botschafter an, der sein Glas hob. Er murmelte, der Botschafter murmelte, beide nippten und setzten ihr Glas ab. Der Botschafter war ein großer Mann mit kahlem Kopf und goldgeränderter Brille. Er hatte ein höfliches Gesicht, aber in den ruhigen grünen Augen, die den Commissaris musterten, schien sich eine gewisse Intelligenz zu zeigen.

Sie kamen einander vorsichtig näher, leerten ihre Gläser, bestellten neue und studierten die Speisekarte, die zwölf Seiten mit der Hand geschriebener Spezialitäten umfasste. Auf der Karte des Commissaris standen keine Preise, aber er warf einen Blick auf das Exemplar des Botschafters, woraufhin es ihm kalt über den Rücken fuhr. Sie würden für dieses Essen mehr ausgeben als der jüngste Sohn des Commissaris an diesem Tag mit nach Frankreich nahm, und der Junge wollte drei Wochen fortbleiben. Essen, dachte der Commissaris, ist das Vergnügen eines alten Mannes, aber er zuckte unmerklich die Achseln.

Er hatte den Wert des Geldes immer bezweifelt, und ihn hatten weder Reichtümer noch Armut sehr beeindruckt. Er hatte beides gekannt. Die Kriegsjahre hatten ihn gelehrt, wie das Gefühl ist zu verhungern, und das Erbe von seinem Onkel hatte ihm einige bizarre Wochen in Paris verschafft, wo er einen gemieteten weißen Sportwagen fuhr und in einer Hotelsuite wohnte, deren Toilette größer war als damals seine Wohnung in Amsterdam. Er hatte das Geld absichtlich verschwendet und alles in einem dreiwöchigen Urlaub verjuxt. Sein Bruder, der den gleichen Betrag geerbt hatte, hatte das Geld klug angelegt und war jetzt ein reicher Mann; er wohnte in einem großen Haus in der Schweiz, sorgte sich um seine Gesundheit und trank zu viel Wein.

«Auf Ihr Wohl», sagte der Commissaris und lächelte den Botschafter an, «damit Sie lange gesund bleiben.»

Die Augen hinter der goldgeränderten Brille funkelten. «Danke, gleichfalls. Wie es scheint, haben wir also eine japanische Leiche, und der Tod hängt mit den Yakusa und gestohlenen Kunstwerken und vielleicht mit Rauschgift zusammen. Ihr Fall interessiert mich; wir könnten ihn benutzen, um uns Wohlwollen zu verschaffen.»

«Wohlwollen?», fragte der Commissaris, während er auf der Speisekarte auf seine Wahl zeigte und die untertänige Verbeugung des Kellners mit einem Kopfnicken beantwortete.

«Genau. Sie werden den Fall selbstverständlich lösen, da

habe ich keinen Zweifel. Der oder die Mörder werden festgenommen und vor Gericht gebracht werden. Aber es hängt noch mehr daran. Dieser Fall wird uns die Möglichkeit geben, Gefälligkeiten zu vergelten, die uns die Japaner erwiesen haben. Vor vielen Jahren. Ich glaube, es war genau 1635 oder 1636, ich habe es jetzt vergessen.»

«Das ist eine kleine Weile her», sagte der Commissaris.

Der Botschafter gestikulierte. «Was ist schon Zeit? 1635 war einmal ‹jetzt›, nicht wahr? Und das Jahr 2000 wird bald ‹jetzt› sein, falls wir es noch erleben. Sie und ich werden es selbstverständlich nicht erleben, aber andere Menschen, meine ich. Die Menschen im Allgemeinen. Aber möglicherweise wird der Planet dann explodiert oder von Uranfeuern und radioaktiven Niederschlägen verwüstet sein, und nebenbei sind dann noch etwas Napalm und einige Laserstrahlen außer Kontrolle geraten. Das wäre kein schlechter Gedanke.»

«Meinen Sie?», fragte der Commissaris höflich.

«Ein wundervoller Gedanke», sagte der Botschafter, der sich für das Thema erwärmte und mit einem kleinen Löffel stürmisch in seiner Suppe rührte. «Stellen Sie sich mal vor, eine tote Steinkugel behält ihren Lauf um die Sonne für eine Milliarde Jahre oder so bei oder, was noch besser ist, gar keine Kugel. Nur leerer Raum, den die Erde einst ausfüllte. Leere hat mich immer fasziniert, vielleicht wegen meiner vielen Jahre im Fernen Osten. Alle Philosophien der Chinesen – selbstverständlich mit Ausnahme des Konfuzianismus, der keine Philosophie ist, sondern eine Reihe von Regeln – konzentrieren sich anscheinend auf die Leere.»

«Chinesische Philosophie?», fragte der Commissaris. «Ich dachte, Sie wohnten in Japan.»

«Ich habe in China gelebt, wissen Sie, fünfundzwanzig Jahre lang mit kleinen Unterbrechungen. In Japan bin ich erst seit drei Jahren. Aber die Japaner haben ihre Ideen aus China und halten sie am Leben. Wunderbare Ideen. Ich selbst bin Taoist, aber ich habe mich immer für den Buddhismus interessiert. Vielleicht ist es das Gleiche, wenn man ihnen auf den Grund geht.»

Der Commissaris schlürfte den letzten Rest aus seiner Tasse und zerkaute die Stückchen Schildkrötenfleisch. «Ja», sagte er, «wenn man den Dingen auf den Grund geht, bleibt nichts übrig. Im Gefängnis ist mir dieser Gedanke oft gekommen. Im Gefängnis hat man viel Zeit, und die kann genutzt werden, um nachzudenken.»

«Hatten die Deutschen Sie geschnappt?», fragte der Botschafter und machte ein interessiertes Gesicht.

«Ja.»

«Üble Kerle. Aber die Japaner konnten im Krieg ebenfalls hässlich sein. Sie haben zwei meiner Brüder umgebracht, man hat sie im früheren Niederländisch-Indien gefangen genommen und nach Birma gebracht. Sie waren Offiziere und wurden zu Tode geprügelt, weil sie es ablehnten, an einer Eisenbahn zu arbeiten. Ich frage mich, ob sie auch mich geprügelt hätten. Ich spreche Japanisch und kenne ihre Sitten. Vielleicht wäre ich damit durchgekommen. Sie sind wirklich äußerst höfliche und oft sehr fortschrittliche Menschen, aber sie können sich seltsam benehmen, wenn man sie verwirrt.»

«Sie sprechen Japanisch?», fragte der Commissaris und schaute auf. Der Botschafter erinnerte ihn immer noch an einen Krämer, an einen erfolgreichen Krämer, dem ein großes Geschäft gehört mit einer großen Auswahl an Lebensmitteln und der hinter dem Ladentisch steht, seine Kunden strahlend anlacht und Zucker oder Mehl in braune Tüten füllt.

«Ja. Ich habe Chinesisch studiert, ehe ich in den Fernen Osten ging, aber ich habe auch Japanisch gelernt. Als ich nach Japan versetzt wurde, habe ich mir die Sprache schnell angeeignet. Sie verwenden selbstverständlich dieselben Schriftzeichen wie die Chinesen, aber außerdem haben sie noch ihre eigene Schrift, und das gesprochene Wort ist ganz anders. Ich habe es geschafft, aber ich hatte eine Hilfe.» Der Botschafter kicherte. «Man sagt, die beste Art und Weise, eine Sprache zu erlernen, ist die auf dem Kopfkissen. Ich habe ein erstklassiges Callgirl angeheuert, eine sehr gebildete Dame, und zusammen haben wir dann eine Menge von deren Literatur gelesen. Wunderbare Literatur; schade, dass nur wenig übersetzt wird. Wir könnten viel mehr von denen lernen, aber es besteht ein solcher Mangel an intelligenten Übersetzern.»

«Eine Geisha?», fragte der Commissaris, gespannt lächelnd.

«Nein. Geishas sind keine Prostituierten. Sie tanzen und singen und glänzen in intelligenter Konversation. Eine Geisha mag Liebhaber haben, aber sie sucht sie selbst aus. Nein, meine war eine Hure, fürchte ich. Nicht etwa, dass ich etwas gegen Huren hätte; im Gegenteil. Und Sie?»

«Überhaupt nicht», sagte der Commissaris schnell. «Nein, ganz und gar nicht. Und sie sind sehr nützlich für die Arbeit der Polizei. Ich glaube, ohne sie würden wir nichts erreichen. Sie erwähnten das Jahr 1635. Was geschah 1635?»

Der Botschafter sprenkelte Minzsauce auf sein Lammkotelett. «1635», wiederholte er. «Die Insel Deshima wurde den Niederländern übergeben. Hundertdreißig Meter lang, achtzig Meter breit, mit der Stadt Nagasaki durch eine kleine Brücke verbunden. Ein Eiland von der Größe eines Schiffes. Aber sie gehörte uns. Und wir waren die einzige westliche Nation, die damals mit Japan Handel treiben durfte. Die Japaner rechneten sich aus, dass wir sie nicht zu irgendetwas bekehren würden, sondern nur des Geldes wegen dort waren. Und das waren wir auch; schließlich waren wir einfache Leute, immer bereit, einen Gulden zu verdienen. Das Eiland hatte einen Häuptling, der sich einmal im Jahr nach Edo, dem heutigen Tokio, begeben musste, um seine Achtung zu zollen. Eine

Reise von einigen hundert Kilometern, und er wurde stilgerecht in einer Sänfte zur Hauptstadt getragen. Wir hatten einige Afrikaner auf unserer Insel, die das Tragen besorgten, und der Häuptling hatte javanische Diener, die voraus- und hinterhermarschierten. Ein Weißer, umgeben von Schwarzen und Braunen. Was das für ein Anblick gewesen sein muss. Die meisten Japaner hatten noch nie einen Ausländer gesehen, und hier erschienen sie gleich in drei Farben wie gemischtes Speiseeis.»

Der Commissaris schloss die Augen und versuchte sich die Szene vorzustellen.

Der Botschafter lächelte. «Können Sie sie sehen?»

«Ja», sagte der Commissaris und machte die Augen wieder auf.

«Und sie waren gut zu uns, wissen Sie. Sie ließen uns hübsche Gewinne machen und hielten zu uns, als die Niederlande von Frankreich erobert wurden und für eine ganze Reihe von Jahren keine Lieferungen mehr kamen. Die ganze Zeit über war Deshima die einzige Stätte, wo die niederländische Flagge wehte.»

«Ja, ja», sagte der Commissaris. «Die haben uns also einen Gefallen erwiesen, den Sie ihnen vergelten möchten. Vergelten wir denn nicht schon? Wir treiben doch immer noch Handel mit den Japanern, nicht wahr? Amsterdam ist voll von Japanern. Ihre wichtigsten Handelsgesellschaften haben anscheinend alle ihr Büro hier, und wir heißen ihre Touristen willkommen. Sogar ihre Gangster, die Yakusa, scheinen hier zu sein. Wie ich höre, sind die gefährlich. An gefährliche Gangster sind wir nicht gewöhnt. Ich hoffe, meine Männer können sich der Situation anpassen. Ich verabscheue Schießereien; sie tun keinem gut.»

«Nehmen Sie sich noch ein Kotelett», sagte der Botschafter und schob eine Silberplatte über den Tisch. «Köstlich. Ich kenne den Koch hier, er ist ein hingebungsvoller Mensch. Nein, Sie werden keine Schießereien erleben. Ich verstehe diesen Mord auch nicht; vielleicht hat jemand einen Fehler gemacht. Wenn die Yakusa töten, lassen sie es wie einen Unfall oder Selbstmord aussehen, und sie passen sehr auf, dass niemand sein Gesicht verliert. Ein Mann, der sein Gesicht verliert, wird gewöhnlich versuchen, sich zu rächen, und Rache führt zu neuer Rache ohne Ende. Die Yakusa wollen in Frieden und Luxus leben.»

«Sie verkaufen vielleicht Heroin hier, das zu den amerikanischen Streitkräften in Deutschland geht», sagte der Commissaris bedächtig, «das heißt, falls unsere Information stimmt. Die Amerikaner sind ziemlich empfindlich in Bezug auf Rauschgifthandel. Er verdirbt ihre Armee. Unsere Soldaten sind zu sehr damit beschäftigt, ihre Haare wachsen zu lassen und auf Urlaub zu gehen, um sich viel um schwere Drogen zu kümmern. Fußball und Bier sind anscheinend ihr wichtigster Zeitvertreib. Aber die amerikanischen Soldaten haben eine Sucht nach Opiumderivaten entwickelt.»

«Gewiss», sagte der Botschafter und füllte seinen Teller noch einmal. «Es könnte zu einem Sieg der Kommunisten führen, und wir werden singend und rote Fahnen schwenkend am Palast der Königin vorbeimarschieren. Aber sogar unter dem Kommunismus gibt es gewisse Möglichkeiten. Ich habe in Russland viele schlaue Leute kennen gelernt, die herrliche Villen auf dem Lande haben. Vielleicht ist es die Wiederkehr der alten Zeiten, als nur die Dummen und Blöden arbeiteten und die feinen Herren ein feines Leben führten. Kaviar auf Toast, ein kleines Glas Wodka und ein kubanischer Musiker, der in der Ecke auf seiner Gitarre spielt. Den Russen gehören lange Küstenstriche im Fernen Osten und Inseln, herrliche Inseln. Man könnte reisen.»

«Man könnte sich in einer Irrenanstalt wiederfinden und

von großen Männern zusammengeschlagen werden, weil ein kommunistischer Richter festgestellt hat, dass man die falschen Ideen hat», sagte der Commissaris und schob seinen Teller fort. Die Lammkoteletts waren wirklich köstlich, aber er freute sich auf Torte, Kaffee und Cognac.

«Stimmt», räumte der Botschafter widerstrebend ein. «Sie haben ziemlich viele Irrenanstalten und Lager und so weiter. Dennoch, dort kann man Däumchen drehen und ans Entkommen denken. Flucht ist ein großartiges Spiel. Heroin jedoch, sagten Sie. Ja, es wäre gut, den Handel zu stoppen, und dazu sind wir hier. Das ist jedenfalls einer der Gründe. Wissen Sie, als Botschafter komme ich manchmal mit den führenden Leuten in Japan zusammen, und sie interessieren sich dafür, was hier vor sich geht. Sie haben sich wohl überlegt für Amsterdam als Zentrum für alle japanischen Aktivitäten in Westeuropa entschieden, vielleicht, weil unser Land ruhig ist, vielleicht, weil Amsterdam eine gute Stadt ist oder wegen seiner ziemlich zentralen Lage oder wegen unserer Währung, die einigermaßen stabil ist. Es könnte auch die Fortsetzung von Deshima sein. Sie haben immer durch und mit uns Handel getrieben.»

«Sie haben auch Krieg gegen uns geführt», sagte der Commissaris, wischte die dünnen Lippen mit einer Damastserviette ab und betrachtete ein Arrangement von Apfelsinen und Bananen auf einem Beistelltisch. «Sie haben unsere Fernostflotte innerhalb von Stunden vernichtet, unsere Armee gefangen genommen, die meisten unserer Offiziere in Arbeitslagern umgebracht und unsere Frauen und Kinder fünf Jahre lang hinter Stacheldraht festgehalten.»

«Das haben sie vergessen. Die meisten Japaner wissen nicht einmal, dass auch wir am Krieg beteiligt waren. Über Amerika und England wissen sie Bescheid. Tatsache ist, dass sie sich jetzt mit uns befassen. Aber da ist auch der Rauschgifthandel, der ihren Ruf hier beeinträchtigt, und da ist die Angelegenheit mit den gestohlenen Kunstgegenständen. Die Japaner sind sehr stolz auf ihre Kunst. Die meisten antiken chinesischen Kunstwerke sind verschwunden oder wegen der Revolution nicht erhältlich, aber die Japaner haben gute Vorräte, und zwar sowohl chinesische Kunstgegenstände, die sie vor vielen Jahren importiert haben, als auch Originale, die von ihren eigenen großen Malern und Bildhauern, Kalligraphen und Töpfern seitdem geschaffen worden sind. Die meisten Kunstwerke werden in Tempeln aufbewahrt, in einigen der großen Komplexe buddhistischer Gebäude, in denen die Mönche von Meistern ausgebildet werden. In jenen Gebäuden sind sie sicher; die Mönche und Priester würden nicht im Traum daran denken, sie zu verkaufen. Und die Bevölkerung weiß von den Schätzen und kommt an bestimmten Tagen, wenn die Gebäude der Öffentlichkeit zugänglich sind, um die Kunstwerke zu besichtigen. Aber es gibt Zehntausende von Tempeln in Japan und einen Mangel an Mönchen und Priestern. Um einige Tempel kümmern sich Schwindelpriester, Männer ohne Ausbildung, die diesen Posten durch gewisse Einflüsse an sich gebracht haben. Einige Aufseher werden vom Staat bezahlt und sind leicht zu korrumpieren. Und dann gibt es selbstverständlich verderbte Priester, Männer, bei denen die Yakusa schmarotzen können. Die Yakusa sind kluge Psychologen und mächtig. Tatsache ist, dass es ihnen gelungen ist, absolute Schätze in die Hand zu bekommen, die auf den Amsterdamer Auktionen ein Vermögen einbringen.

Man hat mir nahe gelegt, ich möge meinen Einfluss nutzen und den Amsterdamer Kanal beeinträchtigen und ihn, so hofft man, schließen. Man hat mir auch nahe gelegt, Mittel aufzubringen, um die Insel Deshima zu restaurieren, wo einiges baufällig ist. Aber meine Bemühungen sind bis jetzt fehlgeschlagen. Unsere Regierung hat keine Gelder, um Gebäude auf einer Insel instand zu setzen. Jetzt zahlen die Portugiesen einen Teil der Restaurierung, was wirklich lächerlich ist. Die Portugiesen waren auch mal auf der Insel, aber das war vor unserer Zeit; man hat sie fortgeschickt, als sie versuchten, die Japaner zum Christentum zu bekehren. Wir sollten zahlen, wir Niederländer, aber wir sind zu verdammt geizig. Den Japanern gefällt das nicht; sie selbst sind zu großen Gesten fähig und erwarten dies auch von anderen. Aber wir haben jetzt noch eine andere Chance, unser Gesicht zu bewahren.»

Man hatte die Torte gebracht, und der Commissaris, der auf seinen Teller starrte, griff nach dem Löffel. Er wollte die Torte mit einem Schnitt in zwei gleich große Stücke teilen. Die Unterhaltung war ihm lästig, obwohl er sich bereits eingestanden hatte, dass ihm der Botschafter gefiel. Er hatte immer eine geringe Meinung von Diplomaten gehabt und einen kinnlosen Trinker erwartet, der stundenlang ziellos drauflosredete, aber die große, hochaufragende Gestalt gegenüber hatte sich anscheinend vollkommen in der Gewalt, und obwohl der Redefluss unaufhörlich war, steckte eindeutig ein Zweck dahinter.

«Ja», sagte der Commissaris munter, «gewiss, gewiss. Nun, wir werden unser Bestes tun. Meine Männer stecken bereits tief in dem Fall, und die Beamten vom Rauschgiftdezernat sind alarmiert worden und haben heute zweifellos ihre Ermittlungen aufgenommen. Die Mörder von Mijnheer Nagai haben das Land möglicherweise schon verlassen, aber es sollte möglich sein, sie später festzunehmen. Wir haben ihre Namen und sogar ein ziemlich gutes Foto von dem Paar, wie es eine Straße in Amsterdam hinunterschlendert. Ich bin ziemlich sicher, dass wir genug Beweise zusammenbekommen, um sie vor Gericht zu stellen. Und wenn die Japaner sie nicht an uns ausliefern wollen, falls sie von hier entkommen konnten, kann ihnen der Prozess irgendwo in Japan gemacht werden. Ich glaube, sie sind aus Kobe. Morgen werde ich versuchen, zur japanischen Botschaft zu gehen, um den Fall zu melden. Wenn sie dort so interessiert sind, wie Sie andeuten, können sie die Verdächtigen bearbeiten und weitere Namen herausholen; vielleicht können die Spitzenleute sogar festgenommen werden. Der Führer der Yakusa wohnt in einer Burg bei Kobe, wie man mir gesagt hat. Und inzwischen werden wir mit unserer Arbeit hier weitermachen. Das Restaurant, in dem Miss Andrews gearbeitet hat, wird bereits beobachtet, und einer meiner besten Männer sollte dem Manager heute Abend einige Fragen stellen. Wir tun unsere Arbeit, und falls die Verbindung zu unseren Kollegen in Kobe gut genug ist, können sie ihre tun. Deshalb habe ich Sie heute angerufen.»

Der Botschafter bewegte pumpend seine Wangen und schluckte das letzte Tortenstückchen hinunter. Er bestellte Zigarren.

«Ja. Ich bin froh, dass Sie telefoniert haben. Aber ich habe einen Vorschlag. Ich habe heute unseren Außenminister gesprochen, und er wird mit Ihrem obersten Chef reden, mit dem Justizminister. Ich hatte außerdem ein kurzes Gespräch mit dem japanischen Botschafter und einen Anruf bei der amerikanischen Botschaft. Bis jetzt sind alle von meiner Idee angetan und haben Unterstützung versprochen. Die CIA ist besonders begeistert, und Mr. Johnson sagte, er erwarte, dass er Sie morgen früh sieht. Es ist gut, Leute wie Mr. Johnson und seine Kollegen in Japan zu kennen. Aber am Ende wird alles von Ihnen abhängen.»

«Von mir?», fragte der Commissaris. «Was kann ich anderes tun als meine Aufgabe erfüllen? Ich versichere Ihnen, das werde ich; zufällig gefällt mir meine Arbeit.»

«Ich weiß, ich weiß», sagte der Botschafter besänftigend und gab dem Commissaris die Zigarre, die er sich soeben selbst ausgesucht hatte. «Sie haben einen ausgezeichneten Ruf, nicht nur wegen Ihrer Intelligenz, sondern auch wegen Ihrer Angewohnheit, niemals aufzugeben. Aber mein Vorschlag geht über den Ruf der Pflicht hinaus. Ich habe mir gedacht, dass Sie selbst nach Japan gehen, wo wir Sie als Aufkäufer von Kunstgegenständen ausgeben würden. Die Yakusa haben sich dort zwar etabliert, aber es gibt keinen Grund, der gegen etwas Konkurrenz spricht. Die Niederländer könnten es mit ihrem eigenen An- und Verkauf probieren, Sie sehen also, Sie gehen hin und versuchen, unsere eigene Einkaufsabteilung zu organisieren. Wir können Ihnen helfen, vor allem jetzt, da wir wissen, dass die CIA bei dem Spiel mitmachen wird.

Die CIA arbeitet eng mit dem japanischen Geheimdienst zusammen, und der wird ihnen vermutlich einige gute Assistenten als Mitarbeiter geben. Sie sollten vollkommen sicher sein. Sie können mit den Leuten zusammenarbeiten und so tun, als kauften Sie gestohlene Kunstgegenstände auf, nur wertvolle Stücke, das Erlesenste von dem, was die Priester in ihren Tempeln hüten. Die meiste Tempelkunst ist offiziell zum nationalen Kulturgut erklärt worden, und es ist Hochverrat, sie zu stehlen, zu kaufen und zu verkaufen. Man kann die Yakusa ertappen und direkt vor den Obersten Gerichtshof stellen. Ich glaube nicht, dass sich die japanische Polizei da einmischt. Vielleicht gesteht man ihr eine kleinere Rolle zu; sie kann sozusagen herumstehen. Und gleichzeitig können Sie etwas wegen des Rauschgifthandels unternehmen. Das Heroin kommt selbstverständlich nicht aus Japan; Schlafmohn wird dort nicht angebaut, jedenfalls nicht in großen Mengen. Die Yakusa kaufen es durch ihre chinesischen Freunde in Hongkong, die es vom chinesischen Festland bekommen. Es wird von Hongkong direkt nach Amsterdam verschifft. Die Chinesen haben vermutlich einen Mann in Japan, den Sie ausfindig machen sollten. Sobald Sie wissen, wer die Yakusa leitet und wer seine Stellvertreter sind, können Sie ein Treffen arrangieren, und der Geheimdienst kann sich den ganzen Haufen greifen.»

«Ich verstehe», sagte der Commissaris. «Bei Ihnen hört sich das sehr einfach an. Aber vielleicht ist meine Reise nicht nötig. Der Chef der Yakusa wohnt in einer Burg bei Kobe. Miss Andrews kann mir die genaue Adresse geben. Sie kann ihn auch beschreiben. Ihre Bekannten könnten hingehen und ihn festnehmen, nicht wahr?»

Der Botschafter rülpste verhalten hinter seiner Serviette. «Entschuldigen Sie! Nein, so einfach ist die Sache nicht. Der Chef der Yakusa oder Daimyo, wie man ihn nennt, ist mächtig. Bis jetzt hat ihm niemand etwas anhaben können. Keine Beweise, wissen Sie. Der Daimyo kennt alle hohen Tiere in seinem Land, er spielt Golf mit ihnen. Er ist wohl behütet. Aber er hat vergessen, sich mit dem Geheimdienst und dem Obersten Gerichtshof anzufreunden. Vermutlich war ihm das auch nicht möglich, selbst wenn er es probiert hätte. Ich glaube nicht sehr an Ehrlichkeit, aber einige Menschen geben sich dieser oder jener Sache hin, und ihre Hingabe ist stärker als ihre Unehrlichkeit. Meine Bekannten, wie Sie sie nennen, sind wirklich darauf aus, den Daimyo zu erwischen. Und ich möchte, dass Sie ihn so sehr ärgern, dass er seinen Bau verlässt, und dann ...» Der Botschafter rollte seine Serviette fest zusammen und knallte sie auf den Tisch.

Der alte Kellner kam zum Tisch gelaufen. «Ein Insekt, Mijnheer?»

«Nein, Johan, ich habe nur einen Punkt betont.»

Der alte Kellner gackerte. «Sehr wohl, Mijnheer.»

«Ich verstehe», sagte der Commissaris.

«Machen Sie sich keine Sorgen um Ihre Sicherheit», sagte der Botschafter. «Nicht einmal die Yakusa werden so leicht einen Ausländer auf japanischem Boden umbringen. Sie mögen versuchen, ihm weh zu tun oder ihn ein wenig einzuschüchtern, aber sie werden ihn nicht umbringen. Die einzigen Ausländer, die in diesem Jahr in Japan von Kriminellen ermordet wurden, starben in Kobe. In Kobe wohnen viele Ausländer. Aber Sie können versuchen, die City zu meiden, obwohl das vielleicht schwierig sein wird.»

Der Commissaris wollte etwas sagen, aber stattdessen nieste er.

«Gesundheit!», sagte der Botschafter und drückte seine Zigarre aus. «Tokio ist ebenfalls gefährlich, aber dort werden Sie nichts zu tun haben. Ihr Flugzeug landet in Tokio, und Sie können dort für einige Tage bleiben, ehe Sie weiterreisen. Die Yakusa in Tokio sind nicht die Gleichen wie die in Kobe, und sie haben einen anderen Daimyo. Seine Spezialitäten sind Glücksspiel und Prostitution mit einer Kette von Supermärkten als Nebenerwerb. Er spielt in meinem Plan keine Rolle. Ich bin hinter dem Daimyo von Kobe her. Er ist der Tempeldieb. Vielleicht könnten Sie in Kyoto wohnen, der Tempelstadt in der Nähe von Kobe. Von dort könnten einige der gestohlenen Tempelkunstgegenstände kommen. In gewisser Hinsicht ist es eine heilige Stadt, es gibt dort viel zu sehen. Tempel, Gärten und so weiter. Ich wollte, ich könnte Ihre Aufgabe übernehmen, aber leider bin ich in Japan zu gut bekannt.»

Der Commissaris spitzte die Lippen und atmete kräftig aus. Er wollte gerade etwas sagen, als einer der Graubärte sich ehrfurchtsvoll niederbeugte und ihm etwas ins Ohr flüsterte.

«Da ist ein Anruf für mich», sagte der Commissaris. «Entschuldigen Sie mich bitte.»

Nach fünf Minuten war er wieder da, der Graubart rückte ihm den Stuhl zurecht. «Anscheinend haben wir die Mörder gefasst», sagte der Commissaris, «die beiden Männer, die, laut Miss Andrews, geschickt worden sind, ihren Verlobten zu beseitigen. Sie werden verhört, aber bis jetzt haben sie alles geleugnet. Aber jedenfalls haben wir sie.»

«Hervorragend», sagte der Botschafter. «Trinken wir diesen Cognac auf die Schnelligkeit und Tüchtigkeit Ihres Dezernats. Es könnte Ihre Arbeit in Japan erleichtern, wenn Sie einverstanden sind, nach dort zu reisen. Sind Sie dazu bereit?»

Der Commissaris gab keine Antwort.

«Die Aufgabe wird nicht sehr gefährlich sein, aber ich glaube, Sie könnten einen Ihrer Männer mitnehmen. Vielleicht haben Sie jemand, der gut Englisch spricht und etwas von einem Kämpfer in sich hat.»

«So einen habe ich, es ist mein Brigadier. Er ist ein hervorragender Schütze und in Judo geübt, wie man sagt. Englisch beherrscht er ziemlich fließend.»

«Das ist genau der richtige Mann. Nun, was sagen Sie, Commissaris? Ich sichere ihnen meine völlige Zusammenarbeit zu. Ich werde in wenigen Tagen wieder in Tokio sein, aber Sie können mich immer telefonisch erreichen. Ich habe Freunde in Japan und kann Ihnen etwas den Weg ebnen, aber, um ehrlich zu sein, muss ich Sie warnen: Die Yakusa sind keine Stümper.» Er schüttelte den Kopf. «Dennoch kommt es mir unglaublich vor, dass sie hier morden. Vielleicht war Mijnheer Nagai viel wichtiger, als es schien. Vielleicht wollte er gerade das ganze Spiel verraten, und Miss Andrews hat untertrieben. Aber irgendwie ist es gut, dass unsere Freunde ihr Blatt überreizt haben; wir haben damit jetzt einen Ansatzpunkt. Sie werden sehr wertvolle Arbeit leisten in Japan. Ich habe nicht gescherzt, als ich sagte, wir sollten uns für Deshima erkenntlich zeigen. Deshima ist wichtig für das Denken der Japaner, und Japan ist jetzt ein wichtiger Handelspartner für uns. Wir brauchen ihre Freundschaft wirklich mehr als sie unsere. Jedes andere Land würde es begrüßen, wenn sie dort wären. Es gibt keinen Grund für sie, nicht nach Brüssel oder Paris oder London zu gehen. Es hängt also alles von Ihnen und von jenen ab, die hinter Ihnen stehen. Ich stehe hinter Ihnen und habe hier zwei Minister, die mich unterstützen. Und dann sind da noch die von der CIA und schließlich die Japaner selbst. Sie werden feststellen, dass deren Geheimdienst eine interessante Institution ist.»

«Wie sieht mein Deckmantel aus?», fragte der Commissaris.

Der Botschafter seufzte. «Ja, der Punkt ist wichtig. Haben Sie Verwandte im Fernen Osten?»

Der Commissaris überlegte. «Einen entfernten Vetter in Hongkong. Er arbeitet für eine Reederei.»

«Derselbe Name?»

«Ja.»

«Im gleichen Alter?»

«Fünf Jahre jünger. Der Mann ist ledig, soweit ich weiß. Er ist leitender Angestellter, ein ziemlich trockener Mann.»

Der Botschafter lächelte. «Gut. Sieht er aus wie Sie?»

Der Commissaris dachte wieder nach. «Vielleicht ein wenig, aber er ist größer und hinkt nicht. Ich leide an schwerem Rheuma in den Beinen. Vielleicht sollten Sie einen gesünderen Mann nehmen. Ich könnte drüben zu krank werden, um eine große Hilfe zu sein. Manchmal breche ich zusammen und muss einige Tage im Bett verbringen.»

«Nehmen Sie Medikamente?»

«Ja, aber sie helfen nicht. Sie betäuben nur den Schmerz. Heiße Bäder sind das beste Mittel.»

«Heiße Bäder!», rief der Botschafter aus und klatschte in die Hände. «Aber Japan ist das Land der heißen Bäder! Man findet sie überall. Heiße Naturquellen. Mit etwas Glück werden wir Ihnen einen Gasthof mit eigener Quelle besorgen, obwohl mir in Kyoto selbst so auf der Stelle keiner einfällt, vielleicht etwas außerhalb. Aber selbst das gewöhnliche japanische Bad sollte Ihren Rheumatismus heilen. Sie können den ganzen Tag in einer Holzwanne sitzen und sich in sauberem, klarem Wasser einweichen, so heiß, wie Sie es ertragen können. Durch deren Bäder laufen Kupferrohre, in Krümmungen unter einem Holzsitz, sodass man sich nicht verbrennen kann, und außerhalb hält ein Bursche das Feuer unter dem Bad in Gang. Oder wenn sie moderner sind, werden die Bäder elektrisch geheizt. Mein lieber Mann, das ist genau das, was Sie suchen. Schon allein die Bäder werden Ihre Reise lohnend machen.»

«Gut», sagte der Commissaris. Die Begeisterung des Botschafters wärmte ihm die Knochen, der Cognac ging ihm in die Adern und nahm den Mühen des Tages ihre Schärfe.

«Hervorragend», sagte der Botschafter. «Vielleicht können Sie mir Namen und Adresse Ihres Vetters in Hongkong geben, dann kann sich die CIA an ihn wenden und ihn für eine Weile verschwinden lassen. Ich nehme an, Ihr Brigadier wird keine besondere Tarnung erhalten, aber ich glaube nicht, dass sich die Yakusa um ihn kümmern werden. Er wird Ihr Leibwächter sein und kann sich als schwerer Junge aus Amsterdam ausgeben. Die Yakusa haben ihn hier noch nicht kennen gelernt, oder?»

«Nur die beiden Männer, die der Brigadier gestern festgenommen hat.»

«Nun, die sind im Gefängnis untergebracht, und wir werden dafür sorgen, dass sie keine Verbindungen nach außen aufnehmen.»

«Und Miss Andrews kennt ihn.»

«Ja, ja. Und Miss Andrews wohnt bei Ihrer Nichte, stimmt's?»

«Ja. Die Polizei hat ein Auge auf sie.»

Der Botschafter verlangte die Rechnung und unterzeichnete sie mit einem Schnörkel. «Ich bin so froh, dass wir zu einer Einigung gekommen sind. Ich bin sicher, Sie werden es nicht bedauern. Japan ist das vielleicht interessanteste Land der

Erde. Exotisch, geheimnisvoll und tüchtig, eine unglaubliche Kombination. Sie brauchen sich nicht zu bemühen, den japanischen Botschafter aufzusuchen, ich werde mich um alle Einzelheiten kümmern. Sie sollten Ihren Flugschein innerhalb einer Woche erhalten, denke ich, vielleicht früher. Wir werden Sie zuerst nach Hongkong fliegen, damit Sie sich mit Ihrem Deckmantel vertraut machen können, und inzwischen kann der Brigadier nach Tokio fliegen und die Leute kennen lernen, die der japanische Geheimdienst aussuchen wird, um Ihnen zu helfen.»

Der Commissaris murmelte seinen Dank für das Abendessen, und der Botschafter langte über den Tisch und klopfte mit der großen Hand, auf der sich im Schein der vier hohen Kerzen die dicken blonden Haare einzeln abhoben, seinem Gast auf die magere Schulter.

«Es war mir ein außerordentliches Vergnügen, Sie heute Abend hier gehabt zu haben. Überlassen Sie jetzt alles mir. Ich kann schnell arbeiten, wenn man mich drängt, und gegenwärtig drängen mich eine Menge unterschiedlicher Kräfte.»

Sie halfen sich gegenseitig in den Mantel und schlenderten auf die Straße hinaus. Der Botschafter hatte keinen Wagen und schritt im Nieselregen davon, die Hände auf dem Rücken verschränkt, Kopf und Rücken leicht gebeugt. Der Commissaris schaute der sich entfernenden Gestalt nach, schüttelte den Kopf und machte ein finsteres Gesicht.

«Wie bin ich da hineingeraten?», murmelte er wütend, als er in den Citroën stieg. «Noch ein Jahr, und ich werde pensioniert. Warum ich?»

Aber er fand keine Antwort auf den kalten, langen Straßen von Den Haag, wo namenlose Fußgänger in der Nacht umherschlurften, auf dem Nachhauseweg von einer Spätvorstellung der Kinos.

6

Brigadier de Gier war sich nicht ganz schlüssig, was er tun wollte. Der Tag war vorüber und vorbei, und er empfand eine erstarrte Art von Müdigkeit, als ob ihm seine Glieder nicht gehörten und von seinem Körper abfallen könnten. Das Polizeipräsidium hinter ihm war fast eingeschlafen. In der Halle und in den Korridoren brannten noch einige Lampen, aber die vielen schwarzen Fenster starrten seinen Rücken an wie tote Augen, Höhlen eines Riesenschädels, und das Wasser der Gracht gegenüber der Straßenbahnhaltestelle schimmerte düster. Auch die wenigen Wagen, die die enge Marnixstraat entlangkreuzten, schienen kaum zu leben, erleuchtete Schatten ohne Ziel.

Aber er fühlte sich dennoch irgendwie glücklich. Grijpstra hatte sein Versprechen wahr gemacht. Gemeinsam hatten sie einige der Feinheiten von Bachs *Weimarer Präludium* erfasst, und er hörte Grijpstras gedämpften Wirbel auf der kleinen Trommel, mit dem dieser das Trillern seiner eigenen Flöte begleitet hatte, als sie mit den letzten Akkorden des traurig-klaren Schlusses verströmt waren. Er hatte Grijpstra zu einer Zelle im hinteren Teil des Präsidiums begleitet, wo ihre beiden Verdächtigen sie stumm begrüßt hatten; sie hatten sich auf ihren Pritschen verbeugt und verlegen die Hände gegeben, als de Gier sie dem Adjudant vorstellte. Mijnheer Takemoto, Mijnheer Nakamura. Wieder hatten sie ihre Unschuld beteuert mit den wenigen englischen Wörtern, die sie beherrschten. Gewiss hätten sie Mijnheer Nagai gekannt, und er sei ein sehr netter Herr gewesen. Sie hätten mit ihm das Essen und das gute holländische Bier genossen. Aber sie hätten ihn nicht ermordet. Sie seien Touristen und hätten Nagai im japanischen Restaurant kennen gelernt und ein Gespräch begonnen. Sie hätten Nagai vorher noch nie gesehen. Wenn er jetzt tot sei, täte es ihnen sehr Leid, das zu erfahren. Mijnheer Takemoto schüttelte den runden Kahlkopf in sprachloser Bestürzung und vor Mitgefühl; Mijnheer Nakamura schnaubte sich mehrmals die Nase mit großem Enthusiasmus. Und sie möchten ihren Konsul sprechen und hätten außerdem gern eine Tasse Tee. De Gier ging und kam mit zwei Flaschen Limonade. De Gier nahm die leeren Flaschen und nickte Grijpstra zu. Die Verdächtigen sprangen auf und verbeugten sich, bis beide an der Tür waren, wo ein älterer Wärter wartete und nervös mit den Schlüsseln klirrte.

«Nun?», fragte de Gier, als sie wieder in ihrem Büro waren.

«Saaaaah», antwortete Grijpstra und schüttelte den Kopf. Er berichtete de Gier von seinen Ermittlungen im Restaurant und nahm die Trommelstöcke auf, während er erzählte. De Gier nahm seine Flöte aus der Innentasche und setzte das kleine Instrument zusammen.

Dann spielten sie Bach. De Gier hatte seine Zweifel gehabt, aber Grijpstra sang ihm die Musik noch einmal vor und kritzelte einige Noten hin, und de Gier begann sich zurechtzufinden. Er hatte die Augen geschlossen und versucht, die Atmosphäre wieder zu finden, die an dem Abend herrschte, als sie die Schallplatte gehört hatten. Er nickte, als ihm einige Passagen wieder einfielen. Grijpstra half, indem er summte und sanft die straffe Oberfläche seiner Trommeln berührte. Sie hatten nicht das ganze Stück zusammengebracht, aber es schien de Gier jetzt, dass es ihnen gelungen war, etwas vom Wesen dieser Musik zu erfassen. Er schüttelte staunend den Kopf. Wie hatten sie das geschafft mit ihrer begrenzten Notenkenntnis und unter Verwendung so unwahrscheinlicher Instrumente wie Trommel und Flöte? Oder versuchte er, sich eine Erfahrung einzureden, die er nie gehabt hatte? Woher wusste er, was Bach sich vorgestellt hatte, als er das Stück komponierte? Wieder hörte er die Musik und sah Grijpstras Gesicht, ganz verwandelt vor Begeisterung, und er spürte fast die Vibration der wirbelnden Trommelstöcke, die seine eigenen lang anhaltenden Triller untermalten. Er musste sich die Platte noch einmal anhören, wenn er nach Hause kam, denn sie hatten einen ganzen Teil des Präludiums ausgelassen, weil es ihnen nicht gelungen war, sich genau genug daran zu erinnern. Das Hauptmotiv war ihm wieder eingefallen, aber es gehörte viel mehr dazu.

Vielleicht konnten sie es später noch einmal versuchen, obwohl er bezweifelte, dass sie jemals wieder so vollkommene Begleitumstände finden würden. Er und Grijpstra waren traurig und gelöst genug gewesen, um sich in die Stimmung des Stücks hineinzuversetzen. Es hatte zu tun mit Joanne Andrews Anzeige, mit dem toten Mijnheer Nagai, dessen bebrilltes Gesicht in die Linse einer billigen automatischen Kamera blinzelte, während sein magerer Körper an einem heißen Sommertag auf einer Amsterdamer Terrasse in einen Korbstuhl gesunken war. Es war verbunden mit dem neuen BMW, der am Haken eines Abschleppwagens der Polizei hing, mit dem ans Wagendach gespritzten Blut und dem in einer Ecke der Polsterung versteckten Schädelfragment.

Die Straßenbahn kam, er wankte zum nächstbesten Platz. Er war müde, aber das war er den ganzen Tag über gewesen. Die Fahrt in der Straßenbahn war betäubend; er schlief eine Weile und kam auf das Präludium zurück, das ihm nicht aus dem Kopf gehen wollte. Er stieg in einen Bus um, der zufällig an der Haltestelle stand, als er die Straßenbahn verließ.

Als er aus dem Bus stieg, sah er die Aufregung im Van Nijenrodeweg. Er wohnte jetzt seit einigen Jahren im Van Nijenrodeweg und wusste, wie oft es hier zu Verkehrsunfällen kam, sogar schweren. Vor ungefähr einer Woche hatte er wie verloren einen kleinen französischen Wagen an einer Platane stehen sehen, das Vorderteil wie eine Ziehharmonika zusammengedrückt. Die beiden alten Damen auf den Vordersitzen waren tot, beide im gleichen Winkel vornübergefallen. Beider Mund stand offen, und sie schienen in die Nacht hinauszuspähen und auf das Ende von irgendwas zu warten, das ihr Gespräch unterbrochen hatte. Er hatte Mühe gehabt, bei ihrem Anblick nicht zu lächeln, vermutlich wegen der grotesken Wirkung ihrer altmodischen Hüte, die nach vorn gekippt waren und die erstaunten, vogelgleichen Gesichter betonten. Aber was war jetzt los? Ein zu schnell fahrender Wagen, der, verführt von den geraden, breiten Rändern des Boulevards, in eine der schlecht beleuchteten Fußgängerinseln gerast war? Oder hatte jemand achtlos die Straße überquert? Dort standen zwei Streifenwagen und ein Transporter der Abteilung für schwere Unfälle. Ihre Blaulichter blitzten still und unheilvoll, während kleine schwarze Schatten um sie herumflitzten. Sie schleppten eine weiße Gestalt über den Asphalt, eine lebensgroße Puppe. Er war jetzt nahe genug, um Einzelheiten zu erkennen. Man hatte mit Kreide einen Umriss auf die asphaltierte Fläche in der Nähe des Bürgersteigs gezeichnet. Sie legten die Puppe, die aus starkem Sackleinen gefertigt und ausgestopft war, um ihr ein schreckliches, lebensähnliches Aussehen zu geben, jetzt hin und zwangen die Glieder in den Kreideumriss. Ein Brigadier hantierte an einer Kamera auf einem Stativ. Offenbar war das Opfer so schwer verletzt, dass man es mit der Ambulanz hatte wegbringen lassen und sich für den Augenblick damit zufrieden gegeben hatte, seine Lage auf die Straßenfläche zu zeichnen.

Er blieb stehen, um mit dem Brigadier zu sprechen, einem alten Freund aus den Tagen, da de Gier noch als uniformierter erster Konstabel regulären Streifendienst machte; das war jetzt mehr als zehn Jahre her, aber noch frisch in seinem Gedächtnis.

«Guten Abend, Brigadier, lassen die euch wieder mal bis spät in die Nacht hinein arbeiten?»

«De Gier», sagte der Brigadier und ließ seine Kamera klicken. «Du wohnst in dieser Gegend, nicht wahr?»

«Ja. Ein schwerer Unfall? Wir haben hier zu viele. Eure Leute sollten mal eine Untersuchung über die Ursachen einleiten. Es besteht wirklich kein Grund, dass weiterhin Menschen ihr Leben im Van Nijenrodeweg verlieren. Vielleicht liegt es an der schlechten Straßenbeleuchtung, weil die Laternen zu weit voneinander entfernt stehen, oder man könnte dafür sorgen, dass hier langsamer gefahren wird, vor allem nachts.»

Der Brigadier brummte, als er das Stativ in eine neue Position brachte. De Gier sah zu, wie ein Konstabel die Lage der Puppe anpasste. Die Tatsache, dass das Gesicht der Puppe keine Züge aufwies, ließ sie noch unheimlicher aussehen.

«Die Katze muss hier noch irgendwo in den Büschen sein, Brigadier, soll ich sie suchen?», fragte der Konstabel.

«Katze?», fragte de Gier und spürte, wie ihm kalt wurde. «Was für eine Katze?»

«Eine Siamkatze», sagte der Brigadier. «Ein Zeuge hat es uns gesagt. Die Katze gehört in eine der Wohnungen dort oben. Jemand hat die Tür offen gelassen, und dabei ist sie entkommen. Die Dame, die in der Wohnung lebt, wollte sie holen und lief auf die Straße. Sie hatte nur Augen für das Tier und hat nicht auf den Laster geachtet. Der Laster fuhr zu schnell, was klar aus den Bremsspuren hervorgeht. Aber trotzdem kann man ihm nicht die Alleinschuld geben; die Dame muss ihm praktisch vor die Stoßstange gerannt sein. Sie hielt die Katze an sich gedrückt, als er sie traf, sagt er. Der arme Kerl sitzt jetzt in seiner Fahrerkabine und heult sich die Augen aus.» Er zeigte auf einen Lastwagen, der zweihundert Meter weiter halb auf dem Bürgersteig stand.

De Giers Mund fühlte sich sehr trocken an. «Wie alt war die Dame?»

«Dreißig, würde ich sagen. Ziemlich hübsch, glaube ich,

obwohl man es immer nur schwer sagen kann, wenn sie tot sind.»

«Haarfarbe?»

«Dunkel.» Der Brigadier schaute plötzlich auf und warf beinahe sein Stativ um. «Scheiße. Ist es etwa deine? Du hast eine Katze, wie mir jetzt einfällt. Einen Siamkater. Sie haben es mir auf dem Revier erzählt. Einer der Konstabel hatte gesehen, wie du damit auf deinem Balkon gespielt hast. Du hast das Tier im Arm gehalten, und er dachte zuerst, es sei ein Baby.»

De Gier hörte nicht zu; er ging zu den Büschen, träumend, sein Verstand funktionierte nur teilweise. Sie ist tot, dachte er. Esther ist tot. Sie hat Olivier weglaufen lassen. Ich habe sie gewarnt. Ich habe ihr sogar gesagt, dass sie nie hinter ihm herrennen soll, wenn er wegläuft. Einmal hätte er auch mich fast umgebracht. Er läuft immer in den Park und kann dort gefangen werden, es ist zu gefährlich, ihn auf der Straße zu fangen. Zu viel Verkehr. Aber sie ist ihm dennoch nachgerannt. Und nun ist sie tot.

Sein Verstand übermittelte ihm alle möglichen zusammenhanglosen Informationen. Seit wann kannte er sie? Seit ungefähr einem Jahr. Ob er sie liebte? Ja. Sie hatte sich ihm nie ganz ausgeliefert, sondern einen Rest ihrer Freiheit beibehalten. Sie verbrachte die Nächte bei ihm, aber nicht alle. Sie hatte ihr eigenes Haus behalten und auch nicht heiraten wollen. Er hatte ihre Bedingungen akzeptiert und die angenehmen Begleiterscheinungen genossen. Sie hatten sich nie gestritten. Ihr Liebesleben war ziemlich leidenschaftlich gewesen. Sie hatten einander nie gelangweilt oder geärgert. Er fuhr sich mit der Hand über das Gesicht, als er zwischen den Büschen herumstolperte. Die Frau war seiner Ansicht nach schön gewesen. Schlanker Hals, langes schwarzes Haar, lange Beine und sehr zarte Fesseln. Er hatte nie verstanden, wie solch dünne Knochen sie tragen konnten. Er sah ihre sinnlichen breiten Lippen und die Nase mit dem zarten Rücken.

Der Kater lag ausgestreckt am Rasenrand. De Gier kniete nieder und streichelte das nasse Fell. Eine blutende Pfote hob sich und berührte seine Wange. Olivier zielte nach seiner Nase, aber er konnte anscheinend seinen Blick nicht konzentrieren, die Augen waren glasig, der Kater atmete mit kurzen, schmerzenden Zügen. Der Kater tätschelte ihm immer gern die Nase.

«Olivier», sagte de Gier. Der Kater hob den Kopf, aber er musste ihn wieder sinken lassen. De Gier befühlte Oliviers Fell noch einmal, es war nass von Blut und Schweiß, vom Schweiß der Furcht und der Schmerzen. Die Augen waren geschlossen, aber das keuchende Atmen dauerte an. De Gier tastete nach seiner Pistole, zog sie heraus und lud mechanisch durch und drückte den Lauf an das Ohr des Siamkaters. Der Schuss war laut in dem atemlos stillen Park. Er stand auf, steckte die Pistole in die Achselhöhle und ging davon. Er hatte nicht gesehen, was die Kugel aus dem Kopf des Katers gemacht hatte.

Laufende Schritte auf dem Weg brachten den Brigadier und zwei Konstabel heran. Der Brigadier fing mit seinem Arm de Giers Körper auf, als dieser zusammenzusacken begann.

«Nein», sagte ein Konstabel. «Er hat die Katze erschossen, nicht sich.»

De Giers Gehirn hatte seine Funktion nicht ganz eingestellt. Er murmelte einen Namen und eine Telefonnummer. Der Brigadier rief die Nummer über Funk von seinem Transporter aus an. Der Commissaris meldete sich.

«Ja», sagte der Commissaris. «Ich verstehe, Brigadier. Legt ihn auf eine Tragbahre oder so was. Ich bin gleich bei euch und nehme ihn mit zu mir. Könnt ihr ihm irgendein Beruhigungsmittel geben?»

«Ja, Mijnheer.»

«Dann tut das; haltet ihn warm und ruhig. Ich werde in zehn Minuten dort sein.»

Der Brigadier wollte auflegen.

«Brigadier?»

«Mijnheer?»

«Schafft die tote Katze weg. Er sollte sie nicht mehr sehen.»

«Ich habe einen Spaten, Mijnheer. Ich kann sie im Park vergraben.»

«Ja. Begrabt sie anständig und markiert das Grab.»

7

Sechs Männer waren im Zimmer des Hoofdcommissaris versammelt. Sie hatten alle unter der feuchten Hitze des Spätnachmittags gelitten und waren froh gewesen, die Jacke ausziehen zu können. Der japanische Botschafter, unbehaglich in seinen plumpen Knickerbockern – er wollte hinterher noch etwas Golf spielen –, seufzte und wünschte, es gäbe eine Klimaanlage. Im Amsterdamer Polizeipräsidium gab es keine Klimaanlage und würde es vermutlich nie eine geben. Die Sommer in den Niederlanden sind gewöhnlich kurz, aber dieser hielt schon eine ganze Weile an und ließ durch keinerlei Anzeichen erkennen, dass er bald vorüber sein würde. Mr. Johnson, der CIA-Chef, teilte das Verlangen des japanischen Botschafters, aber es gelang ihm, in seiner unauffälligen Art fröhlich auszusehen. An Mr. Johnson war nichts Auffälliges, eine Eigenschaft, die ihm das Leben bei mehreren Gelegenheiten und in verschiedenen Ländern gerettet hatte. Alles an ihm war grau, selbst seine Haut, vielleicht sogar seine Zähne, aber Mr. Johnson zeigte nie seine Zähne. Seine Fröhlichkeit war strikt auf die Bewegung von Muskeln begrenzt, die seine Augen und Lippen kontrollierten und die ein Lachen oder auch nur Lächeln ausschlossen. Wenn er sprach, murmelte er. Er murmelte jetzt.

«Um Ihren Vetter kümmert man sich, Commissaris», sagte Mr. Johnson. «Er ist gestern mit einer Militärmaschine aus Hongkong ausgeflogen worden und wohnt jetzt in einem sehr hübschen Hotel auf Hawaii. Niemand hat ihn abreisen sehen. Sie brauchen jetzt nur noch nach Hongkong zu fliegen und seinen Platz für einen Tag oder so einzunehmen, damit Sie sich mit Ihrer Rolle vertraut machen können. Danach können Sie irgendein Passagierflugzeug nach Japan nehmen. Einen Pass wird man Ihnen bei der Ankunft in Hongkong aushändigen.»

«Hat meinem Vetter die Idee gefallen?», fragte der Commissaris mit besorgtem Blick.

Um Mr. Johnsons Augen tauchten noch mehr Fältchen auf. «Gewiss», sagte er. «Wir haben es für ihn lohnend gemacht. Er wird einen höchst erfreulichen Aufenthalt auf einer der weniger bekannten Inseln haben.»

«Besteht kein Risiko, wenn er zurückkommt?»

Mr. Johnson machte eine beruhigende Geste. «Es besteht immer ein Risiko, aber vielleicht können wir helfen.»

Der Commissaris sah weiterhin besorgt aus. Der Hoofdcommissaris, ein eleganter grauhaariger Mann von etwa fünfzig Jahren, lächelte. Er hielt den Commissaris nicht für besorgt, der Chef seiner Mordkommission sah nur oft so aus, wie es von ihm erwartet wurde, und speziell in diesem Augenblick wurde von ihm erwartet, dass er beunruhigt aussah. Der Staatsanwalt lächelte ebenfalls, und dieses Lächeln löste ein Grinsen auf dem höflich strahlenden Gesicht des niederländischen Botschafters aus, der spürte, dass irgendetwas vor sich ging, und der versuchte zu analysieren, was dies war. Innerhalb weniger Minuten hatte er Erfolg. Dem alten Vogel ist das alles schnurzegal, dachte der Botschafter. Er legte die Hände auf den Tisch und schaute sich um. Der Hoofdcommissaris nickte bestätigend.

«Gut», sagte der Botschafter munter, «wir können also loslegen. Mein japanischer Kollege, dessen Anwesenheit für uns eine Ehre ist, hat sein Einverständnis mit unseren Plänen geäußert, mit unseren noch sehr unausgereiften Plänen, sollte ich sagen.» Er wandte sich dem japanischen Botschafter zu und verbeugte sich schwerfällig.

Der kleine orientalische Herr nahm sein Stichwort sofort auf. «Ganz und gar nicht, ganz und gar nicht», versicherte er seinen Zuhörern. «Meine Regierung weiß Ihre Anstrengungen sehr zu schätzen und wird alles in ihren Kräften Stehende tun, um Sie zu unterstützen. Wir sind äußerst dankbar, dass Sie sich so viel Mühe machen, diesen verderblichen Handel zu unterbinden.» Er schaute auf einen Bogen Papier neben seiner Kaffeetasse. «Ja, verderblich. Rauschgift und gestohlene Kunstwerke. Wir bedauern es sehr, dass eine japanische Organisation, selbst wenn diese illegal ist, in diesen Handel verwickelt zu sein scheint, und wir sind eifrig bestrebt, diese zu zerschlagen. Ja. Ganz zu zerschlagen. Aber wir brauchen Beweise. Falls Sie uns solche Beweise liefern können, werden wir äußerst dankbar sein, und falls zufällig Beweise nicht verfügbar sind, sind wir dennoch sehr darauf bedacht, uns den Wert Ihrer Bestrebungen gegenwärtig zu machen. Auf jeden Fall werden wir alles tun, Ihnen zu Diensten zu sein.» Er war zum Ende seiner Notizen gekommen, seine goldenen Eckzähne blitzten.

Der Commissaris hatte aufmerksam zugehört. Ihn hatte die Rede durchaus ergriffen. Die etwas förmlichen Worte waren, so meinte er, aufrichtig. Er betrachtete die Augen des japanischen Botschafters und sah Intelligenz und Leidenschaft. Er hob seine rechte Hand ein wenig, der Botschafter antwortete mit einer leichten Verbeugung.

«Was die beiden Verdächtigen angeht, die wir gegenwärtig

in Haft haben», sagte der Hoofdcommissaris ruhig, «glaube ich, hat uns der Staatsanwalt etwas zu sagen.»

«Ja», sagte der Staatsanwalt. Er sah, trotz der Hitze, tadellos aus und hatte das Kinn grimmig vorgeschoben. «Mich beeindrucken die Berichte der Polizei nicht. Mir scheint, wir halten die beiden Herren unter einem sehr fadenscheinigen Vorwand fest. Eine in einem japanischen Restaurant angestellte Hostess hat sie des Mordes an ihrem Freund Kikuji Nagai beschuldigt, der angeblich Mitglied einer japanischen Gangsterorganisation ist, die ihn als Verkäufer und vielleicht auch als Käufer wertvoller religiöser Kunst beschäftigt oder beschäftigte – wir sind nicht sicher, ob das in Mijnheer Nagais Wagen gefundene Schädelfragment tatsächlich von ihm stammt. Gut. Das ist die Aussage einer Person. Wir können keine Verdächtigen aufgrund einer solchen Behauptung festhalten; wir können einen Menschen nicht einmal als Verdächtigen brandmarken, nur weil eine andere Person ihn dieser oder jener Sache beschuldigt. Wir haben weitere Beweise, dass die beiden Herren mit Mijnheer Nagai an dem Tag gegessen haben, als dieser verschwunden ist. Der Manager des Restaurants und seine Frau sagen es, und Miss Andrews sagt es ebenfalls. Aber gemeinsam zu essen ist kein Verbrechen. Die Reichspolizei hat drei Zeugen angebracht. Der eine sah, wie ein Orientale – ein Chinese oder Japaner, er weiß nicht, von welcher Rasse oder Nationalität – einen Spaten in einem Geschäft in Abcoude, einer Stadt nahe der Autobahn zwischen Amsterdam und Utrecht, kaufte. Diesem Zeugen führten wir die beiden Verdächtigen vor, einen nach dem andern, und er sagte aus, der erste habe den Spaten gekauft. Als der zweite Verdächtige in den Raum geführt wurde, schien der Zeuge verwirrt und sagte, der Käufer des Spatens könne auch dieser Mann sein. Die gleiche Erfahrung machten wir mit den beiden anderen Zeugen, die gesehen hatten, wie ein Japaner oder

Chinese einen neuen weißen BMW bei einem Teich, wiederum in der Nähe der Autobahn zwischen Amsterdam und Utrecht, gewaschen hat. Anscheinend sehen Japaner für unsere Landsleute alle gleich aus.» Er sah den japanischen Botschafter an, als wolle er sich entschuldigen, aber der Diplomat verbeugte sich und lächelte.

«Ja, wirklich», sagte der Botschafter und kicherte. «Ich muss gestehen, dass dies umgekehrt ebenfalls gilt. Ausländer werden in unserem Land ‹Gaijin› genannt, und sie sehen für uns alle gleich aus. Eigentlich seltsam, denn einige Ausländer sind groß und haben rotes Haar, andere sind klein und haben schwarzes oder braunes oder blondes Haar. Aber in unseren Augen sind sie dennoch gleich. Ich begann die Unterschiede nach kurzer Zeit zu erkennen, aber ich bin häufig in Gegenwart von Ausländern, und zwar seit Anbeginn meiner Karriere.»

«Schön», sagte der Staatsanwalt, «aber dies bedeutet, dass die Zeugen nutzlos sind. Offiziell haben wir wenig, womit etwas anzufangen wäre, und ich wäre froh, wenn die Verdächtigen sofort entlassen werden könnten. Andererseits habe auch ich meine Zweifel. Ich habe Mijnheer Takemoto und Mijnheer Nakamura kennen gelernt, und sie sehen mir nicht aus wie Verkäufer von Chemikalien. Sie könnten sehr wohl Gangster und Berufskiller sein und nicht unschuldige Touristen. Sie sind nach meiner Auffassung zu ruhig angesichts ihrer misslichen Lage. Der japanische Konsul in Amsterdam war so freundlich, als Dolmetscher zu fungieren, und ich habe eine Menge Fragen auf sie abgefeuert. Auch der Richter, der mich bei der Gelegenheit begleitete. Keine der Fragen schien sie zu berühren. Sie lächelten nur, lehnten sich zurück, rauchten und tranken Tee.»

«Die Japaner sind dafür bekannt, dass sie auf schwierige Situationen anders reagieren», bemerkte der Hoofdcommissaris leise.

«Was hat mein Konsul nach dem Verhör gesagt?» Alle wandten sich dem japanischen Botschafter zu, der sein Lächeln verloren hatte und den Staatsanwalt gespannt ansah.

«Er sagte, es könnte sich sehr wohl um gefährliche Männer handeln.»

«Ja», sagte der Botschafter. «Etwas Ähnliches hat er mir auch am Telefon gesagt. Mein Konsul ist ein erfahrener Mann. Er war Marineoffizier im Krieg, und unsere Marineoffiziere waren die Elite unserer Streitkräfte. Ich wäre geneigt, seinen Worten Glauben zu schenken.»

«Also schlage ich vor, dass wir sie festhalten», sagte der Hoofdcommissaris, «und zwar selbst aufgrund der fadenscheinigen Beweise, die wir bis jetzt zusammengetragen haben. Aber wir werden sie in ein komfortables Gefängnis bringen lassen und dafür sorgen, dass sie ihr Essen aus dem Restaurant bekommen, das sie öfter besucht haben. Inzwischen kann Adjudant Grijpstra die Ermittlungen fortsetzen. Er ist der beste Mann, den ich mir vorstellen kann, sind Sie damit einverstanden?»

Der Commissaris und der Staatsanwalt nickten.

«Wunderbar», sagte der niederländische Botschafter und rieb sich die Hände. «Sehr gut. Der Commissaris wird also in wenigen Tagen nach Hongkong abreisen und bald in Japan sein. Was ist nun mit dem Mann, den er mitnehmen will? Ich glaube, dass hier ein Brigadier bei der Kripo ist, der unseren Anforderungen entspricht. Er spricht ziemlich gut Englisch, ist ein guter Schütze, hat den schwarzen Gürtel in Judo und ist seit einer ganzen Reihe von Jahren bei der Mordkommission. Brigadier de Gier, glaube ich. Ist er ebenfalls bereit?»

Der Hoofdcommissaris hustete. «Der Brigadier ist gezwungen worden, sich mit einem schweren Verlust abzufinden, einem persönlichen Verlust. Vor zwei Abenden ist seine Freundin bei einem Verkehrsunfall umgekommen und gleichzeitig seine Katze schwer verletzt worden. Die Katze musste getötet werden, was der Brigadier selbst erledigt hat.» Der Hoofdcommissaris starrte vor sich auf den Tisch; er schien verlegen zu sein.

«Katze?», fragte der niederländische Botschafter. «Ich würde meinen, der Verlust seiner Freundin wäre ein größerer Schock, aber Sie scheinen den Tod der Katze hervorzuheben.» Der Botschafter hatte die Stimme gesenkt; die anderen hatten sich an seine dröhnende Sprechweise gewöhnt, aber jetzt entdeckten sie eine andere Eigenschaft in dem großen, lärmenden Mann mit dem großen, runden und glänzenden Gesicht. In seiner Frage lag kein Sarkasmus; er war anscheinend wirklich verwirrt und auch betroffen.

«Ja», sagte der Hoofdcommissaris und räusperte sich. «Der Brigadier ist ein gut aussehender Mann und hat immer Glück bei den Frauen gehabt. Seine Abenteuer sind ein Quell des Amüsements für die Leute unserer Truppe, vor allem, weil sie nie lange dauerten und anscheinend immer gut ausgingen. Er war nicht auf Eroberungen aus, und obwohl er hin und wieder erobert wurde, gestatteten ihm die Damen immer, dass er sich von ihnen befreite. Seine einzig wirkliche Zuneigung galt anscheinend seinem Siamkater, einem ziemlich neurotischen Tier, fürchte ich, denn es lebte in der kleinen Wohnung des Brigadiers. Erst vor einem Jahr fand der Brigadier eine Freundin, die er anscheinend liebte. Man hat mir gesagt, dass die Beziehung eng war. Der Bruder der Dame wurde voriges Jahr ermordet, und de Gier half bei der Aufklärung des Verbrechens. Damals begann die Zuneigung. Er wollte sie heiraten, aber sie wollte nicht. Ich kenne nicht alle Einzelheiten, aber ich erwähne die mir bekannten, weil sie unsere Wahl beeinflussen könnten. Der Commissaris hat den Brigadier bei sich aufgenommen; der Mann steht immer noch unter einem Schock. Persönlich finde ich, dass man ihn nach Japan gehen lassen sollte. Ich habe ihn gestern gesprochen, und obwohl seine Reflexe und die Art seines Verhaltens ziemlich zusammenhanglos waren, denke ich, dass ihm ein Szenenwechsel gut tun würde. Und er steht seinem Chef nahe.» Der Blick des Hoofdcommissaris wanderte und blieb auf dem Körper des kleinen, korrekt gekleideten Commissaris hängen. «Ich glaube, er ist der beste Schutz, den wir uns für meinen Kollegen hier wünschen können.»

«Durchaus», sagte der niederländische Botschafter.

«Sie sind einverstanden?»

«Ja.»

In den dunklen Augen des Hoofdcommissaris schien eine Frage zu liegen.

«Manchmal funktionieren wir am besten, wenn wir unter Stress stehen», erläuterte der Botschafter. «Ich wünsche keinem, gleichzeitig seine Freundin und seine Lieblingskatze zu verlieren, und in diesem speziellen Fall gibt es noch die grauenhafte Einzelheit, dass der Brigadier das Tier persönlich erschießen musste, aber die Tatsache bleibt bestehen, dass ein so grausamer Schock einen Menschen wachrütteln wird. Es kann einen Mann auch zerbrechen, aber das ist nicht geschehen. Sie und der Commissaris haben den Brigadier beobachtet, und Sie meinen, er sei tauglich, ins Ausland zu gehen und einige, möglicherweise sehr gefährliche Aktionen zu übernehmen. Ein Unteroffizier der Kriminalpolizei sollte nicht so leicht zusammenbrechen wie ein gewöhnlicher Bürger. Der Brigadier ist außerdem bewandert in Judo, in einer Kampftechnik, die ich persönlich sehr bewundere. Judo ist eine Form der Mystik, jedenfalls in den höheren Graden. Der Brigadier hat einen schwarzen Gürtel, also kennt er alle Würfe und Griffe und so weiter. Danach beginnt erst die wirkliche Ausbildung, die Loslösung von allem Beiwerk, die schließlich zur völligen Befreiung führen wird. Mein Kollege möchte vielleicht ebenfalls etwas zu diesem Thema sagen. Er weiß viel mehr darüber und übt die Kunst selbst aus.»

Er machte eine halb winkende Geste, beendete seine Rede und gab das Wort weiter.

«Ja, ja», sagte der japanische Botschafter nervös und starrte auf seine Notizen. Die anderen warteten. «Ja», sagte er noch einmal und holte tief Atem. «Mein Kollege hat in der Tat Recht. Sie wissen alle, dass es Judogürtel in verschiedenen Farben gibt. Der Gürtel des Anfängers ist beispielsweise weiß. Dann kommen die leuchtenden Farben. Orange und so weiter. Der schwarze Gürtel bedeutet große Geschicklichkeit, man hat viele Prüfungen bestanden, und der Lehrer ist zufrieden. Aber in Wirklichkeit ist der Träger des schwarzen Gürtels immer noch nirgendwo. In meinem Land sind nur wenige über den schwarzen Gürtel hinausgekommen. Aber bloße Fertigkeit kann übertroffen werden, und wie ich höre, hat hier in den Niederlanden ein Mann die Ausbildung bis zum Ende mitgemacht. Er ist viele, viele Jahre von einem großen Meister ausgebildet worden, von einem Koreaner, der in London lebt. Wenn im Verlauf der Ausbildung der Schüler weiterlernt, beginnt er zu vergessen. Er vergisst alles, seine Begierden fallen von ihm ab, und es kommt der Augenblick, da er Schwierigkeiten hat, sich an seinen Namen zu erinnern. Er ist nicht mehr daran interessiert, farbige Gürtel zu tragen, um die Bewunderung anderer auf sich zu ziehen. Und schließlich, wenn ihm alles einerlei ist, wird man ihm die größte Ehre gewähren, er wird den weißen Gürtel wieder tragen, den Gürtel des Anfängers; aber dann wird er in der Öffentlichkeit nicht mehr kämpfen und vergessen werden.»

Der Botschafter starrte noch immer auf den Bogen Papier vor sich. Jetzt hob er den Blick und schien überrascht, sich in einem Raum voller Leute zu befinden, Leute, die jedes seiner Worte gehört hatten. Mr. Johnsons Augen schimmerten; der niederländische Botschafter sah ernst aus; der Staatsanwalt hatte mit solcher Kraft an seiner Zigarre gezogen, dass der Stummel zu einem Feuerball geworden war; der Hoofdcommissaris und der Commissaris lächelten sanft. Das Schweigen hielt noch für einige Sekunden an, dann erhoben sich alle, wie von einem geheimen Signal alarmiert, und begannen Hände zu schütteln. Die beiden Botschafter fielen wieder in ihre formelle Rolle zurück und wünschten den Polizisten Glück, wobei sie noch einmal ihre Unterstützung zusicherten. Mr. Johnson versprach, etwas später noch einmal wiederzukommen, um Pläne zu erörtern; er wurde vom Commissaris zum Abendessen eingeladen. Der Staatsanwalt entschuldigte sich und ging, wobei er die zischende Zigarre vorsichtig wegtrug. Der Hoofdcommissaris begleitete die beiden Botschafter bis hinaus auf den Hof, wo glänzende, übergroße Wagen mit uniformierten Fahrern warteten.

«Wie in alten Zeiten», sagte Mr. Johnson zum Commissaris. «Ich werde ebenfalls nach Hongkong fliegen, aber nicht mit derselben Maschine wie Sie. Es wird auch Zeit. Ich habe nichts dagegen, mal wieder etwas Aktion zu sehen. Ich bin jetzt seit zwei Jahren in Holland und noch nicht einmal in der Klemme gewesen. Ich frage mich, warum die mich hergeschickt haben; die dachten vielleicht, ich werde alt.»

«Niemals», sagte der Commissaris mit tröstender Stimme und klopfte seinem Gast auf die Schulter. «Sie sind immer noch ein junger Mann. Aber Sie haben Recht, dies Land ist ruhig. Ich kann selbst etwas mehr Aufregung brauchen.»

«Die wird geliefert», sagte Mr. Johnson lebhaft. «Darauf haben Sie mein Wort. Ich habe vorher schon mal mit den Yakusa zu tun gehabt. Wenn ich Japaner wäre und nicht beim Geheimdienst landen könnte, würde ich mich ganz bestimmt Yakusa anschließen.» Er nickte nachdrücklich, was gleichzeitig seinen Worten und dem Commissaris galt.

8

«Mein richtiger Name ist schwer zu behalten», sagte der Mann, «aber meine ausländischen Freunde in Tokio nennen mich Dorin, warum, weiß ich nicht. Man hat mich geschickt, damit ich Ihnen auf jede mögliche Art und Weise behilflich sein kann.»

Der Commissaris lächelte und hätte ihm beinahe die Hand hingehalten, aber er erinnerte sich gerade rechtzeitig, dass er sich verbeugen musste. Er verbeugte sich, und zwar ziemlich befangen. Der Mann hatte sich bereits mehrmals verbeugt, es waren kurze, schnelle Verbeugungen, die seine abgehackte Sprechweise begleiteten. Er hatte ein angenehm offenes Gesicht mit scharfen Zügen und regelmäßigen weißen Zähnen. Die meisten Japaner, die der Commissaris bis jetzt gesehen hatte, im Flugzeug und auf dem Flughafen, hatten unregelmäßige Zähne, wenn auch die meisten ausgezeichnet repariert waren, plombiert mit Gold oder Silber oder irgendeinem zinnartig aussehenden Metall.

Der Commissaris hatte einen kurzen und ruhigen Flug gehabt, nachdem er seine wenigen Tage in Hongkong angenehm verbracht hatte. Er war spazieren gegangen und hatte sonst nichts von Belang unternommen. Er hatte außerdem viel geschlafen. Und die neue Umgebung hatte ihn die meisten Dinge vergessen lassen, die ihn in Amsterdam ärgerten, wie etwa das Klingeln der Straßenbahn, die unmittelbar vor seinem Haus ihre Fahrtrichtung änderte, die Unterhaltungen der Freundinnen seiner Frau und der Polizeiklatsch. Sein Rheuma plagte ihn noch, aber nicht mehr in dem Maße, wie er es im feuchten niederländischen Klima ertragen musste. Und er hatte ausgedehnte Bäder nehmen können, wobei er gelegentlich an einem mehrere Liter fassenden Plastikkrug mit gekühltem Orangensaft nippte und seine Zigarillos rauchte, von denen er einige hundert mitgebracht hatte, was ihm rechtzeitig eingefallen war. Die wenigen Chinesen, mit denen er in Kontakt gekommen war, Hotelpersonal, Ladenbesitzer und Kellner, hatten ihn gut bedient, und zwar nicht nur wegen der Trinkgelder, die er gegeben, oder der Einkäufe, die er getätigt hatte. Anscheinend hatten sie den kleinen alten Mann in seinem Anzug aus Shantungseide gemocht, und einige hatten die Zeit gefunden, die Ruhe seiner Augen zu bemerken und die seltsame Mischung aus Starre und Feinheit, die seine Einstellung und Reaktion auf alles kontrollierte, was ihn umgab.

Er saß jetzt behaglich auf dem Plastikstuhl in einem großen Café auf dem Flughafen von Tokio, wo er, den kleinen Koffer neben seinem rechten Fuß, einen Eiskaffee schlürfte, während er dem Japaner zuhörte, der aus dem Nichts zu der verabredeten Stelle gekommen war, genau wie es Mr. Johnson vorausgesagt hatte. Dorin, überlegte der Commissaris, mochte ein Wikingername sein. Vielleicht waren die ausländischen Freunde, die dieser junge Mann erwähnte, Skandinavier, und vielleicht erinnerte er sie an die Krieger jener Zeiten. Es lag etwas von einem Krieger in der Art, wie Dorin sich gab. Er war schlank und geschmeidig, außerdem größer als die meisten Menschen, die sich bei ihrem Tisch im Café drängelten. Der Commissaris stellte fest, dass Dorins Hosen eng saßen, das Jackett aber eine Nummer zu groß zu sein schien. Eine Bewegung des linken Arms ließ einen harten Umriss unter der Baumwolljacke erkennen. Höchstwahrscheinlich eine Pistole, eine ziemlich große Pistole mit langem Lauf, eine Waffe, die auf eine Entfernung von ungefähr fünfzig Metern töten konnte, selbstverständlich unter idealen Bedingungen. Der Commissaris war nicht bewaffnet. Man hätte ihm nicht gestattet, im Flugzeug eine Waffe zu tragen, aber er hätte vielleicht die Erlaubnis bekommen können, im Koffer eine mitzunehmen. Er hatte sich nicht darum bemüht.

Die CIA hatte in Hongkong Kontakt mit ihm aufgenommen, und er hatte mit Mr. Johnson gesprochen, einmal am Telefon und einmal im Museum, wo sie beide dasselbe Gemälde bewundert hatten. Mr. Johnson arbeitete gern getreu nach dem Lehrbuch, und der Commissaris hatte seine verstohlenen, farblosen Methoden ein wenig belächelt. Um dem CIA-Chef eine Freude zu machen, hatte er das Unternehmen besucht, in dem sein Vetter arbeitete, und sich kurz über dessen Tätigkeit unterrichten lassen, um seine Rolle spielen zu können. Er war dabei nicht sehr emsig gewesen. Der ganze Plan war sowieso verrückt. Er wusste sehr gut, dass er nur als Lockvogel diente, um die Yakusa aus ihrem Bau zu locken. Er brauchte in Japan nur herumzulaufen und Geschäfte anzubieten. Er war angeblich ein Aufkäufer von gestohlenen Kunstgegenständen und Heroin und ein Konkurrent der Yakusa. Würden die sich um seine Herkunft kümmern? Wenn er sowohl Rauschgift und Kunstwerke kaufen als auch die Ware nach den Niederlanden verschiffen konnte, würde er damit sofort beweisen, dass seine Existenz für die Yakusa nachteilig war, und sie würden entweder versuchen, ihn umzubringen oder so einzuschüchtern, dass er aufgeben und davonlaufen würde. Er schüttelte den Kopf. Nun, vielleicht hatte Johnson Recht. Wenn er in die Rolle seines Vetters schlüpfte, die eines leitenden Angestellten einer Reederei in Hongkong, könnte er die Yakusa überzeugen. Ein leitender Angestellter kann Mitglied einer illegalen Organisation sein, vor allem ein leitender Angestellter einer Reederei mit Verbindungen zur ganzen Welt.

«Ja», sagte Dorin, «ich bin sicher, dass Sie angenehme Tage in Tokio verbringen werden. Man hat mir gesagt, es bestehe kein besonderer Grund zur Eile, und Tokio ist eine ausgezeichnete Stadt, um sich mit der japanischen Lebensart vertraut zu machen. Kobe ist anders, irgendwie ruhiger. Kobe hat etwa ein Zehntel der Bevölkerung von Tokio. Wenn Sie sich an diese Stadt gewöhnen können, werden Sie in Kobe überhaupt keine Schwierigkeiten haben. Möchten Sie in einem Hotel westlichen Stils wohnen, oder ziehen Sie einen japanischen Gasthof vor? Ihr Assistent ist jetzt in einem Gasthof untergebracht, aber er sagte, er würde überall hingehen, wofür Sie sich entscheiden.»

«De Gier?», fragte der Commissaris. «Wie geht's ihm? Er muss schon seit einigen Tagen hier sein, nicht wahr?»

«Ja», sagte Dorin. Sein Englisch war fließend, hatte aber einen unverkennbar amerikanischen Akzent; der junge Mann hatte offenbar einige Jahre in den Vereinigten Staaten zugebracht. So wie er die Sprache beherrschte, konnte das nicht nur auf Studien zurückzuführen sein. «Einige Tage. Es hat da einen kleinen Ärger gegeben, aber es ist alles wieder in Ordnung. Ihr Assistent ist ein fähiger Mann. Er wird ein idealer Leibwächter sein und Ihnen einen besseren Schutz geben, als ich es könnte.»

«Ärger?», fragte der Commissaris und zog überrascht die Brauen hoch. «Was für Ärger? Unsere Freunde haben uns doch nicht etwa schon entdeckt, oder? Wir haben noch nicht einmal mit der Arbeit angefangen.»

Dorins Kopf und Brust kamen in einer verlegenen Verbeugung nach vorn, wobei er beinahe seinen Eiskaffee verschüttete. Er drückte seine Zigarette aus, während er versuchte, die richtigen Worte zu finden.

«Ärger», sagte er zögernd. «Hmm, ja. Ich kenne die meisten Details; möchten Sie sie vielleicht hören?»

«Bitte», sagte der Commissaris. «Je mehr ich weiß, desto besser, obwohl er selbst es mir zweifellos erzählen wird. Ich arbeite seit vielen Jahren mit ihm zusammen, dennoch wäre es besser, wenn ich die Geschichte auch noch von anderer Seite hörte.»

«Ich habe de Gier-san hier vor fünf Tagen vom Flughafen abgeholt», sagte Dorin, «und ihn zu einem japanischen Gasthof am Stadtrand gebracht. Er ist ein sehr ruhiger Mann, sein Englisch ist fließend, wir hatten keine Schwierigkeiten, einander zu verstehen. Ich wusste, dass er gern Judo betreibt, und habe ihn deshalb am nächsten Morgen in meinen Club mitgenommen. Wir haben ein paar Stunden lang trainiert. Er ist sehr gut, wissen Sie.»

«Ich weiß», sagte der Commissaris, «aber er könnte noch besser sein. Ich habe ihn oft beobachtet, im Spiel und wenn es Ernst war. Ich habe immer gedacht, dass ihm die völlige Kontrolle fehlt. Er ist natürlich schlau und schnell, aber er übertreibt es manchmal.»

«Das ist mir nicht aufgefallen», sagte Dorin. «Meine Trainer waren beeindruckt. ‹Er ist trickreich›, sagten sie, aber sie waren selbstverständlich nicht an ihn gewöhnt.»

«Trickreich», wiederholte der Commissaris. «Was ist also geschehen?»

«Ein paar Tage lang nichts. Ich zeigte ihm Tokio. An zwei Abenden gingen wir zur Ginza; das ist tagsüber ein Einkaufszentrum und nachts ein Vergnügungsviertel. Wir bestellten ein gutes Essen, das ihm gefiel, und er nahm mich mit zu einem chinesischen Restaurant, das er selbst entdeckt hatte. Die Leute im Gasthof mochten ihn sehr. Der Gasthof ist nur klein und gehört meinem Onkel. Seine Katze hatte Junge, und de Gier-san blieb die ganze Nacht auf, um sie zu trösten. Sie ist noch jung, und es war ihr erster Wurf. Er spielte auch auf der Flöte. Meine Tante spielt Klavier, und sie fanden einige Stücke, die sie gemeinsam spielen konnten. Er ist ein sehr betriebsamer und disziplinierter Mann, Ihr Assistent.

Ich brachte ihm auf seine Bitte Stadtpläne von Kobe und Kyoto, und er studierte die Straßennamen und die allgemeine Lage. Er bat mich anschließend, ihn zu prüfen, und er wusste praktisch alles, was er aus den Plänen erfahren konnte. Er wusste sogar die Nummern der Straßenbahn- und Buslinien auswendig und wohin sie fahren, und meine Tante übersetzte ihm die Anmerkungen, Informationen für Touristen – wo die Geschäfte sind und die Museen und so weiter. Er wusste alles. Kobe und Kyoto sind große Städte, beide haben etwa eine Million Einwohner; die Informationen, die er gespeichert hat, können sehr nützlich sein. In Kyoto werden Sie Kunstwerke finden. Ich würde vorschlagen, dass ich Ihnen dort einige der berühmten Tempel zeige, damit Sie sich mit dem vertraut machen können, wofür Sie sich angeblich interessieren. Es gibt dort auch einige Privatsammlungen, die wir sehen können.»

«Ja», sagte der Commissaris. «Ich habe mir einige Bücher über das Thema gekauft und sie durchgearbeitet, aber das ist eine gute Idee. Doch was hat der Brigadier nun gemacht?»

«Wir haben einige Priester gefunden, die unser Spiel mitmachen werden», fuhr Dorin fort und nippte an seinem Eiskaffee. «Der Ankauf gestohlener Kunstgegenstände kann ziemlich leicht arrangiert werden, denke ich. Die Verbindung zum Heroin könnte jedoch schwierig werden. Vielleicht sollten wir den kürzesten Weg gehen und direkt mit der Handelsvertretung des kommunistischen China sprechen. Die werden so tun, als wüssten sie von nichts, aber sie werden später einen Mann schicken. Wir werden nach Kobe gehen müssen, denke ich.»

«Der Brigadier?»

«Er hat eine große Konzentrationskraft», sagte Dorin und spielte mit seinem Kaffeeglas, das er auf der Tischplatte aus Plastik im Kreise bewegte, sodass es quietschte. «Und er ist ein guter Gefährte. Aber ich fand ihn auch ein wenig entnervend.»

Der Commissaris seufzte. Ihm fiel ein Sprichwort aus einem Buch über chinesische Philosophie ein: *Eile ist ein fundamentaler Fehler.* Er betrachtete Dorins Hände. Honigfarben, nicht gelb. Er fragte sich, warum die Leute aus dem Westen die Japaner als gelbhäutige Rasse ansehen.

«So?», fragte er freundlich.

«Ihr Brigadier scheint eine Wut im Bauch zu haben, in sich verschlossen und zusammengepresst. Einen großen Druck. Das zeigt sich in seinen Aktionen. Ich glaube, ich kenne diese Wut. Ich habe sie auch ein wenig. Sie wissen vermutlich, dass ich für den japanischen Geheimdienst arbeite. Einige meiner Kollegen zeigen ihre Wut offen. Es ist eine Aggression, weiß glühend, wie geschmolzener Stahl. Sie führen Krieg, aber es ist nicht klar, wer der Feind ist. Vielleicht wissen Sie, was ich meine. Wie ich höre, sind Sie Polizeibeamter und auf Gewaltverbrechen spezialisiert.»

«Vielleicht», sagte der Commissaris. «Aber erzählen Sie bitte weiter. Was ist passiert?»

Dorins Blick wanderte über das Gesicht des Commissaris. Er begann zögernd zu sprechen, machte Pausen. «Eines Abends gingen wir zusammen aus, das war vorgestern. Ihr Assistent trinkt gern Sake, unseren japanischen Genever. Man nennt ihn oft Reiswein, aber er ist viel stärker als Wein; ein Getränk, das in kleinen Bechern heiß serviert wird. Wir tranken in einer kleinen Bar jeder einen kleinen Krug davon und gingen dann ins Vergnügungsviertel. Dort streiften wir umher, bis wir uns im ärmsten Teil des Bordellviertels befanden. Es war ziemlich spät und schon ziemlich menschenleer. In einer Hintergasse stießen wir plötzlich auf drei junge Männer, die mit Steinen nach einer Katze warfen. Jugendliche Schläger, Burschen in Lederzeug mit langem Haar, Sie kennen diese Typen, es sind gewöhnlich kleine Rauschgifthändler und Zuhälter. Hirnlose Idioten mit einem Rattenverstand.»

Der Commissaris deutete mit seinem freundlichen kleinen Kopf ein Nicken an. «Ja, ich kenne diese Typen, die gibt es überall.»

«Sie warfen mit Steinen nach der Katze. Das Tier lag im Sterben; es hatte das Rückgrat gebrochen, und aus seinem Maul lief Blut, aber es war noch nicht tot. Aber die drei Schläger hoben noch mehr Steine auf und lachten. De Gier-san griff sie ohne Vorwarnung an. Er sah, was sie taten, und sprang zu. Er war so schnell, dass ich ihn nicht sofort zurückhalten konnte. Er griff an, um zu töten. Ich löste seinen Griff, aber er riss sich frei und ging auf die beiden anderen los. Sie hatten keine Chance, obwohl ich sicher bin, dass sie gewiefte Straßenschläger und vermutlich mit Messern bewaffnet waren. Als ich den Brigadier wieder zu fassen bekommen und ihn weggezerrt hatte, lagen alle drei auf dem Boden. Jemand muss den Kampf gesehen und die Polizei gerufen haben.»

«Er ist doch nicht etwa festgenommen worden?», fragte der Commissaris.

Dorin lächelte. «Nein, nein. Wir sind entkommen. Wir sind in verschiedene Richtungen gelaufen, und ich habe ihn aus den Augen verloren. Am nächsten Morgen tauchte er im Gasthof wieder auf. Er hat sich wirklich gut durchgeschlagen. Es ist schwierig für einen Gaijin, einen Ausländer, sich in Japan zu verstecken, aber de Gier-san hat es geschafft. Er hat mir erzählt, dass er über eine Mauer gesprungen und im kleinen Garten eines Hauses gelandet ist. Das Haus gehört einer alten Dame, einer ehemaligen Prostituierten, und sie hatte keine Angst, als sie sah, wie er sich seinen Weg zwischen ihren Azaleen suchte. Er dachte daran, sich zu verbeugen und zu lächeln, ihr einen guten Abend zu wünschen und sich zu entschuldigen. Er hat zweihundert Wörter auswendig gelernt; meine Tante hat ihm bei der Aussprache geholfen. Er sagte *komban-wa,* guten Abend, und *sumimasen,* entschuldigen Sie. Sie haben zusammen Tee getrunken, und sie hat ihn für die Nacht bei sich aufgenommen.»

Der Commissaris grinste. «Der Brigadier kennt sich mit

Frauen aus; ich bin froh, dass er dies nicht verlernt hat. Er hat vor kurzem einen schweren persönlichen Verlust erlitten, seine Freundin und seine Katze sind bei einem Verkehrsunfall umgekommen. Er hatte einen Nervenzusammenbruch, aber er hat sich davon erholt. Vielleicht erklärt dies seine Aktionen, aber reden Sie bitte weiter, tut mir Leid, dass ich Sie unterbrochen habe. Er ist also entkommen.»

«Ja. Die Polizei traf schnell ein. Ich hörte ihre Sirene, als ich rannte, aber ich gelangte an eine Hauptverkehrsstraße und mischte mich unter die Menge. Am Tag darauf habe ich mich erkundigt und herausgefunden, was aus den Opfern des Brigadiers geworden ist. Sie wurden alle in ein Krankenhaus gebracht, wo sie noch sind. Arme gebrochen, Hals verrenkt, Rippen gequetscht, Gehirnerschütterung. Er hat sie wirklich übel zugerichtet.»

«Besteht Lebensgefahr?»

«Die Ärzte waren besorgt wegen des Burschen mit dem verrenkten Hals, aber anscheinend bekommen sie ihn wieder hin. Er muss für einige Monate eine Stütze tragen.»

Der Commissaris holte tief Atem, drehte sich um und winkte der Kellnerin. Er bestellte neuen Kaffee. «Nun ja», sagte er, «ich hätte ihn vielleicht nicht allein lassen oder den Botschafter bitten sollen, Sie über seinen nervlichen Zustand zu unterrichten. Dies hätte nicht geschehen dürfen. Sie sagten, er habe sie ohne Vorwarnung angegriffen. Er hätte sie umbringen können, wenn Sie nicht dabei gewesen wären. Ich bin wirklich erstaunt. Man hat ihn zwei Kampfmethoden gelehrt, richtiges Judo und eine Serie von Griffen und Bewegungen, die von der Polizei zur Festnahme und zum Festhalten von Verdächtigen ausgearbeitet worden sind. Aber beide Methoden sind eher defensiv als aggressiv.»

Dorin nippte an seinem Kaffee und nickte nachdenklich. «Uns lehrt man aggressives Kämpfen, ich gehöre zu einer

Kommandoeinheit und bin zeitweilig zum Geheimdienst überstellt worden. Die meisten Griffe, die ich gelernt habe, töten einen Feind sofort. Als ich den Brigadier springen sah, dachte ich, jemand von einem Kommandotrupp geht zum Angriff über. Er hat nicht einen Augenblick lang gezögert. Deshalb habe ich vermutet, dass er eine Wut im Bauch hat. Ich wusste nichts von seiner toten Freundin und von seiner Katze. Jetzt verstehe ich den Brigadier ein wenig besser.»

«Ein hübscher runder Fall von versuchtem Totschlag», sagte der Commissaris, «mit mildernden Umständen. Vor Gericht wäre er in einer schwachen Position. Ich glaube nicht, dass ein niederländischer Richter ihn freilassen würde. Wird er jetzt von der Polizei gesucht?»

«Ja», sagte Dorin, «aber sie hat keine gute Beschreibung. Es gab keine Zeugen, und die Opfer können sich an Einzelheiten nicht erinnern. Sie sahen, dass er ein Gaijin und groß war, und einer sah, dass er einen Schnurrbart und lockiges Haar hatte, aber das ist alles. Ich glaube nicht, dass die Polizei ihn finden wird, und falls doch, wird sie den Fall einstellen, sobald der Geheimdienst ihr sagt, dass der Brigadier ein Freund ist. Ich glaube nicht, dass es Grund zur Beunruhigung gibt. Im Gegenteil, vielleicht ist es gut, dass er in dieser geistigen Verfassung ist. Wir kämpfen gegen einen starken und erbarmungslosen Feind und sind ziemlich schwach, solange wir in Deckung sind. Wenn ich sie offen bekämpfen könnte, würde ich sie im Handumdrehen vernichten. Ich kann leicht eine Truppe aufstellen, die zehn- bis zwanzigmal stärker ist als alle Yakusa zusammen, aber das wird später kommen. Jetzt sind wir nur drei Männer, die von anonymen Helfern unterstützt werden. Für eine Weile können wir unsere wahre Stärke noch nicht zeigen.»

«Und ich bin nicht gerade ein Kämpfer», sagte der Commissaris lächelnd. «Ja, ich verstehe Ihre Argumente. Sie meinen also, wir sollten nicht mit ihm schimpfen, damit wir ihn nicht verstören?»

«Genau», sagte Dorin hart, aber er lachte, um dem Wort die Schärfe zu nehmen. «Der Brigadier hadert mit dem Himmel, denn der hat ihm seine Freundin und seine Katze genommen. Es war ein Unfall, sagten Sie, also kann man keiner bekannten Macht die Schuld geben. Aber der Brigadier will einen Schuldigen. Bis jetzt ist es der Himmel, bald wird er den Yakusa die Schuld geben.»

Der Commissaris nahm die Brille ab, legte sie auf den Tisch und rieb sich die Augen. «Ich glaube, dass ich jetzt zum Gasthof Ihres Onkels gehen möchte», sagte er freundlich. «Gibt es dort japanisches Essen?»

«Das Frühstück ist europäisch», sagte Dorin und grinste. «Mittag- und Abendessen sind japanisch, aber Sie können auswärts essen. De Gier-san isst gewöhnlich auswärts. Leute aus dem Westen probieren unsere Speisen gelegentlich, aber es dauert eine Weile, bis man sich an den Geschmack gewöhnt hat. Dennoch, vielleicht gefällt Ihnen die Küche meiner Tante; ihr Sukiyaki ist berühmt, es könnte Ihnen schmecken.»

Er zahlte die Rechnung und nahm den Koffer des Commissaris. Als sie gingen, standen zwei Männer von einem Tisch in der Nähe auf und folgten ihnen. Als der Commissaris in Dorins kleinen Wagen stieg, sah er, dass die beiden Männer in einen grauen Datsun kletterten.

«Ich glaube, wir werden verfolgt», sagte er.

Dorin lächelte. «Die sind von uns», sagte er. «Ich glaube, meine Abteilung übertreibt es. Ich kann allein auf Sie aufpassen, vor allem hier, wo nichts passieren dürfte. In Kobe könnte es anders sein. Aber als mein Chef hörte, dass Sie der Leiter des Amsterdamer Morddezernats sind, wurde er nervös. Ich fürchte, Sie werden überall von Männern beschattet.»

«Wird de Gier ebenfalls beschattet?», fragte der Commissaris und drehte sich um, um noch einen Blick auf den grauen Datsun zu werfen.

«Sie waren in jener Gasse hinter uns», sagte Dorin, «aber sie haben sich verkrümelt. Sie sollen sich nur bereithalten.»

«Sie hätten doch wohl die Polizisten nicht angegriffen, oder?»

«Vielleicht doch», sagte Dorin und schwang das Steuer herum, um einem motorisierten Dreirad mit einer Ladung Reissäcken auszuweichen. «Es sind sehr treue Männer, und ihre Befehle sind eindeutig genug. Aber ich bin froh, dass sie nicht einzugreifen brauchten. Ich hasse es, der Polizei schwierige Situationen zu erklären. Sie denkt anders, wissen Sie.»

«Ich weiß», sagte der Commissaris.

9

«Das muss eine interessante Erfahrung für dich gewesen sein», sagte der Commissaris und streckte sich auf der dünnen Matratze aus, die ein Zimmermädchen aus einem klug versteckten Wandschrank geholt und ausgerollt hatte. Sie hatte das Bett schnell mit einem Minimum an Bewegungen gemacht, die Laken eingeschlagen und es mit einer leicht gesteppten Baumwolldecke zugedeckt. Das Kopfkissen war klein und hart, aber der Commissaris hatte es mit ein paar Schlägen in die richtige Form gebracht und gab einen Laut der Zufriedenheit von sich.

De Gier hatte von seinem eigenen Bett aus zugesehen – genau vier Matten entfernt – und sich über die Fröhlichkeit des Alten gefreut. De Gier hatte das große Zimmer fünf Tage lang ganz für sich gehabt. Es waren zwar noch andere Zimmer frei, aber als der Gastwirt vorschlug, sie sollten sich das Zimmer teilen, um Kosten zu sparen und sich gegenseitig Gesellschaft zu leisten, hatte der Commissaris sofort zugestimmt. Dorin war gleich wieder gegangen, als er sah, dass seine Gäste behaglich untergebracht waren, und er hatte versprochen, abends wiederzukommen.

«Sehr gut», sagte der Commissaris, halb zu sich selbst, halb zum Brigadier, «das Bad!»

«Die einzig kultivierte Art zu baden», sagte de Gier. «Wir sind primitive Menschen. Ich wäre nie darauf gekommen, dass es noch andere Möglichkeiten gibt, ein Bad zu nehmen, aber ich hatte keinen Vergleich.»

«Ja.» Der Commissaris hatte sich eine Zigarre angezündet und betrachtete eine Schiebetür, die straff mit weißem Papier bespannt war. Sich wiegendes Schilfrohr in dem kleinen Garten warf im Mondlicht einen Schatten. Die Halme bewegten sich leicht und bildeten ein Muster auf der Tür. «Ja, Brigadier, man sollte es offensichtlich genießen, so lange wie möglich im Wasser zu liegen. Das ist das Beste am Bad, aber wie wir es tun, ist es blöde. Wir liegen in unserem schmutzigen Wasser, denn wir waschen uns zuerst und lassen uns dann durchweichen. Hier haben wir uns auch zuerst gewaschen, aber außerhalb der Wanne auf dem Fliesenfußboden. Und dann haben wir uns hineingelegt. Danach. In sauberes, sehr heißes Wasser. Sehr lange. Meine Beine schmerzen überhaupt nicht. Ah.» Er reckte sich noch einmal.

«Sie sagten etwas von einer interessanten Erfahrung, Mijnheer. Meinten Sie das Bad?»

«Nein. Ich meinte deinen versuchten Totschlag. Du hast beinahe einen Mann umgebracht, wie ich höre, und zwei andere ernsthaft verletzt. Sie haben eine Katze gequält. Dein Verbrechen wiegt schwerer als ihres, also bist du technisch im Unrecht und könntest festgenommen und angeklagt werden. Da du dich nicht gestellt hast, bist du jetzt ein Flüchtiger. Ich glaube nicht, dass du je flüchtig gewesen bist.»

De Gier grinste. «Ich verstehe, Mijnheer. Daran habe ich wirklich nicht gedacht. Bin ich vielleicht am Ende meines Weges angelangt?»

«Nein.» Der Commissaris betrachtete seine Zehen. Die zehn beweglichen Würstchen am Ende der Matratze brachten ihn zurück in das verschwommene, warme Traumland, in dem ihn seine Mutter aus der Badewanne hob und ihn, eingewickelt in ein Badetuch, auf die Couch legte. Damals war er wunschlos glücklich gewesen. In de Giers Gegenwart, der schlaksig in einer Ecke des angenehm ruhigen Zimmers saß, fühlte er sich wohl, und seine Gedanken gingen für einen Augenblick zurück zu dem Essen, das sie soeben verzehrt hatten: gebratenen Fisch auf einer ovalen Platte, garniert mit Reis und Gemüsen, serviert auf dem niedrigen Tisch, auf dem jetzt ein Tablett mit zwei kleinen Krügen und dazu passenden Bechern stand.

De Gier stand auf, um Sake in die Becher einzuschenken, und der Commissaris musste unwillkürlich denken, dass er den Brigadier gut kenne. Er nahm den Becher mit Sake und nippte an der starken, heißen Flüssigkeit und lächelte de Gier an, der ihm zublinzelte. «Starker Stoff, Brigadier. Ich sollte mich wohl besser in Acht nehmen, weil wir morgen etwas zu tun bekommen könnten.»

«Das schon, Mijnheer, aber ein paar Becher werden nicht schaden. Diese Krüge sind für japanische Mägen gedacht, und die sind viel kleiner als unsere. Bei einem Krug entspannen sie sich, beim zweiten werden sie betrunken. Wir könnten vermutlich jeder zwei Krüge austrinken und immer noch vollkommen nüchtern sein.»

Der Brigadier war ganz gelockert, als er sich gegen einen Wandpfosten lehnte, die Beine unter sich verschränkt und der Rücken beinahe ganz gerade. Ein anderer Mann als der nervenkranke Patient, um den sich der Commissaris in seinem

Haus in Amsterdam gekümmert hatte. Der Arzt hatte ihn in den ersten Tagen mit Drogen in Schlaf versetzt, aber der Brigadier war nach jeweils einigen Stunden aufgewacht und hatte den Namen Esther und den seines toten Katers Olivier gemurmelt und nach der Hand des Mädchens und der Katzenpfote gesucht. Er hatte den Commissaris «Vater» genannt und seinen Vorgesetzten oft mit großen, verwirrten, oft tränenerfüllten Augen angesehen. Als man ihm allmählich schwächere Medikamente gab, kam die Krise für den Brigadier, und der Commissaris hatte bis zum Morgen bei ihm gesessen, seine Stirn mit einem nassen Handtuch feucht gehalten, ihm Tee eingeflößt und seine Phantasien in Schranken gehalten, indem er sanft auf ihn eingeredet und sogar seine Hand gehalten hatte. De Gier hatte endlos geredet, aber das meiste war unverständlich gewesen. Er hatte gewimmert und gestöhnt, sich im Bett herumgeworfen und an den Laken und am Kopfkissen gezerrt. Es war der Anfang der Wut gewesen, die ihn später veranlasste, drei japanische Strolche anzugreifen, drei Bösewichter, die in einer dunklen Gasse eine Katze umbrachten.

Der Commissaris fragte sich, ob de Gier mit dieser Wut einen Yakusa umbringen würde. Sie waren nicht gekommen, um jemanden zu töten. Sie waren als menschliche Köder gekommen, Würmer, die sich an einem Haken krümmten, den der japanische Geheimdienst baumeln ließ. Der Commissaris verzog das Gesicht. Er fragte sich, ob die niederländische Regierung taktlos genug sein würde, irgendeiner japanischen Regierungsbehörde in Tokio eine Rechnung zu schicken. So etwas war schon mal passiert. Er erinnerte sich, wie er einmal die Armee um einige Froschmänner gebeten hatte, damit sie in einem See nach einer Leiche suchten. Die Froschmänner hatten die Leiche gefunden, und die Armee hatte der Mordkommission eine Rechnung über irgendeinen lächerlichen Betrag zugeschickt, soundso viele Taucherstunden zu soundso viel Gulden die Stunde. Er hatte die Polizeikasse angewiesen, der Armee eine noch größere Rechnung zu schicken, und zwar für einige Ermittlungen, die seine Leute einst unternommen hatten, um den Tod eines Armeeoffiziers aufzuklären. Beide Rechnungen gingen zu Protest und wurden nie bezahlt. Er zuckte die Achseln. Wären sie bezahlt worden, wäre es nur ein sinnloses Hinundhergeschiebe von Gulden der Steuerzahler gewesen.

Er hielt seinen Becher hoch, der Brigadier sprang auf und füllte ihn. Er schluckte den Sake runter, schmatzte und hustete. Der Brigadier ging wieder in seine Ecke.

«Dir gefällt es also hier, wie, Brigadier?»

«Ja, Mijnheer. Hier ist man uns weit voraus. Das Essen schmeckt und sieht wundervoll aus, die Architektur ist besser, die Frauen sind gefälliger und die Menschen freundlich. Ich lebe erst seit einer Woche hier, und mir scheint, dass sie mich als volles Mitglied ihrer Nachbarschaft akzeptiert haben. Gestern habe ich mich verlaufen. Die Straßen sehen alle irgendwie gleich aus, und ich hatte mir Schaufenster angesehen und war hierhin und dorthin gegangen, ohne auf den Weg zu achten, und plötzlich hatte ich keine Ahnung, wo ich war. Ich fragte einen jungen Burschen auf einem Motorrad nach dem Weg, und er nahm mich auf dem Rücksitz mit und brachte mich direkt nach Hause.»

Der Commissaris lachte. «Das ist nett. Was gefällt dir sonst noch?»

De Gier erhob sich und öffnete die Schiebetüren, die zum Balkon führten. «Die Moosgärten», sagte er. «Die sind überall. Leider nicht in der Stadt selbst; die Luftverschmutzung bringt in der Stadtmitte alles um, aber hier sind wir ein ganzes Stück von der eigentlichen City entfernt. Jedes Haus hat einen kleinen Garten, und in den meisten ist Moos. Ich habe gesehen, wie sie in den Moosbeeten arbeiten. Quadratzoll für

Quadratzoll. Alles mögliche Unkraut wächst darin, und das Moos muss ständig geharkt und genau abgesucht und feucht gehalten werden, aber das Ergebnis ist prächtig. Ich hätte Moos auf meinem Balkon in Amsterdam haben sollen.»

Der Commissaris war aufgestanden und hatte sich neben den Brigadier gestellt. Der Garten des Gasthofs zog sich in niedrigen Miniaturhügeln und -ufern um einen Teich. Hinter den Hügeln waren einige Büsche gepflanzt und vermittelten den Eindruck eines Waldes. Der ganze Boden war mit Moosen bedeckt, die im Schein einer einzelnen Laterne, einer schwachen Glühbirne in einem hohlen Steinpfeiler, sanft schimmerten. An jeder Seite des Pfeilers befand sich eine ovale Öffnung. Der Pfeiler hatte ein kleines Dach, das ebenfalls mit Moos bedeckt war.

«In diesem Garten sind mindestens zehn Moosarten», sagte der Brigadier. «Der Gastwirt steht jeden Morgen früh auf, um Unkraut zu jäten. Manchmal hilft ihm sein Sohn. Ich glaube nicht, dass es für sie Arbeit ist; es ist mehr wie eine Disziplin, die den Geist beruhigt. Dorin sagte das.»

«Schön. Was ist dir noch aufgefallen?»

Der Brigadier leerte den zweiten Krug in die Becher, dann gingen beide wieder an die Balkontüren und schauten sich den Garten noch einmal an. «Manchmal fühle ich mich ein wenig unbehaglich, Mijnheer. Ich bin zu lang. Wenn ich auf der Straße gehe, schwebt mein Kopf über der Menge und ist wie ein auffälliger Vogel, der auf einem See sitzt. Mit dem Körper eines Menschen aus dem Westen kann man sich hier unmöglich einfügen. Ich habe mir schon gewünscht, Japaner zu sein. Leute lächeln und kichern, kleine Kinder stoßen sich gegenseitig an und rufen ‹hallo, hallo›, wenn sie mich sehen. Ohne aufzuhören. Ich glaube, es ist das einzige ausländische Wort, das sie kennen. Nach einer Weile hat man das Gefühl, man könnte sie erschießen.»

«Schießen», sagte der Commissaris und rückte den Tuchstreifen zurecht, der seinen Kimono zusammenhielt, einen grauen, vom Gasthof gelieferten Kimono. Er hatte ihn im Badezimmer gefunden. «Hast du eine Schusswaffe, Brigadier?»

«Ja, Mijnheer.» De Gier nahm eine Pistole aus einem Halfter, das er unter dem Kimono verborgen hatte. «Meine eigene habe ich nicht mitgebracht. Die ist in der Waffenkammer in Amsterdam. Dorin hat mir diese Pistole gegeben. Ich habe auch noch eine für Sie. Eine deutsche, eine Walther. Ich glaube, die Japaner stellen heutzutage keine Schusswaffen mehr her. Wir haben vor zwei Tagen damit am Strand geübt, auf Flaschen geschossen. Sie ist sehr genau und sehr handlich. Ich hatte bessere Ergebnisse als auf dem Schießstand des Präsidiums, und zwar bei doppelter Entfernung.» Er kramte im Schrank herum und kam wieder. «Hier, probieren Sie die mal, Mijnheer. Sie ist klein genug, um die Kleidung nicht auszubeulen. Dorin trägt einen riesigen Revolver, den Sie bestimmt bemerkt haben, er zieht die Aufmerksamkeit auf sich, aber er sagt, es sei seine Waffe vom Kommandotrupp, ohne die er nicht leben könne.»

Der Commissaris nahm seinen Gürtel und schnallte ihn über dem Kimono zu.

«Gut», sagte de Gier. «Wir sind bewaffnet. Jetzt können die Yakusa kommen. Wir können beide je sechs erledigen, und ich habe noch einige Magazine in Reserve. Wenn sie ruhig stehen bleiben und vergessen, sich zu wehren, können wir ein Massaker anrichten. Übrigens, Mijnheer, was meinen versuchten Totschlag angeht, habe ich mir überlegt, es wäre besser, wenn ich bei der Polizei ausscheide, sobald wir wieder in Amsterdam sind. Anscheinend reagiere ich nicht mehr richtig, und das Schlimmste dabei ist, dass es mir wenig ausmacht. Ich nehme an, ich sollte wegen der drei Männer im Krankenhaus ein Schuldgefühl haben, aber das habe ich nicht. Die können leben oder sterben, das ist mir jetzt einerlei, aber als ich auf sie losging, wollte ich sie umbringen.»

«Macht nichts», sagte der Commissaris, «und was deine Kündigung angeht – darüber können wir später reden, aber vielleicht wird das gar nicht nötig sein. Wir wollen zunächst die vor uns liegende Aufgabe erledigen und die beunruhigenden Gedanken über unsere Motivationen mal für eine Weile vergessen.»

«Es macht Ihnen also nicht viel aus, Mijnheer?»

«Jetzt nicht», sagte der Commissaris. «So, und nun wollen wir ein wenig schlafen, Brigadier.»

De Gier warf seinen Kimono ab, zog das Bettzeug aus dem Schrank, ließ sich fallen und zog die gepolsterte Decke über sich. Im Fallen hatte er das Licht ausgemacht.

Der Commissaris grinste im Dunkeln. Ein freier Mann, dachte er, der durch einen Schock die Last seiner eigenen Identität abgeschüttelt hat. Er hatte die Freiheit des Brigadiers in dem Augenblick gespürt, als de Gier aus dem Gasthof gelaufen kam, um die Tür von Dorins Wagen zu öffnen und dem Commissaris die Hand zu schütteln. Aber es ist gefährlich, frei zu sein, wenn es nichts gibt, das einen noch berührt. Der Commissaris erinnerte sich an einen seiner Untergebenen in einer Einheit der Untergrundarmee während des Krieges. Der Mann war furchtsam, nervös und übervorsichtig gewesen, bis die Deutschen seine junge Frau fassten, folterten und umbrachten. Nach dem Verlust, der ihn befreit hatte, war der Mann verändert. Seine Gefährten nannten ihn den Dämon des Todes. Er meldete sich immer wieder freiwillig, um Unmögliches zu erledigen, und kam jedes Mal zurück. Seine Spezialität war, die heimtückischsten Halunken im Sold der Deutschen, die Gestapo-Beamten, zu schnappen, mitzubringen, nach Informationen auszuquetschen und umzubringen, gewöhnlich durch einen Genickschuss, nachdem er den Gefangenen aufgefordert hatte, sich irgendetwas anzusehen.

Der Mann lebte noch. Er hatte sich sein eigenes Geschäft aufgebaut, eine Textilienvertretung, die er ebenso gleichgültig leitete, wie er das Kriegsspiel geführt hatte. Der Commissaris traf ihn gelegentlich und ging manchmal in das Luxusapartment des Mannes, das dieser allein bewohnte und der seine Abende mit einem zahmen Raben verbrachte, der es liebte, Fetzen aus der teuren Tapete zu reißen.

«Das ist alles in unserer Vorstellung», sagte de Gier in dem dunklen Zimmer, als wäre er den Gedankengängen des Commissaris gefolgt.

«Wie bitte?»

«Das ist alles in unserer Vorstellung», wiederholte de Gier. «Der Gastwirt sagte das, als ich ihn zu seinem Moosgarten beglückwünschte. Japanische Weisheit. Vielleicht existieren unser Abenteuer, die Yakusa, die gestohlenen Kunstwerke und das Rauschgift auch nur in unserer Vorstellung. Hat Dorin Ihnen von der Falle erzählt, die er in Kyoto aufstellen wird?»

«Andeutungsweise, aber erzähl mal.»

«Er hat einen Kontakt zum Daidharmaji. *Ji* bedeutet Tempel. *Daidharma* ist der Name des Tempels. *Dai* bedeutet ‹groß›; ich habe vergessen, was *dharma* heißt. So was wie ‹Einsicht›, nehme ich an. Alle Tempel haben solche Namen. Dieser Daidharmaji ist nicht nur ein Tempel, sondern ein großer Komplex. Darin gibt es ein Kloster, einen Meister und Hohepriester und ein riesiges Gelände mit Gärten und so weiter. Er ist berühmt wegen seiner Kunstsammlungen, aber den Yakusa ist es nie gelungen, an sie heranzukommen, denn die Tempel werden gut geleitet, und Daidharmaji ist eine sehr religiöse Stätte. Entweder machen die Priester sich nichts aus Geld, oder sie werden von ihren Vorgesetzten und der Disziplin in Schach gehalten.

Dorin hat dort Freunde. Er hat mit dem Hohepriester geredet, der den Tempel verwaltet. Der Hohepriester hat einem seiner Männer befohlen, sich in der Stadt herumzutreiben, zu trinken und den Huren nachzulaufen. Dieser Mann ist wiederholt in einer Bar mit dem Namen *Goldener Drache* gewesen, dem Hauptquartier der Yakusa in Kyoto. Er ging selbstverständlich in Zivilkleidung und nicht in seiner Priesterrobe, aber er machte allen klar, dass er ein korrupter Priester sei. Die Yakusa haben angebissen und ihm einige hübsche Frauen zugeschoben und ihn aufgefordert, sein Glück im Spiel zu versuchen. Er hat ein wenig gewonnen und dann angefangen zu verlieren, aber bis gestern haben sie ihn wegen der Zahlung nicht gedrängt. Jetzt haben sie ihn, er schuldet ihnen einige tausend Yen. Jetzt soll er ihnen einige Schriftrollen aus dem Tempel bringen, der ihm angeblich untersteht. Auf dem Gelände des Daidharmaji gibt es viele kleine Tempel, die jeweils von einem Priester geleitet werden, und jeder einzelne hat eine Kunstsammlung, die der Öffentlichkeit einmal im Jahr gezeigt wird.»

«Das ist sehr gut», sagte der Commissaris. «Er wird also liefern? Dieser Priester?»

«Nein», sagte de Gier. «Das ist das Kluge daran. Der Priester sagte, er werde liefern, aber dann hat er es sich anders überlegt. Er sagte den Yakusa, er habe einige sehr kostbare Malereien auf Papierrollen, aber er habe einen Käufer, der viel mehr biete als sie. Er sagte ihnen, er werde seine Schulden in wenigen Tagen bezahlen.»

«Und wir sind die Käufer?»

«Ja, Mijnheer. Wir werden nach Kyoto fahren und uns in einem Gasthof in der Nähe des Daidharmaji einquartieren. Der Priester wird uns aufsuchen, und wir werden seine Ware kaufen. Dann wird er die Yakusa bezahlen. Alle werden sehr höflich sein, und die Yakusa werden das Geld nehmen, aber sie werden verärgert sein und anfangen, den Priester zu beschatten, um zu sehen, wohin er seine Ware bringt. Dorin hat arrangiert, dass auch andere Priester und Mönche zu uns kommen. Wir werden einen regelrechten illegalen Kunsthandel aufziehen und die ganze Zeit über in Kyoto bleiben, der heiligen Stadt, in der die Yakusa ihren Einfluss nicht geltend machen können. Kyoto hat ein Vergnügungsviertel, einen von Weidenbäumen umgebenen Bordelldistrikt, den die Yakusa in der Hand haben, aber sie werden nie wirklich unangenehm. Sie sind ebenfalls Japaner und werden vielleicht von der Atmosphäre in Schranken gehalten, oder möglicherweise sind sie besorgt, dass die überregionale Presse über Verbrechen in Kyoto berichten wird und sie zu viel Aufmerksamkeit auf sich ziehen. Deshalb müssen sie sich zurückhalten und mit den Zähnen knirschen.»

«Ich verstehe», sagte der Commissaris bedächtig. «Bis sie so irritiert sind, dass sie etwas unternehmen. Wir locken sie heraus und zwingen sie, ihr wahres Gesicht zu zeigen.»

«Dorin hatte einige Mühe, die Leute vom Daidharmaji zur Zusammenarbeit zu bewegen. Ihre Kunst ist die beste in Japan. Vieles davon ist chinesisch, tausend Jahre alt. Wenn es verloren ginge oder beschädigt würde, wäre es ein großes Unglück. Dorin setzte sich nur durch, weil der Klostermeister, der Zen-Meister – es ist ein Tempel der Zen-Buddhisten, wie man mir sagte –, dem für den Tagesablauf und die Disziplin verantwortlichen Hohepriester befahl, er solle mitmachen. Der Zen-Meister sagte, alle Kunst sei sowieso nur ein Haufen Ramsch, und niemand brauche sich Gedanken machen, wenn etwas verloren ginge. Er sagte sogar, er hätte nichts dagegen, wenn die Yakusa diese Kunstwerke stehlen und verkaufen würden. So kämen sie wenigstens in Umlauf und könnten von den Leuten besichtigt werden; im Daidharmaji werden sie in der Schatzkammer aufbewahrt.»

Der Commissaris lachte vergnügt. «Er muss ein netter Kerl

sein, dieser Meister. Ist er kein Hohepriester? Ich würde meinen, dass ein Meister die höchste Autorität ist.»

«Ich nehme an, dass er das ist», sagte de Gier, «aber er hat nicht die Leitung. Er befasst sich nur mit der Ausbildung der Mönche, aber was er im Einzelnen tut, weiß ich nicht. Dorin sagt, dass die Mönche die meiste Zeit damit verbringen, in einer großen Halle zu sitzen und zu schweigen. Vielleicht sitzt der Meister bei ihnen.»

«Aber er wird bei wichtigen Entscheidungen konsultiert», sagte der Commissaris, «wie unser Hoofdcommissaris. Vielleicht sind auch wir eine religiöse Organisation, Brigadier. Die Gesetze, die wir verteidigen, waren einst religiöse, ursprünglich jedenfalls.»

De Gier stützte den Kopf auf den Arm und schaute die zusammengekauerte Gestalt am anderen Ende des Zimmers an. Der Commissaris hatte leise angefangen zu schnarchen. Der Brigadier schlief ebenfalls ein. Er sah Esthers Gesicht und spürte die Bewegung seines Katers, der sich zwischen seinen Füßen zusammenrollte.

Sein Arm begann zu schmerzen, und er wachte auf. Vielleicht werde ich trotzdem kündigen, wenn der alte Mann wieder in Amsterdam ist, dachte er. Ich muss ihn sicher und gesund abliefern und werde dann sehen. Ich werde sehen, dachte er noch einmal. Ein neuer Traum begann. Er befand sich in einem Wald und ging auf einem ziemlich breiten Weg spazieren, Olivier, dessen langer silberner Schwanz mit der schwarzen Spitze nervös zuckte, lief voraus. Sie bewegten sich auf einem dicken Tannennadelteppich. Es musste spät am Tag sein, denn die Sonne stand tief und durchschnitt mit ihren Strahlen den freien Raum zwischen den einzelnen Baumstämmen. Am Ende des Weges war Licht, und Olivier begann zu rennen. De Gier drehte sich auf die andere Seite, und der Traum war zu Ende.

10

«Du meinst, ich soll das Licht ausmachen, nachdem ich ihnen eine japanische Zeitung gegeben habe; ich soll dem Wärter sagen, er soll vergessen, ihnen Tee zu servieren; ich soll jemanden veranlassen, die Fußleistenheizung so einzustellen, dass sie mit äußerster Kraft läuft, während wir draußen siebenundzwanzig Grad im Schatten haben, solche Sachen etwa?»

Grijpstra stellte diese komplizierten Fragen, während sein massiger Körper an der weißen Wand im Büro des Inspecteurs lehnte. Er hatte den angebotenen Stuhl abgelehnt und verstreute seine Zigarrenasche auf dem makellos sauberen Fußboden und zerrieb sie dann mit der rechten Schuhsohle. Der Inspecteur kannte die Art der Gedanken des Adjudanten. Sein linkes Lid zuckte, und seine mageren Finger, die Grijpstra an die Krallen eines Chamäleons erinnerten, griffen auf der glatten Schreibtischplatte nach verschiedenen Gegenständen.

«Nun», sagte der Inspecteur, «das ist nicht meine Angelegenheit. Ich habe nur ein paar Vorschläge gemacht, hilfreiche Vorschläge, verstehst du. Ich weiß, *du* bearbeitest den Fall, aber …»

«Ja?» In Grijpstras Flüstern lag eine gewisse Drohung.

«Verdammt noch mal, Mann», sagte der Inspecteur und hob die Stimme, «kannst du keinen Vorschlag akzeptieren? Diese Sachen sind meine Spezialität. In dem Fach habe ich eine Prüfung abgelegt. Auf der Akademie habe ich nicht eine Vorlesung über Verbrechensermittlung geschwänzt, und man hat mich für ein Jahr nach London geschickt, um die kriminalistischen Methoden dort zu studieren. Es ist keine Folter, wenn man es einem Gefangenen unbehaglich macht. Ich sage dir ja nicht, dass du den japanischen Gangstern die Fingernägel ausreißen sollst, oder? Und wenn ich das sagte, dann wäre ich sicher, dass sie es verstehen würden, und nicht nur verstehen, sondern auch akzeptieren. Und sie würden reden. Jeder Mensch hat seinen schwachen Punkt, sogar Berufsverbrecher. Ich habe diese Männer gesehen, sie sind Killer. Sie würden *dich* ohne Zögern foltern, vorausgesetzt, jemand gibt den Befehl dazu. Diese ganze Situation ist lächerlich, wir verwöhnen sie. Sie sitzen im Gefängnis von Amstelveen, dem komfortabelsten im Land. Sie haben eine große Zelle, gut gelüftet und mit viel Licht. Sie bekommen ihr Essen geschickt, Delikatessen aus einem superteuren japanischen Restaurant, und wir zahlen die Rechnung, oder das Außenministerium kümmert sich darum. Absurd, denkst du das nicht auch?»

«Ich denke nicht», sagte Grijpstra.

Der Inspecteur schob den Stuhl so heftig zurück, dass dieser gegen die Wand knallte und umfiel. «Hör mal, Adjudant», sagte er kalt, «mit mir kannst du deine Spielchen nicht treiben. Ich bin Offizier, ernannt von der Königin, und du bist keiner. Vergiss diesen kleinen Punkt nicht. Wenn ich an einigen Drähten ziehe, wird sich dein Leben ändern, du könntest feststellen, dass man dir eine andere Arbeit zuweist. Bei der Fremdenpolizei gibt es eine freie Stelle. Du könntest in einem muffigen Zimmer hinter einem dreckigen Schreibtisch sitzen, und Araber werden dir Dokumente hinschieben, die voller Kritzel und Stempel sind, hundert Araber täglich an dreihundert Tagen im Jahr. Deine Fingerspitzen werden sich abnutzen beim Suchen nach Karteikarten in zerbeulten Blechkästen. Dir wird übel werden vom Gestank nach Knoblauch, Schweiß und menschlichen Ausdünstungen. Und wenn du abends nach Hause kommst, weißt du, dass du nichts erreicht hast. Die Militärpolizei wird illegale Einwanderer in ihre Heimatländer zurückfliegen, doch innerhalb weniger Wochen oder sogar schon Tagen werden sie wieder hier sein und in dein Büro kommen und so tun, als verstünden sie kein Niederländisch, und sie werden argumentieren und dich mit ihren dreckigen Händen berühren, dich am Ärmel ziehen, deine Wangen tätscheln, betteln und schreien.»

Grijpstra starrte zum Fenster hinaus; seine Kiefermuskeln arbeiteten.

«Hörst du überhaupt zu, Adjudant?»

«Ja, Mijnheer. Aber wir haben es hier nicht mit Arabern zu tun, sondern mit Japanern, mit Mijnheer Takemoto und Mijnheer Nakamura. Ich bin auch der Meinung, dass sie sehr wohl Gangster sein können. Ich habe sie mindestens zwanzigmal gesprochen, sie verhalten sich ungewöhnlich kühl und wägen ihre Lage und die Beschuldigungen gegen sie eiskalt ab. Ich stimme zu, dass sie gefährliche Verbrecher sind. Aber wir haben fast keine Beweise gegen sie. Sie kennen die Berichte. Die Zeugenaussagen können wir vergessen. In Wahrheit haben wir keine Zeugen. Zuerst erkannten sie die Gesichter der Verdächtigen, dann wieder nicht. Der Staatsanwalt lacht über den Fall, und wir dürfen die Verdächtigen nur festhalten, weil Leute in hoher Stellung dies speziell wünschen. Wie die Dinge jetzt stehen, kann ich nicht sicher sein, dass unsere Verdächtigen tatsächlich Mijnheer Nagai umgebracht haben.»

Der Inspecteur setzte sich wieder. Er schien seine Erregung jetzt unter Kontrolle zu haben, aber das Lid zuckte immer noch.

«Gut. Aber der Fall wird sich bald ändern. Nagais Leiche wurde in der Nähe der Autobahn zwischen Amsterdam und Utrecht vergraben. Wir werden die Stelle finden. Ich habe heute Morgen mit der Reichspolizei gesprochen, die suchen bereits intensiv. Die Autobahn ist fünfzig Kilometer lang, aber wir wissen, dass der Wagen bei einem Teich gewaschen wurde, wir wissen, wo dieser Teich ist, und wir dürfen annehmen, dass sich die Leiche dort in der Nähe befinden muss. Die Reichspolizei konzentriert ihre Suche auf das Gebiet. Ich glaube, sie hat hundert Mann dafür abgestellt, dazu kommen die

Männer, die die nahe gelegenen Dörfer und Städte freistellen können. Sie werden das Grab und die Leiche finden. Sobald ihr die Leiche habt, solltet ihr eure Verdächtigen damit konfrontieren. Sie wird jetzt schon ein wenig verwest sein und wirklich grauenhaft aussehen. Stupst sie mit der Nase darauf, falls es nötig sein sollte. Die Tatsache, dass der Commissaris in Japan ist, bedeutet nicht, dass wir uns auf den Hintern setzen und warten können.»

Er kniff die Augen zusammen und starrte dem Adjudanten ins Gesicht.

Grijpstra hatte wieder zum Fenster hinausgesehen. Auf dem Dach gegenüber saßen eine Menge Möwen. Er hatte sie gezählt. Siebenunddreißig Möwen, alle aufgebläht von Lebensmittelabfällen, die in der Gracht trieben.

«Ja, Mijnheer», sagte Grijpstra, «und wenn Sie mich jetzt entschuldigen wollen, werde ich gehen. Ich möchte hören, was die Beamten vom Rauschgiftdezernat herausgefunden haben. Die haben die Sache vom Restaurant her bearbeitet. Wie ich höre, haben sie einen niederländischen Seemann – einen Obermaat, glaube ich – aufgefordert, in ihr Büro zu kommen, um einige Fragen zu beantworten. Das Schiff des Mannes ist soeben aus Hongkong eingelaufen, und die Beamten haben acht Kilo Heroin in der Altstadt gefunden. Es gibt Beweise, dass das Heroin vom Schiff des Mannes gekommen ist, und starke Anzeichen sprechen dafür, dass er was damit zu tun hat. Der Verdächtige mag keine japanischen Speisen, aber er ist in den letzten Tagen zweimal im Restaurant gesehen worden.»

«Ich weiß», sagte der Inspecteur. «Deine Kollegen sind sehr aktiv gewesen.» Er betonte das Wort «Kollegen». Grijpstra nickte, verließ das Zimmer und schloss leise die Tür. Er zeigte die Zähne, als er zurück in sein Büro ging, aber er lächelte nicht.

11

Der Tokaido-Express raste geräuschlos auf dem endlosen, glänzenden Schienenpaar dahin; Lautsprecher in allen Waggons informierten ergebenst die ehrenwerten Reisenden, dass der Fudschijama, Japans höchster und heiligster Berg, bald auftauchen werde und durch die Fenster an der rechten Seite betrachtet werden könne. Die Mitteilung wurde auf Englisch wiederholt, und der Commissaris schaute auf den kleinen Kasten über der Schiebetür, als wundere er sich, dass dieser etwas Verständliches von sich geben konnte. Er gewöhnte sich allmählich an das allumfassende Rätsel seiner Umgebung; die mit drei Schriftarten beschriebenen Schilder, die ihm alle nichts sagten; die Sprache, von der er nicht ein einziges Wort erkannte; die äußerste Fremdheit der Bauernhäuser und Tempel, in saftig grünen Feldern gelegen oder auf Hügeln erbaut; die Fremdartigkeit der Landarbeiter, die große Strohhüte und Kittel aus trockenen Blättern oder Halmen trugen und unter mit riesigen Diagrammen verzierten Wachstuchplanen Schutz suchten. Er war noch nie im Fernen Osten gewesen und fühlte sich völlig unvorbereitet für den Wirrwarr an neuen Eindrücken, die seinem Verstand aufgezwungen wurden und nach einer Erklärung und Übersetzung verlangten. Aber er hatte das erste Stadium der Verwirrung überstanden, und sein Geist schien jetzt bereit, die Fremdheit zu akzeptieren und sogar Ruhe darin zu finden, als sei sie eine Darbietung, die man zu seiner Unterhaltung und für seine Imagination aufführte. Er war nicht mehr auf den Versuch aus zu verstehen, sondern er erlaubte seinem Geist, die Eindrücke aufzunehmen und sich an den Farben und Formen und Klängen zu erfreuen. Und jetzt hatte der Lautsprecher etwas gesagt, das er verstehen konnte, ohne es übersetzen zu müssen: Fudschijama.

Er hatte auf Postkarten und in Bildbänden Fotos von dem

Berg gesehen. Kein Mensch im Zug sagte ein Wort, als Fudschijama-san sich zeigte. Die Reisenden zollten ihm ihre Achtung. Augen wurden groß, Gesichter lächelten vor Staunen. Der Commissaris verneigte sich leicht, ohne den Blick von dem Berg zu nehmen. Er stimmte zu. Der Berg war wunderschön, und plötzlich spürte er in sich eine Welle der Liebe für die hundert Millionen Menschen dieser Inseln und ihre kindliche Fähigkeit, sich zu freuen, das höchste Spiel zu spielen und die Schönheit der Schöpfung zu akzeptieren und zu bewundern und zu versuchen, in Harmonie mit ihr zu leben.

Er war entsetzt gewesen von dem Lärm und dem blendenden Glanz der Ginza, von den Tausenden von Geschäften in Tokio, die schreiend ihre Waren anpriesen, von den Scharen der Prostituierten und jugendlichen Verbrecher, von der immensen Reklame, von den heiseren Geräuschen der Musikautomaten und der verstärkten Rockmusik, vom unaufhörlichen, blöden metallischen Geklirre der Flipperapparate. Er hatte unter dem starken Eindruck gestanden, plötzlich in die Hölle befördert worden zu sein, aber jetzt sah er eine andere und anscheinend stärkere Seite des einheimischen Charakters. Die Menschen in den beiden nächsten Abteilen, deren Köpfe er durch die Glasscheiben sehen konnte, hatten sich aus mechanischen Spielzeugen in starrende Kinder verwandelt, versunken im Traum von der weißgekrönten Form am fernen Horizont, die das wahre Wesen ihres Geistes verkörperte, des Geistes, der die Tempel mit ihren abfallenden und am unteren Ende scharf zurückspringenden Dächern geschaffen hat und die kunstvoll gestutzten Kiefern, die Felsblöcke und Klippen krönen, die Moosgärten und all die anderen Auswirkungen der Kreativität, mit denen sie ihr Inselreich geschmückt hatten.

Auch Dorin betrachtete den Berg. Er hatte geredet, als der Lautsprecher ihn unterbrach, und mitten im Satz aufgehört.

Seine Gesichtszüge waren weicher und das Funkeln seiner pechschwarzen Augen zu einem sanften Schimmern geworden, als er zu dem fernen Berg hinsah, der sich trotz der enormen Geschwindigkeit des Zuges nur kaum merklich bewegte. Nach einigen Minuten verschwand er, aber Dorin sagte, er werde sich bald wieder zeigen und das innerhalb der nächsten Stunde in Abständen noch öfter tun, wenn der Zug in Tunnel fuhr und wieder herauskam und sich um kleinere Berge wand.

«Sie haben vorhin den Zen-Meister erwähnt», erinnerte ihn der Commissaris.

Dorin lachte. Der Commissaris und de Gier warteten, aber Dorin schaute auf eine Stelle zwischen ihnen.

«Ist das Ihre Antwort», fragte de Gier, «zu lachen?»

«Es ist eine den Zen angemessene Antwort», sagte Dorin, und ein Ausdruck der Demut überzog sein Gesicht. «Sie lachen immer oder rufen etwas Unverständliches oder schlagen einem auf den Kopf. Zen-Meister tun so etwas.»

«Worin sind sie Meister?», fragte de Gier. «In Buddhismus oder so was?»

«Zen ist eine buddhistische Sekte, eine Methode, um Einsicht zu gewinnen. Zen-Meister haben angeblich eine vollkommene Einsicht.»

«Wie haben sie die erlangt?»

Dorin spreizte die Hände. «Wer weiß? Durch Meditation, nehme ich an, denn das scheint die Hauptaktivität der Mönche zu sein; sie sitzen schweigend in einer großen Halle und starren den Fußboden an. Sie konzentrieren sich auf das, was ihnen der Meister gesagt hat, und hin und wieder gehen sie zum Meister und zeigen ihm, was sie daraus gemacht haben. Bevor ich meine gegenwärtige Aufgabe übernahm, musste ich alle möglichen Arten von Ausbildung durchmachen, und man verlangte auch von mir, drei Monate in einem Zen-Kloster zu verbringen, irgendwo im Norden in den Bergen. Ich kleidete mich wie die Mönche und bekam den Kopf von ihnen rasiert. Es war eine schwere Zeit, schwerer als die Ausbildung bei der Kommandoeinheit. Ich würde lieber mit dem Fallschirm aus einem Flugzeug über dem Dschungel abspringen als eine Woche in der Meditationshalle verbringen. Aber angeblich war das gut für mich. Alles sah anders aus, als ich wiederkam.»

«Wie?»

«Realistischer. Zen-Meister nehmen das tägliche Leben als Thema ihrer Unterweisungen. Viele Mystiker versuchen, sich dem täglichen Leben, dem normalen Ablauf der Dinge zu entziehen, aber beim Zen ist alles umgekehrt. Und Zen-Lehrer moralisieren nie. Das gefiel mir am meisten an der Ausbildung. Sie sprechen einen nicht von einem Außenseiterstandpunkt an, um zu sagen, was gut ist und was nicht. Moral hat mich nie beeindruckt, vielleicht, weil ich in Amerika aufgewachsen bin und meine Eltern mich immer wieder nach Japan mitgenommen haben. Ich habe in zwei Welten gelebt, und was in der einen gut war, das war in der anderen schlecht. In Japan geziemt es sich, nach dem Essen zu rülpsen; in Amerika kriegt man dafür eine Backpfeife.

«Dem Zen-Meister war die Sache mit den gestohlenen Kunstschätzen egal», sagte der Commissaris. «Er sagte, der Ramsch solle in Umlauf gebracht werden, jedenfalls entnahm ich das aus dem, was mir der Brigadier erzählt hat.»

«Gewiss», sagte Dorin. «Warum auch nicht? Mein Vater hat mich immer mitgenommen nach Kyoto, wo wir um Erlaubnis bitten mussten, wenn wir eine Skulptur oder ein Gemälde oder auch nur einen Steingarten besichtigen wollten. Schon als Kind dachte ich, man sollte den Priestern nicht gestatten, die nationalen Schätze zu kontrollieren. Das System des Westens ist besser. Museen, die jedem offen stehen.»

«Und Rauschgift?», fragte der Commissaris. «Macht es Ihnen etwas aus, dass Rauschgift in Umlauf kommt?»

Dorin hatte gelächelt, aber jetzt verschloss sich sein Gesicht. «Ja», sagte er. «Ich sorge mich wegen des Rauschgifts. Die Yakusa helfen den Chinesen abzurechnen. Einst haben die westlichen Nationen China mit Opium vergiftet; jetzt ist es umgekehrt.»

«Wie ist es in Japan selbst? Wer verkauft hier das Rauschgift? Sie müssen ein Drogenproblem haben. Ich habe in Tokio viele Süchtige gesehen.»

«Yakusa», sagte Dorin bissig. «Deshalb habe ich mich für diese Aufgabe freiwillig gemeldet.»

Eine Zugstewardess kam herein mit einem Tablett, auf dem Pappbecher mit Kaffee standen, und zwitscherte fröhlich: *«Ko-hi. Ko-hi.»*

«*Arigato,* danke», sagten der Commissaris und de Gier wie aus einem Munde. Dorin lächelte wieder.

«Sie haben sich freiwillig gemeldet?», fragte der Commissaris.

«Als ich von dem Heroin hörte. Heroinhändler sind schwer zu fassen. Ihr Profit ist so hoch, dass sie fast jeden kaufen können. Wären die Yakusa nicht so dumm gewesen, auch in den Kunsthandel einzusteigen, wären sie unverwundbar. Aber sie rühren die nationalen Schätze an und verärgern die Regierung. Wenn wir an sie von der Seite des Heroins herangehen müssten, dann müssten wir die Sache der Polizei überlassen, und ich weiß, was dann nach einer Weile geschehen würde.»

«Was würde geschehen?»

«Nichts. Vielleicht würde man der Polizei gestatten, einige kleine Fische zu fangen, Sündenböcke, dumme Kerle, die die Yakusa loswerden wollen, und das wäre das Ende davon. Wenn jedoch berühmte Statuen gestohlen werden, haben wir es geschafft. Man hat mir freie Hand gelassen. Ich kann die Kommandoeinheit hinzuziehen, wenn ich will. Mit ein bisschen Glück können wir die Burg des Daimyo dem Erdboden gleichmachen. Das Oberste Gericht verlangt nur Beweise und Zeugen. Es kümmert sich kaum um die Methoden, die wir bei den Ermittlungen anwenden.»

«Wir werden Zeugen sein», sagte der Commissaris, «sobald wir Beweise haben.»

«Beweise werden wir bald haben», sagte Dorin und hob die Stimme ein wenig, als wolle er seine Zuhörer beruhigen. «Ich war ein Jahr bei der Polizei, ehe ich zur Truppe ging. Die Methoden der Polizei sind langsam und langweilig, dachte ich mir. Es gibt da so viele Sicherheiten, die den Verdächtigen schützen, dass sich ein Ermittlungsbeamter nur noch frustriert fühlen kann. Dieser Fall wird abenteuerlich werden. Ich bin froh, dass ich dabei bin. Es ist, als ob man einen Film sieht, mit dem Unterschied, dass ich tatsächlich eine Rolle in der Geschichte spielen und bis zu einem gewissen Ausmaß in der Lage sein werde, ihren Verlauf zu ändern.

Vielleicht habe ich das Zeug dazu, ein echter Samurai zu werden, obwohl ich nicht aus einer Samuraifamilie komme. Meine Vorfahren waren Kaufleute, und die stehen bei uns nicht in hohem Ansehen, nicht einmal jetzt, und jetzt beherrschen sie Japan durch ihre Unternehmen, mit denen sie fast alles unter Kontrolle bekommen haben. Aber Kaufleute stehen immer noch auf der untersten Stufe der Skala. Die Samurai, die Krieger, kommen zuerst. Sie gelten als ehrlich, einfach, frei und mutig. Nach den Samurai kommen die Bauern. Die sind nicht so frei, denn sie müssen sich um ihr Vieh und um ihre Ernten kümmern, aber sie sind der Natur und der Schönheit des Landes nahe. Die Fischer haben den gleichen Status wie die Bauern. Sie sind dem Meer verbunden, einer Quelle des Lebens für uns und eine immer währende Inspiration. Dann und erst dann kommen die Kaufleute, die nur durch ihre eigene Habsucht inspiriert werden. Sie sind durch ihre Begierden gebunden; sie haben einen kleinen Mund und einen dicken Bauch und müssen immerzu essen. Die Männer, die den letzten Krieg begannen, waren Kaufleute und nicht etwa Samurai. Die Kaufleute wollten die Reichtümer Asiens, vielleicht die der ganzen Welt, zu ihrem eigenen Vorteil anzapfen. Kaufleute wollen etwas *haben,* ein Samurai zieht es vor, etwas zu *sein,* nicht er selbst zu sein, sondern ein Teil von dem, was er gerade tut; und was immer er auch tun mag, er versucht, es so gut wie möglich zu tun, selbst wenn es bedeutet, dass er sein Dasein verliert.»

Der Commissaris nickte nachdrücklich, de Gier lächelte.

«Sie stimmen mir zu?», fragte Dorin erstaunt.

«Theoretisch», sagte der Commissaris, «aber was Sie da sagen, ist nicht so einfach zu verwirklichen. Haben Sie übrigens etwas unternommen wegen Ihrer Agenten, die uns überallhin folgen, oder sind sie irgendwo im Zug?»

«Nein», sagte Dorin, «die sind wir los. Ich habe mit meinem Chef im Ministerium gesprochen und der wiederum mit Ihrem Botschafter. Sie wurden abberufen. Wir sind auf uns gestellt, aber man hat mir eine Telefonnummer gegeben, die Sie sich beide merken wollen. Ich glaube nicht, dass wir sie jemals benutzen werden, aber man kann nie wissen. Das Telefon wird bei Tag und Nacht besetzt sein. Sie brauchen nur zu sagen, wo Sie sind, dann wird jemand kommen und Ihnen aus der Klemme helfen. Ich selbst glaube nicht, dass es funktioniert. Ich nehme an, es ist eine Nummer, die mit der Funkzentrale der Polizei mit wechselndem Personal verbunden ist.»

Der Commissaris öffnete den Mund, überlegte es sich jedoch anders und kaschierte die Bewegung, indem er vorgab, sich ein Stäubchen von der Unterlippe zu wischen.

«Hier haben wir sie», sagte Dorin.

De Gier nahm den Zettel und hielt ihn so, dass der Commissaris ihn lesen konnte. Sie murmelten die Nummer vor sich hin; nach einer Weile nahm Dorin den Zettel wieder an sich und hielt ein brennendes Streichholz daran. Er blies das Streichholz aus, warf es in den Aschenbecher und sprang, immer noch höflich lächelnd, ohne Vorwarnung quer durchs Abteil und griff de Gier an die Kehle. De Gier hob die Hände, bekam Dorins linkes Handgelenk zu fassen, bohrte die Daumen in dessen Handfläche und riss die Hand zurück, sodass Dorin in die Knie ging. Danach gab er dem Japaner noch einen harten Schlag mit der flachen Hand in die Rippen. Als Dorin fiel, hatte der Commissaris seine Pistole gezogen. Dorin stand auf, setzte sich wieder und rieb sich den Rücken.

«Sehr gut», sagte er. Der Commissaris steckte die Waffe wieder ein. «Sie hatten nicht durchgeladen», sagte Dorin. «Ich meine, das sollten Sie tun. Mir macht es nichts aus, denn ich bin sicher, dass Sie die Situation zuerst gründlich analysieren, bevor Sie abdrücken.»

«Kann sein», sagte der Commissaris. «Ich bin alt, meine Reflexe sind langsam. Aber das nächste Mal werde ich durchladen. Haben Sie und de Gier in den letzten Tagen öfter so gespielt?»

«Ja, Mijnheer», sagte de Gier, «aber Dorin ist schneller als ich.»

«Sie holen auf», sagte Dorin. «Ich bin jahrelang darin ausgebildet worden. In meiner Einheit waren neun Kadetten, und immer, wenn wir zusammen waren, haben wir uns gegenseitig angegriffen. Ich bin mal erwischt worden, als ich auf der Toilette saß und Zeitung las. Mein Freund stürzte zusammen mit der Tür herein, die er aus den Angeln getreten hatte. Ich befand mich in einem Bad westlichen Stils, und die Toilette war ein Ende von der Tür entfernt, sodass sie mich glücklicherweise nicht getroffen hat, aber ich war behindert, weil ich die Hosen unten hatte.»

«Und was haben Sie getan?», fragte der Commissaris.

Dorin lächelte selbstbewusst. «Nun, mir fiel nichts Kluges

ein, deshalb habe ich ihm die Zeitung ins Gesicht geworfen. Sie war zusammengefaltet, sodass sie nicht nur so herumflatterte, sondern ihn wirklich traf und ihm für einen Augenblick die Sicht nahm. Und dann bin ich nach vorn gesprungen und habe ihm den Kopf in den Magen gerammt. Danach bekam ich ihn in den Fesselgriff. Der Angreifer ist wirklich immer in der schlechteren Position. Er gibt sich viele Blößen; ein vorbereiteter Verteidiger ist besser dran. Jetzt ist de Gier dran, mich anzugreifen.»

«Sie wechseln sich ab? Sie sind also vorbereitet, nicht wahr?»

«Wir durchbrechen die Regel immer wieder. Es könnte sein, dass ich ihn wieder angreife.»

«Greifen Sie nicht mich an», sagte der Commissaris. «Sie würden mich zum Krüppel schlagen oder umbringen, und meine Frau würde traurig sein. Außerdem möchte ich diese Priester kennen lernen. Gehen wir gleich zum Kloster?»

«Nein, wir bleiben in einem Gasthof in der Nähe des Daidharmaji. Ein Priester wird heute Abend zu ihnen kommen und eins seiner Tempelgemälde mitbringen. Er spricht ziemlich gut Englisch. Er war Fremdenführer und hat in Englisch graduiert, was aber nicht viel heißen muss. Es ist für uns Japaner sehr schwer, eine Fremdsprache wirklich zu beherrschen. Ich weiß nicht, warum. Wir können alle schriftlichen Prüfungen bestehen, alles über die Grammatik wissen, zwanzigtausend Wörter auswendig lernen, aber dennoch sprechen wir die Sprache nicht. Bei mir ist es anders, weil ich in Amerika aufgewachsen bin. Mein Vater war Diplomat, und ich besuchte amerikanische Schulen und spielte mit amerikanischen Kindern. Ich begann auf Englisch zu denken, als ich noch ein kleines Kind war. Aber dieser Priester hat unsere Inseln nie verlassen.»

«Was meinen Sie, werden die Yakusa unseren Priester beschatten?»

«Das werden sie wohl», sagte Dorin. «Ich habe vorhin telefoniert – im Zug sind Telefone – und mit einem Kollegen in Kyoto gesprochen. Gestern Abend haben die Yakusa dem Priester ein letztes Angebot gemacht, und er hat abgelehnt, höflich selbstverständlich. Er hat nicht endgültig abgelehnt, sondern gesagt, er müsse sich die Sache noch einmal überlegen. Er erhöhte seine Schulden gegenüber der Bar an drei aufeinander folgenden Abenden, indem er spielte und mit den Mädchen herumtändelte. Vielleicht schuldet er denen jetzt einige Tausend Yen, ein Betrag, den er nie bezahlen kann, denn Priester erhalten sehr wenig Geld von ihrer Verwaltung, tatsächlich nur etwas Taschengeld. Einige haben Nebeneinkünfte, aber dieser Priester nicht. Die Yakusa dachten also, sie hätten ihn in der Hand. Da gibt es auch noch den Gesichtspunkt der Erpressung. Sie könnten den Hohepriester über sein Verhalten informieren, und er könnte weggeschickt werden. Sie könnten das sehr hübsch machen, indem sie beispielsweise die Rechnung dem Verwaltungsbüro des Daidharmaji präsentieren, aber das werden sie nicht so leicht tun. Wenn der Priester seine Stellung verliert, weil man ihn wegschickt, hat er nichts, wohin er gehen kann. Die japanische Gesellschaft ist sehr eng miteinander verknüpft. Jeder würde über ihn Bescheid wissen und zögern, ihm Arbeit zu geben. Und ohne seinen Status als Priester nützt er den Yakusa nichts, denn er könnte nicht mehr an die Tempelschätze herankommen.»

«Heute Abend könnten wir also unser erstes Abenteuer erleben», sagte de Gier.

«Dein zweites Abenteuer», sagte der Commissaris. «Du hattest schon eins in Tokio, erinnerst du dich? Du wirst dich zurückhalten müssen. Ich will keinen toten Mann um mich herum haben, nicht einmal einen toten Yakusa.»

«Mijnheer», sagte de Gier und schloss die Augen. Der Commissaris schlief kurz darauf ein. Nur Dorin blieb wach.

12

«Warten Sie!», rief der Adjudant. «Ich habe Sie nicht richtig verstanden. Bitte noch einmal von vorn.»

«Hier ist die Reichspolizei, Adjudant. Lieutenant Blok am Apparat. Man hat mir gesagt, dass Sie vorübergehend die Ermittlungen wegen des verschwundenen Japaners leiten und am Fundort der Leiche interessiert sind. Stimmt das?»

«Ja», rief Grijpstra. «Ja, Mijnheer. Und haben Sie sie gefunden?»

«Schreien Sie nicht, Adjudant. Ja, ich glaube, wir haben sie gefunden. Aber wir haben noch nicht tief genug gegraben. Wir sind auf die Leiche gestoßen. Bis jetzt ist nur eine Hand zu sehen. Ich habe meinen Männern gesagt, sie sollen auf Sie warten, bevor sie weitermachen.»

«Wo sind Sie, Lieutenant?», flüsterte Grijpstra.

«Im Gasthaus *Het Witte Paard* in Abcoude, Adjudant. Wenn Sie sofort losfahren, sollten Sie in dreißig Minuten hier sein, wir haben noch keinen Feierabendverkehr. Aber Sie müssen sofort aufbrechen, sonst wird es eine Ewigkeit dauern.»

«Bin schon unterwegs, Mijnheer», rief Grijpstra, knallte den Hörer auf und griff im Hinausgehen nach seinem Mantel.

«Nein», schrie er den älteren Brigadier an, der für die Garage verantwortlich war. «Ich will nicht meinen eigenen Wagen. Ich hab's eilig und will einen Dienstwagen mit Blaulicht und Sirene. Gib ihn her.»

«Aber ich habe keinen zur Verfügung», erläuterte der Brigadier geduldig. «Was stimmt mit deinem eigenen Wagen nicht? Wir haben heute Morgen die Zündung eingestellt, das Klappern an der rechten Tür beseitigt und die Hupe repariert. Wir haben sogar neue Batterien in den Suchscheinwerfer gesetzt und den Karabiner von der Waffenkammer überprüfen lassen und …»

«Ha», rief Grijpstra, als ein weißer VW in die Garage fuhr. «Gebt her. Raus, raus, Leute!»

Die beiden uniformierten Konstabel sahen ihn verblüfft an.

«Wir fahren Streife, Adjudant, und sind nur zum Tanken gekommen.»

«Raus!» Grijpstras tiefe Stimme dröhnte, als er die Fahrertür öffnete. Die Konstabel stiegen aus und sahen den Brigadier an, der eine hilflose Geste machte.

«Ein Fall für die Mordkommission?», fragte der Fahrer. «Ist jemand erschossen worden? Ich habe über Funk nichts gehört. Den ganzen Nachmittag über ist es ruhig gewesen. Wir haben nur eine betrunkene Frau gefunden, die einen Kinderwagen voller Flaschen schob. Zwischen den Flaschen lag ein Baby, und wir haben alles zusammen ins Revier gebracht. Der Chef hat gesagt, wir sollen das Baby ins Krisenzentrum bringen, aber wir haben fast kein Benzin mehr. Wir brauchen den Wagen, Adjudant.»

«Nehmt meinen Wagen», sagte Grijpstra. «Der Suchscheinwerfer hat neue Batterien, der Karabiner ist frisch geölt.»

«Aber …», sagte der Fahrer. Grijpstra saß jedoch bereits am Steuer und fuhr den Wagen mit blitzendem Blaulicht rückwärts aus der Garage. Sie hörten die Reifen des VW quietschen, als Grijpstra ihn auf dem Hof zu einem Halbkreis zwang, und die Sirenen begannen zu heulen, als er durch das Tor fuhr.

«Was ist denn mit dem los?», fragte der Fahrer den Brigadier.

«Seine Freundin hat angerufen», sagte der Brigadier. «Das heiße Wetter macht ihr zu schaffen, deshalb hat sie sich nackt ausgezogen und fühlt sich jetzt einsam. Nimm den grauen Wagen dort drüben.»

«Aber er ist nicht als Polizeifahrzeug gekennzeichnet», sagte der Fahrer traurig. «Wir sollen einen gekennzeichneten Wagen fahren.»

Ein anderer VW kam in die Garage, gefahren von einem Konstabelanwärter. «Du hast einen höheren Rang», sagte der Brigadier leise.

Der Fahrer sprang auf den VW zu. «Raus, Mann!», brüllte er. «Wir brauchen den Wagen!»

«Aber ich soll eine Besorgung für den Hoofdinspecteur erledigen», sagte der Konstabelanwärter. Er sagte es zum Brigadier. Der Wagen fuhr bereits aus der Garage.

«Weit?», fragte der Brigadier.

«Nein.»

«Nimm ein Fahrrad», sagte der Brigadier. «Wir haben ein hübsches, das da in der Ecke mit dem rostigen Schutzblech. Aber beeil dich, sonst kommt noch einer angerannt und nimmt es dir weg, und es ist heiß, und ich bin müde.»

Grijpstra hielt den Wagen an und wand sich aus dem engen Sitz. Er sah auf seine Uhr und lächelte. Einundzwanzig Minuten, und alle Ampeln hatten auf Rot gestanden. Er hatte das Heulen der Sirene noch in den Ohren, als er dem stämmigen Lieutenant die kräftige Hand schüttelte.

«Sie haben noch nicht zu Abend gegessen, oder?», fragte der Lieutenant.

«Nein, Mijnheer. Es ist erst halb fünf. Ich habe zu Mittag gegessen.»

«Hoffentlich haben Sie es gut verdaut. Die Leiche ist kein angenehmer Anblick.»

Sie fuhren in dem eleganten Porsche des Lieutenant zum Grab, wo ein halbes Dutzend Konstabel der Reichspolizei in ihren hübschen dunkelblauen Uniformröcken respektvoll um ein Loch standen, das sich auffallend schwarz von der warmen dunkelgrünen Wiese abzeichnete. Ein zehnjähriger Junge stand neben einem Konstabel und wurde Grijpstra vorgestellt. Der Junge hatte gehört, wonach die Polizei suchte, und sich erinnert, dass er einen Mann gesehen hatte, der auf einem Feld gegraben hatte.

«Nur einen Mann?», fragte Grijpstra.

«Nur einen», sagte der Junge.

«Einen gelbhäutigen Mann mit seltsam geschnittenen Augen? Einen Japaner?»

«Wir haben den Jungen schon mehrmals gefragt», flüsterte der Lieutenant Grijpstra zu. «Er weiß nicht, wie ein Japaner aussieht, deshalb haben wir es mit einem Chinesen bei ihm versucht. In der Nähe ist ein chinesisches Restaurant, wo er mit seinen Eltern schon oft gegessen hat. Aber er sagt, er sei zu weit weg gewesen, um zu erkennen, wie Ihr Verdächtiger aussah. Er erinnert sich nur, dass der Mann klein war und einen dunklen Anzug getragen hat. Er erinnert sich auch an den BMW, an einen weißen Wagen, der dort geparkt war, wo jetzt mein Wagen steht. Er hat sich damals gewundert, dass ein Mann auf dem Feld seines Onkels buddelte. Das Feld ist seit Jahren nicht mehr benutzt worden und hat hohes Gras, wie Sie sehen.»

«Schade, dass er nicht stehen geblieben ist, um festzustellen, was der Mann dort tat», flüsterte Grijpstra.

«Der Junge war auf dem Weg zum Kino und hatte keine Zeit. Aber er kam zu uns, was nur gut ist. Wir hätten das Grab vielleicht auch allein gefunden, da wir uns diesem Feld schon näherten, aber es hätte noch einige Tage dauern können, möglicherweise wären wir auch daran vorbeigegangen. Das Gras ist in dem lockeren Boden wieder gewachsen. Bei diesem Wetter und dem nächtlichen Regen, den wir in letzter Zeit hatten, wächst es schnell.»

Grijpstra tätschelte den Kopf des Jungen. «Also, ich wäre bereit, wenn Sie es auch sind.»

Der Lieutenant nickte seinen Männern zu. Die Konstabel begannen zu graben, während der Lieutenant den Jungen nach Hause schickte. Die Konstabel stöhnten und schwitzten. Die magere Hand war jetzt frei, der Arm folgte. Die Konstabel fluchten. Maden hatten von dem Fleisch gefressen, und was da freigelegt wurde, war kein schöner Anblick. Die Männer handhabten die kurzen Spaten, als seien die klobigen Werkzeuge chirurgische Instrumente. Grijpstra lag auf den Knien und spähte in die Tiefe, als der Kopf freigeschaufelt wurde. Kikuji Nagais Körper lag in der vorgeburtlichen Lage; im Tod war er wieder in den Mutterleib gekrochen. Die Knie berührten das Kinn, der Rücken war gekrümmt, der Kopf eingezogen; nur der eine Arm war ausgestreckt, der andere stützte den Kopf. Die Leiche war splitternackt. Zwei Männer in Zivil machten Fotos aus jedem möglichen Winkel; sie gingen sogar so weit, dass sie die Kameras bis in die Grube hielten. Die Blitzlichter akzentuierten die Unheimlichkeit der Leiche mit ihrem schlafenden kahlen Kopf, teils Gesicht, teils Schädel.

«Ist dies das Opfer?», fragte der Lieutenant. Grijpstra nahm ein Foto aus seiner Brieftasche, das sie zusammen betrachteten. Der Lieutenant brummte. «Ja, das ist er. Die Käfer haben zwar dafür gesorgt, dass er keine Haare mehr hat, aber das Gesicht ist noch zu erkennen. Ein Herr aus dem Orient. Da ist das Loch vom Geschoss, ist hinten reingegangen und vorne rausgekommen und hat einen Teil der Stirn weggepustet. Sehen Sie, das erklärt das Knochenstück, das eure Leute gefunden haben. Ich frage mich, was mit der Kleidung geschehen ist. Ziemlich einfältig, finden Sie nicht auch? Eine Leiche wird nicht nur anhand ihrer Kleidung identifiziert, und es muss ziemlich umständlich gewesen sein, sie auszuziehen. Ich nehme an, der Mörder hat die Kleider irgendwo in eine Mülltonne gesteckt. Die Müllabfuhrleute müssen sie verbrannt haben. Macht nichts, hier haben Sie Ihre Leiche, Adjudant, mit unseren besten Empfehlungen. Wohin wollen Sie sie haben? Auf den Rücksitz Ihres VW?»

«Um Gottes willen», sagte Grijpstra und drehte sich um, als sei er gestochen worden.

Der Lieutenant grinste. «War ja nur Spaß. Wir lassen sie heute Abend in eure Leichenhalle bringen. Sie wird in Plastik gehüllt sein und mit einem unserer Transporter gebracht werden. Machen Sie sich deswegen keine Sorgen, Adjudant.»

Ein Amateur, dachte Grijpstra, als er den weißen VW wieder in die Garage fuhr. Kein Profi hätte die Leiche ausgezogen. Und unsere beiden Verdächtigen sollen Gangster sein. Joanne Andrews sagt es, der japanische Konsul sagt es, ich sage es. Zwei dicke, kleine, kühle Gurken, die sich im Gefängnis einen schönen Tag machen. Sie sind absolut sicher, dass sie freigelassen werden. Und warum sind sie so sicher? Er stellte den Wagen ab und gab dem Brigadier die Schlüssel.

«Hast du dich hübsch amüsiert?», fragte der Brigadier.

«Ich habe eine hübsche Leiche gefunden», sagte Grijpstra. «Die Würmer hatten sie jedoch zuerst entdeckt. Sie sah ein wenig seltsam aus, blassgrün, weißt du, und die Augen …»

«Schon gut», sagte der Brigadier und ging weg. «Ich wollte nur höflich sein. Du hättest sagen sollen: ‹Ja, danke›, das hätte genügt. Ich will nichts von Augen und Würmern wissen.»

«Nun, da waren keine Augen mehr», sagte Grijpstra, aber der Brigadier schaute ihn durch eine Glastür an und hatte die Finger in den Ohren: «Aber umgebracht haben die Würmer den armen Mijnheer Nagai schließlich nicht», setzte Grijpstra seinen Monolog fort. «Wer war es aber dann?»

Er atmete tief, als er die Treppe hinaufging, die zur Etage führte, auf welcher das Büro des Inspecteurs lag. Ärgere dich nie über einen Offizier, sagte er sich. Wenn du sehr wütend auf einen Offizier bist, kannst du ihn in den Rücken schießen, wenn es keiner sieht. Aber es lohnt sich nicht, auf den armen kleinen Idioten wütend zu sein, nur weil er eine hässliche Art hat zu reden. Du brauchst ihm nur zu berichten, er hat ja keine Macht über dich. Der Commissaris ist dein direkter Vorgesetzter, und du kannst ihn heute Abend anrufen. Du brauchst nicht einmal über die Vermittlung zu gehen, sondern du musst nur eine Reihe von Zahlen wählen.

13

Der Commissaris schaute gespannt zu, als der Priester, unter starkem Zischen und vielen Verbeugungen, ehrfurchtsvoll die Rolle aus dem einfachen Holzkästchen nahm und mit beiden Händen hochhielt. Dorin hatte sich niedergekniet, die Hände flach auf der Matte, den Kopf mit dem stacheligen Bürstenschnitt rasch auf und nieder bewegend. De Gier saß weiter hinten, etwas mehr als einen Meter vom Commissaris entfernt. Er hatte die Beine verschränkt und rauchte einen von den Zigarillos des Commissaris, aber er drückte ihn aus, als er die konzentrierte Spannung im Zimmer spürte.

Der Priester, ein Mann von Ende dreißig, in ein einfaches braunes Baumwollgewand gekleidet, hob den kleinen Kopf, der durch den glattrasierten Schädel noch kleiner wirkte. Sein ruhiger Blick wanderte durch das Zimmer und nahm die drei Männer in sich auf, die ihm gegenübersaßen. «Dies sehr gute Malerei», sagte er und suchte mühsam nach Worten, «von großem Meister, chinesischer Maler, nicht nur Maler, viel mehr als Maler, großer Meister, große Weisheit.»

Er machte eine Pause, vergeblich nach anderen Wörtern suchend.

Dorin räusperte sich. «Vielleicht kannst du das Bild entrollen, damit unsere Gäste es sehen können; Erklärungen könnten dann überflüssig sein.»

Der Priester lächelte dankbar und stellte sich mit einer einzigen geschmeidigen Bewegung auf die Füße, ohne die Rolle loszulassen. De Gier stieß einen bewundernden Pfiff aus.

Nach langer Übung hatte er seinem Körper beigebracht, sich von der sitzenden in die stehende Position zu erheben, ohne die Hände zu Hilfe zu nehmen, aber die Bewegung war immer ruckweise gewesen und hatte aus einer Vielzahl einzelner Muskelaktionen bestanden. Dem Priester schien es überhaupt keine Mühe zu machen. Er fragte sich, ob man den Mann im Kloster Judo oder andere Sportarten lehrte oder ob eine solche Geschmeidigkeit der Glieder bei diesen fremdartigen Menschen natürlich war. Das Bild entrollte sich durch sein eigenes Gewicht, und sie sahen eine Tuschzeichnung, die aus wenigen fließenden Pinselstrichen bestand. Ein alter kahlköpfiger Mann in zerlumptem Gewand ruhte mit dem Kopf und der rechten Schulter auf einem großen schlafenden Tiger. Das Tier war lang ausgestreckt, jeder Muskel, jede Sehne und Flechse entspannt. Die großen Augen, überschattet von riesigen Brauen, waren fest geschlossen, die Pfoten flach auf dem Boden, die Krallen draußen. Der alte Mann hatte die Augen ebenfalls geschlossen, und der Ausdruck auf beiden Gesichtern war vollkommen gleich.

«Shih K'o», sagte der Priester. «Chinesischer Meister, zehntes Jahrhundert, aber dies nicht das Original. Original in China, aufbewahrt in Museum. Dies Kopie aus dreizehntem Jahrhundert von japanischem Meister, unbekannt.» Er dachte weiter nach. «Anonym, aber trotzdem großer Meister. Sehr wertvolle Rolle, Vermögen wert im Westen.»

«Wunderschön, wunderschön», murmelte der Commissaris. Die Zeichnung war vollkommen ausgeglichen, Mensch und Tier ergänzten einander, aber es lag mehr darin als nur Harmonie und perfekte Einzelheiten, trotz der anscheinend zufälligen Linienführung. Die Falten und Umrisse des Gewandes des Alten waren dicke Striche, die den Eindruck großer Kraft erweckten.

«Bild heißt ‹Zwei Patriarchen bringen ihren Geist in Einklang›», sagte der Priester schüchtern.

«Was ist ein Patriarch?», fragte de Gier.

«Ein Meister, alter Meister, hat viele Schüler gelehrt, viele Mönche, viele Laien.»

«Ein Meister?», fragte de Gier und rutschte auf den Knien vor, um näher heranzukommen. «Also ist auch der Tiger ein Meister? Wie in einem Märchen?»

Der Priester wusste nicht, was «Märchen» hieß, und Dorin übersetzte schnell. Der Priester lächelte. «Ja. Aber dies ist wirkliches Märchen. Tiger ist Meister, alter Mann ist Meister. Zwei Meister haben Begegnung. Ihr Geist hat Begegnung. Geist von zweien, ein Geist.»

«Wirklich wunderschön», sagte der Commissaris noch einmal. «Aber wir möchten das wertvolle Stück nicht anfassen; es könnte beschädigt werden. Es ist vielleicht besser, wenn Sie es wieder in Ihren Tempel bringen. Wir können ja so tun, als ob Sie einen zu hohen Preis verlangen und wir noch nicht bereit sind, ihn zu zahlen. Sie sind doch nicht allein, oder? Wenn die Yakusa es haben wollen, könnten sie es Ihnen auf dem Rückweg abnehmen.»

«Er ist sicher», sagte Dorin. «Die Yakusa wollen nicht nur dies eine Stück; sie wollen alles, was sie bekommen können, und sie können es nur durch den Priester bekommen. Wenn sie offen zu rauben anfangen, kommt die ganze Sache ans Licht; die Polizei wird alarmiert und die öffentliche Meinung aufgerüttelt werden. Das wollen sie nicht. Kyoto ist das Herz Japans, die meisten unserer nationalen Schätze sind hier zu finden; fast jeder Japaner besucht die Stadt mehrmals in seinem Leben. Von hier Kunstschätze zu rauben ist ein abscheuliches Verbrechen. Das ganze Land wäre bestürzt. Die Yakusa müssen im Dunkeln arbeiten.»

«Gut. Dann sollten wir unserem Freund vielleicht ein Bier anbieten. Möchten Sie ein gutes kaltes Bier?»

Der Priester lächelte. «Gern. Die letzten Abende ich trinke viel Bier, sehr gut. Auch Glücksspiel und Prostituierte. Sehr seltsame Beschäftigung für Priester. Hohepriester sagt, dies geistige Übung.»

Alle lachten. Ein Mädchen brachte Bier, und die vier Männer legten alle Förmlichkeit ab. Der Priester legte die Rolle ins Kästchen zurück und stellte es in eine Ecke des Zimmers. Nach dem zweiten Glas fiel es ihm anscheinend leichter zu sprechen. Der Commissaris fragte nach Deshima, und der Priester begann einen langen Vortrag über Japans frühe Kontakte zum Westen. Da im siebzehnten und zu Anfang des achtzehnten Jahrhunderts nur Niederländern der Handel mit dem Land erlaubt war, mussten die Japaner ihre Neugier über die Eigenarten des Westens mit Hilfe des Eilands von dem Format eines großen Schiffes befriedigen. Eine besondere Wissenschaft wurde entwickelt, genannt Ran'gaku, *Ran* war die Abkürzung von Oranda oder Holland, *gaku* bedeutet studieren. Japanischen Gelehrten gelang es, sich die niederländische Schriftsprache anzueignen, und sie lasen niederländische wissenschaftliche Werke über Medizin, Astronomie, Botanik, Mathematik und die Kriegskunst. Die Ballistik war von besonderem Interesse, da die Japaner damals das Prinzip von Schusswaffen erfasst hatten.

«Sehr nützlich», sagte der Priester und kicherte, «aber unsere Menschen dachten, dass Holland ein großes und mächtiges Land sei, das die westliche Welt beherrscht. Stimmt nicht. Später man musste Englisch lernen, viel wichtigere Sprache. Holländisch sehr interessant, kein Zweifel, aber nur wenige Menschen sprachen es.»

«Das stimmt auch heute noch», sagte der Commissaris und knabberte an einem Gebäck. «Dies ist sehr lecker.»

«Seetang», sagte Dorin. «Es schmeckt ein wenig wie Brezeln, nicht wahr? Aber es kommt direkt aus dem Meer.»

«Hmm», sagte der Commissaris und ließ das Gebäck in seine Tasche gleiten, als er auf eine Kiefer zeigte, die durch die offenen Schiebetüren zum Balkon ihres Zimmers zu sehen war. Der Gasthof war ähnlich wie der, in dem sie in Tokio gewohnt hatten, nur größer und luxuriöser. Es war, wie der Priester ihnen erzählte, ein umgewandelter Tempel wie so viele Gebäude in Kyoto. Mit dem Niedergang des Buddhismus und der zurückgehenden Zahl der Mönche und Priester sowie der verringerten Unterstützung seitens des Staates und der Öffentlichkeit waren Tempel baufällig geworden, und erst seit ungefähr zehn Jahren war das Interesse an den großartigen Bauten wieder belebt worden.

«Aber der Buddhismus ist jetzt im Westen anscheinend sehr populär», warf de Gier ein.

«Im Westen, aber hier ist er fast tot. Vielleicht gibt es noch fünfzig Meister in Japan, jeder mit kleiner Jüngerschar. Aber Jünger sind nicht immer seriös. Mönche wissen, dass sie nach wenigen Jahren Priester werden können, und ein Priester kann im eigenen Tempel leben und Status haben. Sie beginnen Ausbildung wegen materiellem Vorteil. Gibt nur noch wenige seriöse Schüler. Wie Prophezeiungen sagen: Die Religion wird fast aussterben, sich nach Westen verbreiten und wiederkehren. Aber sie wird hier inzwischen aussterben. Meister sind noch da und haben große Weisheit.»

«Was halten Sie von Ihrem eigenen Meister?», fragte der Commissaris. Er starrte das Gesicht des Priesters an.

Der Priester grinste plötzlich. «Er ist Quelle großer Erbitterung für mich. Immer einen Zoll voraus. Was ist ein Zoll?» Er hielt eine Hand hoch und deutete einen Zoll an, indem er die

Spitze des Zeigefingers dem Daumen näherte. «Sehr kleine Entfernung. Ich gebe mir große Mühe, meditiere stundenlang, tu dies und das und erreiche ihn. Aber dann er wieder einen Zoll weiter weg, und ich muss von vorn anfangen. Immer dasselbe, ich kann ihn für kurzen Moment berühren, dann …»

Ein Mädchen kam herein. Es sagte etwas zu Dorin, und der Commissaris erkannte das Wort *denwa*, elektrisches Sprechen. Er hatte das Wort vorher schon gehört. «Telefon.»

«Telefon», sagte Dorin, «für Sie, Sir. Unten im Büro ist ein Telefon. Ein Anruf aus Holland.»

«So? Woher wissen die, dass wir hier sind?»

«Unser amerikanischer Freund in der Hauptstadt hat unsere Nummer, er muss sie weitergegeben haben.»

Der Commissaris ging hinunter in das kleine Büro und bekam den Hörer von einem lächelnden und sich verbeugenden Angestellten gereicht.

«Commissaris?»

«Ja, Grijpstra. Wie geht's?»

«Ich bin müde, Mijnheer, hier ist es vier Uhr morgens. Es hat eine Weile gedauert, bis ich zu Ihnen durchgekommen bin.»

«Ja, du hast in Tokio angerufen, wir sind in Kyoto.»

«Unterschiedliche Städte?»

«Tokio ist die neue Hauptstadt, Kyoto die alte. Fünf- oder sechshundert Kilometer liegen dazwischen, glaube ich. Viele Tempel und Parks. Sehr hübsch hier.»

«Ja, Mijnheer. Die Reichspolizei hat die Leiche gefunden, Mijnheer.»

Der Commissaris schaute auf die Tasse mit grünem Tee, die der Büroangestellte vor ihm abgestellt hatte, bevor er, rückwärts gehend, den kleinen Raum verlassen hatte. Er nahm einen kleinen Schluck und hörte Grijpstra zu, der sein jüngstes Abenteuer erzählte.

«Von einem Amateur umgebracht, meinst du?», fragte der Commissaris und trank noch mehr Tee. Grijpstra sprach lange.

«Aha, aha. Irgendwie schade, wir dachten, wir hätten den Fall so gut in Gang gebracht. Ich muss darüber nachdenken. Lass deine beiden Verdächtigen noch nicht gehen. Ich lass dir morgen oder so eine Nachricht zukommen. Ich schicke ein Telegramm.»

«Wie geht's dem Brigadier, Mijnheer?»

«De Gier? Ich glaube, du solltest mit ihm sprechen. Sag ihm nichts von dem Fall. Ich werde das später tun.»

De Gier kam herunter, der Commissaris verließ das Büro und nahm die kleine Teetasse mit. Er fand den Angestellten in der Vorhalle. *«O-cha»*, sagte der Commissaris (*Cha* heißt Tee, *O* ist eine höfliche Einleitung). *«Yoroshii. Arigato.»*

Das Gesicht des Angestellten war ein einziges Lächeln. Er eilte davon, kam mit einem riesigen Kessel zurück und goss die Tasse wieder voll. Der Commissaris nahm die Tasse auf, aber der Angestellte fing an zu zischen und sich zu verbeugen. Er nahm dem Commissaris die Tasse aus der Hand und gab vor, selbst zu trinken, wobei er sie mit beiden Händen hielt.

«Aha, ich verstehe», sagte der Commissaris. «So?»

«Ja», sagte der Angestellte. «Zeremonie. Manchmal wichtig. Jetzt nicht, aber manchmal.»

Die englischen Worte hatten ihn erschöpft. Er ging schnell und trug den Kessel fort.

«Tust du drüben was?», fragte de Gier.

«Nein. Es ist alles sehr ruhig hier. Wir hatten eine Anzeige von einer alten Dame, der man mit einem Luftgewehr ins Bein geschossen hat, als sie an der Straßenbahnhaltestelle wartete. Die Kugel musste im Krankenhaus entfernt werden, und sie hat einen Tag lang gehinkt. Cardozo hat den Mann gefunden, einen Idioten in einer Dachkammer, der den ganzen Tag über nichts zu tun hat, als aus dem Fenster zu starren, junger Kerl, der von der Fürsorgeunterstützung lebt. Cardozo hatte sechs Konstabel an dem Fall dran, sie brauchten zwei Tage. Er ist sehr geduldig, weißt du.»

«Aber du? Was hast du getan?»

«Bin spazieren gegangen, habe gut gegessen, hab die täglichen Berichte gelesen. O ja, erinnerst du dich an den Inspecteur mit dem Rattengesicht?»

«Ja.»

«Er belästigt mich.»

«Schlimm?»

«Ja, schlimm. Er hat mir befohlen, ich soll aus den beiden Japanern ein Geständnis herauspressen. Es ist nicht einmal sein Fall. Er hat mir sogar gedroht.»

«Ja», sagte de Gier. «Schade, dass du nicht mit mir in Tokio warst. Die haben mich fünf Tage vor dem Commissaris hingeschickt. Ich weiß nicht, warum. Vielleicht wollten die, dass ich einige unserer hiesigen Kollegen kennen lerne. Ich hätte den Commissaris nach dem Grund fragen können, hab ich aber nicht. Er mag solche Fragen nicht.»

«Ja. Dir haben also die fünf Tage gefallen?»

«Gewiss, aber ich hätte fast einen Mann umgebracht, hab ihm den Hals verrenkt.»

«Notwehr?»

«Nein. Er hat mit Steinen nach einer Katze geworfen.»

Grijpstra fuhr sich über die kurzen, stoppeligen grauen Haare und starrte den Telefonhörer an, der in seiner Hand lag, unschuldig grau. De Giers Stimme hatte sehr leise geklungen.

«Scheiße», sagte Grijpstra. «Gibt es eine Anzeige gegen dich?»

«Das nehme ich an, aber ich bin entkommen.»

«Weiß es der Commissaris?»

«Ja.»

«Und du bist bei dem Fall noch dabei?»

«Sicher.»

«Ah, gut», sagte Grijpstra. «Schick mir mal 'ne Postkarte. Und wenn sie dich erwischen, werde ich kommen und das Gefängnis in die Luft jagen. Das wäre mal was anderes. Vielleicht kann ich meine beiden kleinen fetten Freunde dazu bringen, dass sie mir helfen. Ich habe mich mit denen richtig angefreundet, weiß du, besonders seit ich für sie japanische Zeitungen gefunden habe. Ja, das ist eine gute Idee.» Er fühlte sich wirklich fröhlich jetzt. Es wäre mal was anderes, Arm in Arm mit zwei ausgebildeten Gangstern durch Tokio zu walzen. Und im Gefängnis de Gier, der geduldig in einer stinkenden Zelle wartet und von einer halben Schüssel mit kaltem, pappigem Reis täglich lebt. Seinen Freund retten. Seinen einzigen Freund. Hatte er noch andere Freunde? Nein. Grijpstra nickte zu sich selbst.

«Wie geht's dir sonst?», fragte er.

«Seltsam», sagte de Gier, «sehr seltsam. Es scheint, als ob in mir nichts mehr ist, alles geht direkt durch mich hindurch. Ich sehe all diese schönen Dinge hier, Tempel, Gärten, hübsche Frauen. Der Mann, den man uns zugeteilt hat, ist wirklich ein Charakter, und wir kommen gut miteinander aus. Ich trainiere Judo, ich lerne japanische Wörter, ich studiere Stadtpläne, ich überlege, was wir hier tun sollen. Aber in Wirklichkeit scheine ich nichts zu registrieren. Es geht alles direkt durch mich hindurch, als ob ich nicht da wäre. Selbst wenn ich trinke, bin ich nicht da.»

«Aber das muss ein gutes Gefühl sein», sagte Grijpstra erstaunt.

«Gewiss. Ich klage nicht. Meine einzige Sorge ist vielleicht, dass dies Gefühl aufhört. Ich will mich erinnern, wer ich bin, dass ich in Amsterdam wohne und Polizist bin und so. Jetzt ist nichts da. Ich bin eine Art von Spiegel. Dinge reflektieren sich in mir, und dann verschwinden die Dinge und das Spiegelbild auch.»

«Ja», sagte Grijpstra. «Ich glaube, ich weiß, was du meinst. Aber ich bekomme das erst nach dem zwölften Drink oder so, und dann wanke ich schon umher, und das Gefühl hält nie vor. Danach wird mir nur übel, ich muss kotzen und so.»

«Wo bist du?», fragte de Gier.

«In unserem Zimmer an meinem Schreibtisch. Ich würde doch wohl nicht von meinem Haus aus in Japan anrufen, oder? Die Rechnung wird unvorstellbar hoch ausfallen.»

«Du bist wirklich dort, wie?», fragte de Gier. «Und ich bin hier am anderen Ende der Welt. Und ich muss jetzt wieder in unser Zimmer gehen. Wir kaufen zum Schein eine wertvolle Malerei von einem angeblich korrupten Priester. Vielleicht ist die Jagd morgen im Gange.»

Grijpstra legte auf. «Verrenkt einem Mann den Hals, weil der mit Steinen nach einer Katze wirft», sagte er laut.

Er schüttelte immer noch den Kopf, als er das Gebäude verließ. Zehn Minuten später klopfte er an die Tür eines kleinen Hotels, das dafür bekannt war, seine Bar die ganze Nacht geöffnet zu haben. Eine Anzahl bärtiger und triefäugiger Poeten schaute auf, als der stattliche Mann sich an die Theke drängte und zwei Genever bestellte.

«Zwei?», fragte das Mädchen mit der tief ausgeschnittenen Bluse. «Einen doppelten?»

«In zwei Gläsern», sagte Grijpstra. «Ich trinke beide auf einmal. Ich trinke mit meinem Freund, weißt du, aber der ist in Japan.»

«Ich verstehe», sagte das Mädchen und schenkte ein. Sie lächelte die Poeten beruhigend an. Aber die sahen immer noch besorgt aus.

Sie ging zu ihnen, um ihre Botschaft auch noch mündlich zu überbringen.

«Alles in Ordnung», sagte sie, «der ist auch verrückt.»

14

Der Commissaris erwachte, weil er träumte, er sei von einer Flut überrascht und einen Abflusskanal hinuntergespült worden, dessen ölige Flüssigkeit bis zu seinem Mund brodelte und schäumte. Er schrie und riss an den Bettlaken und rollte von der Matratze auf die Matte, wo er mit der Schulter gegen die Messingschnalle seines altmodischen Koffers stieß. Er setzte sich hin, murmelte und rieb sich die Schulter. De Gier war ebenfalls hochgefahren. Er stand mit dem Rücken zur Wand, in der Hand die schimmernde Walther, deren Lauf zwischen den Balkontüren und der Tür zum Korridor hin und her schwenkte.

«Alles in Ordnung, Brigadier», sagte der Commissaris. «Es war ein Albtraum. Was ist das für ein entsetzlicher Gestank? Meinst du, dass sie hier Schwierigkeiten mit den sanitären Anlagen haben?»

De Gier steckte die Waffe in das Halfter, das er über den Pyjama geschnallt hatte, und reckte sich. Er sah auf die Uhr. «Fünf Uhr, Mijnheer, noch ziemlich früh, aber ich werde immer wieder wach. Die machen einen ganz schönen Krach in den Tempeln drüben. Glocken, Rasseln, Gongs; das muss ein fröhliches Fest sein. Soeben haben sie auch ein eintöniges Lied gesungen, tiefe Stimmen, eine religiöse Zeremonie, nehme ich an. Ich werde Dorin fragen. Es ist erstaunlich, dass Sie nicht aufgewacht sind. Ich dachte, der Lärm käme aus dem Garten, und ich bin auf den Balkon gegangen, aber er kommt von hinter jenen hohen Mauern dort. Ich habe gestern durch das Tor geschaut; der Haupttempel steht hundert Meter hinter den Mauern. Die Mönche dort stehen um drei Uhr auf, jeden Tag, vermute ich. Das muss ein seltsames Leben sein.»

«Die verursachen doch wohl nicht den Gestank, oder?», fragte der Commissaris und rümpfte die Nase. «Ein starker Gestank, das müssen pure Exkremente sein, und zwar menschliche.»

De Gier lachte und legte sich hin. «Ja, Mijnheer, das ist Scheiße. Hier gibt es keine Spülklos. Das Rohr führt zu einem Holzeimer, und jeden Tag werden die Eimer abgeholt. Was Sie gerochen haben, war der Karren; er kam vor wenigen Minuten vorbei, ein Pferdekarren. Dorin sagt, man nennt ihn den ‹Honigkarren›. Das ist in Japan überall so. Die verwenden es hier als Dünger. Dorin machte Witze darüber. ‹Die Grundlage unserer Wirtschaft ist reine Scheiße.›»

«Keine schlechte Idee», sagte der Commissaris. «Besser als sie mit Druck ins Meer zu pressen und dann darin zu schwimmen, wie wir es tun. Eine Verschwendung und ein Ärgernis. Aber wir haben nicht den Gestank. Er ist mir schon vorher aufgefallen, aber er war nicht so stark wie jetzt.»

Auf dem Balkon war ein Geräusch, und de Gier griff wieder nach seiner Pistole. Der Commissaris hatte ein Schuldgefühl. Seine Pistole war irgendwo im Koffer. Er stand auf, begann zu kramen und fischte das Halfter zwischen einem Stapel Hemden heraus.

Dorins Kopf schaute um die Balkontür.

«In Ordnung», sagte de Gier. «Wir können nicht schlafen, das ist alles.»

«Ich hörte einen Schrei.» Dorin kam ins Zimmer. Er trug nur einen Fundoshi, einen weißen Schal, der seine Genitalien verhüllte. Der langläufige Revolver sah in dem ruhigen Zimmer fehl am Platz aus. Er richtete ihn auf den Fußboden, den Zeigefinger entlang der Abzugssicherung ausgestreckt.

«Ein Albtraum», sagte der Commissaris. Dorin lächelte und drehte sich um. Sie hörten, wie er von ihrem Balkon auf seinen nebenan sprang.

«Wir werden gut beschützt», sagte der Commissaris. «Ich hoffe, er hat seine treuen Begleiter wirklich weggeschickt. Sie machten mich in Tokio sehr nervös. Immer waren sie irgendwo hinter mir, zwei kleine Männer mit breiten Schultern und langen Armen.»

«Affen mit traurigem Gesicht», sagte de Gier schläfrig und zog sich die Decke über die Schulter. «Dorin hat mir erzählt, in alter Zeit hätten die Chinesen ernsthaft bezweifelt, dass die Japaner menschliche Wesen seien. Vielleicht haben sie sich seither gewandelt. Ich finde sie sehr menschlich, mit wenigen Ausnahme, wie jene Katzenmörder und die Leibwachen, die Sie soeben erwähnten, und einige Typen, die ich in Tokio in der Ginza gesehen habe. Die anderen scheinen sehr angenehme und auch intelligente Menschen zu sein. Ihr durchschnittlicher Intelligenzquotient ist angeblich beträchtlich höher als unserer. Ich wollte, ich könnte ihre Literatur lesen.»

«Allein um lernen zu können, wie man die japanischen Schriftzeichen liest, muss man schon ein Genie sein», sagte der Commissaris traurig. «Wie können wir sie jemals austricksen? Eine Zeitung zu lesen bedeutet, dass man tausendachthundertfünfzig chinesische Schriftzeichen und rund hundert japanische Kritzel gelernt hat. Der einfachste Yakusa kann eine Zeitung lesen.»

«Sie haben den Krieg verloren, nicht wahr?», sagte de Gier und schlief ein.

Als der Commissaris wieder aufwachte, servierten die Mädchen das Frühstück. De Gier war bereits angezogen und rasiert. Das Frühstück war amerikanisch, Spiegeleier mit gebratenem Speck und Bratwürstchen und Toast und gutem Kaffee. Er stand auf, als die Mädchen das Zimmer verließen und dabei Grußworte zwitscherten und guten Appetit wünschten, und schlüpfte in seinen Kimono. Er rasierte sich nach dem Frühstück und ging auf den Balkon, um dem Gastwirt und seinem kleinen Sohn beim Unkrautjäten im Moos zuzuschauen.

Der Gastwirt spähte durch seine Brille mit den Halbgläsern nach den kleinen Gräsern und winzigen Blättern des aufkeimenden Löwenzahns und der Butterblumen und zupfte sanft, um sicher zu sein, dass auch die Wurzeln mit herauskamen. Die Arbeit würde kein Ende nehmen, und der Commissaris dachte an seinen eigenen Garten, wo das Unkraut hüfthoch gewachsen war und seine Frau den kleinen Rasen mähen musste, denn er saß nur da und sah seiner Schildkröte zu, wie sie umhermarschierte und versuchte, ihre Mahlzeit von Salatblättern zu finden. Vielleicht sollte er ebenfalls Moose anpflanzen und den Teich ausräumen und einige Goldfische hineinsetzen und in einer Ecke ein Arrangement aus Steinen bauen. Er schüttelte den Kopf. Er würde seinen Garten so lassen, wie er war; ihm gefiel sein Unkraut. Ihm gefiel auch das tadellos gepflegte Moos. Unterschiedliche Umgebungen, beide angemessen. Er stellte die Vergleiche zwischen beiden ein. De Gier hatte ein Kissen mitgebracht. Der Commissaris setzte sich zufrieden hin, er spürte das Rasierwasser auf seinen Wangen. De Gier setzte sich neben ihn auf den Holzfußboden und begann seine Pistole zu ölen, deren Lauf er mit einem weichen Tuch rieb.

«Ein herrlicher Tag, Brigadier», sagte der Commissaris.

«Wir dürfen nicht vergessen, die unbezahlbare Bildrolle zur Bank zu bringen, sobald sie öffnet. Um halb zehn, sagte Dorin. Wir werden ein Schließfach mieten. Ich werde die Rolle tragen, und du kannst neben mir gehen und die Automatik griffbereit halten, falls die schrecklichen Yakusa uns überfallen.»

«Vielleicht gibt es gar keine schrecklichen Yakusa, Mijnheer», sagte de Gier und blies in den Lauf. «Möglicherweise gibt es nur hübsche kichernde Mädchen sowie Priester, die in Geschichte bewandert sind, und freundliche junge Männer, die mich auf dem Motorrad mitnehmen.»

«Ja», sagte der Commissaris. «Vielleicht ist es uns gelungen, in den Himmel zu kommen. Er stinkt zwar morgens ein wenig, aber sonst ist er vollkommen.»

Drei Stunden später war der Commissaris sich nicht so sicher. Er schwitzte und zitterte und klapperte mit den Zähnen. «Aber es ist nichts passiert», sagte er sich noch einmal. «Es war eine Maske, mehr nicht. Nur eine Maske.» Aber er klapperte weiter mit den Zähnen und musste sich in einem kleinen Café hinsetzen, das er auf dem Weg gefunden hatte. Die Tasse, die die Kellnerin vor ihm abgesetzt hatte, ließ er fallen, sodass sie zerbrach. Sie brachte ihm eine neue Tasse und füllte sie mit heißem Tee. Sie wartete auf seine Bestellung, aber er konnte sie nicht aufgeben, obwohl er das japanische Wort wusste. Er wollte Kaffee. *Ko-hi.* Er konnte die beiden Silben nicht herausbringen. Seine Hände zitterten, er hielt sich an der Tischplatte fest. Die Kellnerin ging wieder hinter die Theke, behielt ihn jedoch von dort aus im Auge.

Er versuchte, sich genau zu erinnern, was geschehen war, um sich selbst versichern zu können, dass es nichts gab, worüber er sich aufregen musste. Er war mit de Gier spazieren gegangen. Sie hatten eine Straßenbahn zur Stadtmitte genommen. Sie hatten die Bank aufgesucht und die Bildrolle deponiert und waren dann in ein großes Warenhaus gegangen, wo er eine Krawatte gekauft hatte. De Gier wollte sich Zeitschriften am Zeitungsstand ansehen; der Commissaris war gegangen und hatte versprochen, sich mit dem Brigadier zum Mittagessen im Gasthof zu treffen.

Dann war er allein umhergeschlendert, hatte Schaufenster

angesehen, sich unter die Menge auf den Fußwegen gemischt, Fotos in den Aushängekästen eines Kinos betrachtet. Er hatte in einem Café Halt gemacht und in der *New York Times* geblättert, die er im Warenhaus gekauft hatte. Er hatte die Straßenbahn zurück erwischt, war aber zwei Haltestellen vorher ausgestiegen, um die Möglichkeit zu einem Spaziergang zu haben. Die Straßen und Tempel hatten alle ziemlich ähnlich ausgesehen, und er war etwas besorgt gewesen, dass er sich verlaufen könne, aber das abschüssige Dach des Hauptgebäudes im Daidharmaji-Tempelkomplex hatte ihn beruhigt; er war fast zu Hause.

Dort hatte er den jungen Studenten getroffen, einen zwanzigjährigen Jugendlichen mit schwarzer Uniform und Mütze. Japanische Studenten tragen gewöhnlich diese Uniform. Dorin hatte ihm in Tokio von diesem Brauch erzählt. Der Stil, der auf den Ersten Weltkrieg zurückgeht, sieht gut aus, wenn auch vielleicht etwas langweilig, denn die Uniform ist überall anzutreffen, ein schwarzer Waffenrock mit glänzenden Knöpfen und eine ziemlich enge Hose. Die Kleidung ist aus gutem Material und hält viele Jahre, sodass die Studenten ihr knappes Geld nicht verschwenden müssen. Viele Studenten haben sowieso nichts anderes anzuziehen.

Der Junge hatte in einem holperigen Englisch mit ihm gesprochen. Er hatte verstanden, dass der Student sich in dieser fremden Sprache üben wollte, und hatte dessen Fragen beantwortet – woher er komme, wie lange er schon in Japan sei, ob er sich gut unterhalte. Der Commissaris hatte gesagt, er unterhalte sich gut. Der Student war neben ihm gegangen und hatte etwas von einem interessanten Tempel ganz in der Nähe gesagt. Vielleicht sollten sie sich eine Minute Zeit nehmen und ihn besichtigen. Ein sehr alter Tempel, einer der ältesten in der Stadt, ein schöner Garten und ein paar Worte über die Architektur, die er nicht verstanden hatte. Zusammen waren sie durch das große, imposante Tor gegangen, das schon selbst ein kleines Gebäude war, und hatten den Mönch darin begrüßt, der gelächelt und sich verbeugt hatte. Der Junge hatte etwas zum Mönch gesagt, der sie eingeladen hatte, in den Garten zu gehen. Anscheinend kannten sich die beiden. Aber der Garten war ein Labyrinth, und der Commissaris war umhergegangen, während der Junge auf Bäume gezeigt hatte, auf einen steinernen Buddha, der vor sich hin lächelnd im Schatten einer Mauer saß, auf einen Teich, in dem Goldfische herumflitzten, auf eine grausame Statue, einen wilden Krieger, der auf einem toten Körper stand. «Toter Körper ist das Ich», hatte der Student erläutert, «Krieger ist Disziplin.» Er hatte vage genickt, dann war der Junge verschwunden. Soeben war er noch da, in der nächsten Sekunde nicht mehr. Der Commissaris war allein mit der Statue.

Irgendetwas an der Statue war sehr seltsam gewesen. Er hatte sie noch einmal betrachtet und die Brille abgenommen und sie geputzt. Er hatte sich niedergebeugt, um die Leiche unter dem großen Fuß des Kriegers anzuschauen. Die Leiche hatte ein Gesicht – und dies Gesicht war sein eigenes. Er hatte sich noch einmal niedergebeugt, weil er nicht glauben wollte, was er sah. Aber es gab keinen Zweifel. Das Gesicht der Leiche war sein eigenes, komplett mit dem ordentlich gescheitelten Haar, den runden Brillengläsern mit Metallrand, der kleinen scharfen Nase, den dünnen Lippen. Sogar die Ohren, die leicht abstanden, waren perfekt. Und ein dünnes Blutrinnsal kam aus einer Mundecke. Er hatte sich hingehockt, um das Blut zu betrachten. Tomatenketchup, und das Gesicht eine Maske, eine Holzmaske. Er hatte sie berührt, sie saß lose. Er hatte sie in die Hand genommen; sie ließ sich leicht abnehmen. Unter der Maske war ein anderes Gesicht, ein steinernes mit schräg stehenden Augen, ein ganz anderes Gesicht. Er hatte die Maske fallen lassen und war gerannt. Er war im Kreis gelaufen und bei der Statue wieder angekommen. Die Holzmaske war nicht mehr da. Als er sie abgenommen hatte, war etwas von dem Tomatenketchup – oder was es sonst gewesen sein mochte – auf den Kies getropft. Der Fleck war noch da, aber die Maske war fort. Er war wieder davongeeilt und hatte das Tor gefunden. Der Mönch war nicht mehr da.

Aber das ist alles vollkommen offensichtlich, sagte er sich. Die versuchen, dich zu erschrecken. Jemand hat sich dein Gesicht gut angesehen und die Maske gemacht, eine grobe Maske, schnell aus weichem Holz geschnitzt. Man hat die Maske an der Statue angebracht und dem Studenten und dem Mönch gesagt, sie sollen dich aufspüren und hinführen. Und alles ist so eingetroffen, wie sie es geplant hatten.

Er hielt sich immer noch an der Tischplatte fest. Er sah seine weißen Hände und hob sie. Sie zitterten nicht mehr. Das Mädchen hinter der Theke sah ihn an. Ihm fiel das Wort für «bitte» ein. *Kudasai.* Er zwang sich, die Worte zu sagen: «*Ko-hi kudasai.*» Das Mädchen lächelte und verstand und brachte den Kaffee. Alles war so, wie es sein sollte.

Aber wenn er nun nicht mit dem Studenten gegangen wäre? Er hätte sich ja entschuldigen können, nicht wahr? Hätten sie sich etwas anderes ausgedacht? Ihn schauderte, obwohl er sich stark dagegen wehrte. Nun hör mal zu, sagte er sich, du hast eine Maske gesehen, eine gut gemachte Maske. Du hast dein eigenes Porträt gesehen. Und das ist alles.

Der Brigadier hatte ein Theaterstück gesehen. Als der Commissaris in ihr Zimmer trat, die Jacke auszog und das Gesicht mit kaltem Wasser wusch, stand de Gier auf dem Balkon. Er übte mit seiner Pistole, täuschte vor, nur so herumzustehen, dann geschah etwas – seine Hand schoss hoch, riss die kleine Pistole aus dem Schulterhalfter, seine andere Hand schoss ebenfalls hoch und griff nach dem Verschluss, der zurückschnappte, de Gier wirbelte herum und zielte. Dann steckte er die Pistole ein und begann wieder von vorn. Die Bewegungen waren so schnell, dass sie verschwammen.

«Sehr gut», sagte der Commissaris.

«Nein, mit der Dienstpistole bin ich schneller. Diese Waffe ist etwas anders. Ich habe sie noch nicht richtig im Griff, aber das wird noch kommen. Alles zusammen sollte nicht länger als zwei Sekunden dauern, aber ich glaube, ich brauche drei.»

«Ich habe eine Maske gesehen», sagte der Commissaris und erzählte seine Geschichte. De Gier hatte sich hingesetzt und hörte aufmerksam zu.

«Klug inszeniert», sagte der Commissaris, als er seinen Bericht beendet hatte, «meinst du nicht auch?»

«Ja. Auch ich habe etwas gesehen. Ich wurde in einem Theaterstück umgebracht.»

De Gier hatte nicht die Straßenbahn genommen, nachdem er das Warenhaus verlassen hatte. Er hatte seine Stadtpläne gut studiert und kannte den Rückweg zum Gasthof. Er war zu Fuß gegangen und hatte auf seinem Weg einen jungen Studenten getroffen, der eine Unterhaltung angefangen hatte.

«Wie sah er aus?», fragte der Commissaris.

«Klein und rundlich wie eine Tonne, ein nervöser Kerl, fuchtelte mit den Händen herum und redete wie ein Wasserfall. Sein Englisch war ausgezeichnet. Er erzählte mir, dass er in einem Austauschprogramm ein Jahr in Australien gewesen sei.»

«Ein anderer Kerl», sagte der Commissaris, «aber selbstverständlich musste das so sein. Sie haben uns etwa zur gleichen Zeit getroffen, aber erzähle weiter, tut mir Leid, dass ich dich unterbrochen habe.»

Der Student hatte den Brigadier in eine kleine Bar eingeladen. De Gier hatte keinen Drink gewollt, deshalb hatten sie stattdessen Kaffee getrunken.

«Wir Japaner haben früher nur Tee getrunken», hatte der Student gesagt. «Tee zu trinken wurde zu einer Kunst. Wir kennen mindestens fünfhundert verschiedene Teearten, alle mit einem anderen Geschmack und von unterschiedlicher Qualität. Eine sehr verfeinerte Kunst mit vielen Details. Die Tassen oder Schälchen sind von unterschiedlichem Stil, sie werden auf bestimmte Weise gehalten, die Wahl der Teekanne ist wichtig; man lehrt uns, wie wir beim Trinken sitzen müssen; sogar die Unterhaltung hat gewisse Regeln.» Der Brigadier hatte gesagt, er habe davon gehört. Die Teezeremonie, ein wichtiges Ereignis.

Der Student hatte gelächelt und sich verbeugt. Ja, ja. Aber dann sei der Kaffee aufgetaucht, und sie hätten schnell Geschmack daran gefunden. Und jetzt brauche auch der Kaffee seine Riten. Er hatte auf eine Sammlung von Töpfen auf dem Regal hinter der Bartheke gezeigt. Etwa zwanzig verschiedene Töpfe. Unterschiedliche Qualitäten. Brasilien, Kolumbien, Java. «Wir haben sogar Affenkaffee», hatte der Student gesagt. «Wissen Sie, was das ist?»

De Gier wusste es nicht. Der Student war froh, es erklären zu können. Man hatte in Birma gewisse Experimente mit Kaffeepflanzungen gemacht. Man hatte gedacht, die Pflanzungen sollten hoch in den Bergen sein, aber aus irgendeinem Grund waren die Ernten enttäuschend gewesen und die Versuche, dort anzupflanzen, eingestellt worden. Aber die Kaffeebäume wachsen weiter, und Affen fressen die Beeren. Da die Bohnen nicht essbar sind, gehen sie durch die Eingeweide der Affen und werden überall ausgeschieden. Und die Bergstämme sammeln die Bohnen und säubern und verkaufen sie. Selbstverständlich zu einem hohen Preis, denn es ist schwere Arbeit, die Bohnen zu sammeln. Affenkaffee wird zu einem zehnmal so hohen Preis verkauft wie der für gewöhnliche Qualitäten.

De Gier war beeindruckt und der Student glücklich. Sie hatten die Bar verlassen und waren umhergegangen, und der Student hatte weitergeplappert. De Gier wurde der hohen Stimme allmählich überdrüssig, aber der Student hatte Sinn für Humor, und der Brigadier hatte weiter zugehört. Dann waren sie am Ende einer Gasse an ein kleines Ziegelgebäude gekommen, ein Theater, das die Menschen des Armenviertels mit Bühnenstücken, Gesang und Tanz, Musik und Harlekinaden unterhielt. Der Student sagte, von diesen Theatern gebe es viele in der Stadt. Die Leute gingen gern hinein und blieben für eine Stunde oder so. Ob er mal kurz hineingehen wolle? Er werde zwar selbstverständlich den Dialog nicht verstehen können, aber vielleicht wäre es amüsant, den Schauspielern zuzusehen. Sie waren hineingegangen.

Das Haus war voll, aber in der letzten Reihe waren noch einige Plätze frei gewesen. Auf der kleinen Bühne wurde eine Liebesgeschichte gezeigt, die mit einem doppelten Selbstmord endete. Dann rezitierte ein alter Mann mit einem Bart, der bis zum Fußboden reichte, Gedichte, wobei das Orchester die dazu passenden Klangeffekte lieferte. Er sagte einige Worte in einem Singsang, und ein Becken wurde geschlagen, dann flüsterte er, und eine Gitarre phrasierte zu Ende.

«Dann geschah es», sagte de Gier. Der Student entschuldigte sich, weil er zur Toilette müsse, aber er kam nicht zurück. Auf der Bühne erschienen zwei Leute, ein kleiner, untersetzter Student in schwarzer Uniform, der aufgeregt redete, und ein großer Ausländer mit lockigem braunem Haar, einem dichten Schnurrbart und hohen Wangenknochen. Der Schauspieler war Japaner, aber man hatte ihn gut zurechtgemacht. Es gelang ihm, de Giers elastischen Gang zu imitieren. Er hörte dem Studenten zu, der ihm etwas erklärte und im Gehen auf dies und jenes zeigte. Sie sprachen beide japanisch, flochten jedoch gelegentlich englische Wörter ein. Die Gesamtwirkung der Szene war nahezu perfekt. De Gier fühlte sich, als beobachtete er sich selbst und seinen neu gewonnenen Freund, der von der Toilette nicht zurückgekommen war. Das Licht auf der Bühne änderte sich, das Orchester spielte ein entsetzliches Lied, die schrille Stimme eines Mädchens sang vom bevorstehenden bösen Ende. Eine Gitarre wimmerte, Trommeln klangen wie das Schlagen des Herzens. Der Rhythmus wurde schneller und hörte dann ganz auf. Vier Gestalten in schwarzem Umhang mit Kapuze waren plötzlich aufgetaucht; sie hatten sich von den Schatten gelöst und umschlichen die beiden. Die Musik setzte wieder ein, und der alte Mann sang eine bebende, sich lange hinziehende Beschwörung, offenbar eine Warnung an die beiden, sich zurückzuziehen, wegzulaufen, aufzugeben. Der größere Schauspieler blieb stehen und schaute sich besorgt um. Er zweifelte, entschloss sich aber weiterzugehen. Und als er sich in Bewegung setzte, griffen die vier Gestalten an. Als das Licht den Glanz einer langen Klinge einfing, funkelte sie auf. Die Musik kreischte und jammerte, der Schauspieler sank zu Boden, er stöhnte und erbrach Blut; der Student lief fort.

«Tja», sagte der Commissaris.

«Es war gut gemacht, Mijnheer. Die haben mich erfasst. Die kleinen Tricks, auf die sich der Schauspieler verlegte, waren gut, wie ich beispielsweise an meinem Schnurrbart zupfe, wenn ich zuhöre. An einer Stelle nahm er eine Zigarette aus einem Päckchen in seiner Hemdtasche und steckte sie an; jede Bewegung war eine genaue Kopie meiner eigenen. Es war interessant, ihm zuzuschauen. Ein Spiegelbild ist nie wirklich gut, weil man weiß, dass man sich selbst sieht. Dies war viel besser.»

«Hattest du hinterher Angst?», fragte der Commissaris.

«Nein, Mijnheer. Ich habe schon gestern am Telefon zu Grijpstra gesagt, dass ich anscheinend nichts mehr registriere.

Wie heute Morgen, als Sie im Schlaf schrien und aus dem Bett rollten. Ich war gerade auf dem Balkon, weil ich nicht schlafen konnte. Ich hörte Sie und muss gedacht haben, dass man Sie überfällt, denn im nächsten Augenblick war ich mit gezogener Pistole im Zimmer, aber ich empfand in Wirklichkeit nichts dabei. Es war das Gleiche, als ich die Vorstellung beobachtete. Es ist, als funktioniere ein Teil meines Gehirns nicht. Ich sehe, was geschieht, und reagiere darauf, aber danach kommt nichts mehr.»

Der Commissaris steckte sich eine Zigarre an. Seine rechte Hand zitterte immer noch leicht.

«Bist du dann einfach gegangen?»

De Gier grinste. «Nein, Mijnheer. Ich habe etwas Albernes getan. Ich hatte meine Flöte bei mir, wissen Sie, die kleine, die ich gewöhnlich in der Innentasche habe. Das Orchester war ziemlich gut, als es den schrecklichen Teil spielte, und ich hatte mir die Passage der Flöte gemerkt. Alle schauten mich an, als die Lichter angingen. Selbstverständlich waren die Zuschauer erstaunt. Sie waren auf die Vorstellung nicht vorbereitet gewesen, und auch die Schauspieler müssen irgendwie schockiert gewesen sein. Offenbar hatte dasselbe Gehirn, das sich ihre Maske ausgedacht hat, auch sie dirigiert. Wenn sie auch gut dafür bezahlt worden sind, war es dennoch nicht so nett, was sie taten, nämlich zu versuchen, einem Mann Angst einzujagen, den sie nicht einmal kannten. Vielleicht fühlten sie sich schuldig. Ich sah sie in den Kulissen stehen, stand auf und nahm die Flöte heraus. Ich wiederholte die Passage der Flöte im Orchester. Sie kam ziemlich gut heraus, vor allem, weil alle totenstill waren. Und dann bin ich gegangen.»

«Gut», sagte der Commissaris und schlug auf den Tisch. «Ausgezeichnet. Gut gemacht, de Gier! Die müssen auch mich beobachtet haben, aber ich war kopflos vor Angst und bin in dem Tempelgarten herumgerannt wie ein aufgeschreckter Hase. Aber du hast vielleicht meine falsche Reaktion ausgeglichen.» Er kicherte und rieb sich die Hände. Aber kurz darauf schüttelte er den Kopf und murmelte vor sich hin.

«Schon gut, Mijnheer», sagte de Gier leise. «Die hätten auch mir Angst gemacht, ich meine unter normalen Umständen. Aber da hat es diesen Unfall gegeben. Als ich bei Ihnen zu Hause war, muss ich lästig gewesen sein. Ich erinnere mich zum Teil daran. Ich habe geweint, nicht wahr? Dies muss jetzt die Nachwirkung des Schocks sein. Ich habe das Gefühl, dass ich nichts mehr zu verlieren habe. Es ist gefährlich, in solcher Stimmung zu sein, asozial, denke ich. Ich habe diese Kerle in Tokio fast umgebracht, ohne zu zögern. Ich wollte sie umbringen, und wenn Dorin nicht dabei gewesen wäre, hätte ich sie umgebracht. Es ist anormal, keine Angst zu haben. Ein normaler Mensch hat Angst.»

«Ich habe bestimmt Angst gehabt», sagte der Commissaris, «es ist ein Wunder, dass ich mir nicht in die Hosen gemacht habe. Ich glaube nicht, dass ich mich in meinem ganzen Leben schon mal so gefürchtet habe, nicht einmal während des Krieges, als mich die Gestapo festnahm und drohte, mir die Fingernägel auszureißen.»

Er sah sich nachdenklich um. Das Zimmer war gesäubert worden, und der dumpfe Schimmer der dicken Matten, die von soliden Holzpfosten gestützten weißen Wände, die ordentlichen Reihen der papierbespannten Fenster und Türen – alles kam ihm sehr fremd vor. Ich bin ein Entenküken in einem Hühnerstall, dachte er bei sich. Entenküken müssen ziemlich nervös werden, wenn sie feststellen, dass sie in einem Hühnerstall gefangen sind.

«Was ist mit Dorin?», fragte er ruhig. «Hat der Gastwirt ihm gesagt, dass wir zum Mittagessen zurück sind?»

«Ja, Mijnheer, ich habe mich im Büro erkundigt, und er hat

eine Nachricht hinterlassen. Er wird ebenfalls zum Mittagessen kommen. Ich habe in seinem Zimmer nachgesehen, aber er ist noch nicht zurück.»

Der Commissaris schaute auf seine Uhr. «Wir haben noch eine halbe Stunde Zeit. Ich werde vom Büro aus telefonieren. Es wird nicht lange dauern.»

15

«Hallo, Jane», sagte der Commissaris, «wie geht's heute?»

«Du?», sagte die Stimme. «Du bist mir ein feiner Mensch, weißt du. Lädst dieses Mädchen bei mir ab und verschwindest. Weißt du, dass sie jetzt fast zwei Wochen bei mir ist? Ich dachte, du bist in Japan. Du solltest mal kommen und uns besuchen. Joanne ist ein wenig ungeduldig. Offenbar hast du ihr einen neuen amerikanischen Pass versprochen, und sie möchte jetzt gern fort, und die Arme ist immer noch sehr traurig über den Tod ihres Freundes. Wie laufen die Ermittlungen? Und wie war deine Reise nach Japan?»

«Ich *bin* in Japan», sagte der Commissaris.

«Wirklich? O Gott, dieser Anruf muss ein Vermögen kosten, und ich quassele hier herum. Mach schon, was wolltest du mir sagen?»

Der Commissaris legte die Beine auf einen Stuhl und lehnte sich zurück. «Mach dir nichts daraus, was dieser Anruf kostet, mein Schatz. Tut mir Leid, dass ich dir das Mädchen dagelassen habe, aber du tust ein sehr gutes Werk, wenn du dich um Joanne kümmerst. Sie wird ihren Pass bekommen, aber es kann eine Weile dauern. Ich möchte den Todesfall aufgeklärt haben, bevor sie verschwindet. Ich bin sicher, dass sie es verstehen wird. Ist sie jetzt bei dir?»

«Nein, sie kauft für mich ein.»

«Gut. Der Fall wird ein wenig verworren. Wir haben diese beiden Japaner zum Teil verhaftet, weil Joanne Andrews sie beschuldigt hat. Aber jetzt, da wir die Leiche gefunden haben, gibt es einige Zweifel an ihrer Schuld.»

«Ihr habt sie gefunden? Wo?»

«Die Reichspolizei hat sie gefunden, auf einem Feld vergraben. So wie wir den Mord rekonstruieren, sieht er, na, ziemlich amateurhaft aus. Und die beiden Japaner, die wir im Gefängnis festhalten, sind keine Amateure. Wir glauben außerdem, dass nur ein Mann an dem Mord beteiligt war, selbstverständlich abgesehen von dem unglücklichen Opfer. Jedenfalls sind das meine Überlegungen.»

Er machte eine Pause.

«Nur zu», sagte sie. «Du kannst es mir sagen. Schließlich bin ich deine Nichte. Deine Geheimnisse werden bei mir sicher sein.»

«Ja, das weiß ich. Ich weiß deine Hilfe sehr zu schätzen. Hat sie dir mal was von anderen Männern erzählt? Sie sagt, dass sie mit Mijnheer Nagai, mit dem Toten, verlobt war, aber sie ist attraktiv. Vielleicht gab es andere Liebhaber oder Männer, die gern ihre Liebhaber gewesen wären.»

«Eifersucht», sagte Jane. «Meinst du das etwa?»

«Ja.»

«Jemand hat Mijnheer Nagai umgebracht, weil sie ihn heiraten wollte?» Sie kicherte. «Ist das heutzutage nicht ziemlich altmodisch? Ich habe gestern Abend im Fernsehen ein Programm über Partnertausch gesehen. Anscheinend schläft heutzutage jeder mit jedem.»

Der Commissaris lachte ebenfalls. «Ja. Aber Männer werden immer eifersüchtig sein. Hat sie keine anderen Männer erwähnt? Ihr beiden müsst euch viel erzählt haben, zwei Frauen in einem Haus.»

«Nein. Sie sagt nicht viel, sie ist sehr ruhig. Sie war eine angenehme Gesellschaft; es wird mir Leid tun, wenn sie geht.»

«Versuch's herauszufinden», sagte der Commissaris. «Ich werde wieder anrufen, vielleicht morgen. Der Mörder war kein Weißer, nehme ich an. Wir haben Zeugen, die einen Mann gesehen haben, der den Wagen gewaschen hat, in dem der Mord verübt worden ist, und welche, die einen Mann gesehen haben, der einen Spaten gekauft hat. Vermutlich war es derselbe Mann, vermutlich der Mörder. Beides ereignete sich in der Nähe der Stelle, an der die Leiche gefunden wurde. Und die Zeugen beschrieben den Mann als Chinesen. Näher kamen sie mit ihrer Beschreibung an einen Japaner nicht heran; sie wissen eben nicht, wie ein Japaner aussieht.»

«Ich weiß, wie ein Japaner aussieht», sagte die Nichte des Commissaris. «Die haben mich mindestens einmal monatlich verprügelt, nur um mich daran zu erinnern, dass ich mich gut benehmen soll.»

«Ja, mein Schatz, aber du bist weit herumgekommen. Ich habe die Zeugen mit den beiden Verdächtigen konfrontiert, die wir im Gefängnis festhalten. Die beiden Verdächtigen wurden nacheinander hereingebracht. Zunächst sagten die Zeugen, sie hätten den ersten Mann gesehen, aber als dann der zweite kam, waren sie sich nicht mehr sicher. Es ist sehr wahrscheinlich, dass keiner der beiden mit dem Tod von Mijnheer Nagai etwas zu tun hatte.»

«Ich verstehe», sagte Jane. «Und jetzt?»

«Nun, wir werden den dritten Mann finden, mein Schatz, den Mann, der es getan hat. Und ich bin sicher, dass Joanne Andrews den Mann sehr gut kennt. Und du kannst herausfinden, wer er ist, dann werde ich ihn zum Verhör holen lassen. Eine einfache Polizeimaßnahme, da ist wirklich nichts dabei.»

Es entstand eine Pause.

«Dein Adjudant hat gestern angerufen, weiß du», sagte Jane. «Er kommt heute Nachmittag. Er wollte Joanne sprechen.»

Der Commissaris seufzte.

«Bist du noch da?»

«Ich bin da. Schon gut, mein Schatz, vergiss, dass ich gesagt habe, was du herausfinden sollst. Der Adjudant verfolgt den gleichen Gedankengang wie ich. Er wird mir berichten. Gib ihm nur jede Information, um die er bittet. Er ist ein sehr netter Mann. Er wird dir gefallen. Sag ihm nicht, dass ich angerufen hab. Ich mache sowieso zu viel Aufhebens. Der Adjudant ist ein erfahrener Kriminalist, und der Fall ist bei ihm in guten Händen.»

«Gut. Du amüsierst dich also gut? Partys mit Geishas?»

«Ja», sagte der Commissaris. «Jeden Tag werden wir mit Wein und Essen verwöhnt, und für uns haben sie eine besondere Unterhaltung erfunden, eine ziemlich faszinierende, vielleicht erzähle ich dir eines Tages davon.»

«Sei vorsichtig, mein Lieber», sagte Jane. «Ich habe die Japaner gut kennen gelernt, als ich während des Krieges in ihrem Lager war. Sie sind nicht wie wir. Sie reagieren anders als wir und können sehr grausam sein. Und sie überlegen, ehe sie handeln, sogar im Zorn.»

«Ja.»

«Aber sie haben auch andere Eigenschaften, sie sind sensibel und kreativ. Sie haben mich fast verhungern lassen und beinahe zu Tode geprügelt, aber manchmal denke ich, dass ich diese Erfahrung wirklich nicht missen möchte. Die vier Jahre haben mich verändert. Ich freue mich jetzt an Dingen, die ich früher nie bemerkt habe.»

«Weil du vielleicht ein bisschen älter bist», sagte der Commissaris.

«Ich bin nicht alt, sondern so alt wie du.»

«Ich bin sehr alt», sagte der Commissaris, «und meine Beine schmerzen. Ich bin heute Morgen gerannt. Alles Gute, mein Schatz, ich werde morgen wieder anrufen. Kannst du zu Hause bleiben, bis mein Anruf kommt?»

«Ja», sagte sie und legte auf.

Der Commissaris brummte. Dann griff er noch einmal zum Telefon. Der Botschafter war im Haus, und er wurde sofort mit ihm verbunden. Er konnte sich vorstellen, wie der massige Mann in einem großen Zimmer saß, über ihm das Porträt der Königin, in einer Ecke die niederländische Flagge. Er hatte die niederländische Botschaft in Tokio gesehen, war aber nicht hineingegangen.

«Wie geht es Ihnen?», fragte der Botschafter.

Der Commissaris erzählte von den Abenteuern des Vormittags. Der Botschafter gab passende Laute des Mitgefühls von sich.

«Nun ja», sagte er, «ich hoffe, Sie waren nicht zu sehr beunruhigt. Aber es bedeutet, dass wir Kontakt aufnehmen. Die CIA wird interessiert sein. Mr. Johnson wollte nach Kyoto fahren, aber ich habe davon abgeraten. In dieser Jahreszeit sind nicht sehr viele Ausländer in Kyoto, und er würde zu sehr auffallen. Er ist jetzt in Kobe. In Kobe macht das nichts; dort drängen sich jetzt Tausende von Menschen aus dem Westen. Ich meine, Sie sollten vorgeben, einige der Bildrollen und irgendwelche anderen Sachen zu kaufen, die Ihnen der Priester bringt, und dann dort verschwinden. Wie ich höre, haben Sie die Leibwächter abberufen lassen. Sie haben jetzt nur noch den Brigadier und Dorin, um Sie zu schützen, stimmt's?»

«Das stimmt.»

«Nun, Sie werden sich beeilen müssen. Wir wollen nicht, dass Ihnen etwas passiert; das würde alle möglichen Komplikationen verursachen. Haben Sie die Telefonnummer für den Notfall?»

«Ja.»

«Viel Glück, Mijnheer. Ich werde an Sie denken. Sie erweisen dem Land einen großen Gefallen. Haben Sie das Buch über Deshima gelesen, das ich Ihnen ins Hotel schicken ließ?»

«Ja», sagte der Commissaris und lächelte. «Mir hat der Passus über die Frauen gefallen.»

«Über die *Keisei*? Ja, unsere Vorfahren müssen sich auf der Insel gut amüsiert haben, weit weg von ihren nörgelnden niederländischen Frauen und schreienden Kindern, verhätschelt von besonders ausgesuchten erstklassigen Prostituierten, von der japanischen Regierung kostenlos zur Verfügung gestellt, eine höchst interessante Szenerie. Wissen Sie, was *keisei* heißt?»

«Nein.»

«Die, die Mauern niederreißen. Sie sollten den Verkehr zwischen niederländischen und japanischen Kaufleuten erleichtern, und sie müssen gute Arbeit geleistet haben. Der Handel in beiden Richtungen blühte. Sie kauften unsere Kanonen und Schiffe und die primitiven Maschinen, die wir damals hatten, und wir kauften ihre Schrift- und Bildrollen und Töpferwaren und Fächer. Wir müssen Millionen von Fächern gekauft haben.»

«Der Priester sagte, er werde uns heute einige Fächer bringen. Er sagte, sie kämen aus einem Geishahaus und seien einige hundert Jahre alt. Ich frage mich, wie sie in diesen Tempel gekommen sind.»

«Priester sind Männer», sagte der Botschafter. «Einfache Männer. Sie meditieren nicht nur und rezitieren nicht nur die Predigten Buddhas.»

«Ja», sagte der Commissaris. «So ist es.»

16

Dorin sah tadellos aus in seinem leichten Sommeranzug mit weißem Hemd und schmaler Krawatte. Der Commissaris betrachtete ihn nachdenklich. Da man ihn überlistet hatte, die Maske zu finden und seine Selbstbeherrschung zu verlieren, empfand er kalten Hass gegen praktisch alles in seiner Umgebung. Das Zimmer mit seinen langen parallelen Reihen von Balken, Leisten und Wänden, der Fußboden mit seinen freundlichen Tatamis, umrandet von Baumwollstreifen mit kleinen, stilvoll sich wiederholenden Blumenmustern, der Anblick des grünen und silbergrauen Moosgartens erschreckte und widerte ihn an. Das Gefühl würde vorübergehen, aber er sah immer wieder das Blutrinnsal auf seinem eigenen Kinn und die von der Nase gerutschte Brille, die an einem Ohr baumelte. Seinem eigenen Ohr, einem hölzernen Ohr an einer perfekten Holzmaske. Der Student und der Mönch hatten ihn, freundlich lächelnd, verlockt, sich einer Furcht zu stellen, die er nicht für möglich gehalten hätte. Er war, so nahm er an, zornig auf sich selbst. Es war der Zorn der Enttäuschung.

Er seufzte und zwang sich, Dorin anzulächeln, der de Gier gegenüber auf einem Kissen saß. Der Commissaris hatte seine Matratze aus dem Schrank genommen und sich hingelegt, den Kopf auf einen Arm gestützt. Dorin hatte die Beine verschränkt und die Füße auf den jeweils entgegengesetzten Oberschenkel gelegt. Der Commissaris konnte die nackten Sohlen sehen, denn Dorin hatte die Socken ausgezogen und in die Seitentasche seiner Jacke gesteckt. Seltsame Bräuche, dachte der Commissaris. Im Zug war ein älterer Mann gewesen, der ganz ruhig seine Hose ausgezogen, zusammengefaltet und neben seinen kleinen Koffer ins Gepäcknetz gelegt hatte. Er hatte auch die Socken ausgezogen und die Beine verschränkt. Er hatte eine lange Unterhose angehabt. In Holland hätte ein solches

Benehmen wahrscheinlich einen Aufruhr ausgelöst, einen leisen Aufruhr, denn sie waren erster Klasse gefahren.

Er schaute Dorin wieder an. Das Gesicht des Mannes war ruhig, in sich zurückgezogen. Der Commissaris erinnerte sich daran, dass Dorin mit ihnen zusammenarbeitete. Er war ein Freund. Und Dorin war sehr freundschaftlich gewesen. Er hatte sich dauernd um ihr Wohlergehen und ihre Behaglichkeit gekümmert. Er fragte sich, wie Dorin als Feind sein würde. Wäre der Mann fähig, sich die Anfertigung einer Holzmaske auszudenken? Würde er den Tod des Brigadiers in Szene setzen? Vielleicht würde er. Vielleicht waren solche Tricks rechtens in diesem Spiel. Schließlich war es ja ein Spiel, nicht wahr? Hatte er nicht immer den chinesischen Philosophen zugestimmt, die er in Holland jahrelang gelesen hatte? Nichts auf diesem Planeten ist wirklich; alles ist nur ein Spiel, aufgeführt von Schatten. Warum war er also bestürzt? Aber er war es, sogar bis zum Punkt der Gereiztheit.

De Gier putzte seine Flöte. Er war anscheinend ganz gelassen und rieb das Metallrohr mit einem Flanelltuch ab. Dorin hatte sich ihre Abenteuer angehört, seine Kommentare auf gemurmelte Bemerkungen und ein halbes Lächeln beschränkt und gelegentlich besorgt und mitfühlend ausgesehen. Jetzt dachte er nach. Der Commissaris und de Gier hatten beide das Gefühl, dass es nicht richtig wäre, ihn in seiner Konzentration zu stören. Der Commissaris schaute auf den gelben Papierbogen, den Dorin auf den Tisch gelegt hatte. Die Schriftzeichen auf dem Bogen sagten ihm nichts. Es waren drei senkrechte Reihen, jede mit mehreren Hieroglyphen. Er erkannte einige Schriftzeichen als chinesisch, die anderen als japanisch.

Dorins Augen, die halb geschlossen gewesen waren, öffneten sich plötzlich weit.

«Ich habe diese Mitteilung erhalten», sagte er mit leiser Stimme. «Ein kleiner Junge hat sie gebracht, als ich heute

Morgen unseren Priester besuchte. Offenbar war sie für uns beide bestimmt. Der Junge lief davon, nachdem er uns den Umschlag gegeben hatte.»

«Was steht drauf?», fragte der Commissaris.

«Oranda no Toyoo ni. Hae no tsuite kite», sagte Dorin und schaute auf den Bogen, der vor ihm lag.

«Aha», sagte de Gier.

«Oh, Verzeihung. Ich werde es übersetzen. Die Übersetzung ist etwa so: ‹Wenn Holländer in den Fernen Osten gehen, folgen Fliegen.› Tut mir Leid, diese Mitteilung ist ziemlich unerfreulich. Eine Drohung, würde ich sagen.»

Der Commissaris wiederholte den Satz: «Wenn Holländer in den Fernen Osten gehen, folgen Fliegen.» Er hustete und klopfte seine Jackentaschen ab. Er fand die flache Blechdose und steckte sich einen Zigarillo an, nachdem Dorin und de Gier abgelehnt hatten. «Die Gehässigkeit dieses Satzes richtet sich anscheinend gegen Sie, Dorin», sagte er mit reumütigem Ton. «Das heißt, falls unsere Freunde denken, dass Sie uns folgen. Das sollen sie ja auch denken, nicht wahr? Wir haben angeblich die Initiative bei diesem Aufkauf gestohlener Kunstwerke; Sie agieren als Assistent, als Vertreter.»

Dorin lächelte. «Ganz so ist es nicht. Vielleicht haben Sie Recht, aber ich würde die Mitteilung noch etwas anders interpretieren. Wissen Sie, in alter Zeit dachten die Japaner, die zu ihnen kommenden Fremden hätten einen eigentümlichen Geruch. Die Ausländer aßen viel Fleisch und Butter und Käse, und häufig war das Fleisch verdorben und die Butter ranzig. Damals gab es selbstverständlich keine Kühlung. Die Japaner aßen Reis und Gemüse und bekamen ihr Eiweiß aus dem Meer. Wir sind eine Inselnation, nie weit vom Wasser entfernt. Der Fisch war entweder frisch oder gesalzen. Deshalb hatten wir nicht den Körpergeruch der Gaijin, der Fremden, an uns.»

«Meinen Sie damit, sie fanden, dass wir stinken?»

Dorin verbeugte sich.

«Und Fliegen folgten den Fremden in jenen Tagen.»

«So ist es», sagte Dorin und rückte mit seinen schmalen, muskulösen Händen den Papierbogen zurecht. «Diese Mitteilung besagt also, dass Sie, meine Herren, stinken und ich und der mit uns jetzt in Verbindung stehende Priester Fliegen sind. Jeder weiß, was man mit Fliegen macht. Sie werden zerdrückt, zerschmettert. Man quetscht das Leben aus ihnen, wirft die toten Hüllen auf den Tatami und fegt sie fort.»

Seine Hand schlug auf die Tischplatte und schnipste eine tote Fliege auf den Fußboden.

Der Commissaris rollte sich von der Matratze und zog seinen Koffer heran. Er öffnete ihn und begann zu suchen. «Hier», sagte er. «Ein Buch über Deshima. Der niederländische Botschafter hat es mir in Tokio zugeschickt. Ich glaube, ich erinnere mich, dass ich etwas über Holländer und Fliegen gelesen habe. Wollen mal sehen.»

Er blätterte in dem Buch, wobei Dorin ihm über die Schulter schaute. Das Buch hatte eine Anzahl ganzseitiger Farbillustrationen, Fotos von japanischen Bildrollen, die das Liebesleben niederländischer Kaufleute zeigten, großer Männer mit Tränensäcken unter den Augen. Sie vergnügten sich mit jungen Frauen, die ein gelassenes Gesicht und eine tadellose Frisur hatten und mehrere Kimonos übereinander trugen. Die untere Hälfte der Bilder zeigte zierliche weiße, von haarigen Händen gespreizte Beine und monströse Penisse hart bei der Arbeit. Die Kaufleute hatten sich nicht die Mühe gemacht, den Hut abzunehmen. Die Bilder, vier in einer Reihe, waren offensichtlich vom selben Künstler und hatten jeweils den gleichen Aufbau, wenn auch die Kaufleute und Prostituierten immer wieder andere Personen waren. Die Zimmer waren japanisch, die Möbel niederländisch, schwere Liegesofas mit Kugelbeinen und Krallenfüßen, verziert mit Troddeln, große

Tische aus massiver Eiche mit geschnitzten Löwen an den Ecken, dicke Samtvorhänge, die den größten Teil der Fusuma, der zarten japanischen Schiebetüren aus Latten und straff gespanntem Papier, verhüllten.

De Gier schaute sich die Bilder ebenfalls an und zeigte auf das Gesicht eines Kaufmanns. «Der Kerl sieht aus wie ich.»

Der Commissaris und Dorin lachten. Es bestand tatsächlich eine Ähnlichkeit, hauptsächlich wegen des enormen Schnurrbarts und der großen braunen Augen des Kaufmanns. Der Künstler war sehr gut gewesen; er hatte sogar das Zwinkern in den Augen des Mannes eingefangen.

«Die haben sich gut amüsiert», sagte Dorin. Der Commissaris blätterte um. Er fand, wonach er suchte.

«Hier. Fast die gleichen Worte. ‹Wenn Niederländer in die Burg gehen, folgen Fliegen.›»

«Burg?», fragte Dorin. «Nein, nein, ‹Ferner Osten›. *Toyoo* bedeutet auch ‹Burg›, aber das war hier nicht gemeint. Sehen Sie, hier ist auch der japanische Text. Aber für uns ist die Bedeutung diesselbe. Sie stinken, und ich bin eine Fliege und werde zerdrückt werden. Wir sind jetzt gewarnt worden. Alle vier, der Priester, Sie beide und ich. Falls wir uns weiterhin bemühen, die Schätze des Daidharmaji zu kaufen, wird man uns übel mitspielen. Ich kenne die Gewohnheiten der Yakusa. Sie müssen als Nächstes wirklich etwas Gewalttätiges unternehmen, sonst verlieren sie ihr Gesicht.»

«Gut», sagte der Brigadier und steckte die Flöte wieder in die Lederhülle. «Sollen sie nur kommen.»

«Was meinen Sie?», fragte Dorin den Commissaris.

«Sie sollen nur kommen», sagte der Commissaris. «Leider ist es ihnen gelungen, mich zu erschrecken, und sie müssen es genossen haben, wie ich in dem Tempelgarten herumgerannt bin. Ich hätte gern die Möglichkeit, zur Abwechslung mal etwas Mut zu zeigen.»

«Nun, wie es scheint, sind wir alle entschlossen», sagte Dorin, brachte die verschränkten Beine wieder auseinander und sprang auf die Füße. «Die haben wirklich schnell gearbeitet. Wir sind erst gestern eingetroffen, und sie können von unserer Existenz erst gestern Abend erfahren haben, als sie dem Priester zu diesem Gasthof gefolgt sein müssen. Ich denke, dass ich den Geheimdienst alarmieren muss. Wir haben keine Möglichkeit festzustellen, wer der so genannte Mönch und der Student waren, die den Commissaris belästigt haben, aber die Schauspieler des Theaters, das de Gier-san heute besucht hat, könnten abgeholt und verhört werden.»

«Erinnern Sie sich, wo das Theater war?»

«Gewiss», sagte de Gier. «Ich kann es Ihnen auf dem Stadtplan zeigen.»

«Wir können auch das Personal dieses Gasthofs verhören lassen. Jemand muss die Yakusa auf die eine oder andere Weise informiert haben. Woher sollten die sonst wissen, dass Sie beide Holländer sind? Das haben sie herausbekommen, denn ich habe diese Mitteilung hier. An ihr ist noch etwas, das ich Ihnen nicht gesagt habe. Die Schriftzeichen stammen von einem Ausländer. Sie sind nicht schlecht gemacht, aber der Stil ist anders. Ein Ausländer, der Japanisch lesen und schreiben kann, ist irgendwie eine Rarität. Ich glaube nicht, dass er Wissenschaftler ist, aber ich kann mich irren. Ich würde sagen, der Schreiber ist ein Abenteurer, irgendein seltsames Individuum, das hier seit vielen Jahren lebt. Seine Kalligraphie ist keck. Er kennt vermutlich das Zitat, denn der durchschnittliche Japaner weiß nicht viel über Deshima. Es wird in unseren Geschichtsbüchern für die Oberschule erwähnt, aber das ist so ziemlich alles. Vielleicht ist dieser Mann ebenfalls Holländer und steht mit den Yakusa in Verbindung. Ich denke, die Mitteilung will uns wissen lassen, dass uns eine starke Macht gegenübersteht.»

«Nein», sagte der Commissaris.

Dorin schaute auf. «Sie meinen das nicht?»

«O doch», sagte der Commissaris. «Ich bin sicher, dass der Feind stark ist. Aber ich bezog mich auf Ihre Idee, den Geheimdienst zu alarmieren. Ich glaube nicht, dass wir das zu diesem Zeitpunkt tun sollten. Die Yakusa sollen zuerst ihr Gesicht zeigen. Vielleicht können Sie den Geheimdienst auf die Tatsache hinweisen, dass etwas geschieht und wir bedroht werden, damit sie dort vorbereitet sind, wenn wir sie brauchen, aber wenn sie jetzt mit dem Herumschnüffeln anfangen, könnten wir die Situation zu sehr komplizieren. Ich möchte jetzt wirklich, dass die *anderen* etwas unternehmen.»

«Kampf», sagte de Gier.

Der Commissaris zögerte, nickte aber schließlich. «Ja», sagte er ruhig, «Kampf. Vielleicht sollten wir in den nächsten Tagen nahe beieinander bleiben. Wenn wir zu dritt sind, müssen sie sechs oder vielleicht noch mehr aufbieten. Nicht weil sie befürchten, den Kampf zu verlieren, sondern weil sie Eindruck schinden müssen. Und wenn wir auf eine ganze Anzahl stoßen, wird es leichter sein, sie aufzuspüren. Wir sind hinter dem großen Chef her, soweit ich es verstanden habe. Vielleicht können wir einen seiner Stellvertreter fassen.»

«Gut», sagte Dorin. «Also Kampf. Aber vorher essen wir. In den nahe gelegenen Bergen gibt es ein Restaurant, wo die Leute ihren Fisch selbst fangen. Dort ist ein Teich, und man gibt ihnen eine Angelrute. Dann können wir unseren Fang essen. Sie bereiten ihn ganz nach unseren Wünschen zu. Das Restaurant ist alt und sehr reizend und schön gelegen, auf einem Hügel mit dem Blick auf den großen Binnensee Biwa. Ich habe draußen einen Wagen. Der einzige Nachteil ist, dass in dem Restaurant viele junge Damen sind, die versuchen werden, uns zum Trinken zu animieren, und sobald wir betrunken sind, werden sie versuchen, uns zu bewegen, über Nacht zu bleiben.»

«Ich glaube, dass ich nüchtern bleiben kann», sagte der Commissaris und schaute de Gier an.

Der Brigadier lächelte und kratzte sich in seinen dichten und lockigen Haaren.

«Vielleicht werde ich eine Limonade trinken», sagte er.

17

Grijpstras Polizeiauto, ein grauer VW, war eingeklemmt zwischen den Stoßstangen von zwei Kombiwagen, beide überladen mit Menschen und Gepäck und beide auf dem Rückweg aus Deutschland. Die Urlaubszeit näherte sich dem Ende, und die Autobahnen waren blockiert durch endlose Kolonnen von Wagen, gefahren von müden, gereizten Männern, die sich bemühten, nicht daran zu denken, dass die wenigen Wochen, die sie jetzt erleben durften, sie den doppelten Betrag gekostet hatten, den sie ursprünglich veranschlagt hatten. Reizbare Frauen saßen neben ihnen und zwei oder drei quengelnde Kinder auf den Rücksitzen. Zelte und kleine Boote waren auf den Autodächern festgezurrt und fingen hin und wieder an zu rutschen, sodass fluchende Fahrer auf die Standspur ausweichen mussten, um zu versuchen, die abgenutzten Seile und verbogenen Haken wieder zu richten.

Grijpstra schwitzte, obwohl sein Fenster geöffnet war und der Ventilator neben seinem rechten Knie schnurrte. Sein Zigarrenstummel war feucht, die kurzen, stachligen grauen Haare auf seinem Schädel juckten. Aber ihm war gar nicht so unwohl zumute. Er ignorierte die drei kleinen Blondschöpfe im Wagen vor ihm. Sie hatten ihm in den letzten Minuten Fratzen geschnitten, aber er hatte nicht reagiert, sodass sie bald damit aufhören würden. Er pries die Tatsache, dass sein eigener Urlaub vorüber war; er hatte ihn mit einem beengten

Wohnanhänger in Südholland verbracht. Er war jedoch nur eine Nacht in dem Wohnwagen geblieben, verdrängt durch den enormen Umfang seiner Frau und den lauten, ununterbrochenen Streit seiner beiden jüngsten Söhne. Er hatte mit dem Eigentümer des Campingplatzes gesprochen und mit ihm allmählich einen im Voraus bezahlten Kasten Bier leergetrunken. Und als der Mann reif und bereit war, seinen Nächsten wie sich selbst zu lieben, hatte er sich unter der Hand vom Ende des Platzes einen alten und klapprigen Wohnanhänger beschafft, ganz für sich allein und ohne Extrakosten. Trotz dieser unerwarteten Möglichkeit zum Alleinsein war der Urlaub eine Pleite gewesen, hatten sich die Wochen langsam und qualvoll hingezogen. Aber sie waren endlich zur Vergangenheit geworden, und jetzt arbeitete er wieder und konnte, bis zu einem gewissen Punkt, seine Zeit selbst einteilen und die Aufenthaltsorte selbst bestimmen.

Er war jetzt auf dem Rückweg aus dem Osten und versuchte zu verarbeiten, was er während seines Besuchs bei der Nichte des Commissaris und ihrem Gast Joanne Andrews gesehen und gehört hatte. Er war am frühen Nachmittag dort eingetroffen und zum Tee geblieben. Die Nichte des Commissaris, eine zierliche Dame in den Sechzigern mit jungem Gesicht und schneeweißem Haar, hatte sich eine Entschuldigung einfallen lassen, um Grijpstra mit dem Mädchen allein zu lassen, das wegen der japanischen Leiche Anzeige erstattet hatte. So konnte er, ohne gestört zu werden, seine Fragen stellen und Andeutungen fallen lassen, während sie im Schatten hoher Bäume hinter dem Haus heißen Tee tranken und Kekse knabberten. Die Augen wurden beruhigt durch den rötlich braunen Boden des kleinen Gehölzes, das so peinlich sauber von abgestorbenen Ästen, Unkräutern und sogar Tannenzapfen gehalten war, dass es wie ein Teil des Hauses zu sein schien. Das Mädchen hatte im Minirock und enger Bluse sehr attraktiv ausgesehen, sodass er Mühe hatte, seine Blicke davon abzuhalten, über den Körper zu streifen. Als er sich an die langen Beine und die elastischen Brüste erinnerte, lächelte er plötzlich breit, und die Kinder im Wagen vor ihm dachten, er habe endlich auf ihr Winken und Herumgehopse reagiert, und begannen Hurra zu rufen. Er nahm sie wahr und zuckte die Achseln. Er winkte. Sie sprangen und schrien weiter, und die Mutter drehte sich um und ohrfeigte sie, ein Kind nach dem andern. Die drei kleinen Köpfe verschwanden. Er seufzte.

Ja, Miss Andrews war eine sehr laszive Frau. Und auch eine sehr halsstarrige Frau. Sie wollte nicht glauben, dass die beiden dicken, lustigen Gangster im Amstelveener Gefängnis ihren Verlobten nicht ermordet hatten. Und sie war nicht gewillt einzuräumen, dass sie mit anderen Männern geschlafen hatte. Kikuji Nagai sei ihr Ein und Alles gewesen, immer. Sie habe in Japan mit anderen Männern geschlafen, aber das sei schon einige Zeit her, als sie Bardame im Nachtclub der Yakusa in Kobe gewesen war. Sie wollte diesen Abschnitt ihres Lebens vergessen. Er hatte nicht nachgebohrt. Ihn interessierte nur, was sie in Amsterdam gemacht hatte. Gewiss hatten andere Männer versucht, sie herumzukriegen; sie hatte im Blickfeld der Öffentlichkeit gestanden, nicht wahr? Hatte sie nicht im Restaurant in der Nähe der Reichsbibliothek Gästen ihren Tisch gezeigt? Mit ihnen gesprochen und ihnen zugehört? An der Bar mit ihnen gescherzt? Was war mit dem Personal des Restaurants, beispielsweise mit dem Geschäftsführer, dem netten, unaufdringlichen Mijnheer Fujitani? Grijpstra hatte wegen des Namens in seinem Notizbuch nachsehen müssen. Mijnheer Fujitani, der Mann, den er kurz kennen gelernt hatte, als Mevrouw Fujitani für ihn oben in dem Extrazimmer ein Essen gegeben hatte. Hatte nicht Mijnheer Fujitani versucht, mit ihr zu schlafen?

Ja, das habe er, sagte Joanne. Aber sie habe abgelehnt. Und

der Koch auch. Aber sie habe ihn ebenfalls zurückgewiesen, obwohl sie ihn mochte. Sie habe mit ihm geflirtet, aber am entscheidenden Punkt aufgehört. Sie habe ihre Zeit entweder mit Warten auf Kikuji oder mit ihm verbracht. Sie wollte Kikuji heiraten, nicht wahr?

Ja, gewiss. Aber was sei zu der Zeit gewesen, als sie Mijnheer Nagai noch nicht gekannt habe, in den dunklen Tagen, als sie gerade erst in Amsterdam eingetroffen war und außer dem Personal des Restaurants niemand gekannt habe? Wenn sie sich einsam fühlte und die Nächte allein in der Pension verbrachte? Wir leben in modernen Zeiten, da Frauen die Pille nehmen und ohne Furcht sein können. Nun?

Aber sie hatte gelächelt und die Position ihrer Beine geändert, die schlanken Fesseln übereinander gelegt und mit den zierlichen Zehen gewackelt. Sie hatte tief eingeatmet, wobei sich ihre Brüste etwas hoben, und hatte den Kopf geschüttelt, sodass das pechschwarze Haar kurz in eine fließende Bewegung geraten war. Nein. Sie sei keusch gewesen.

Er hatte das Thema gewechselt. Das Restaurant gehöre den Yakusa, nicht wahr? Yakusa sind Gangster. Es habe einen stetigen Verkauf von Rauschgift und gestohlenen Kunstwerken gegeben, an dem das Personal irgendwie beteiligt war. Niederländische und japanische Offiziere der Handelsmarine seien oft dort gewesen. Wer sei Leiter des Geschäfts? Mijnheer Fujitani?

Nein, eigentlich nicht, hatte sie gesagt. Der arme kleine Mann habe immer so viel mit der Leitung des Restaurants zu tun gehabt. Er habe in der Küche geschuftet und bei den vielen Gerichten der langen Speisekarte geholfen. Er hatte dafür gesorgt, dass alle Zutaten vorrätig waren; er hatte das Personal beaufsichtigt. Seine Frau habe selbstverständlich geholfen, aber sie hätten auch drei kleine Kinder. Mijnheer Fujitani sei ein Yakusa, aber ein sehr unschuldiger. Der Koch sei der wirkliche Chef, er habe nur eine kurze Arbeitszeit. Aber es werde schwierig sein, etwas zu beweisen. Das Restaurant diene nur zur Kontaktaufnahme. Das Rauschgift werde in Hongkong verschifft und über Amsterdam – aber gewöhnlich nicht über das Restaurant – nach Deutschland gebracht. Das Rauschgift werde in Wagen, Leihwagen, transportiert. Und die gestohlenen Kunstgegenstände seien immer von Mijnheer Nagai geliefert und in seinem Hotelzimmer oder, falls sie sehr wertvoll waren, im Tresor des Hotels untergebracht worden.

Grijpstra hatte freundlich gelächelt. Er hatte gesagt, dass der Koch und Mijnheer Fujitani bereits vom Rauschgiftdezernat festgenommen worden seien. Die Beweise hätten Offiziere der niederländischen Handelsmarine geliefert, die man in der Nähe der deutschen Grenze mit beträchtlichen, in ihren Wagen versteckten Mengen Heroin gefasst habe. Klug versteckt, aber es sei dennoch gefunden worden. In Benzintanks und zwischen den Polstern der Rücksitze. Ein japanischer Offizier sei ebenfalls festgenommen worden. Die Amsterdamer Polizei sei sehr beschäftigt gewesen und habe die Informationen gewürdigt, die Joanne Andrews geliefert habe, aber Rauschgift gehe Grijpstra nichts an. Er sei daran interessiert, den Mord an Mijnheer Nagai aufzuklären. Er habe das sichere Gefühl, dass die beiden Männer, die Brigadier de Gier gefasst habe, mit Kikuji Nagais Tod nichts zu tun hatten, und er hätte gern noch eine Tasse Tee.

Aber die beiden Männer *müssten* die Mörder sein, hatte Joanne gesagt und den Tee eingeschenkt.

Grijpstra hatte entschieden den Kopf geschüttelt. Nein, Miss. Ein anderer Mann war der Schuldige, nur einer. Ein Mann, der mit Nagais Wagen gefahren sei und am Steuer gesessen habe. Der Wagen habe irgendwo abseits der Autobahn zwischen Amsterdam und Utrecht angehalten. Mijnheer Nagai habe vorn neben dem Fahrer gesessen. Der Mörder sei nach hinten gegangen, um möglicherweise etwas zu suchen. Vielleicht wollten sie angeln, und er hatte die Ausrüstung von den Rücksitzen geholt. Angelte Mijnheer Nagai gern? Gut. War er in Holland jemals zum Angeln gegangen? Das wäre er also. Man hatte in seinem Hotelzimmer keine Angelrute gefunden, also hatte der Mörder sie vermutlich weggeworfen, Mijnheer Nagais und seine eigene. Und dann hatte er eine Schusswaffe gezogen, sie an Mijnheer Nagais Hinterkopf gehalten und abgedrückt. Und dann hatte er einen Spaten gekauft, auf einem Feld eine Grube gegraben und ihn darin vergraben. Er war gesehen worden, als er den Spaten kaufte, und auch, als er den Wagen wusch, aber die Zeugen hätten keine genaue Beschreibung geben können. Deshalb trinke Grijpstra jetzt Tee mit Joanne Andrews. Wer war dieser Mann? Wer hatte Mijnheer Nagai so sehr gehasst, dass er bereit gewesen war, dem unglücklichen Mann mit einem schweren Bleigeschoss den Schädel zu zerschmettern?

Miss Andrews hatte zu weinen begonnen, und Spuren von Wimperntusche waren ihre Wangen hinuntergelaufen. Grijpstra hatte ein zerknittertes, benutztes Taschentuch genommen und sie abgewischt. Er hatte an den Wangen gerieben, denn die Wimperntusche haftete fest an der nassen Haut. Sie hatte unter Tränen gelächelt. Und dann hatte er ihr Inneres endlich angerührt. Sie hatte aufgehört zu lächeln und wieder zu weinen angefangen. Sie hatte sich vorgebeugt und seine Hand berührt. Und sie hatte ihm erzählt, dass sie mit Mijnheer Fujitani und dem Koch geschlafen habe. Sehr oft. In ihrem Zimmer und oben im Restaurant, wenn Mevrouw zum Einkaufen gegangen war oder ihre Kinder von der Schule abholen wollte. Mijnheer Fujitani hatte ihr gesagt, dass er sie sehr liebe. Er wollte sich scheiden lassen. Der Koch hatte sie zu seiner Geliebten machen wollen und angeboten, ihr eine hübsche Wohnung zu mieten. Er habe viel Geld gehabt, Geld der Yakusa, viel mehr als Mijnheer Fujitani, der nur Manager des Restaurants gewesen sei. Der Koch war ein wichtiger Mann, obwohl er noch jung war, noch keine dreißig. Ein Statthalter aus Kobe, bestens ausgebildet, ein Vertrauter des großen Chefs in den Rokkobergen nördlich von Kobe, dem bestausgerüsteten Hafen Japans. Sie habe sein Angebot beinahe akzeptiert, aber dann sei Kikuji Nagai gekommen und habe ihr nach ihrer Meinung einen besseren Vorschlag gemacht. Ehe und Liebe. Und nach einer Weile habe sie Kikuji wirklich geliebt.

Und habe der Koch sie oder Mijnheer Nagai jemals bedroht?

Nein. Der Koch habe jetzt eine neue Freundin, eine Holländerin.

Und habe Mijnheer Fujitani jemals gezeigt, dass er gekränkt sei, weil sie sich für Mijnheer Nagai entschieden habe?

Ja, er sei sehr gekränkt gewesen. Er habe geweint und geflucht und mit den Füßen aufgestampft. Er habe ihr mehrmals Szenen gemacht. Er sei sogar in ihr Zimmer gekommen.

Grijpstra hatte sich geräuspert. Er hatte versucht, eine Zigarre anzustecken, aber drei Streichhölzer gebraucht, ehe sie brannte. Er hatte seine Teetasse wieder hingestellt, sie aber auf den Rand der Untertasse gesetzt, sodass sie umgefallen war. Er hatte ihr etwas zu sagen, dass er sie nämlich angelogen habe. Die Polizei lüge oft; es gehöre zu ihren Methoden. Er hoffe, sie werde ihm verzeihen.

Sie hatte ihre Nase in seinem schmutzigen Taschentuch ausgeschnaubt und genickt.

Sie müsse wissen, dass bis jetzt weder Mijnheer Fujitani noch der Koch festgenommen worden seien. Das werde innerhalb der nächsten Tage geschehen, glaube er, aber das Rauschgiftdezernat halte die Zeit noch nicht für gekommen. Er habe das nur gesagt, um zu sehen, wie sie darauf reagiere. Der

Koch, den sie meine, sei der große Mann mit dem Bürstenhaarschnitt, richtig? Mijnheer Takahashi, richtig? Er hatte wieder in sein Notizbuch geschaut, den Bleistift schreibbereit.

Jetzt wusste er also mehr. Er schaute auf seine Uhr. Nach fünf. Das Rauschgiftdezernat würde jetzt nur noch mit wenigen Leuten besetzt sein. Er schaute auf das Mikrofon, das in der Halterung unter dem Armaturenbrett steckte. Nein, vielleicht sollte er bis morgen warten. Er könnte den Hoofdinspecteur vom Rauschgiftdezernat am Abend zu Hause anrufen und mit ihm für den kommenden Morgen eine Besprechung verabreden.

Die Kinder im Wagen vor ihm hatten sich von ihrer Strafe erholt und tanzten wieder herum. Eins von ihnen hielt einen jungen Hund hoch, einen winzigen Spaniel. Das Kind nahm die Hundepfote und winkte Grijpstra damit zu. Er winkte zurück. Der Welpe sah aus, als habe man ihn gekreuzigt, und ließ die großen Augen traurig sinken.

18

Der Commissaris lag flach auf dem Bauch und bemühte sich, seinen Körper zu spüren. Aber er schien nicht da zu sein. Das heiße Bad hatte die Anspannung in seinen Muskeln gelockert und vertrieben, und das bisschen Zittern, das vereinzelt noch aufgetreten war, war durch die erstaunlich kraftvollen Hände der kleinen Frau wegmassiert worden. Sie hatte ihn abgerieben und beklopft und geknetet und ihn gelegentlich mit einem Ruck ihrer Handgelenke umgedreht. Sie war ein ziemlich nettes Mädchen, und es war aufmerksam von ihr gewesen, ihm einen Steinkrug Sake und einen Becher dazulassen, dachte er vage. Er nippte an dem warmen Getränk und tastete wieder nach seinem Körper, aber der war immer noch nicht da. Während der langen Fahrt in Dorins Leihwagen wurde er auf den schlechten Straßen durchgeschüttelt, und seine Schmerzen in den Beinen verstärkten sich. Er war fast lahm gewesen, als sie am Restaurant eintrafen, sodass de Gier ihn stützen musste, als sie die Treppen hinaufstiegen. Aber jetzt war der Schmerz verflogen, und er konnte mit erstaunlicher Klarheit denken. Er kicherte verschmitzt und nahm noch einen Schluck. Wäre ein von allem gelöster Verstand nicht angenehm? Nur mit der Fähigkeit ausgestattet zu denken, sich etwas vorzustellen und zu kombinieren und sonst nichts? Nur daraus bestand er jetzt. Aus Gedanken.

Aber das Kichern ging in ein Brummen und Stirnrunzeln über. Er rollte auf die Seite und schaute zum offenen Fenster hinaus. Er hatte das kleine Zimmer ganz für sich; de Gier und Dorin waren nebenan; er würde bald zu ihnen gehen. Er hatte Zeit, den Gedankengang zu Ende zu führen, den er während der Fahrt von Kyoto auf der kurvenreichen Straße um einen großen See aufgenommen hatte. Auf dem Wasser hoben sich weiße Segel wie Punkte ab im Licht des Spätnachmittags, einem konzentrierten Licht, das lange Schatten warf. Er hatte gedacht, dass sie wirklich ihre Zeit verschwendeten und sich lieber auf konkrete Ermittlungen verlassen sollten, die sie zu den Yakusa führen würden, anstatt wie einfältige Abenteurer blindlings umherzulaufen.

Bestimmt hatten sie schon jetzt genug Spuren. Dorin hatte Recht gehabt. Kriminalbeamte hätten Spuren des Studenten und des Mönchs im Tempelgarten finden können, wo man ihn in die Falle gelockt hatte. Das Theater und die Schauspieler würden zweifellos weitere Hinweise liefern. In der Bar der Yakusa, wo der Priester seine Schulden gemacht hatte, könnte man eine Razzia veranstalten, und wenn keine Razzia, so doch wenigstens Ermittlungen. Ein geduldiges Aneinanderfügen von Informationen sollte genügend Material liefern, um die

Führer der Yakusa festzunehmen und vor Gericht zu stellen. Geeignete Verhöre würden die verschiedenen Verdächtigen veranlassen, sich gegenseitig zu beschuldigen. Er war sicher, dass ausreichende Beweise gesammelt werden konnten, um dem Obersten Gerichtshof einen gut vorbereiteten Fall zu präsentieren. Er hatte das Rauschgiftdezernat in Amsterdam angerufen und von der Festnahme der niederländischen und japanischen Handelsmarineoffiziere erfahren. Sobald man das Personal des japanischen Restaurants in Amsterdam verhaftet hatte, konnte man den Fall in den Niederlanden ebenfalls aufrollen. Schließlich würde alles zusammenpassen. Kriminalkonstabel Cardozo hatte es fertig gebracht, mehrere Bildrollen, Keramiken, Skulpturen und antike Fächer aufzuspüren, die man von Mijnheer Nagai gekauft hatte und die erwiesenermaßen in Japan gestohlen worden waren. Cardozo, ein glänzender junger Kriminalbeamter, der erst seit kurzem bei der Mordkommission war, hatte sehr gute Arbeit geleistet. Und Adjudant Grijpstra, der ebenfalls auf der Spur war, würde zweifellos alles daransetzen, Nagais Tod aufzuklären, der ihnen auf Umwegen weitere Informationen über die Tätigkeit der Yakusa in den Niederlanden liefern würde. Warum war er also noch hier und ging Risiken ein, die nur zu weiteren und unnötigen Schwierigkeiten führen würden?

Der Commissaris setzte sich hin und schaute hinaus auf den Teich voller Karpfen, die ihre silbernen und goldenen Rückenflossen zeigten, während sie gemächlich umherschwammen und darauf warteten, den Angelhaken der Gäste zu verschlucken. Er hatte vor dem Bad innerhalb weniger Minuten seinen Fisch gefangen, und die Mädchen bereiteten ihn jetzt in dem anderen Zimmer zu, während de Gier und Dorin zuschauten, wie er auf dem Rost gebraten wurde. Er hörte durch das dünne Papier der Trenntüren den Fisch brutzeln und stand auf. Er schlüpfte in einen Kimono, den man für ihn bereitgelegt hatte, und band den Streifen aus dunkelgrauer Baumwolle um die Hüften.

«Mijnheer», sagte de Gier, «Sie kommen gerade zur rechten Zeit. Wir können vor dem Essen noch einen Becher Sake nehmen. Dorin und ich haben auf Sie gewartet. Ein Becher wird nicht schaden.»

Der Commissaris trank und hatte ein schlechtes Gewissen, weil er die beiden anderen Becher allein getrunken hatte.

Dorin zeigte ihm die beiden Bildrollen und die Teeschalen, die der Priester ihnen kurz vor der Abfahrt vom Gasthof in Kyoto gebracht hatte. Die eine Rolle zeigte eine Landschaft, steile Berge, die sich aus rauer See erhoben. Das andere Bild war das Porträt eines Priesters, eines chinesischen Zen-Meisters, wie Dorin sagte. Das Gesicht war aristokratisch mit fein geschwungener Nase und einem dünnen Schnurrbart, die Augen unter der hohen Stirn und dem kahlen Schädel sahen gelassen und intelligent aus. Der Mann saß in Meditationshaltung, in den langen Händen hielt er einen Stock aus irgendeinem Hartholz. Dorin erläuterte, dass der Stock benutzt wurde, um die Mönche zu führen, wenn sie umherwankten, um Einsicht zu gewinnen. Zen-Mönche treffen sich während ihrer Ausbildung mindestens einmal täglich mit ihrem Meister. Sie legen ihre Ansichten dar und werden geschlagen, wenn sie Anzeichen erkennen lassen, dass sie in die Irre gehen.

«Ein sehr wertvolles Gemälde», sagte Dorin. «Es ist aus dem Jahr 1238 datiert und muss eines der kostbarsten Stücke im Besitz des Daidharmaji sein. Wirklich erstaunlich, dass sie es uns zur Verfügung gestellt haben, denn es muss ein absolutes Vermögen wert sein. Die Teeschalen sind auch wertvoll.»

Er hob sie hoch, eine nach der andern. «Es sind Rakuschalen, sechzehntes Jahrhundert, aus sehr weichem Ton, wie Sie sehen und fühlen können.»

Ehrfürchtig befühlte der Commissaris die erste Schale und

bewunderte die unregelmäßige Form sowie die rosa und roten, in die Glasur eingebrannten Streifen. «Handgeformt», sagte Dorin. «Sie wurde nicht auf der Töpferscheibe gedreht. Diese Schalen wurden speziell für die Teezeremonie angefertigt. Zusammen sind sie ein vierteiliges Service. Eine wurde für die Hände einer Frau gemacht. Drei wichtige Männer und eine sehr gut ausgebildete Geisha.»

«Was haben wir nun also hier?», fragte de Gier. «Hunderttausend Yen?» Dorin schüttelte den Kopf. «Mehr?»

«Viel mehr. Die Bilder können mit Ihren Rembrandts verglichen werden. Und auch die Schalen sind unbezahlbar. Dies gehört zum Besten, was der Orient zu bieten hat.»

Er rollte die Bilder zusammen, steckte sie wieder in ihre Kästen und hüllte die Schalen in ein Tuch und stellte sie auf die Kästen in der hinteren Ecke des Zimmers.

Hinter den Schiebetüren gab es ein Geräusch. Das Mädchen, das den Fisch gebraten hatte, war gegangen, als der Commissaris hereinkam, und er erwartete es jetzt zurück. Die Tür wurde geöffnet, aber nur um wenige Zentimeter. Der abgesägte Doppellauf einer Schrotflinte spähte herein. Dann wurden die Türen ganz zur Seite geschoben, und drei untersetzte Männer in dunklen Anzügen von westlichem Zuschnitt schauten sie düster an und verbeugten sich steif. Sie betraten das Zimmer gleichzeitig, wobei die beiden Männer an den Seiten die Türen hinter sich schlossen. Nur der Mann in der Mitte war mit einer Schrotflinte bewaffnet; die beiden anderen hatten großkalibrige Pistolen.

«*Konnichi-wa*», sagte der Mann in der Mitte langsam. «Guten Tag.»

Dorins Gesicht war erstarrt, als er sich umdrehte, um seine Besucher zu betrachten, aber de Gier grinste fröhlich. «*Konnichi-wa*», sagte er sanft. «*Irasshai.* Willkommen, meine Herren, womit können wir Ihnen dienen?»

Der Mann in der Mitte nickte zum Fisch hinüber, der zu verbrennen begann, und der Commissaris langte hin und drehte den Bratspieß um. Der Commissaris lächelte ebenfalls. Rücksichtsvolle und höfliche Menschen, diese Yakusa. Er machte eine einladende Handbewegung; die beiden Männer mit den Pistolen knieten in einander gegenüberliegenden Ecken des Zimmers nieder, während der Mann in der Mitte, der schwerste und älteste sowie der eindeutig ranghöchste der drei, stehen blieb.

Der Commissaris erinnerte sich an ein Foto aus dem Zweiten Weltkrieg, als er seine Gäste beobachtete. Ein Foto von der Kapitulation der japanischen Streitkräfte an Bord eines amerikanischen Kriegsschiffes. Mehrere japanische Generale und Admirale sowie ein oder zwei Zivilisten, höchstwahrscheinlich Minister, hatten in einer Reihe vor einem Tisch gestanden – alle in steifer Habachtstellung – und General MacArthur zugehört. Die Haltung des Mannes hier drückte die gleiche höfliche Passivität aus, aber da war die Schrotflinte, die ihn in die umgekehrte Position versetzte. Die Zwillingsläufe waren geölt und schimmerten bläulich; beide Hähne waren gespannt; der dicke Zeigefinger des Mannes ruhte am doppelten Abzug.

«Müssen auf Höflichkeiten verzichten», sagte der Mann traurig. Er hatte eine tiefe und etwas heisere Stimme und runzelte die Stirn bei dem Versuch zur Konzentration, die richtigen Worte zu finden. «Ihr erhaltet Warnung, aber ignoriert sie. Ihr kauft Kunst.» Er warf einen kurzen Blick in die Zimmerecke auf den kleinen Stapel von Kästen und in Tuch eingehüllter Schalen. «Kunst aus Osten, Eigentum von Japan. Wir kaufen diese Kunst, nicht Leute aus Westen.» Das Stirnrunzeln wurde tiefer. «Oranda-jin. Holländer. Nicht für Holländer. Dies unser Geschäft. Bitte aussteigen aus Handel und heimgehen. Wir nehmen Kunst.» Er nickte dem Mann an seiner linken Seite zu. Der Yakusa sprang vor, sammelte die Kästen und Schalen ein und wickelte sie in ein großes, viereckiges schwarzes Baumwolltuch, das er unter der Jacke hervorgezogen hatte. Er hatte seine Pistole auf dem Fußboden liegen lassen, aber der andere Gangster bewegte seine, sodass sie auf den Commissaris gerichtet war, dann auf de Gier, dann auf Dorin.

Der Mann legte das Bündel neben die Schiebetür und kniete sich dann wie vorher nieder.

«Ihr verlieren viel Geld jetzt, aber das nicht genug», sagte die tiefe Stimme. «Auch schmerzhafte Lektion lernen.»

Er nahm die Schrotflinte in die linke Hand und streckte die rechte aus. Der Mann an der linken Seite nahm ein langes Messer und gab es dem Chef in die Hand. Der Chef legte die Schrotflinte auf den Boden und kam nach vorn. Er fegte den Sakekrug und die drei Becher von dem niedrigen Tisch und ließ mit einer schnellen Bewegung die Klinge in das Holz eindringen, sodass sie zitterte.

«Du», sagte er und schaute den Commissaris an. «Nehmen Messer und stechen durch linke Hand.»

Der Commissaris lächelte immer noch. «Messer?», fragte er höflich.

«Nehmen Messer», sagte der Chef.

Die beiden Yakusa in den Ecken hoben ihre Pistole, sodass sie auf die Brust des Commissaris zielten. De Gier hatte sich ein wenig nach hinten bewegt; er war auf den Knien, da er seine Position geändert hatte, als der Chef sprach. Dorin hatte sich auch bewegt. Die Pistolen zeigten für einen Augenblick auf sie und richteten sich dann wieder auf den Commissaris.

Der Commissaris nahm das Messer beim Griff und zog es aus dem Tisch.

«Dies Messer?»

«Ja. Jetzt du stechen es durch deine linke Hand.»

Der Commissaris wedelte ungeschickt mit dem Messer

herum. «Verzeihung», sagte er sanft. «Ich verstehe nicht. So?» Er tat, als steche er mit dem Messer in die linke Hand, die er hochhielt.

Der Chef schnalzte verärgert mit der Zunge und rutschte auf den Knien vorwärts. «So», sagte er, legte die linke Hand auf den Tisch und stach mit einem imaginären Messer zu.

«Ah», sagte der Commissaris heiter und stieß das Messer mit aller Kraft, die er aufbringen konnte, nach unten. Ein Strahl von Blut sprudelte aus der Hand des Chefs, die fest auf die Tischplatte genagelt war. Der Commissaris war noch in Bewegung; er sprang über den Tisch, griff nach der Schrotflinte und richtete sie auf den Yakusa, der Dorin am nächsten stand. Der Yakusa hatte seinen Chef beobachtet und war von der neuen Entwicklung überrascht worden. Dorin war nach vorn gesprungen, als der Commissaris sich in Bewegung setzte, und hatte dem Yakusa, der ihm gegenüberstand, mit seiner Handkante voll auf das Handgelenk geschlagen. Der Mann ließ die Pistole fallen, und Dorin hielt das kraftlose Handgelenk fest und drehte es so, dass der Yakusa sich auf die Seite legen musste, vor Schmerzen grinsend. De Giers Gegner lag ebenfalls ausgestreckt. Der Brigadier hatte dessen Handgelenk mit seiner linken Hand ergriffen und ihn gleichzeitig mit seiner rechten in den Nacken geschlagen. Als der Yakusa des Brigadiers fiel, stieß er mit dem Fuß das Holzkohlebecken unter dem sich am Bratspieß drehenden Fisch um; die Kohlen setzten die Tatamis in Brand.

Der Chef stolperte durch das Zimmer und zog am Messer. Er bekam es heraus, riss dabei Fleisch aus der Hand und stand da und starrte die Waffe an, ehe er sie fallen ließ. Er stöhnte und schloss die Augen und sank langsam auf die Knie.

Dorin ließ seinen Gefangenen los, nachdem dieser durch die Schrotflinte des Commissaris in Schach gehalten wurde, trat die Pistole hinüber zu de Gier, der sie aufhob, und rannte aus dem Zimmer. Er war fast augenblicklich wieder zurück und schob einen Kellner in weißer Jacke herein. Der Kellner trug einen großen Feuerlöscher. Dorin schrie den Kellner an, und ein weißer Schaumstrahl begann die Flächen des Zimmers zu bedecken. Eine Reihe von Flammen hatte fast die papierbespannten Schiebetüren erreicht, die nach draußen auf eine große hölzerne Plattform führten, und Dorin schrie noch einmal. Der Schaum traf auf die Flammen. Der Kellner – entnervt von der Schrotflinte des Commissaris, den beiden halb bewusstlosen Yakusa auf dem Fußboden, dem Chef, der sich andauernd verbeugte und mit dem Kopf fast die Tatami berührte, während er sich die blutende Hand hielt, und dem ruhig in seiner Ecke sitzenden de Gier, der seine große Automatik auf den Knien balancierte – drückte weiter auf den Hebel des Feuerlöschers, und Dorin musste ihn noch einmal anschreien, damit er aufhörte.

«Bitten sie ihn, das Mädchen zu holen, das mich vorhin massiert hat», sagte der Commissaris. «Es muss Verbandszeug und etwas zum Desinfizieren der Hand unseres Freundes haben. Das ist eine hässliche Wunde.»

Dorin bellte den Kellner an. Das Mädchen war innerhalb einer Minute da; Schrotflinte und Pistole beachtete es nicht. Der Commissaris zeigte auf den Chef. «*Kudasai*», sagte er. «Bitte.»

Der Chef öffnete die Augen. «Deine Wunde», sagte der Commissaris. «Sie wird sie verbinden.» Er gab Dorin die Schrotflinte, ging zum Chef und hielt dessen Arm, während das Mädchen mit jodgetränkter Watte die Wunde abtupfte und einen Mullverband anlegte, den sie mit einer Metallklammer befestigte. Sie machte aus einem weißen Baumwollstreifen eine Schlinge und band sie dem Chef um die Schulter.

Der Chef sagte etwas zu ihr. Der Commissaris schaute Dorin an. «Er dankt ihr», sagte Dorin.

Der Chef drehte sich langsam um und verbeugte sich vor dem Commissaris. «Du holen Polizei?»

«Nein», sagte der Commissaris. «Polizei macht Schwierigkeiten. Wir haben heute Abend schon genug Schwierigkeiten gehabt, meinst du nicht auch?»

Der Chef nickte ernst.

«Du hast einen Wagen?», fragte der Commissaris.

«Ja.»

Der Chef sprach mit dem Mann, den Dorin entwaffnet hatte. Der Mann antwortete, und der Chef wandte sich wieder dem Commissaris zu. «Er sagt, er können fahren. Mit deiner Erlaubnis wir gehen jetzt.»

«Geh zu einem Arzt», sagte der Commissaris. «Du musst genäht werden.»

Der Chef verstand nicht, Dorin übersetzte. «Ah», sagte der Chef und ging zur Tür.

«Einen Augenblick, Herrschaften, eure Waffen.»

Der Commissaris knickte die Schrotflinte, nahm die beiden Patronen heraus und schloss die Waffe wieder. De Gier und Dorin leerten die Magazine der beiden Automatiks. Einer der jüngeren Männer nahm die Waffen an sich und machte eine Verbeugung.

Der Kellner öffnete ihnen die Schiebetüren. «Yakusa?», fragte er Dorin.

«Yakusa», sagte Dorin.

Der Kellner ging und kam mit dem Manager des Restaurants zurück. Sie wurden eingeladen, in den besten Raum des Restaurants zu kommen, und ein anderes, reichhaltigeres Essen wurde zubereitet. Der Manager kam, um das Hauptgericht zu servieren. Eine riesige Sakeflasche wurde hereingebracht und feierlich herumgezeigt, ehe die kleinen Krüge gefüllt und angewärmt wurden. Die drei Männer tranken auf den Manager, während die Mädchen aufgeregt herumliefen und kleine Schüsseln mit ausgesuchten Delikatessen und der jeweils passenden Sauce hereinbrachten.

«Sehr gut», sagte Dorin und füllte den Becher des Commissaris. «Wir können jetzt trinken; die kommen heute Abend nicht mehr wieder. Meinen Glückwunsch, aber Sie waren vorhin nahe daran, Ihr Leben zu verlieren. Die Schrotflinte war gespannt, beide Pistolen waren durchgeladen und entsichert.»

Der Commissaris versuchte, ein Stück rohen Tintenfisch aus einer kleinen Schüssel zu angeln; es entglitt seinen Essstäbchen immer wieder. «Nein», sagte er. «Eigentlich nicht. Ich glaube nicht, dass unsere Freunde den Befehl hatten, uns umzubringen. Ich glaube eher, man hat ihnen gesagt, uns *nicht* zu töten. Aber ich hätte jetzt ein Loch in der Hand haben können. Ich muss mich wirklich bei euch beiden entschuldigen. Ich habe euer Leben riskiert, nur weil ich keine Lust hatte, mich zu verletzen. Die hätten euch aus Nervosität erschießen können, als ich meine Nummer abzog. Tut mir Leid. Da.» Er hatte es endlich geschafft, den Tintenfisch in den Mund zu bekommen, und kaute wie wild. «Nun, wollt ihr meine Entschuldigung nicht annehmen?»

De Gier sprach zuerst. «Sie hätten sich das Messer nicht in die Hand gestoßen», sagte er und nieste.

«Das kommt von dem grünen Senf», sagte Dorin. «Sie müssen sich vorsehen.» De Gier nieste weiter. «Er ist sehr scharf, sogar für uns.»

Dorin wandte sich dem Commissaris zu. «Er hat Recht, wissen Sie. Sie hätten sich das Messer nicht in die Hand gestoßen. Wir waren beide bereit, sie anzuspringen, und wir hätten es auch getan, wenn Sie nicht so schnell gewesen wären. So war es jedenfalls besser. Die beiden Männer schauten auf die Hand des Chefs, als wir sprangen. Leeren wir diesen Krug.» Er wartete darauf, dass der Commissaris seinen Becher hob.

«Nein, danke», sagte der Commissaris. «Ich glaube, wir haben genug gehabt. Ich jedenfalls. Es ist ein langer Tag gewesen. Zu viel Aufregung.»

De Gier schaute auf die große Sakeflasche. «Es sind noch gut zwei Liter drin.»

«Nehmen Sie sie mit.» Dorin stand auf. «Er hat sie uns gegeben. Und ich werde die Rechnung nicht bezahlen. Yakusa bezahlen ihr Essen nie, und ich bin sicher, er glaubt, dass wir Yakusa sind.»

«Bei den Yakusa gibt es untereinander keine Schlägerei», sagte de Gier. «Jedenfalls habe ich so was gehört.»

Dorin nickte. «Sie schlagen sich zwar nicht gegenseitig, aber sie haben hin und wieder einen kleinen Familienstreit. Gehen wir, Sie können heute mal früh Feierabend machen.»

Aber de Gier ging noch nicht zu Bett, als sie im Gasthof eintrafen. Er nahm seinen Stadtplan und suchte nach der Adresse vom *Goldenen Drachen.* Der Commissaris war im Bad, und der Brigadier steckte seinen Kopf in den dampfenden kleinen Raum.

«Ich gehe noch etwas trinken, Mijnheer, in der Bar, von der Dorin uns erzählt hat.»

Der Commissaris summte vor sich hin. Nur sein Kopf schaute über die Kiefernbretter des viereckigen Badezubers hinweg.

«Alles in Ordnung, Mijnheer?», fragte de Gier besorgt und spähte durch den Dampf. «Sie haben einen sehr roten Kopf.»

«Es ist hier drinnen sehr heiß, Brigadier. Gehst du in den *Goldenen Drachen*?»

«Ja, Mijnheer.»

«Genau das richtige und im rechten Augenblick. Vergiss nicht, mir dein Abenteuer zu erzählen, wenn du zurückkommst.»

Der Brigadier machte ein zweifelndes Gesicht.

«Oh, du wirst zurückkommen», sagte der Commissaris,

«und dich sehr gut amüsieren. Weiß du, Brigadier, ich fange an, den Geist des Ostens zu verstehen. Kennst du das Lied ‹Osten ist Osten und Westen ist Westen, und beide können nicht zusammenkommen›?»

«Ja, ich glaube, das stimmt.»

«Quatsch», sagte der Commissaris heiter, «absoluter Quatsch. Ich glaube, beide waren nie voneinander getrennt.»

Es war fast Mitternacht, als de Gier den Gasthof verließ. Der Gastwirt erhob sich, ein Taxi zu rufen, aber de Gier verzichtete und ging die verlassene Straße hinunter, wobei er mit Erstaunen feststellte, dass sie mit Platanen gesäumt war, wie der Boulevard in Amsterdam, wo er seine Wohnung hatte. Er blieb stehen, um die sich abschälende Rinde zu betrachten, die große nackte, grünlich gelbe Stellen zurückließ, und schüttelte den Kopf. Er hatte etwas anderes erwartet, etwas, das exotischer war. Vielleicht Orchideengewächse, schlanke Palmen, Riesenfarne. Aber es waren Platanen. Und dennoch kam ihm das Land sehr fremd vor. Er dachte an die drei Gangster, die in das Zimmer des Restaurants gekommen waren, als seien sie eine Brandungswelle, bereit, über ihren Köpfen zusammenzubrechen. Er erinnerte sich, wie feierlich der Chef seine Drohung formuliert hatte. Der Botschafter hatte dem Commissaris gesagt – und dieser hatte es an den Brigadier weitergegeben –, obwohl viele Facetten Japans rein westlich seien, sei sein Herz ein Geheimnis, das Mysterium des Ostens.

Er fragte sich, ob an dieser Bemerkung etwas Wahres war. Waren diese Menschen – Dorin, der Geheimagent, Dorins Onkel, der höfliche Gastwirt in Tokio, der Unterchef der Yakusa und seine beiden Trabanten, die Dienstmädchen, die Kellner, die Studenten, die immer versuchten, ihn auf der Straße anzusprechen, der Zen-Priester, der ihnen die Schätze seines Tempels geliehen hatte, der Strolch, den er in Tokio beinahe umgebracht hatte – in ihrer Struktur grundsätzlich anders als die Menschen, die er im Westen kannte? Oder unterschieden sie sich so sehr von ihnen wie von Science-Fiction-Geschöpfen auf dem Planeten CBX 700, der in einer Entfernung von Quadrillionen Lichtjahren in einer Ecke des Universums seinem ovalen Kurs um eine silberne Sonne folgte? Und würde es auf dem Planeten CBX 700 auch Platanen geben?

Er blieb an der Straßenecke stehen und hob die Hand. Ein Taxi kehrte auf der Straße um und hielt an. De Gier gab die Adresse an, der Gang wurde krachend eingelegt, und der kleine Wagen schoss davon und fuhr mit entsetzlich kreischenden Reifen um die nächste Ecke. Der Fahrer war ein sehr junger Mann in Studentenuniform, sein Gesicht, das der Rückspiegel reflektierte, war hager und müde. Er arbeitet nachts, um sein Studium zu finanzieren, dachte de Gier, und sein Land ist bereits überfüllt mit Intellektuellen.

Er verlor sich in Gedanken, als der Wagen weiterraste, Ampeln überfuhr und Fußgänger zwang, zur Seite zu springen, um ihr Leben zu retten. Er fragte sich, womit er seinen Lebensunterhalt verdienen würde, wenn er Japaner wäre. Er versuchte, sich das Leben eines Wasserschutzpolizisten auf dem japanischen Meer vorzustellen. Er hatte einen Teil dieses Meeres von der Maschine aus gesehen, als sie das Land anflog. Weite Flächen ruhigen Wassers mit vielen kleinen Inseln, deren Strände sich seltsam wanden. Er würde mit dem Polizeiboot auf und in Schönheit dahingleiten und wenig zu tun haben, denn die Japaner sind gesetzestreue Bürger, und er war sicher, dass sogar die Yakusa nach strengen Regeln lebten, die man erlernen konnte.

Der Wagen blieb mit einem Ruck stehen, er zahlte den niedrigen Fahrpreis und gab dem Fahrer ein Trinkgeld, der bleich lächelte, bevor er mit dem Taxi wieder davonsauste. Der Pförtner des Nachtclubs salutierte schneidig, als de Gier den

Eingang betrat, der wie eine rustikale Veranda gestaltet war, im Gegensatz zum Gebäude selbst, das aussah, als sei es vor einem Monat aus Beton gegossen worden. Ein künstlicher Wasserfall plätscherte über Stufen aus glattem Fels, und ein steinerner, auf den Hinterbeinen stehender Bär fing einen Teil des Wassers in einem Becken auf. Eine in einen kurzen Rock gekleidete junge Frau mit erstaunlich geraden Beinen sowie sehr vollen Brüsten unter der durchsichtigen Bluse kam hinter ihrer Theke hervor, begrüßte ihn auf Englisch und führte ihn in einen Waschraum, wo sie ihm ein neues Stück Seife und ein kleines Handtuch gab. Er wusch die Hände und betrachtete das Mädchen im Spiegel. Die meisten Japanerinnen haben anscheinend etwas krumme Beine und kleine Brüste. Er fragte sich, ob Dorin Recht hatte, als er ihnen erzählte, dass viele Frauen ihre Brüste vergrößern, indem sie sich Pressluft injizieren lassen. Die Behandlung müsse nach einigen Wochen wiederholt werden und sei teuer und zerstöre die Elastizität der Muskeln, die mit den Jahren alle Kraft verlören und schlaff und weich würden. Das Mädchen lächelte und zeigte eine strahlend weiße Reihe Zähne mit Jacketkronen. Eine künstliche Frau, dachte de Gier, ganz neu modelliert. Aber er musste einräumen, das Ergebnis war attraktiv. Er drehte sich um und küsste ihre Wange, während er seine Hände trocknete, und sie bot ihm ihre Lippen. Er küsste sie auf den Mund und spürte ihre Zunge, die zwischen seinen Lippen vor und zurück zuckte. Sie umklammerte mit den Armen seinen Nacken und rieb ihre Hüften und ihren Bauch rhythmisch an seinem Körper. Er befreite sich sanft aus ihren Armen und trat einen Schritt zurück, wobei er gegen das Waschbecken stieß. Sie lachte und rieb spielerisch seinen Rücken.

«*Itai?*», fragte sie. «Schmerzen?»

«Keine Schmerzen.» Er ging in die Bar und sie mit ihm, wobei sie seine Hand hielt. Drinnen ließ sie ihn los, um an die Bar zu einigen Freunden zu gehen. Er blieb stehen und sah sich staunend um. Für einen Moment dachte er, dass er in einem Aquarium mit ihn umschwimmenden schimmernden Fischen sei. Einem begabten Künstler war es gelungen, ein sehr geheimnisvolles Licht zu schaffen, das von der Decke durch kleine Löcher herabschien und mit silbernem Glanz von den Brüsten der Mädchen mit ihren tief ausgeschnittenen Blusen und kurzen Röcken reflektiert wurde. Sie gingen sehr langsam umher, vermutlich ein Trick, um den Neuankömmling zu ködern, und auf ihren Bewegungen lag ein elfenhafter Schimmer. Das Licht wurde auch reflektiert von den kahl geschorenen Schädeln der drei Barmänner, kahl bis auf eine Stelle, an der sie ihr Haar zu Zöpfen hatten wachsen lassen, zu den altmodischen Zöpfen der Chinesen, und die fest ineinander geflochtenen Haarsträhnen waren in silberne Farbe getaucht worden, sodass sie bei jeder Bewegung ihrer Träger glitzerten. Die Barmänner waren Chinesen und sprachen miteinander in dem weichen kantonesischen Dialekt, den er so oft in der Altstadt von Amsterdam gehört hatte. Sie sprachen auch Englisch, ein betontes Englisch mit einem Anklang an Oxford.

«Hätten Sie gern einen Whisky, Sir? Scotch oder hiesigen? Oder hätten Sie lieber eine kanadische Marke oder vielleicht einen Bourbon?»

«Einen Bourbon», sagte de Gier.

«Mit Eis, Sir?»

«Mit Eis.»

«Sehr wohl, Sir. Ein Bourbon mit Eis ist schon da, Sir.»

Er hob sein Glas, erwiderte das blitzende Lächeln des Chinesen und trank.

«Hätten Sie gern Gesellschaft, Sir? Wir haben eine große Auswahl an jungen Damen. Wenn Sie mir sagen, wen Sie wünschen, lasse ich sie kommen.»

«Ich werde schon eine finden», sagte de Gier, «später.»

«Sehr wohl, Sir. Spielen Sie Poker, Sir? Oder ziehen Sie Roulette vor? Glücksspiele haben vor etwa einer halben Stunde angefangen, Sir.»

«Glücksspiele haben mich immer gelangweilt», sagte de Gier. «Ich weiß nicht, woran es liegt, aber rollende Würfel und Kartenmischen machen mich immer müde. Ich würde lieber hier sitzen und trinken. Sie haben hier eine hübsche Bar.»

«Ich habe das Glücksspiel nur erwähnt, weil es im Hinterzimmer ist und ich Sie hier noch nie gesehen habe. Ich dachte, Sie möchten es vielleicht gern erfahren. Ich selbst halte auch nichts vom Glücksspiel, Sir. Sehr seltsam für einen Chinesen, ich mag nicht einmal Mah Jongg.»

«Gut», sagte de Gier. «Da bin ich also nicht allein abartig veranlagt. Sehen Sie gern Fußball?»

«Nein, Sir.»

«Ausgezeichnet. Ich auch nicht. Was gefällt Ihnen eigentlich?»

Der Barmann beugte sich vor und flüsterte de Gier etwas ins Ohr. «Blumen betrachten?», fragte de Gier leise. «Wo? In Parks? Oder ziehen Sie selbst welche?»

«Ich habe einen kleinen Garten», sagte der Chinese. «Einen sehr kleinen.»

Mehr Gäste kamen. Der Barmann ging hinüber, um zu sehen, was sie trinken wollten. De Gier rührte das zerstampfte Eis in seinem Glas um und dachte an seinen Balkon. Seine Geranien würden jetzt abgestorben sein, und die Brunnenkresse, die er mit großer Sorgfalt gezogen hatte, sollte jetzt blühen, aber bis auf brüchige, knochentrockene braune Stängel und Blätter auf rissiger, trockener brauner Erde würde nichts mehr davon übrig geblieben sein. Und irgendwo in der Amsterdamer Erde verfaulte Esthers Leiche, und seinen Kater Olivier, begraben im Park gegenüber seinem Apartmenthaus, würden die Insekten fressen. Er dachte daran ohne Schmerz, er registrierte nur Bilder, Bilder vom Tod. Er starrte auf sein Glas, während er nachdachte, und er schaute erst auf, als er spürte, wie sich ein Oberschenkel an sein Bein presste. Es war das Mädchen, das mit ihm in den Waschraum gegangen war.

«*Amerikajin?*», fragte sie.

«*Orandajin*», sagte er. «Aus Holland. Weißt du, wo Holland ist?»

Ein anderes Mädchen war dazugekommen. Das Mädchen lachte und sagte etwas in einem sehr schnellen Japanisch. De Gier schnappte einige Wörter auf und rekonstruierte die Bedeutung des Satzes. «Ausländer stinken gewöhnlich, aber wenn sie Knoblauch gegessen haben, ist der Gestank sogar für eine Hure zu viel.»

«Ich habe keinen Knoblauch gegessen», sagte er, «sondern Fisch am Bratspieß in einem Restaurant mit japanischer Küche. Falls ich stinke, dann stinke ich ganz normal.»

«Oh», sagten die beiden Mädchen im Chor und schlugen die Hände vor den Mund. «Sprichst du Japanisch?»

«Zweihundert Wörter, aber für diesmal hat es ausgereicht.»

«*Sumimasen*», sagte das Mädchen. «*Tai-hen sumimasen.* Tut mir sehr, sehr Leid. Ich war sehr unhöflich. Verzeih mir, bitte.»

«Na klar», sagte de Gier und lachte. Die Mädchen sahen aus, als würden sie jeden Augenblick in Tränen ausbrechen. «Aber selbstverständlich.»

«Yuiko», sagte das Mädchen vom Waschraum. «Das ist mein Name, und meine Freundin heißt Chicako. Aber vielleicht magst du uns jetzt nicht mehr so sehr, vielleicht ist es besser, wenn wir dir andere Mädchen rufen, ja? Schau dich bitte um und sag uns, wen wir rufen sollen.»

«Nein, ihr beiden gefallt mir gut. Möchtet ihr etwas trinken?»

Der Barmann hatte eine Schüssel mit braunen weichen

Objekten, die in einer dicken Sauce schwammen, auf die Theke gestellt, und de Gier schob sie Yuiko hinüber. «Nimm davon, was es auch sein mag.»

«Danke. Das sind Pilze, sehr lecker. Probiere sie selbst mal.»

De Gier seufzte und nahm behutsam einen heraus. Seine Zunge hatte Schwierigkeiten, damit fertig zu werden, ab er bekam ihn zwischen die Zähne und kaute.

«Gut?», fragte Yuiko.

Der Geschmack war angenehm, er lächelte.

«Sie sehen schrecklich aus, nicht wahr?», fragte Yuiko. «Aber sie sind sehr gut. Nimm noch mehr davon.»

Sie aßen alle einige Pilze, und er wiederholte seinen Vorschlag bezüglich der Getränke.

«Drinks sind hier sehr teuer», sagte Yuiko. «Vielleicht besser nicht. Vielleicht geben wir für dich einen aus. Noch einen Bourbon?»

«Einen Bourbon», sagte de Gier zu dem Chinesen, «und für die Damen, was sie möchten.» Er fühlte nach seiner Gesäßtasche. Dorin hatte ihm bei der Ankunft einen ziemlich hohen Betrag in bar gegeben und seither noch mehr. Mit Empfehlungen vom japanischen Geheimdienst. Es dürfte für diese Nacht reichen, selbst wenn die Getränke teuer waren.

«Magst du Musik?», fragte Yuiko und zeigte auf eine Plattform hinten in der Bar, wo fünf Musiker erschienen waren.

«Ja, Jazz, aber vielleicht spielen die keinen Jazz?»

«Doch. Was würdest du gern hören?»

«Den *St. Louis Blues*», sagte de Gier. Yuiko sprach mit dem Pianisten, der sich verbeugte und lächelte. *One, two, three, four,* riefen die Männer, und der Blues setzte ein, zuerst das Thema, dann die Variationen, manche von allen zusammen gespielt, einige nur von der Trompete, begleitet vom Schlagzeug. Die spielen gut, dachte de Gier, klatschte und bat den

Barmann, fünf Bier hinüberzubringen. Die Musiker standen auf, verbeugten sich, hoben die Gläser, riefen *«Banzai»* und leerten die Gläser in einem Zug.

«Banzai?», fragte de Gier. «Sollten die nicht *Kampai* rufen? Ich dachte, *Kampai* bedeutet ‹ex›. *Banzai* ist eine Art von Kriegsruf, nicht wahr?»

«Die sollten *Kampai* sagen», sagte Yuiko, «aber diese Musiker sind verrückt. Sie reagieren nie normal. Ich glaube, es kommt daher, weil sie auf einem Vergnügungsdampfer gespielt haben, von Tokio nach San Francisco und zurück, hin und zurück, ewig. Einer von ihnen ist mein Vetter. Er sagte, sie haben sich so sehr gelangweilt, dass sie verrückt werden mussten, sonst wären sie über Bord gesprungen. Einer von ihnen ist gesprungen; sie waren früher sechs.»

«Wirklich?», fragte de Gier und drehte sich um, um die Musiker noch einmal zu betrachten. Sie sahen normal genug aus, fünf kleine Männer in mittleren Jahren. Einer war kahl, die anderen hatten lange Haare.

«Sie wohnen in der Nähe in einem alten Tempel», sagte Yuiko. «Manchmal besuche ich sie. Es ist sehr nett dort. Sie leben dort mit ihren Frauen und Freundinnen, der Kahlkopf hat zwei Kinder. Der Besitzer dieses Clubs mag sie sehr; er geht häufig zu ihnen. Sie spielen für ihn und feiern Partys. Sie sind ziemlich berühmt, weißt du. Sie spielen oft in Fernsehstudios und haben schon viele Platten herausgebracht.»

«In einem Tempel», sagte de Gier verträumt. «Ich bin sicher, es muss sehr schön sein, in einem Tempel zu leben. Meditieren sie auch?»

Das Mädchen äffte die Buddhapose nach, zog die Beine an, verschränkte sie und machte den Rücken gerade. Sie schloss die Augen und spitzte die Lippen. De Gier bewunderte ihre Beine; er sah ihre Oberschenkel und den stramm sitzenden Slip. Ihr Schamhaar schimmerte durch das Nylon.

Sie öffnete die Augen und brachte die Beine wieder in die normale Lage.

«Nein», sagte sie. «Sie meditieren nicht, aber sie trinken viel.»

«Dein Englisch ist sehr gut», sagte er. «Warum arbeitest du in dieser Bar? Ich dachte, Englisch sprechende Mädchen gingen nach Tokio. Sie können dort viel Geld verdienen, glaube ich.»

Sie lächelte und zerzauste sein Haar. «Ich habe in Tokio gearbeitet, aber ich ziehe diese Stadt vor. Es ist hübsch und ruhig hier, und wir haben oft ausländische Gäste, vor allem im Herbst. Vorwiegend Wissenschaftler, die an der Universität von Kyoto Vorlesungen halten.»

«Du hast dein Englisch in Tokio gelernt?»

«Ja», sagte sie. «Meine Mutter gibt Englischunterricht. Ich fing an zu lernen, als ich noch sehr klein war, und ich lese gern. Ich habe viele Wörter gelernt und später Kurse belegt.»

Die kleine Band hatte wieder angefangen zu spielen, und de Gier legte den Arm um Yuiko und ging mir ihr näher an die Plattform heran. Das andere Mädchen war gegangen. Sie war von einem älteren Mann gerufen worden, der allein an der Bar gesessen, ständig getrunken und vor sich hin gesummt hatte, der aber plötzlich dringend nach weiblicher Gesellschaft verlangte und seinen Wunsch lauthals dem Barmann mitgeteilt hatte. Er hatte auf Yuikos Freundin gezeigt und sich mit hoher, nasaler Stimme beklagt. Das Mädchen war davongeeilt, lächelnd und sich verbeugend, und hatte seine Pflichten aufgenommen, indem es dem Mann mit einem zierlichen, spitzengesäumten Taschentuch den Schweiß vom glänzenden Gesicht gewischt hatte. Sie sprach leise zärtlich auf ihn ein, eine ältere Schwester, die den ungezogenen, verlorenen kleinen Jungen beruhigt.

Die Band spielte ein Stück von Miles Davis. De Gier fiel der Titel nicht ein, aber er erkannte den langsamen, exakten Stil wieder, der sein Wahrnehmungsvermögen so oft erhöht hatte, wenn er mit seinem zu einem Ball neben seinen Füßen zusammengerollten Kater in seiner Amsterdamer Wohnung allein gewesen war. Der Alkohol machte seinen Geist noch etwas aufnahmefähiger, und er schien die Musik sehen zu können, statt sie zu hören; die Trompete als klare Lichtstrahlen, Schlagzeug und Bass als dunkel rollenden Hintergrund und das Piano als kurze dunkelorange Feuerstöße. Er blieb noch für eine Stunde, Yuiko saß ruhig neben ihm, ihre Hand auf seinem Unterarm. Sie sah blass aus und hatte Schatten unter den Augen und eine sich feucht anfühlende Hand.

«Alles in Ordnung?», fragte er.

«*Yoroshii*», sagte sie leise. «Nur etwas müde. Es ist gut, hier so zu sitzen.»

Der Barmann kam, um noch einen Bourbon zu bringen, aber er lehnte ab und bekam stattdessen Traubensaft serviert und später, als es in der Bar ruhiger geworden war, Kaffee in kleinen hohen Tassen.

Sie bat ihn, mit in ihre Wohnung zu kommen, und kuschelte sich während der kurzen Fahrt in einem holprigen Taxi in seinen Arm. In ihrem Zimmer lehnte sie sich an ihn, und er beugte sich nieder, um ihr ins Gesicht zu sehen. Sie hatte die Augen geschlossen und zuckende Lippen. Sie blieb dabei, dass sie sich gut fühle, und füllte den Kessel, um Tee zu machen. Aber der Kessel entglitt ihren Händen, und sie brach auf dem Fußboden zusammen, ein hilfloses Bündel voller Furcht und Schmerzen. Er hob sie auf und trug sie ins Badezimmer, wo er ihren Kopf hielt, während sie sich übergab. Er ging zurück ins Zimmer und hockte sich auf die Tatamis; er hörte sie herumkramen, sich das Gesicht waschen und ihre Frisur richten. Aber dann war da ein Schrei und ein dumpfes Geräusch, und er eilte zurück ins Bad.

Sie weinte und lag ausgestreckt auf dem Fliesenboden. Er

fragte sie, wo es schmerze, und sie drückte auf ihren Bauch, aber sie konnte nichts mehr sagen und wimmerte leise, als er ihr Haar streichelte.

Er lief aus der Wohnung, klopfte an Türen und rief, bis eine Frau in mittleren Jahren erschien. Ihm fielen keine Worte ein, er schob die Frau in die Wohnung bis ins Bad. Die Frau sprach ein wenig Englisch und stieß das Wort «Hospital» aus.

«Einen Wagen?», fragte er. «Haben Sie einen Wagen?»

«Taxi», sagte sie und zeigte auf das Telefon. «Gut?»

«Gut», sagte er. «Sagen Sie dem Fahrer, er soll zum Hospital fahren.»

Sie nickte und wählte eine Nummer. Das Taxi kam nach wenigen Minuten und brachte sie zur Notaufnahme eines großen Krankenhauses, das nur wenige Kilometer entfernt war. Zwei Schwestern ergriffen die Bewusstlose und rollten sie weg. De Gier setzte sich. Er musste fast eine Stunde warten, ehe ein junger Arzt kam, um seine Fragen zu beantworten.

«Lebensmittelvergiftung», sagte der Arzt. «Hat sie etwas Ungewöhnliches gegessen? Vielleicht eine verdorbene oder vergiftete Speise?»

«Pilze», sagte de Gier. «Das ist alles, was ich sie habe essen sehen. Ich habe sie heute Abend in einer Bar kennen gelernt.»

Der Arzt lächelte. «Pilze, ja, das könnte sein.»

«Aber ich habe auch welche gegessen, mir geht es gut.»

«Ein Pilz genügt. Vielleicht wurde beim Sammeln nicht Acht gegeben. Pilze sehen einander ähnlich. Manchmal sind sie gut, manchmal reiner Mord. Sie hatte Glück, dass Sie sie hergebracht haben.»

«Wäre sie sonst gestorben?»

Der Arzt zuckte die Achseln. «Wahrscheinlich nicht. Sie ist jung und ziemlich kräftig, würde ich sagen, aber sie hätte für lange Zeit sehr krank sein können. So haben wir die Sache im Keime erstickt; sie wird in einigen Tagen wieder gesund sein.»

«Darf ich sie sehen?»

«Nein, sie schläft jetzt, es ist besser, sie nicht zu stören. Kommen Sie morgen wieder.»

Als de Gier in den Gasthof zurückkehrte, aßen der Commissaris und Dorin ihr Frühstück. Er ließ sich niederplumpsen und nahm von ihren Spiegeleiern und dem gebratenen Speck, bevor das Mädchen sein eigenes Frühstück brachte.

«Pech», sagte Dorin, als er ihnen erzählt hatte, wie er die Nacht verbracht hatte. «Ich frage mich, was sich die Yakusamitglieder gedacht haben, als sie Sie in der Höhle des Löwen sahen. Jetzt werden alle wissen, wer Sie sind. Vielleicht hatte man dem Mädchen gesagt, sie solle eine Überraschung für Sie vorbereiten.»

«Das hat sie», sagte de Gier mit vollem Mund. «Ich dachte, sie würde mir in den Armen sterben.»

«Sie hat dir nichts vorgemacht, nicht wahr?», fragte der Commissaris.

«Nein, Mijnheer», sagte de Gier und bestrich eine weitere Scheibe Toast mit Butter. «Das hat sie nicht.»

19

«Ja, Mijnheer», sagte Adjudant Grijpstra. «Die Beamten vom Rauschgiftdezernat haben sich für heute Abend auf die Razzia in dem Lokal vorbereitet. Sie wollen den Koch; er ist angeblich der Chef dort. Und ich will Mijnheer Fujitani, den Manager. Ich glaube, ich kann jetzt genug gegen ihn vorbringen, um ihn zwei Tage festzuhalten; vielleicht bricht er zusammen, wenn wir ihn verhören.»

Er hörte aufmerksam zu, nuckelte geräuschvoll an seiner Zigarre und hielt den Hörer behutsam in der Hand. Die Stimme des Commissaris war klar zu verstehen, aber im Hintergrund war ein leichtes Summen, das ihn an die Entfernung erinnerte. Zehntausend Kilometer, stellte er sich vage vor, oder waren es sechzehntausend? Er musste heute Abend im Atlas seines Sohnes nachschauen. Falls er dafür in Stimmung war. Vielleicht würde die Razzia viel Zeit oder Mühe kosten. Er zuckte die Achseln. Es sollte eigentlich kein Problem sein. Zwölf Mann für eine Razzia auf ein ziemlich kleines Restaurant um halb sechs nachmittags. Vermutlich würden keine Gäste dort sein, die die Situation komplizieren könnten.

«Ja», sagte er, «ich glaube, er wird bald zusammenbrechen. Cardozo hat einen kleinen Film drehen lassen. Wir werden ihn dem Verdächtigen auf einem Video-Aufnahmegerät zeigen. Es ist, glaube ich, ein gescheit gemachter kleiner Film. Aufnahmen von Nagais Leiche und einige Nahaufnahmen von Joanne Andrews. Gedreht von einem professionellen Filmemacher. Sehr gut. Er ist ein Freund von Cardozo. Wir haben ihn zu dem Haus Ihrer Nichte gebracht. Vorgestern. Es war ein regnerischer Nachmittag, sehr diesig. Er hat sie aufgenommen, als sie durch das Wäldchen hinter dem Haus Ihrer Nichte ging, Mijnheer. Sie hat uns nicht gesehen. Für die Aufnahmen von Nagais Leiche musste ich den Schwarzweißfilm der Polizei nehmen, aber sie sind nicht schlecht geworden. Es ist ein grausamer Abschnitt darin, wie die Konstabel die Leiche aus der Grube zerren und der Kopf nach hinten hängt. Es hat mir den Magen umgedreht, als ich das sah, und Cardozo ist aus dem Raum gelaufen. Ihm war übel, glaube ich, obwohl er nachher mit irgendeiner Entschuldigung wiederkam. Fujitani ist mit seinen Nerven bereits schlimm dran. Die Beamten vom Rauschgiftdezernat haben ihn verhört, und ich war auch dabei. Beinahe täglich in der vergangenen Woche im Restaurant. Ich werde heute Abend nicht viel zu ihm sagen, sondern ihn einfach abholen und in eine Zelle sperren lassen. Ich werde ihm den Film morgen vorführen. Morgen früh, denke ich.

Er wird eine schlimme Nacht hinter sich haben. Er müsste eigentlich gleich zusammenbrechen, Mijnheer.»

Der Commissaris sagte wieder etwas, und Grijpstra hörte mit schief gehaltenem Kopf zu.

«Ja, Mijnheer! Danke. Aber es war eigentlich Cardozos Idee.»

Er legte den Hörer auf und grinste. Er war sich nicht sehr sicher wegen des Films gewesen, aber der Commissaris war einverstanden. Er dachte, er hätte ein gewisses Zögern aus der Art und Weise gehört, wie der Commissaris seine Zustimmung gegeben hatte. Vielleicht hielt der Alte diese Methode für zu weit gehend. Ab es war ein geeignetes Polizeiverfahren, das heutzutage überall angewendet wurde. Im *Organ der Polizei* hatte in einer der letzten Ausgaben ein langer Artikel über Verbrechervereinigungen gestanden, bei dem es um das Verhören Verdächtiger ging. Vielleicht hatte die Technik ihre grausame Seite, aber mit einem Mann zum Angeln zu gehen und ihm mit einem 38er Revolver das Gehirn wegzupusten ... Na.

Er schaute auf seine Uhr. Es war vier. Die Wagen würden in einer Stunde abfahren.

«Cardozo», sagte er und wandte sich dem jungen Mann zu, der an seinem kleinen Schreibtisch neben der Tür etwas hingekritzelt hatte.

«Adjudant?»

«Es ist Zeit zum Kaffeetrinken, Cardozo. Hast du Geld?»

«Nein, Adjudant. Und der Automat ist kaputt. Ich war vor zehn Minuten in der Kantine. Die sind wieder beim Mechanismus zugange gewesen und haben vergeblich versucht, ihn in Ordnung zu bringen.»

«Dann leih dir etwas Geld und hole zwei Pappbecher voll aus der Imbissstube an der Ecke.»

«Der Inspecteur wartet auf diesen Bericht, Adjudant.»

Grijpstra schob seinen Stuhl zurück und stand auf. Er hatte in diese Bewegung etwas zu viel Kraft gelegt und sich das Knie an der Schublade gestoßen. Er wurde rot im Gesicht.

«Ja, Adjudant», sagte Cardozo. «Sofort, Adjudant.»

Es war vier Uhr morgens, als Grijpstra heimkam, und er vergaß, im Atlas seines Sohnes nach der Entfernung zwischen Amsterdam und Kyoto zu schauen. Es war eine hektische Nacht gewesen. Das Rauschgiftdezernat hatte die Razzia gut vorbereitet. Die Beamten waren gleichzeitig durch die Haustür, durch die Tür zum Garten und durch die Fenster in der obersten Etage gekommen. Aber es hatte Komplikationen gegeben: Ein Beamter hatte sich das Fußgelenk verstaucht, als er versuchte, sich durch ein Fenster zu schwingen, während er an einer kaputten Dachrinne hing, die abbrach. Er hatte zu viel Kraft in seinen Schwung gelegt und war schlecht gelandet. Und ein anderer Beamter war von dem Koch niedergestochen worden. Das Messer war in einen Lungenflügel gedrungen. Der Koch war hinter der Theke gewesen und verschwunden, als sich die Beamten um ihren Kollegen kümmerten, der Blut spuckte. Der Koch hatte seinen Wagen erreicht und war damit entkommen, obwohl eine Straßensperre errichtet worden war. Eine Frau in mittleren Jahren wurde verletzt, weil sie zur Seite springen musste, als der Wagen des Kochs über den Bürgersteig raste. Die Reichspolizei hielt den Wagen drei Stunden später schließlich an, indem sie ihm den Weg abschnitt, als er versuchte, zwischen zwei großen Lastwagen durchzuhuschen. Einer der Lastwagen landete auf einem Feld und kippte dabei eine Ladung Dosenbier aus, und ein Porsche der Polizei überschlug sich. Der Brigadier am Steuer renkte sich die Schulter aus. Die Razzia war gut geplant gewesen, aber von dem Plan war nicht mehr viel übrig geblieben, als über Funk endlich gemeldet wurde, dass alles klar sei.

Grijpstra hatte die Vorgänge im Kommunikationszentrum

des Amsterdamer Präsidiums verfolgt, wo aufgeregte Konstabel von Gerät zu Gerät gelaufen waren und Offiziere vergeblich versucht hatten, das Abenteuer zu lenken. Rund zwanzig Wagen waren an der Verfolgung beteiligt gewesen. Der Koch hatte die Nerven nicht verloren, und sein Wagen, der mit normaler Geschwindigkeit fuhr, war schwer zu finden gewesen. Glücklicherweise hatte er einen ungewöhnlichen Wagen gefahren, einen silberfarbenen Citroën Pallas. Der Wagen war von einem Polizeiflugzeug entdeckt und acht Kilometer vor der belgischen Grenze angehalten worden. Es war ein knapper Ausgang der Verfolgungsjagd gewesen.

Aber der Fall war erledigt. Man hatte Heroinproben im Restaurant gefunden, und die Durchsuchung des Personals hatte drei Pistolen und mehrere Messer zutage gefördert. Kampfmesser, keine Küchenmesser. In Mevrouw Fujitanis Kleiderkasten, einer rotlackierten Ledertruhe, hatte Grijpstra mehrere Bildrollen gefunden. Er hoffte, das Personal der japanischen Botschaft konnte bestätigen, dass sie von Tempelpriestern gestohlen worden waren. Mit dem Tod von Nagai und der Festnahme niederländischer und japanischer Schiffsoffiziere sollte die Verbindung unterbrochen worden sein.

Und als Grijpstra drei Stunden später wieder aufwachte, um ins Präsidium zu gehen, stand ihm das Glück immer noch zur Seite. Mijnheer Fujitani hatte sich am Abend zuvor gewehrt und musste zum Transportwagen gezerrt werden. Jetzt brach er mitten in der Filmvorführung zusammen und zerschlug das Videogerät mit einem Stuhl. Er zitterte und biss sich auf die Lippen, und seine kleine, ziemlich plumpe Gestalt wurde von Schluchzen geschüttelt. Cardozo, verwirrt von Fujitanis nervösem Getue, schaute weg, aber Grijpstra starrte mit versteinertem Gesicht den Verdächtigen an, bis dieser, immer noch schluchzend, gestand, er habe Kikuji Nagai mit einem Revolver in den Kopf geschossen. Die Waffe habe er in den Teich geworfen in der Nähe des Grabes und der Stelle, wo er gesehen worden war, als er Nagais weißen BMW gewaschen hatte. Seine Aussage wurde getippt, vorgelesen und unterschrieben. Ein Konstabel brachte Fujitani zurück in die Zelle, während Grijpstra mit dem Hoofdcommissaris telefonierte. Er und Cardozo wurden gebeten, die Aussage persönlich zu überbringen. Grijpstra erhielt einen Händedruck, Cardozo ein Lächeln.

An diesem Abend ging Grijpstra mit seinem jungen Assistenten in eine kleine Kneipe in der Altstadt, ließ ihn vier Weinbrand trinken und trank selbst sechs und zahlte die Rechnung. Aber sie sagten nicht viel, während sie tranken. Joanne Andrews ging immer noch durch den schweigenden Wald, wo die Kiefern und Tannen schwarze Linien vor dem sanften Grün der Erlen und Ahornbäume bildeten. Und Kikuji Nagais Schädel schimmerte und seine halbzerfressenen Lippen lächelten, als ein Reichspolizist mit Handschuhen sanft die Leiche aus dem nassschwarzen Loch auf dem saftigen Feld zog.

20

Das Zimmermädchen brachte die Visitenkarte, die genau in der Mitte eines viereckigen Bambustabletts lag. Der Commissaris war eingenickt, und de Gier streckte die Hand aus und las die Karte. *Woo Shan* stand auf der Karte, *Kaufmann,* und darunter in mikroskopisch kleiner Schrift eine Adresse in Hongkong.

«Ich werde gehen», sagte de Gier und folgte dem Mädchen. Er fand den Gast im Vorzimmer. Einen großen, älteren Chinesen, der in seinen Socken unbehaglich auf dem Tatami stand und einen flachen, schimmernden Aktenkoffer trug. De Gier verbeugte sich, aber der Chinese gab dem Brigadier feierlich die Hand und fragte in gutem Englisch, ob der alte niederländische Herr mit dem unaussprechlichen Namen zufällig zu Hause sei. De Gier sagte, er sei.

«Und Sie sind der Assistent des Herrn?»

«Das bin ich.»

«Ich habe über ein wichtiges Geschäft zu reden», sagte Woo traurig. De Gier bat ihn zu warten und eilte nach oben. Der Commissaris erwachte, aber er hatte sich noch nicht rasiert, deshalb wurde Woo gebeten, sich noch einige Minuten zu gedulden, während de Gier sich höflich mit ihm unterhielt. Schließlich wurde Woo gebeten, nach oben zu gehen, wo man ihm Tee und einen Zigarillo reichte, während der Commissaris schweigend auf seinem Kissen saß und sich die Beine rieb. Woo brauchte nicht lange, um zur Sache zu kommen. Weitere Kunstgegenstände waren geliefert und in einer Zimmerecke gestapelt worden, wo sie darauf warteten, in den Tresor einer nahe gelegenen Bank gebracht zu werden, in dem die Schätze aus dem Daidharmaji bereits untergebracht waren. Dorin hatte vorgeschlagen, die Farce aufrechtzuerhalten, und andere Priester aus mehreren Tempeln gebracht, die bereit waren, auf Anordnung des Hohepriesters vom Daidharmaji wertvolle Objekte auszuleihen. Um das Schauspiel noch realistischer zu machen, waren Priester aus anderen Tempelkomplexen in verschiedenen Stadtteilen von Kyoto überredet worden, bei dem Spiel mitzumachen, und es war ihnen sogar gelungen, einen wirklich korrupten Wächter aufzutreiben, der ihnen eine kleine, ziemlich wertvolle Buddhastatue aus Holz für einen kleinen Betrag in bar verkauft hatte, genug Geld, um den Mann für einige Wochen mit Alkohol und Frauen zu versorgen. Den Wächter hatte man leicht gefunden. Er war eines Tages im Gasthof aufgetaucht und hatte das Mädchen um Erlaubnis gebeten, die Ausländer zu sprechen, die daran interessiert sein könnten, Antiquitäten zu kaufen.

«Ich habe gehört, meine Herren, dass Sie eine direkte Verbindung im Kunsthandel einrichten», sagte Woo höflich lächelnd, ohne dass sich der Ausdruck seiner großen dunklen Augen änderte, «und eine Möglichkeit gefunden haben, die Organisation auszuschalten, die bis jetzt das Monopol hatte.» Woo betonte das Wort «hatte» und wiederholte den letzten Teil des Satzes, um sicher zu sein, dass er verstanden wurde.

Der Commissaris nickte müde.

«Ich beziehe mich auf die Yakusa», sagte Woo, sich das Wort abringend.

«Ja», sagte der Commissaris, «die Yakusa. Konkurrenz gehört zur freien Welt. Wir leben in der freien Welt.»

«Wirklich?», fragte Woo.

Der Commissaris gähnte.

«Sind Sie ebenfalls im Kunsthandel?», fragte de Gier, nachdem eine Viertelminute langsam verstrichen war.

«Nein, ich habe andere Ware anzubieten, Ware, die sonst die Yakusa über mich gekauft haben, aber ich glaube nicht, dass sie jetzt kaufen wollen. Ihr Geschäft ging über Amsterdam, aber da ist was passiert und der Kanal versperrt, vielleicht vorübergehend, möglicherweise für lange Zeit.»

«Wirklich?», fragte der Commissaris.

«Ja. Ich bin gut darüber informiert. Und Sie ebenfalls, denke ich.»

«Etwas ist passiert», bestätigte der Commissaris. «Ein Freund hat es mir am Telefon erzählt. Es ist heutzutage sehr einfach zu telefonieren. Neuigkeiten verbreiten sich schnell.»

Woo hatte auf den Knien gehockt und nahm jetzt eine andere Haltung ein, aber hatte es noch immer nicht bequem. Er lächelte verzerrt. «Auf dem Fußboden zu wohnen ist ein Brauch, an den ich nicht gewöhnt bin», erläuterte er langsam. «In China haben wir Stühle.»

«Tut mir Leid», sagte de Gier, «aber dies ist ein japanischer Gasthof. Keine Stühle. Aber setzen Sie sich doch, wie Sie wollen. Vielleicht können Sie sich mit dem Rücken an die Wand lehnen. Ich tue das auch immer. Es ist nicht sehr höflich, glaube ich, aber Ausländern wird schnell verziehen.»

Woo dankte ihm, nahm das angebotene Kissen und fand eine Möglichkeit, sich bequemer hinzusetzen. Er öffnete seinen Aktenkoffer und hob zwei kleine Plastikbeutel mit weißem Pulver hoch.

«Heroin?», fragte der Commissaris.

«Heroin, beste Qualität, Proben, Gratisproben für Sie, meine Herren. Ich habe zehn Kilo in Hongkong zur Verschiffung bereitliegen. Ich verlange einen vernünftigen Preis. Wenn Sie hier zahlen, rufe ich meinen Agenten an, der an Ihren Agenten liefern kann. Aber die Lieferung wird in Hongkong erfolgen, und sobald die Ware in Ihren Händen ist, wird sie auf Ihr Risiko weiterbefördert.»

«Ich verstehe», sagte der Commissaris, nahm einen der Beutel und hielt ihn gegen das Licht. «Und der Preis?»

«In Deutschland zahlen die amerikanischen Soldaten für einen kleinen Teelöffel dieser reinen Kristalle dreißig Dollar. Ich werde Ihnen einen Preis berechnen, der Ihnen ungeheure Gewinne einräumt. Sie werden sehr reich und Ihre Organisation sehr mächtig sein. Vorräte sind reichlich da, sie kommen aus dem verlässlichsten Land der Welt.»

«Aus dem kommunistischen China?», fragte der Commissaris leise.

«Dem allerbesten», bestätigte Woo. «Stabile Preise, prompte Lieferung und äußerste Verlässlichkeit.»

Er nahm sein Notizbuch heraus, blätterte aus dem hinteren Fach eine Hundert-Dollar-Note und riss sie in zwei Hälften. «Hier. Sie nehmen eine Hälfte, ich behalte die andere. Sie schicken Ihre Hälfte Ihrem Agenten, ich schicke meine Hälfte meinem Agenten. Sie werden sich in Hongkong treffen. Sobald Sie mich bezahlen, werde ich meinen Agenten in Ihrer Gegenwart anrufen. Er wird in Begleitung Ihres Agenten sein, sodass Sie mit ihm sprechen können. Die Lieferung wird sofort erfolgen. Aber das erste Mal nur zehn Kilo. Es wird eine Probe für Sie und für uns sein. Wenn sich die Verbindung dann bewährt hat und Sie mehr Ware wollen, werde ich Ihnen in den Weg laufen, wo Sie mich auch finden möchten. Ich bin sehr beweglich.»

Der Commissaris paffte an seiner Zigarre und prüfte ihren Brand, indem er ihn mit einem Auge aufmerksam betrachtete. «Ich bin Kunsthändler», sagte er und schaute auf die weiße Wand gegenüber, «und Rauschgift ist nicht mein Artikel. Man kann es jedoch mal versuchen. Vielleicht kann das Rauschgift einige der Kanäle benutzen, die wir für andere Zwecke eingerichtet haben. Und ich kenne viele Amerikaner, von denen die meisten in Europa stationiert sind. Ich könnte es versuchen, wenn mein Geschäftspartner einverstanden ist.»

De Gier nahm sein Stichwort auf. In seinen großen braunen Augen lag Habgier, als er sich umdrehte und Woo sein lächelndes Gesicht bot.

«Ich habe ebenfalls einige Freunde», sagte de Gier, «in Amsterdam. In unserer Stadt herrscht große Nachfrage nach dem Rauschgift. Ich könnte mich um den Markt dort kümmern, während der Chef (er machte in Richtung Commissaris eine Verbeugung) in den Groß- und Supergroßhandel einsteigt.»

«Gut», sagte Woo. «Wir machen also einen Versuch. Ich werde in vier Tagen wiederkommen. Sie geben mir das Geld, ich rufe an.»

Der Commissaris nahm den halben Geldschein und den kleinen Zettel, auf den Woo den Betrag geschrieben hatte, der mit der Transaktion verbunden war. Er las die Zahl und nickte.

«Gut. Aber vier Tage sind zu wenig. Wir müssen noch andere Verabredungen einhalten. Heute in einer Woche zur gleichen Zeit.»

Woo war auf den Beinen und auf dem Weg zur Tür. De

Gier sprang auf und begleitete ihn aus dem Zimmer und hinunter bis in die Diele.

«Heute in einer Woche zur gleichen Zeit», sagte Woo, als er sich die Schuhe schnürte. «Und vielleicht sollte es keine Tricks geben. Tricks funktionieren nur einmal, dann folgt der Tod. Immer. Ich habe es mehrmals gesehen. Der Tod hat ein böses Gesicht.»

«Ich bin dieser Macht selbst schon begegnet», sagte de Gier und grinste. «Der Tod hat keine Günstlinge, er hat auch für uns gearbeitet. Guten Tag, Mr. Woo.»

Aber Woo hörte nicht zu. Er hatte sich den Kopf am niedrigen Türbalken gestoßen und rieb sich den blanken Schädel, wobei er auf Chinesisch etwas vor sich hin murmelte.

De Gier grinste noch einmal. Er hatte sich den Kopf ebenfalls an dem Balken gestoßen. Bis jetzt fast täglich, und sie wohnten jetzt schon länger als vierzehn Tage in dem Gasthof.

Als de Gier wieder in das große, stille Zimmer kam, blieb er überrascht stehen. Der Commissaris hüpfte um den niedrigen Tisch herum, wedelte mit den Armen und sang die letzte Zeile eines blödsinnigen Liedes, das im niederländischen Fernsehen ein Hit gewesen war und in den konservativen Zeitungen Hollands viele Kommentare ausgelöst hatte, obwohl es keine anstößigen Wörter oder hinterhältigen Anspielungen enthielt. Es war reine Idiotie, und die letzte Zeile lautete: *Mutter, da läuft ein Adler.*

«Mijnheer?», fragte de Gier.

«Mutter, da läuft ein Adler», sang der Commissaris, hörte auf, starrte und zog die Lider hoch, sodass seine Augen groß und rund wurden.

«Mijnheer?»

«Weißt du, was das bedeutet, Brigadier?», flüsterte der Commissaris, legte einen Finger auf de Giers Nase und drückte zu.

«Weißt du, was das bedeutet? Das bedeutet, wir müssen nicht nach Kobe und nicht dort herumsausen, um die Rauschgiftlieferanten zu suchen. Wir können hier sitzen und uns überlegen, wie wir es gern hätten. Alles kommt uns entgegen. Wenigstens einmal, verdammt noch mal. Achthundertsechsundsechzigmal sind die Dinge heikel und unangenehm und umgekehrt und kopfüber, und dann, ganz plötzlich, laufen die Dinge wenigstens einmal richtig. *Richtig.* Hörst du? Hähähä.»

De Gier trat einen Schritt zurück und rieb sich die Nase.

«Mutter, da läuft ein Adler», sagte der Commissaris. «Ich habe immer gewusst, was diese Zeile bedeutet. Ein kleiner Junge schaut aus dem Fenster einer Wohnung in der neunten Etage irgendwo in Nordamsterdam, in einem dieser großen grauen Gebäude aus porösem Beton, und er hat den Adler auf dem Balkon herumlaufen sehen. Einen großen Adler (der Commissaris gestikulierte wild). Eine Federhaube auf dem edlen Kopf (der Commissaris spreizte die Finger seiner rechten Hand und hielt sie auf seinen Kopf). Ein blanker goldener Schnabel (die Hand nahm eine andere Form an, die Finger fest zusammengedrückt und nach unten gerichtet, den Handrükken an der Nase). Flügel ausgebreitet. Er stolziert herum. So (der Commissaris ging auf und ab, die Arme ausgebreitet, den Körper geduckt, den Kopf erhoben). Der Junge hat immer gewusst, dass es eines Tages geschehen würde. Er braucht es seiner Mutter nicht zu erzählen. Sie weiß nichts, aber er sagt es ihr trotzdem. Schließlich ist sie seine Mutter und bei ihm in der Wohnung. Aber sie nickt nur und will nicht einmal von der Couch aufstehen. Das macht nichts. Der Adler ist dort auf dem Balkon. Der Traum des kleinen Jungen ist dort. Ein großer Adler, lebensgroß. Er läuft herum. Auf dem Balkon. Hähähä.»

Der Commissaris hüpfte wieder herum und näherte sich de Gier, der zurückging und seine Nase mit der Hand schützte.

«Na? Stürzen wir hinaus auf den Balkon und fangen ihn?

Nein. Wir sammeln keine Vögel. Wir beobachten Vögel. Andere Menschen möchten sie vielleicht auch beobachten. Zum Beispiel unser Freund Mr. Johnson. In diesem Augenblick ist er in einem Hotelzimmer in Tokio, und ich habe seine Nummer. Ich werde ihn anrufen. Wir müssen sowieso mit ihm sprechen. Deine unschuldigen Gangster sitzen immer noch im Amstelveener Gefängnis, lesen japanische Zeitungen, rauchen Shinsei-Zigaretten und trinken Pulvertee von bester Qualität aus Emaillebechern. Und sie haben nicht das kleinste Verbrechen auf niederländischem Boden verübt, nicht einmal ein Vergehen, und sie sitzen da hinter Gittern. Und wenn wir sie freilassen, werden sie das erste Flugzeug besteigen und nach Kobe reisen, und Kobe ist mit dem Zug nur eine Stunde von uns entfernt, von zwei Einfaltspinseln, die unser eigener Botschafter hergeschickt hat, um sich für einen Gefallen zu revanchieren, an den sich niemand mehr erinnert, außer vielleicht irgendein obskurer Historiker. Wenn diese beiden Yakusa uns sehen, werden sie wissen, wer wir sind. Und du weißt, wer wir sind. Wir sind zwei üble holländische Polizeibeamte, die vorgeben, zwei üble niederländische Käufer von gestohlenen Kunstwerken und auch von Rauschgift zu sein. Wir kaufen alles, was schlimm ist. Und mit unseren wichtigtuerischen Anstrengungen kommen wir den Yakusa in die Quere, ausgerechnet in Japan, während die Yakusa in den Niederlanden schwere Zeiten erleben. Der große Chef in seiner Burg in den Bergen hinter Kobe wird begreifen. Und er wird es noch einmal versuchen. Aber diesmal könnten wir verlieren, und falls das eintrifft, werden sie uns zwingen, unsere eigenen Zähne zu ziehen, und sie werden zusehen, ob wir uns an den eigenen Zehen aufhängen können.

Also müssen Mijnheer Takemoto und Mijnheer Nakamura bleiben, wo sie sind, nämlich im Gefängnis in den Niederlanden. Aber man braucht die CIA, um unschuldige Menschen im Gefängnis zu behalten. Guter alter Mr. Johnson. Und wenn er schon dabei ist, kann er uns gleich auch noch einen Bundesgenossen in Hongkong suchen, der sich mit Woos Agenten trifft, damit beide mit ihrer halben Hundert-Dollar-Note wedeln können. Und er wird uns das Geld geben, um Woo zu bezahlen, den traurigen Woo, den traurig dummen Woo, der sein Himmelspulver nicht an die Yakusa in Amsterdam absetzen kann, weil ihnen Mijnheer Fujitani mit seinem Liebesleben ein Bein gestellt hat.»

«Ja», sagte de Gier. «Wissen Sie, dass Woo sich an dem Balken unten im Eingang den Kopf gestoßen hat?»

«Hat er?», fragte der Commissaris. «Armer Kerl. Die Japaner werden sich bald auch den Kopf stoßen. Sie werden mit jeder neuen Generation größer, sagt Dorin.»

«Gut», sagte de Gier. «Die kichern, wenn ich mir *meinen* Kopf stoße. Geschieht ihnen dann ganz recht.»

«Gut», sagte der Commissaris, der sich an den Adler erinnerte und wieder mit den Armen flatterte, «und Mr. Johnson kann dafür sorgen, dass die zehn Kilo Heroin in Hongkong in Empfang genommen, nach Holland verschifft und nach Deutschland gebracht werden. Dann kann er jedermann in Sichtweite festnehmen, wobei wir ihm helfen werden. Mr. Johnson wird zu tun haben. Er ist gern beschäftigt. Das hat er mir in Amsterdam erzählt.»

Es klopfte an der Tür, Dorin kam herein. Der Commissaris ließ seinen Arm sinken. «Du kannst Dorin alles erklären, Brigadier. Ich gehe telefonieren. Und dann werde ich gleich Mr. Johnson bitten, Miss Andrews ihren Pass zu geben, damit sie das Haus meiner Nichte verlassen und in die Vereinigten Staaten reisen kann. Wir nähern uns allmählich dem Ende. Schade. Es hat mir hier gut gefallen.»

Während der Commissaris telefonierte, bestellte de Gier Kaffee. Dorin hatte gesehen, wie Woo aus dem Gasthof kam.

«Ein Chinese», sagte Dorin. «Was sollte ein Chinese wohl von uns wollen? Ein kommunistischer Chinese?»

«Wieso kommunistisch?»

«Er sah traurig aus, nicht wahr?», sagte Dorin. «Kommunisten sehen immer traurig aus, außer in den Filmen. Ich habe ihre Propagandafilme gesehen, in denen sie singen und tanzen, wenn sie Karotten ziehen oder Weißkohl abschneiden oder eine Wasserpumpe installieren oder eine Schule bauen. Aber wenn ich ihnen hier begegne, sehen sie traurig aus, ob mit oder ohne Uniform.»

«Vielleicht sah er traurig aus, weil er Heroin verkauft», sagte de Gier. «Heroin ist gefährlich für die Gesundheit.»

«Ja. Die Süchtigen bekommen davon die Scheißerei.»

«Nein, es stopft. Die Süchtigen, die mir über den Weg gelaufen sind, waren immer verstopft. Der Verkauf von Heroin ist ein trauriges Geschäft.»

Dorin zuckte die Achseln. «Die verkaufen es gern. Es verschafft ihnen harte Währung, und sie glauben, dass es uns zerrütten wird. Vielleicht ist es so. Mein kleiner Bruder in Tokio ist ihm verfallen. Er muss täglich Sachen im Wert von fünfzig Dollar stehlen, vielleicht sogar noch mehr. Er geht im Gefängnis ein und aus und verliert die Zähne, obwohl er erst neunzehn ist. Gutes chinesisches Heroin, unverfälscht, erste Qualität. Ich habe ihm mal etwas besorgt, weil ich dachte, es könnte ihn vor dem Gefängnis bewahren, aber seine Freunde haben ihn beraubt und so übel zugerichtet, dass er im Krankenhaus genäht werden musste. Ich glaube, ich werde mir diesen Woo selbst schnappen, wenn das Spiel aus ist.»

«Sie halten viel von Rache?», fragte de Gier, aber Dorin ging mit entschlossenem Gesicht und schwingenden Armen aus dem Zimmer.

21

In den nächsten Tagen gab es nicht viel zu tun, sodass der Commissaris und de Gier umherstreifen konnten, während die CIA beschäftigt war. Der Commissaris hatte ein öffentliches Badehaus gefunden, wo er sich in einem Gemeinschaftsbad von der Größe eines olympischen Schwimmbeckens weichen ließ; de Gier besuchte das Mädchen, das er in der Bar der Yakusa kennen gelernt hatte. Am Tag nach ihrer Einlieferung ins Krankenhaus war er zu ihr gegangen. Sie hatte nicht viel gesagt, da sie offensichtlich erschöpft war und möglicherweise unter dem Einfluss von Arzneimitteln stand, aber sie hatte sich anscheinend über seine mitgebrachten Zeitschriften und Blumen gefreut. Als er das nächste Mal kam, war sie zum Nachhausegehen bereit. Er besorgte ihr ein Taxi und begleitete sie bis an die Wohnungstür. Sie bat ihn, am nächsten Tag wiederzukommen und mit ihr zu Abend zu essen, aber sie sah noch blass und krank aus und entschuldigte sich mit schwacher Stimme, als er eintraf. Sie habe nicht einkaufen können, ob sie vielleicht auswärts essen sollten? Er zog sich an der Tür die Schuhe aus, wobei sie niederkniete, um ihm beim Lösen der Senkel zu helfen.

«Macht nichts», sagte er und berührte ihr Haar. «Ich bin nicht hungrig. Ich werde nicht lange bleiben, du kannst dich dann bald hinlegen.»

Aber sie lächelte und schob ihn ins Zimmer. «Setz dich bitte. Ich habe Tee, grünen Tee, den mir meine Tante vom Land geschickt hat. Er wurde für eine besondere Gelegenheit aufbewahrt.»

Er sah zu, sie sie den Tee bereitete, bewunderte die exakte Kontrolle ihrer Bewegungen und schlürfte vorsichtig das heiße, schäumende Getränk. Ihr Minirock und die enge Bluse standen im scharfen Kontrast zur Ruhe ihres Zimmers. Eine saftige Frucht auf einem einfachen Bambustablett. Er lächelte bei dem Gedanken, und sie lachte ihn an, beugte sich herunter und knabberte an seinem Ohr. Seine Hand strich über ihre Brüste, aber sie schob sie sanft fort.

«Später», sagte sie. «Zuerst musst du dir einige Fotos anschauen. Das ist japanischer Brauch; du musst wissen, mit wem du schläfst.» Sie ging ins Schlafzimmer und kam mit zwei Alben wieder, die sie auf ausgestreckten Armen trug. Er dachte, es könnten pornographische Bilder sein, aber die Aufnahmen zeigten Gruppenbilder der Familie. Vater und Mutter. Onkel Sowieso vor seinem Haus, einem berühmten Haus, das einst ein Kuchenladen gewesen war. Der Kaiser hatte ihn besucht, Tenno Meiji, der das Land den Ausländern geöffnet hatte.

Ein Suppenverkäufer, der auf der Straße mit seinen Bambusstöcken rasselte, bot eine Entschuldigung, all dem zu entkommen, und er ging hinaus und brachte einen Pappbehälter mit. Sie saßen einander in dem vier Matten großen Zimmer gegenüber und fischten Nudeln und Fleischbrocken aus der heißen Brühe.

«Die Musiker, die in meiner Bar spielen, haben mich besucht, kurz bevor der Arzt sagte, ich könne nach Hause gehen», sagte sie und fütterte ihn mit einem ausgesuchten Fleischstückchen zwischen ihren Essstäbchen. «Sie sagten, du seist in ihrem alten Tempel gewesen und hättest Flöte gespielt.»

De Gier nickte.

«Wie hast du den Tempel gefunden?»

«Ich habe den Pförtner vom *Goldenen Drachen* gefragt.»

«Sie sagten, du seist verrückt, genau wie sie.»

«Mutter, da läuft ein Adler», sagte de Gier mit vollem Mund.

«Wie bitte?» Er dachte daran, ihr das mit dem Adler zu erklären. «Adler?»

«Schon gut. Ein Vogel, manchmal läuft er. Ja, ich habe bei ihnen die Flöte gespielt.»

«Warum bist du an dem Abend in die Bar gekommen?»

«Das weißt du», sagte er.

Aber sie schüttelte den Kopf. «Ich habe es nicht gewusst, die haben es mir erst später erzählt.»

«Wer hat es dir erzählt? Und was hat man dir gesagt?»

«Irgendjemand, du kennst ihn nicht, er leitet die Bar. Er sagte, du seist Mitglied einer Organisation, die unsere behindert.»

«Warum bringst du mich denn nicht um?», fragte er fröhlich und schaute auf den Kühlschrank hinten im Zimmer. Sie drehte sich um, damit sie sehen konnte, wonach er schaute. «Hast du Hunger? Ich habe etwas Tofu da. Magst du Tofu? Das ist Sojabohnenquark, sehr lecker. Ich kann etwas davon in diese Suppe geben. Ich habe auch noch andere Sachen, aber die sind ebenfalls alle japanisch, und ich weiß nicht, ob sie dir schmecken.»

«Alles», sagte de Gier, «bis auf saure Pflaumen. Die haben sie mir gestern im Gasthof gegeben. Hübsch aussehende kleine Pflaumen, aber ich dachte, mir fällt das Gesicht ab, als ich eine probierte. Sehr sauer, wie tausend Zitronen.»

Sie kicherte. «Nein, es sind keine Pflaumen im Kühlschrank. Ich hole den Tofu, ja?»

«Ja, bitte. Aber du hast meine Frage nicht beantwortet. Warum bringst du mich nicht um?»

«Ich?»

«Du. Die Yakusa.»

Sie suchte im Kühlschrank. Er konnte ihr Gesicht nicht sehen, aber der Ton ihrer Stimme war normal. «Vielleicht wollen wir dich nicht umbringen. In Kobe bist du noch nicht gewesen, oder?»

«Nein.»

«Geh nicht dorthin.»

«Ich werde hingehen, wohin ich will», sagte de Gier. «Die Yakusa haben versucht, mich zu erschrecken. Das war gut gemacht. Sie haben auch versucht, meinen Chef zu belästigen. Das hat mir gar nicht gefallen; er ist ein alter Mann und hat Rheumatismus.»

«Du hattest keine Angst», sagte Yuiko. «Du hast die Flöte gespielt, wie man mir sagte. Ich hätte das gern gehört.»

De Gier nahm seine Flöte und spielte die Melodie, die er in dem kleinen Theater gehört hatte. Die hohen Töne bebten und überschlugen sich, und das Zimmer schien plötzlich sehr kalt zu sein.

«Schlimm», sagte sie. «Böse. Hat man dir das vorgespielt? Du hast es wiederholt, nicht wahr?»

De Gier hatte das Fotoalbum wieder zur Hand genommen und blätterte darin. Jede Aufnahme sah steif und förmlich aus: ernste Bürger, aufgereiht nach ausgewogenem Vorbild, wie Schachfiguren auf einem Brett, gleichgültig in die Linse starrend. Die Urlaubsbilder waren etwas aufgelockerter. Die Väter und Mütter, Onkel und Tanten und die wenigen Kinder hatten ihre ordentlichen Anzüge und Kimonos und gestärkten Kleider abgelegt und trugen jetzt Badeanzüge und Jeans und bunte Hemden. Einige Mädchen waren im Bikini, und einige wenige Bilder von Yuiko selbst betonten ihre großen, festen Brüste und die schlanken, geraden Beine. Man hatte sie vor einen angemessenen Hintergrund platziert: einen Azaleenstrauch in berstender Farbe, einen enormen, aufragenden Felsen in sorgsam gefegtem Sand. Auf keinem Foto war ein Freund. Irgendwo, sorgsam versteckt, würde es noch ein Album geben.

Sie schnitt den Tofu, einen weißen schwammigen Kuchen, der an sehr jungen Käse erinnerte, und ließ die kleinen elastischen Würfel in den Topf mit der brodelnden Suppe fallen, die sie auf einer heißen Platte wieder erhitzte.

«Gefallen dir die Fotos?»

«Ja, sehr interessant. Besonders dies.» Er hielt ihr das Album hin und zeigte auf eine Vergrößerung, der sie eine ganze

Seite eingeräumt hatte. Yuiko in Farbe, auf den Fersen hockend, aufgeworfene Lippen und aggressive Brustwarzen auf die Kamera gerichtet. Der winzige Bikini war nass, offensichtlich war sie soeben aus dem Meer gekommen, das den Hintergrund des Fotos bildete; die feuchte Baumwolle zeigte jede Einzelheit ihres Körpers.

Sie lachte. «Ja, das hat mir einen hübschen Scheck eingebracht. Ich habe es einem Unternehmen für Lebensmittelkonserven verkauft, und das hat es für eine Anzeige verwendet, aber der Daimyo hat sie in einer Zeitschrift gesehen und mir ausrichten lassen, nicht mehr Modell zu stehen. Ich dürfe nicht zwei Jobs haben.»

Er schlürfte die Tofusuppe, stopfte mit den Essstäbchen die streifigen weißen Klumpen, die dunkel geworden waren von der Sojasauce, die sie in den Topf gegossen hatte, in den Mund und verschluckte sie gleichzeitig.

Sie beobachtete ihn und streckte die Hand aus, um sein Haar zu zerzausen.

«Du machst das sehr gut. Du isst wie ein Japaner. Wirst du hinterher aufstoßen?»

Er schüttelte den Kopf. «Ich schaffe es nie im richtigen Augenblick. Es kommt gewöhnlich viel später, wenn das Essen längst vorbei ist und ich auf dem Nachhauseweg bin. Die Luft, meine ich. Sie setzt sich hier fest.» Er zeigte auf seine Kehle. «Sie wird zu einer dicken Blase und sitzt da. Die Kellnerinnen in dem Restaurant in den Hügeln, in dem Fischrestaurant, wo man seinen Karpfen selbst fangen muss, ehe er einem serviert wird, sagten mir auch, ich solle nach dem Essen aufstoßen. Ich konnte nicht. Sie haben mir auf den Rücken geklopft, aber es passierte nichts. Der Rülpser kam im Wagen, eine halbe Stunde später.»

«War es das Restaurant, in dem dein Freund ein Messer durch Kono-sans Hand gestoßen hat?»

«Ist das sein Name? Kono?»

«Ja. Er ist ein gefährlicher Mann, der Chef der Schlägertypen. Er bildet sie im Palast des Daimyo aus. Er hat an dem Abend sein Gesicht verloren.»

«Ist er jetzt wütend?»

«Nein. Dein Freund hat ihm die Hand verbunden. Kono ist nicht so schlecht, wie er sich gibt; er ist eigentlich sehr sensibel. Er hat Vögel sehr gern, weißt du. Er hat Fasane und Pfauen, und wenn die Eier ausgebrütet werden, schläft er im Geflügelstall.» Sie kicherte. «Er hat einen speziellen Freund unter den Vögeln, einen alten, fetten Puter, den er MacArthur nennt. MacArthur ist von den jüngeren Putern kahlgerupft worden und halb blind, aber er versucht immer, allem nachzustellen, was er sieht. Der Daimyo hat einen großen schwarzen Wagen, und ich sah, wie MacArthur darauf zustampfte und tief aus der Brust einen Schrei ausstieß. Aber der Wagen stand nur da, und schließlich wurde es dem Vogel zu langweilig, sodass er ging und sich nach etwas anderem umsah. Wenn Kono ihn ruft, springt er ihm in die Arme; es ist sehr komisch, die beiden zu sehen.»

«Hat er Katzen?», fragte de Gier und fischte in der Schüssel nach einer besonders glitschigen Nudel.

«Nein.»

«Schade. Katzen sind die einzigen Wesen, mit denen ich auskomme. Wenn er Katzen hätte, könnten wir Freunde sein. Ich weiß nicht viel von Vögeln. Ich sehe sie mir gern an, aber sie fliegen immer weg oder laufen davon, wenn ich zu nahe komme.»

«Eine Schande», sagte sie und berührte seine Hand. «Vögel müssen dumm sein. Ich würde nicht davonlaufen, wenn du mir nahe kommst.» Sie küsste sein Ohr, aber er schob sie sanft weg. «Nein», sagte er, «du bist noch zu schwach. Diese Vergiftung muss schrecklich gewesen sein. Ich finde, du solltest dich jetzt so viel wie möglich ausruhen. Lass uns einige Tage warten. Wie fühlst du dich jetzt, Yuiko?»

«Gut», sagte sie und sah ihn verlangend an. «Magst du mich nicht mehr? Ich bin stark. Bald werde ich wieder arbeiten. Wir sollten diese Ferien genießen, nur die paar Tage. Möchtest du mit mir auf dem Biwasee segeln?»

«Gern.»

«Kannst du segeln?»

«Ich hatte mal eine Schaluppe und segle oft mit Freunden. Segeln ist einfach. Es ist wie Fahrradfahren; wenn man den Dreh einmal raushat, vergisst man ihn nie mehr.»

«Hast du keine Angst?», fragte sie. «Du weißt jetzt, dass ich eine Yakusa bin, und wir sind sehr böse zu dir und deinem Partner gewesen. Ist er dein Partner oder dein Chef?»

«Chef», sagte de Gier, legte ihr den Arm um die Schultern und steckte die Zigarette an, die sie aus seinem Päckchen genommen hatte. «Und wenn du eklig zu mir bist und mich umbringst, wird jemand anders kommen. Wir sind zwar eine kleine Organisation, aber Holland ist voller Kaufleute. Andere haben den Handel mit gestohlenen Kunstwerken und mit Rauschgift beobachtet und sich die Gewinne ausgerechnet. Und das Büro der Yakusa in Amsterdam ist jetzt geschlossen, wie ich höre. Es wird eine Weile dauern, bis ihr euch dort wieder Zugang verschafft habt. Jeder Japaner, der eine Aufenthaltsgenehmigung beantragt, wird sofort verdächtigt. Es wird viel Mühe kosten, wieder ganz von vorn anzufangen.»

«Gut», sagte sie, «du wirst also immer wiederkommen, sodass ich dich sehen kann. Mir ist es egal, ob die Yakusa geschäftlich etwas einbüßen. Ich bin nur ein Barmädchen. Ich werde meine Arbeit nicht verlieren. Die brauchen mich, weil ich Englisch spreche. Ich habe einen Dolmetscherkursus absolviert; die bezahlen mich gut. In einem Jahr werde ich frei sein und meine eigene Bar aufmachen. Die zahlen mir ein

Drittel in bar, ein weiteres Drittel geht auf ein Sparkonto, das ich erst anrühren kann, wenn mein Vertrag ausgelaufen ist.»

«Und das andere Drittel?»

«Das bekommt meine Mutter. Mein Vater ist tot. Die Yakusa haben den Vertrag mit meiner Mutter gemacht.»

«Sie hat dich verkauft?»

Sie lachte, stand auf und machte sich an der Kaffeemaschine zu schaffen. «Wir nennen das hier nicht Verkauf. Töchter werden häufig vertraglich verdingt. Die großen Firmen gehen ähnliche Verträge ein. Auf diese Art und Weise bekommen sie alle ihre Mädchen, die nach einigen Jahren Geld haben und heiraten können. Sie lernen alles Mögliche während der Zeit, in der sie für die Firma arbeiten. Es gibt Abend- und Wochenendkurse in Blumenstecken, Teezeremonie, Kochen, Nähen, Haushaltung und Säuglingspflege. Die Yakusa unterscheiden sich darin nicht sehr von den Fabriken und Handelsunternehmen. Ich besuche ebenfalls Kurse. Mir gefällt das Blumenstecken.»

De Gier schaute auf die Tokonoma in der Ecke. Eine wild wachsende Blume, sanft orange mit rötlich brauner Mitte, war so gesteckt, dass sie, sowohl in der Linienführung als auch in der Farbe ausgewogen, eine leichte Neigung gegenüber zwei abgestorbenen Ästen hatte. Die hinter der Vase hängende Bildrolle zeigte die Spitze eines Berges, gemalt mit einigen Tupfern schwarzer Tusche.

«Wunderschön. Der Berg ist Fuji-san, stimmt's?»

«Stimmt. Es ist eine Kopie. Das Original ist in einem Tempel, der vom Staat geleitet wird; es ist der Tempel, von dem ihr die kleine Holzstatue gekauft habt. Sie wurde von einem Wärter gestohlen, der früher an uns verkauft hat. Kono-san hat einen seiner Männer zu ihm geschickt; jetzt ist der arme Kerl krank – er hat sich die Nase gebrochen und ein paar Zähne verloren. Aber es gibt noch andere, die an euch verkaufen werden.»

«Kono-san ist zu grob», sagte de Gier. «Kann er sich nicht

etwas Interessanteres einfallen lassen? Wie etwa das Stück, das ich in dem kleinen Theater gesehen habe?»

«Der Daimyo hat sich das Stück ausgedacht. Auch die Maske, die dein Chef im Tempelgarten gesehen hat. Er ist zufällig hier in Kyoto gewesen, als ihr eingetroffen seid, und er hat sich ein großes Vergnügen daraus gemacht, die Tricks zu arrangieren. Der so genannte Student, der dich ins Theater mitgenommen hat, arbeitet in unserer Bar. Er hat sich versteckt, als du gekommen bist. Er dachte, du könntest ihn mit deiner Automatik erschießen.»

Sie klopfte seine Jacke ab. «Hast du jemals einen umgebracht?»

«Beinahe», sagte de Gier und trank einen Schluck Kaffee, «aber ohne Waffe. Ich hätte beinahe einen Mann mit meinen Händen umgebracht, indem ich ihm den Hals verrenkte. Mit dem Geschäft hatte es jedoch nichts zu tun.»

«Bei einer Schlägerei?»

«Nein. Er hat mich überhaupt nicht kommen sehen.»

«Warum hast du ihn angefallen?»

«Ich mochte ihn nicht», sagte de Gier. «Er warf mit Steinen nach einer Katze. Die Katze hatte das Rückgrat gebrochen und versuchte wegzukriechen. Er stand über ihr. Er hatte einen Stein und wollte ihn der Katze ins Genick werfen.»

«Deshalb hast du ihm fast das Genick gebrochen», sagte sie leise. «Ich verstehe. Seltsam, dass du Kono nicht umgebracht hast. Er wollte deinem Chef etwas zuleide tun.»

«Mein Chef hat es ihm schon besorgt», sagte de Gier. «Und ich muss jetzt gehen. Vielen Dank für das Essen. Gehen wir morgen segeln? Soll ich dich abholen? Ich habe jetzt mein eigenes Auto, einen hübschen kleinen Sportwagen mit offenem Verdeck, den ich gemietet habe.»

«Ja», sagte sie, «aber das Verdeck muss geschlossen sein, wenn ich mit dir fahre.»

«Möchtest du nicht gesehen werden, wenn dich ein Ausländer fährt?»

«Ich bin eine Yakusa. Yakusa tun immer sehr heimlich.»

Er stellte sie auf die Beine und küsste sie. Sie hatte dunkle Schatten unter den Augen und ließ die Schultern hängen. Sie bemühte sich nicht mehr, sexy zu sein, sie hatte mit den Händen seinen Nacken umklammert, als sie das Gesicht an seine Brust legte.

«Gib Acht auf dich», sagte sie. «Der Daimyo hat in Bezug auf dich noch keine besonderen Befehle gegeben. Er weiß, dass wir uns sehen, und das dürfte in Ordnung sein, denn er hat mir keine Mitteilung geschickt. Kono wird auch nichts unternehmen. Er ist in Kobe und baut in der Nähe des Geflügelstalls einen Zaun, oder er sitzt vielmehr herum und lässt andere den Zaun errichten, weil seine Hand noch schmerzt. Aber es könnte unter uns einige geben, die meinen, sie sollten ihm sein verlorenes Gesicht zurückgeben.»

«Mal sehen, was ich für euch tun kann», sagte de Gier und öffnete die Schiebetür zur Straße. Sie beobachtete, wie er in den Wagen stieg, wobei sie im Schatten stand, sodass er ihren verwirrten Gesichtsausdruck nicht sehen konnte, als er zum Abschied winkte. Als der Wagen um die Ecke fuhr, hob sie den Telefonhörer ab.

22

«Bah», sagte der Commissaris und zog seine Matratze aus dem Schrank. «Ich werde ein Nickerchen machen. Ich glaube, ich habe alles erledigt, was zu erledigen war, aber es ist zu kompliziert für einen alten Mann. Viel länger halte ich das nicht aus; da ist zu viel, an das ich denken muss. Wollen wir mal sehen. Ich habe Mr. Johnson vom Badehaus

aus angerufen, das in dieser Straße ist. Das Telefon im Badehaus wird man nicht angezapft haben. Vielleicht ist auch das Telefon hier nicht angezapft, aber darauf konnte ich es nicht ankommen lassen. Mr. Johnson spricht nicht Holländisch, aber einige Japaner sprechen Englisch. Die CIA wird alles tun, was wir von ihr wünschen. Sie wird einen Niederländer nach Hongkong fliegen. Er wird unser Agent sein. Woo hat mir die Telefonnummer seines Agenten und einen Zeitpunkt gegeben. Beides stand auf dem kleinen Zettel, auf dem auch der Betrag angegeben war, den wir für das Heroin zahlen sollen. Laut Mr. Johnson ist der Preis angemessen. Unser Agent ruft also Woos Agenten an und verabredet sich mit ihm für den Tag nächste Woche, an dem Woo uns hier aufsucht. Die beiden Yakusa in Amsterdam werden vorläufig im Gefängnis bleiben. Ich weiß nicht, wie Mr. Johnson das arrangieren wird. Unserem Staatsanwalt wird das gar nicht gefallen. Vielleicht bewirken sie es durch unser Justizministerium. Eine feine Justiz ist mir das, aber das hat nichts mit uns zu tun. Und die CIA wird uns mit dem Geld versorgen, das wir Woo geben. Ich kann es morgen bei einer Bank hier abholen; die Adresse habe ich. Es wird eine hübsche runde Summe sein, die ich bei mir tragen werde. Die Yakusa werden uns beschatten. Nun, das Risiko werden wir einfach eingehen. Sie haben uns bis jetzt noch nicht angehalten, also werden wir vielleicht noch einmal durchkommen. Ich kann um große Scheine bitten und das Geld in meine Taschen stecken. Ich will keine Aktentasche oder so was mit mir herumtragen. Eigentlich will ich überhaupt nichts *tun*. Das wollte ich noch nie. Aber ich bin das Werkzeug gewisser Umstände, ein Stück Treibgut in kabbeliger See. Genau das bin ich – ein schläfriges Stück Treibgut.» Er klopfte liebevoll das kleine Kissen zurecht. «Ein kleines Nickerchen, das wird gut sein. Und was hast *du* heute gemacht, Brigadier?»

De Gier hatte sich gesetzt und drehte eine Zigarette. Das

Päckchen mit niederländischem Shagtabak sah hier fehl am Platz aus, aber de Giers geschickte Bewegungen und die Art, wie er das Zigarettenpapier leckte, glichen diesen Eindruck wieder aus.

«Brigadier?»

«Ja, Mijnheer. Ich gehe morgen mit dem Yakusa-Mädchen segeln. Yuiko-san hat noch einige Tage frei, sie erholt sich noch von der Krankheit. Wir werden ein Boot mieten.»

«Das Mädchen hat sich in dich verknallt, wie?»

«Nein, Mijnheer», sagte de Gier und legte den Kopf an einen Wandpfosten. «Sie ist ihren Arbeitgebern gegenüber loyal. Vielleicht mag sie mich. Sie hat meine Hand gehalten, als sie im Krankenhaus war und ich sie besuchte. Aber sie wird mich umbringen lassen, wenn der Daimyo es wünscht. Ich bin sicher, sie würde keinen Augenblick zögern. Ich glaube, sie werden es morgen noch einmal versuchen, wenn ich auf dem See bin.

Wir haben vorhin zusammen gegessen, Yuiko-san und ich, und miteinander geredet. Sie hat gesagt, der Daimyo habe sich die Tricks mit Ihrer Maske und meinem Tod auf der Bühne ausgedacht. Sie sagt, so etwas gefällt ihm. So etwas wie Misshandlungen plant Kono, dieser miese Typ, der versucht hat, Sie mit dem Messer reinzulegen. Ich habe das Gefühl, dass der Daimyo sich morgen selbst bemühen wird. Die müssen wissen, dass Woo Shan uns besucht hat, und wenn wir ihnen den Heroinhandel wegnehmen können, wäre das zu viel, um es hinzunehmen.»

Der Commissaris drehte sich auf seiner Matratze um und schaute an die Decke. Ein kratzendes, raschelndes Geräusch drang durch die Latten und Balken.

«Seltsam», sagte der Commissaris. «Das hört sich nach Fegen an, nicht wahr? Aber dies ist nicht die Zeit zum Zimmerreinigen; das machen die Mädchen immer früher am Tag. Der

Daimyo, sagtest du, das ist ihr oberster Chef. Ja, vielleicht hast du Recht. Der Biwasee wäre für ihn ein idealer Spielplatz. Du wirst allein in einem Segelboot sein und einige Kilometer Wasser zwischen dir und der Küste und eventueller Hilfe haben. Wir können dafür sorgen, dass sich ein anderes Boot in der Nähe aufhält. Dorin würde sich freuen, da bin ich sicher. Wir könnten auch arrangieren, dass ein Flugzeug dich im Auge behält. Aber vielleicht besteht kein Grund zur Sorge. Wir sind jetzt vorbereitet, und die halbe Gefahr bei den Scharaden des Daimyo liegt darin, dass das Opfer ahnungslos ist. Obwohl ...»

De Gier schaute ebenfalls zur Decke hinauf. Das Geräusch dauerte an; es lag ein stetiger Rhythmus darin.

«Wenn das Fegen ist, dann muss es viel zu fegen geben», sagte de Gier, «und die Fußböden sind hier immer sehr sauber. Wir gehen barfuß oder auf Socken. Ich habe die Mädchen beim Reinemachen gesehen, aber sie fegen nur etwas Asche und winzige Schmutzpartikel und Spreu vom Stroh ihrer Besen zusammen. Ich glaube, ihr Reinemachen ist mehr wie ein Ritual.»

«Ja, eigenartig. Der Daimyo ist schlau. Ich frage mich, wie sehr er mit unserem Verstand denkt. Wenn er uns beobachtet hat, weiß er vielleicht, was er zu tun hat. Wir sollten unsere eigene Schwäche vielleicht nicht unterschätzen. Ich müsste es wenigstens wissen; mein Mund hat gesabbert, als er mich im Tempelgarten erwischt hat.»

Es klopfte an der Tür, und Dorin kam herein mit zwei großen Tüten und einem Besen.

«Haben *Sie* gefegt?», fragte de Gier.

«Ja.»

«Aber Ihr Zimmer ist neben unserem, nicht wahr?»

«Die haben mich heute Morgen umquartiert. Ich ziehe das Zimmer oben vor. Ich kann jetzt über die Mauer in das Tempelgelände auf der anderen Straßenseite blicken, und die

Priester haben morgen eine große Zeremonie, die ich sehen möchte. Sie kommen alle in ihren besten Gewändern und führen eine Art von Tanz auf. Das geschieht einmal im Monat. Ja, das war ich, der da gefegt hat. Ich habe tote Fliegen zusammengefegt. Sie sind jetzt in diesen Tüten.»

Er öffnete eine der Tüten und zeigte ihren Inhalt dem Commissaris und dann de Gier. Sie war voll bis zum Rand. Die Fliegen waren ziemlich groß. Sie hatten gestreifte Körper, grüne Flügel und vorstehende Augen. Und sie waren alle tot.

«Wenn Holländer in den Fernen Osten gehen, folgen Fliegen», sagte der Commissaris langsam.

Dorin setzte sich und steckte eine Zigarette an. Seine Hand zitterte ein wenig, seine Augen sahen müde aus, die fein gezeichneten Brauen hatten sich gesenkt, die Stirn hatte tiefe Falten. «Wenn jede Fliege ein Wink ist, dann haben Sie da eine Menge Anspielungen», sagte de Gier. «Hier im Gasthof muss jemand sein, der die Yakusa über uns auf dem Laufenden hält. Sie sind doch erst heute Morgen in das Zimmer gezogen, nicht wahr?»

«Ja, und ich war nur für eine Stunde ausgegangen. Die müssen auf mich gewartet haben. Ich frage mich, woher sie die Fliegen haben. Ich kann Fliegen nicht ausstehen, aber das geht den meisten Japanern so. Wir sind ein sprichwörtlich sauberes Volk, und Fliegen haben mit Schmutz und verdorbenen Lebensmitteln und Leichen und Krankheit zu tun.»

«Und mit Holländern», murmelte de Gier und ging zur Tür, wo Dorin die andere Tüte hingestellt hatte. Er sah hinein. «Wo habe ich schon mal viele Fliegen gesehen?», fragte er laut und starrte die Tüte an. «Auf einem Bauernhof war es, glaube ich, irgendwo in Holland. Wir haben irgendeinen Tod untersucht, vor langer Zeit. Das stimmt. Ich bin in die Scheune gegangen und habe eine Tür geöffnet, die zu einem abgeteilten Stall führte, und darin waren Millionen tote Fliegen.

Der Bauer sagte, sie seien alle zur gleichen Zeit geschlüpft, aber sie seien in dem abgeschlossenen Teil der Scheune gewesen. Er hatte die Trennwand im Winter gebaut. Als die Fliegen schlüpften, konnten sie keine Nahrung finden und verhungerten. Alles in dem Raum war mit ihren Leichen übersät. Vielleicht sind diese hier auch aus einem Stall gekommen. Aus einem Stall. Ich hatte etwas mit einem Stall zu tun. Aber was war es nur?»

«Ein Stall?», fragte der Commissaris. «Bist du in Ställen gewesen, seit wir in Japan sind? Ich bin nicht in die Nähe eines Bauernhofs gekommen, soviel ich weiß.»

«Geflügelstall!», rief de Gier. «Yuiko-san hat mir von Kono erzählt. Kono hat einen Geflügelstall. Er schläft darin, wenn die Pfaueneier ausgebrütet werden. Der Geflügelstall steht auf dem Gelände der Burg des Daimyo.»

«Tja», sagte der Commissaris munter. «Die toten Fliegen haben Ihnen kein Unbehagen gemacht, nicht wahr, Dorin?»

«Doch», sagte Dorin. «Ich habe mich zweimal übergeben; ich habe es beide Male knapp bis zum Badezimmer geschafft. Ich wusste, dass etwas auf mich zukommt, aber gegen so etwas kann ich mich nur schlecht verteidigen.»

«Warum haben Sie sie dann zusammengefegt? Das hätten die Mädchen für Sie besorgen können.»

«Eine kleine Rache», sagte Dorin. «Der Brigadier hat mich heute Morgen gefragt, ob ich etwas von Rache halte. Ich halte was davon. Vielleicht bewirkt sie nicht viel und provoziert nur eine Aktion der anderen Seite und löst eine endlose Kette des Leidens aus, aber sie erleichtert meine Gefühle. Ich werde diese Fliegen in der Bar des Nachtclubs der Yakusa verstreuen, irgendwann heute Abend.»

«Jetzt um diese Zeit», sagte de Gier, «ist vielleicht niemand dort. Es ist noch früh am Nachmittag. Ich werde Ihnen helfen, wenn Sie wollen.»

«Sie sind zu auffällig», sagte Dorin. «Dennoch vielen Dank. Und Sie haben Recht mit der Tageszeit. Ich werde als Klempner gehen. Die Verkleidung habe ich schon mal benutzt, und zu dem Beruf habe ich eine gewisse Affinität. Mein Onkel ist Klempner und hat mich oft zu Arbeiten mitgenommen, als ich noch ein Kind war. Ich habe die passende Kleidung mit, und eine meiner Taschen ist eine Werkzeugtasche eines Klempners. Ich werde ein paar Rohre finden, die ich mir unter den Arm klemmen kann.»

«Ja», sagte der Commissaris. «Sie können durch die Hintertür gehen. Können Sie Schlösser mit einem Dietrich öffnen?»

Dorin nickte.

«Da ist noch was», sagte de Gier. «Ich gehe morgen mit einem Yakusa-Mädchen auf dem Biwasee segeln. Der Commissaris meint, Sie könnten ebenfalls dort sein in einem Boot oder einem Flugzeug.»

«In einem Boot», sagte Dorin. «Ich kann leicht eins bekommen. Wir werden die Einzelheiten besprechen, wenn ich wiederkomme, und falls ich nicht zurückkomme, können Sie die Nummer für den Notfall anrufen, die Sie haben. Sie sollten auf jeden Fall anrufen, falls ich nicht zurückkomme. Die wissen dann, was zu tun ist. Aber vielleicht sollten Sie morgen nicht zum Segeln gehen. Ich habe heute Morgen meine Vorgesetzten in Tokio angerufen, und die meinen, dass wir genug wissen. Die sind bereit, den Befehl zur Razzia auf den Nachtclub hier und auf die Burg des Daimyo zu geben. Wir brauchen gar keinen gut vorbereiteten Fall. Ich bin kein Polizist und meine Vorgesetzten auch nicht. Die haben genug Macht, um den Daimyo und seine Clique auszuschalten. Sie hatten sie vorher nicht, weil der Daimyo auch in Tokio Freunde hat, Ratten bei der Regierung, Ratten mit klebrigen Pfoten, aber die Pfoten werden ausgetrocknet. Der Daimyo verliert seine

Stärke. Die Heroinverbindung nach Europa war wichtig für ihn, und jetzt ist sie weg. Der Kunsthandel ist nur ein Nebenerwerb, aber da wir jetzt Beweise haben, könnten wir uns an einige Reporter wenden und die Zeitschriften veranlassen, illustrierte Artikel zu bringen. *Heiligtümer der Japaner gehen in den Westen.* Die Regierungsratten wollen nicht mit einem saftigen Skandal in Verbindung gebracht werden, und die Zeitschriften könnten ihn sehr saftig machen. Leider kennen wir noch immer nicht die Identität des Daimyo.»

«Woher wollen Sie dann wissen, dass Sie ihn erwischt haben, wenn Sie seine Burg stürmen?», fragte der Commissaris.

«Wir werden sie dem Erdboden gleichmachen. Ich werde mit Sondereinheiten vorgehen, mit den Schneeaffen aus meinem Regiment. Wir haben kein stehendes Heer mehr, aber es gibt noch Kämpfer in Japan, Freiwillige, sorgfältig ausgelesen, gut ausgebildet.»

«Schneeaffen?», fragte der Commissaris.

Dorin lächelte. Er sah jetzt viel besser aus. Die Tüten mit den Fliegen lehnten am Tisch, vergessen. Seine Augen funkelten.

«Schneeaffen, die Affen von Hokkaido, unserer großen Insel im Norden. Es sind Makaken, kurzschwänzige Affen, die überall leben können. In Afrika sind sie kurzhaarig, aber unsere Abart hat ein flauschiges graues Fell entwickelt, und sie ziehen im Gänsemarsch durch den Schnee. Wenn ihnen zu kalt wird, wärmen sie sich durch ein Bad in den heißen Quellen auf, und während ihr Hintern beinahe gekocht wird, haben sie den Schnee noch auf dem Kopf. Sie haben sogar die Zeiten überlebt, als wir Jagd auf sie machten, und sie können in Gruppen und als Einzelne agieren. Japaner waren nie wegen ihrer individuellen Stärke berühmt. Die Amerikaner versuchten immer, unsere Offiziere abzuschießen, weil sie wussten, dass sie danach unsere Soldaten einen nach dem andern erwischen konnten. Aber unsere Schneeaffen können ihre eigenen Entscheidungen treffen, obwohl sie diszipliniert genug sind, Befehlen zu gehorchen. Und sie haben einige Tugenden der alten Samurai bewahrt. Sie ergeben sich nicht.»

«An was glauben sie?», fragte de Gier.

Dorin zuckte die Achseln. «Ich weiß nicht, wovon sich meine Offizierskameraden leiten lassen, doch meine eigenen Männer habe ich nie zum Idealismus ermutigt. Ich versuche, selbst an nichts zu glauben. Letzten Endes gibt es nur das Nichts, und es ist besser, von vornherein an nichts zu glauben. Aber es erfordert großen Mut, nicht zu glauben. Mein eigenes Leben ist ein ständiger Beweis dafür. Alles haut mich um, sogar tote Fliegen. Aber ich bemühe mich.»

«Und das tun die Schneeaffen ebenfalls», sagte der Commissaris. «Ich kann mir vorstellen, wenn sie den Palast angreifen, werden sie ihn völlig vernichten und mit ihm den Daimyo, falls er sich darin befindet. Welche Waffen benutzen Ihre Männer, Dorin?»

«Sie sind mit den meisten Waffen vertraut, aber ihre Hauptausbildung erfolgt am amerikanischen automatischen Gewehr M 16, an der Uzi-Maschinenpistole und an der Walther-Pistole. Ich würde sie den Angriff auf die Burg gern mit Panzern oder Panzersturmwagen führen lassen, aber die Straßen sind zu eng, und die Yakusa würden sehen, wenn sie kommen. Ich denke, ich lasse sie mit Hubschraubern heranfliegen und versorge sie mit Jeeps. Sie können das Gelände der Burg mit Granatwerfern beschießen, und die Hubschrauber können jeden niederknallen, der sein Gesicht zeigt. Es wird auch einige Bombenabwürfe geben, und die Männer können die Burg stürmen, sobald die Bomben explodiert sind. Innerhalb von höchstens einer halben Stunde sollte alles vorbei sein. Der Palast könnte Fluchttunnel haben, aber die müssen irgendwo enden, sodass ich an verschiedenen strategischen Punkten

Straßensperren errichten lassen kann. Es gibt nicht sehr viele Straßen, und wir haben gute Karten, auf denen auch die Bergpässe eingezeichnet sind. Einige Schneeaffen sind bereits als Touristen verkleidet in den Rokkobergen. Es ist also überhaupt nicht nötig, dass Sie weitere Risiken eingehen. Es könnte töricht sein, jetzt noch weiterzumachen. Die Yakusa haben noch nicht erraten, wer wir sind, aber das könnte eines Tages geschehen, vielleicht morgen schon.»

«Oder heute», sagte de Gier, «wenn Sie die toten Fliegen in ihrem Nachtclub ausstreuen. Ich freue mich schon auf meinen morgigen Ausflug auf dem Biwasee. Was meinen Sie, Mijnheer?»

Der Commissaris stand auf und zog den Kimono aus. Er steckte das rechte Bein in die Hose und verlor dabei fast das Gleichgewicht.

«Ich fühle mich hungrig. Ich werde zum Abend an einem der Marktstände Tempura essen. Wenn jemand Lust hat, mich zu begleiten, ist er willkommen. Ich weiß einfach nicht, wie es weitergehen soll. Dorin ist unser Gastgeber und Beschützer. Wir sind der japanischen Regierung leihweise zur Verfügung gestellt worden, und Dorin ist unser Verbindungsmann zu ihr. Wenn er meint, die Yakusa sollten in ihrer Höhle vernichtet werden von kurzschwänzigen Affen, die sich gern lebend in heißen Quellen kochen lassen ... nun ... ich würde sagen, ich wünsche ihnen viel Glück. Wir sind nur übel riechende Barbaren aus einem fernen Sumpf.»

Dorin, dessen Gesicht sich verfinstert hatte, als der Commissaris zu seiner Vorrede ansetzte, grinste breit.

«Aber ich würde gern noch für ein oder zwei Tage weitermachen», fügte der Commissaris hinzu, «das heißt ich persönlich. Vielleicht haben wir eine Möglichkeit festzustellen, wer der Daimyo ist.»

«Gut», sagte Dorin. «Ich gehe jetzt Fliegen ausstreuen, und

wir können unsere Pläne für das Picknick auf dem Biwasee besprechen, wenn ich zurückkomme. Sie beide können gehen und Tempura essen. Sehen Sie zu, dass einige gute Garnelen dabei sind. Suchen Sie sie selbst aus. Die Restaurantbesitzer haben es gern, wenn ihre Gäste Interesse dafür zeigen, was sie essen werden. Und halten Sie sich diesmal vom grünen Senf fern. Ich bin in Tokio mit einem Gaijin befreundet, der ein Jahr lang Milch trinken musste; der Senf hatte ihm Magengeschwüre verursacht. Er besteht unter anderem aus Ingwerkonzentrat und Meerrettich. Man muss nach dem Genuss niesen. Aber nicht nur das.»

De Gier seufzte erleichtert auf, als Dorin gegangen war. «Nur gut, dass Sie das von den übel riechenden Barbaren gesagt haben, Mijnheer. Ihm gefiel das Zitat von den kurzschwänzigen Affen nicht. Er hatte es selbstverständlich selbst gesagt, aber Sie haben seine Eitelkeit verletzt, als Sie seine Worte wiederholten. Seltsam, dass er noch eitel ist, meinen Sie nicht auch? Es ist das erste Mal, dass ich es bemerkt habe.»

«Unser Dorin ist ein sehr entwickeltes menschliches Wesen», sagte der Commissaris, der immer noch versuchte, in seine Hose zu steigen, die durch die am Riemen festgeschnallte Pistole heruntergezogen wurde. «In seinem nächsten Leben wird er ein Engel oder Bodhisattva sein, wie die Priester des Daidharmaji das nennen. Aber auch Engel sind eitel, und zwar nicht nur Luzifer.»

«Gabriel», sagte de Gier. «Falls Dorin es schafft, uns in das Flugzeug nach Hause zu setzen, werde ich ihn Gabriel nennen. Die Chancen dafür stehen jedoch sehr schlecht für uns.»

«Macht dir das was aus?», fragte der Commissaris.

«Nein, Mijnheer. Zu Hause wartet nichts auf mich.»

«O doch», sagte der Commissaris, «und du solltest dich bemühen, es herauszufinden. Die Zeit vergeht schnell, Brigadier. Bald wirst du ein Graubart sein und in einem überheizten

Zimmer eines Heims für pensionierte Polizisten Kreuzworträtsel lösen.»

De Gier schaute auf.

«Schon gut», sagte der Commissaris, «manchmal werde ich ein wenig deprimiert.»

23

Ich sollte einen Jeep fahren, dachte de Gier, als er versuchte, einem besonders widerlichen Schlagloch auszuweichen, oder besser noch ein Kettenfahrzeug. Der Wagen holperte dahin und klapperte ein bisschen. Er hatte die rechte Tür schon mehrmals geöffnet und wieder geschlossen, aber das Klappern blieb. Dennoch lag es zweifellos an der rechten Tür. Sie hatte nicht geklappert, als er den Wagen vor einer Woche geliehen hatte. Wenn sie Autos bauen können, dachte er verärgert, warum dann keine Straßen? Straßen sind leichter zu bauen als Wagen, oder? Der Wagen fuhr in ein anderes Schlagloch, sprang hoch und geriet auf einer schlammigen Stelle ins Schleudern. Er drehte das Steuer nach links. Ein Lastwagen kam ihm entgegen und blieb nicht auf seiner Straßenseite. Yuiko zischte scharf; zwischen Sportwagen und Lkw war höchstens noch eine Zollbreite Platz gewesen. Er entschuldigte sich, sie legte ihre Hand auf seinen Arm.

«Du fährst sehr gut», sagte sie. «Ist es für dich nicht schwierig, links zu fahren?»

Er murmelte eine Antwort. Er gewöhnte sich allmählich daran, Komplimente entgegenzunehmen. An diesem Morgen war er von den beiden Mädchen im Gasthof gelobt worden. Anscheinend hatte er einen guten Geschmack in Hemden. Sie hatten das Material befühlt und den Stil des Kragens bewundert. Die Frau des Gastwirts hatte ihn zu seiner Ordnungsliebe beglückwünscht und zu der Art, in der er sein Rasierzeug auf der Ablage im Badezimmer arrangierte. Anscheinend war es obligatorisch für Japanerinnen, den Männern zu schmeicheln und ihre eigene Dummheit und Unfähigkeit, mit dem Leben fertig zu werden, hervorzuheben. Aber sie waren offensichtlich vollkommen in der Lage, sich um sich selbst zu kümmern; die kichernde Oberflächlichkeit ihres leichten Lächelns, die achtungsvollen und übertriebenen Verbeugungen und der schlurfende Gang, der sie unauffällig machen sollte, waren nur äußerer Schein, um den stahlharten Kern zu verhüllen. Er warf einen Blick auf die kleine Gestalt an seiner Seite – die zarte kleine Elfe mit den großen Brüsten, dem sanften Lächeln und dem fließenden langen Haar, getönt mit einer Spur von Rot, um ihm einen leichten Schimmer zu geben – und hätte sich fast geschüttelt. Ein Yakusa-Mädchen, der Bande erbarmungsloser Gefährten treu ergeben, Mitglied einer Organisation, die Hunderte von Bars, Bordellen und anderen Vergnügungsstätten kontrollierte, Hauptlieferant harter Drogen in einem Gebiet, das mindestens drei Großstädte mit jeweils über einer Million Einwohnern umfasste, der ganz oder teilweise eine Kette legaler Geschäfte gehörte und die nebenbei mehrere Kunstgalerien betrieb. Und der Botschafter meinte, er könne diesen eng zusammenhaltenden Schwarm von Fledermäusen auseinander brechen, die ihre Giftzähne in die Adern einer hilflosen und ahnungslosen Gesellschaft geschlagen hatten. Er zuckte die Achseln. Vielleicht war es zu schaffen.

Dorin gehörte zu einem anderen Fledermausschwarm und konnte veranlassen, dass Hubschrauber flogen und ganze Ladungen von Kriegern absetzten. Er fragte sich, wie legal Dorins Operation war. Wenn er bereit war, aufgrund der wenigen Beweise zu handeln, die der Commissaris bis jetzt hatte auftreiben können … anscheinend war er dazu bereit, und es gab keinen Grund, an Dorins Fähigkeiten zu zweifeln.

Er wusste, warum der Commissaris mit dem Ausflug auf den Biwassee einverstanden war. Sie kannten immer noch nicht das Gesicht und die Gestalt des Daimyo, des Gehirns und Kommandeurs der Truppen auf der anderen Seite. De Gier kannte den Commissaris gut genug, um dessen Gedankengängen folgen zu können. Der Daimyo hatte Gefallen an seinen kleinen Scherzen und sah gern selbst, wie sie funktionierten. Vermutlich war er in der Nähe gewesen, als der Commissaris im Tempelgarten in der Falle gesessen und de Gier seinen eigenen Tod auf der Bühne des kleinen Theaters gesehen hatte. Falls der Daimyo einen neuen Scherz geplant hatte, könnte er wieder in der Nähe sein. Und falls er in der Nähe wäre, könnte man ihn sehen. Und falls der Daimyo gesehen wurde, konnte man ihn beschreiben und schließlich fassen, festnehmen und vor Gericht bringen. Er brauchte den Daimyo jetzt nur noch zu entdecken.

Die Straße wurde etwas besser, und Yuiko begann mit einer Geschichte über ihre Tante, die Heiratsvermittlerin war. Er achtete nicht sehr auf die Einzelheiten ihres Berichts, wie sich die Tante um die Bedürfnisse anderer Menschen kümmerte. Aber er brummte an den richtigen Stellen, und sie plapperte fröhlich weiter. Ein Mann mit einem Signalfähnchen hielt den Wagen an. De Gier schaute zum Fenster hinaus und bereitete sich auf eine Wartezeit von mindestens einigen Minuten vor. Eine Lastwagenkolonne kam ihnen entgegen, und er sah weitere Männer mit Fähnchen und Arbeiter und Bulldozer weiter unten auf der Straße. Sie standen oben auf einem Hügel und hatten eine gute Aussicht. Mehrere Dreiachser kamen und fuhren nahe hintereinander vorbei, am Steuer untersetzte ältere Männer mit Schirmmütze über den Augen, um sie vor der Sonne zu schützen. Die Lastwagen waren mit kleinen Holzfässern beladen.

«Seetang», sagte Yuiko. «Sie holen ihn von der Küste. Seetang ist sehr nahrhaft und auch sehr lecker. Möchtest du, dass ich dir abends mal eine Tangsuppe zubereite? Ich glaube, ich habe alle Zutaten, und falls nicht, kann ich sie mir immer von der Dame über mir leihen. Sie ist eine berühmte Köchin, und an meinen freien Tagen helfe ich ihr oft. Meeresfrüchte sind ihre Spezialität, sie liefert Essen auch außer Haus.»

«Ja», sagte de Gier, «gern. Ich mag Suppe.»

Er betrachtete eine tote Katze, die in einem Graben in der Nähe der Füße des Mannes mit dem Fähnchen lag. Yuiko konnte die Katze nicht sehen. Der entgegenkommende Verkehr verfehlte das tote Tier, wenn ihm auch die Räder mehrerer Lastwagen sehr nahe kamen. Die Katze konnte noch nicht lange tot sein, der Körper war nicht zerquetscht. Sie sah aus, als ob sie schliefe, aber der Mund war etwas geöffnet, und die kleine hellrote Zunge hing ein wenig heraus. Das Fell glänzte noch, und der dicke Schwanz, flaumig und schwach dunkelgrau gestreift, war um die Beine geringelt.

Der Mann winkte mit dem Fähnchen, und de Gier ließ die Kupplung los, aber der Mann korrigierte seine Anordnung. Offensichtlich hatte er die Bewegung des nächsten Mannes mit Fähnchen als Zeichen für die Weiterfahrt missverstanden, aber der Mann hatte sich nur am Nacken gekratzt. Der Sportwagen hielt wieder an. De Gier konnte die Katze nicht mehr sehen, aber jetzt lag eine andere Leiche auf der Straße, ein Spatz, der sich auf den Schnabel stützte. Auch Yuiko sah den Vogel und lächelte.

«Ein hübsches kleines Ding, nicht wahr?», sagte sie. «Es ist ein Männchen, weil er Streifen auf dem Kopf hat; Weibchen haben keine Zeichnung. Die gestreiften Spatzen haben einen interessanten Gesang. Sie schilpen nicht, sondern stoßen auffallende Laute aus, einige kurze Töne und dann einen langen. Du musst es schon gehört haben, es gibt eine Menge davon in Kyoto.» Sie pfiff das Lied des Vogels.

«Ja», sagte de Gier. «Und sie senken die letzte Note um eine Oktave, wenn sie ihren Gesang wiederholen. Aber warum ist er auf den Schnabel gestützt? Er hat die Beine gespreizt und ist völlig im Gleichgewicht. Aber er ist tot.»

«Ich weiß nicht», sagte sie. «Vielleicht ist er gegen einen Wagen geflogen, abgeprallt und zufällig so liegen geblieben. Oooh.»

Der Wagen war auf Anordnung des Mannes mit dem Fähnchen weitergefahren und hatte den toten Vogel passiert. Sie hatte sein anderes Auge gesehen, de Gier ebenfalls. Der Kopf des Vogels war an einer Seite zerschmettert und das Auge ausgelaufen; es hatte sie für den Bruchteil einer Sekunde beim Vorbeifahren mit einer Mischung von intensiver Furcht und Überraschung angestarrt. Das Auge war auf seltsame Weise sehr groß geworden und hatte die ganze Seite des Spatzenkopfes eingenommen.

«Ein böses Omen», sagte Yuiko nervös. «Vielleicht sollten wir heute nicht segeln gehen. Ich hätte nichts dagegen, wenn wir umkehrten. Wir können in ein Theater gehen und danach in meinem Zimmer zu Abend essen.»

«Nein, danke», sagte de Gier. «Ich bin in einem Theater gewesen, wo sie mich auf der Bühne umgebracht haben. Das war auch kein gutes Omen. Dies ist ein guter Tag zum Segeln. Schau auf die Baumspitzen; auf dem See wird eine steife Brise herrschen.»

Aber es herrschte mehr als eine steife Brise. Auf dem See spielten bis zum Horizont endlose Wellenkämme. Die gegenüberliegende Küste war nicht zu sehen.

Yuiko schnappte nach Luft. «Ein Sturm», sagte sie. «Ich hätte auf den Wetterbericht hören sollen. Wir müssen jetzt umkehren. Der Biwasee ist sehr groß, weißt du. Er ist wie ein Binnenmeer. Man verliert die Küste leicht aus den Augen.»

De Gier streckte den Arm aus, um ihr Haar zu streicheln.

«So rau ist es nicht, es sieht nur schlimm aus, aber sobald wir auf dem Wasser sind, wirst du sehen, dass es keinen Grund zur Sorge gibt. Vielleicht können wir eine richtige Yacht chartern, aber ich bin mit meiner kleinen Schaluppe schon bei schlechterem Wetter draußen gewesen. Und damals war ich erst vierzehn und habe seitdem alle möglichen Bootsarten gesegelt.»

«Also gut», sagte sie. «Ich habe noch nie gesegelt, weißt du. Bis jetzt habe ich nur in einem Ruderboot und einem Kanu gesessen.»

Sie bogen in die falsche Richtung ab und verfuhren sich und fanden den Hafen erst eine Stunde später. Ein alter Mann kam an das Tor und schüttelte den Kopf.

«Zu rau», übersetzte Yuiko. «Er rät uns, nicht zu fahren. Heute ist kaum jemand auf dem Wasser.»

De Gier zeigte auf ein kleines Fischerboot, das sich aus dem Hafen lavierte. Ein anderes Boot war nahe am Horizont zu erkennen, ein kleiner, niedriger Streifen. «Das muss eine Motorbarkasse sein», sagte de Gier. «Sag ihm, dass ich jeden gewünschten Betrag hinterlegen werde. Ich bin ein erfahrener Segler; er wird sein Boot nicht verlieren.»

Der Mann war schließlich einverstanden und forderte einen Betrag von umgerechnet hundert Dollar. De Gier gab ihm das Geld und schob das dicke Notenbündel über den Tisch des kleinen engen Büros des Besitzers und verzichtete auf eine Quittung. «Sag ihm, ich betrachte es als eine Ehre, dieses große Land zu besuchen, und vertraue ihm völlig», sagte er. Der Mann lächelte und verbeugte sich.

Es standen mehrere Boote zur Verfügung. Der Mann empfahl eine kräftige Schaluppe mit Klüver, großer Kabine und eingebauter Maschine, aber de Gier zog einen sieben Meter langen Kutter vor. Der Mann war nicht einverstanden. «Er sagt, das Boot hat einen fast flachen Rumpf und zu viele Segel.

Drei Segel, ein großes und vorne zwei kleine. Es kentert leicht.»

«Fein», sagte de Gier und sprang an Bord. «Ich werde dich anlernen, dann kannst du dich um die Klüver kümmern.»

«Er sagt, es hat keine Maschine», sagte das Mädchen und blieb zögernd auf dem Anleger stehen.

«Wir haben Wind, nicht wahr? Wer braucht eine Maschine? Komm an Bord, Yuiko-san.»

Der Wind wehte vom Hafen weg in Richtung See, und der Mann schlurfte besorgt herum, während de Gier die Falle zum Segelhissen fand. Der Mann schlug vor, das Großsegel zu reffen, aber de Gier zuckte die Achseln. «Sag ihm, es ist schon in Ordnung», sagte er zu dem Mädchen. «Er wird sein Boot wiederbekommen, und wenn ein Schaden entsteht, kann er ihn von dem deponierten Geld begleichen, nicht wahr?»

Sie holte den Picknickkorb mit dem Essen aus dem Wagen, während er die Schote, den Anker und den Schwertkasten inspizierte. Er hielt es für besser, den Mann nicht zu verärgern, und hisste deshalb nur das Großsegel und einen Klüver. Als Yuiko kam, wartete er auf dem kleinen Vordeck, stieß ab und rannte nach achtern zur Ruderpinne. Yuiko hatte eine gelbe Schwimmweste angelegt und auch für ihn eine mitgebracht, aber sie sah plump aus, deshalb stopfte er sie zwischen seinen Rücken und den Lukenrand. Der Wind fing sich in den Segeln, aber er war auf den plötzlichen Ruck an Schot und Pinne gefasst und stemmte sich dagegen. Der Kutter schoss davon, stark krängend, und Yuiko schrie auf und klammerte sich mit beiden Händen an den Lukenrand.

«Stemm dich mit den Beinen gegen den Schwertkasten», schrie de Gier, gab der Schot vom Großsegel ein wenig Lose und steuerte in den Wind, um den Druck von den Segeln zu nehmen. Als ihr anscheinend etwas wohler war, nahm er das Ruder wieder herum, sodass der Wind das Boot von achtern packte und es mehr Fahrt aufnahm. Das Wasser plätscherte, als es am Bug vorbeirauschte; hinter dem Ruder hatte sich ein breiter Schaumstreifen gebildet. Sie sahen den Mann auf dem Anleger winken, de Gier winkte zurück.

Der Picknickkorb war auf ihn zugerutscht, und er bückte sich schnell und öffnete den Deckel. Yuiko lächelte nervös, und er grinste sie an.

«Wo hast du deine Kanone?», fragte er. «Sie wird dir jetzt nichts nützen, und ich möchte sie für einen Augenblick haben. Ist sie im Korb, oder trägst du sie am Körper?»

Sie antwortete nicht; er begann zu kramen. Im Korb waren sechs Plastikdosen, alle ordentlich verschlossen, und in einem Fach für sich eine Thermosflasche. Die Pistole steckte zwischen den Dosen, versteckt unter einer zusammengefalteten Teedecke. Er nahm sie heraus und drückte auf die Feder, die das Magazin hielt. Er konnte nur die linke Hand benutzen, aber er ließ sich Zeit und schaffte es. Er nahm das Magazin in die rechte Hand und leerte es von den sechs Patronen, die er seitlich über Bord fallen ließ. Nachdem er die Ruderpinne unter den Arm geklemmt und die Schote von Klüver und Großsegel an einer Klampe belegt hatte, öffnete er das Schloss der Pistole, aber es befand sich keine Patrone in der Kammer. Er schob das leere Magazin wieder hinein und hielt ihr die Waffe hin. Sie schaute zur Seite.

«Nimm sie, Yuiko-san», sagte er sanft. «Die Pistole ist gut, du solltest sie nicht verlieren. Eine Browning ist heutzutage dreihundert Dollar wert, und dies ist ein Spezialmodell. Ich möchte sie nicht über Bord werfen, nur möchte ich heute auch nicht erschossen werden.»

Sie weinte. Er legte die Pistole wieder in den Korb und warf den Deckel zu. Sie fuhren mit solcher Geschwindigkeit, dass der Hafen hinter ihnen zu ein paar Pünktchen an der Küste und die Masten der festliegenden Yachten zu einer Reihe borstiger Haare geworden waren. Bald würde um sie herum nur noch Wasser sein, und ihm wurde klar, dass es ihm schwer werden könnte, den Rückweg zu finden. Er schaute auf die Sonne und verglich die Zeit. Er hatte achtern in einem Vorratsfach eine Karte gesehen und zog sie heraus. Die Fahrwassertonnen waren deutlich eingezeichnet, und er verglich ihre Nummern und Farben mit der Tonne, die er soeben passiert hatte, und der Tonne, der er sich näherte.

«Yuiko-san», sagte er leise und berührte ihre Schulter. Sie wandte sich ihm zu. Ihre Wangen waren nass, aber sie weinte nicht mehr. «Sei nicht töricht», sagte er. «Du weißt, was ich bin, und ich weiß, was du bist. Wir stehen auf verschiedenen Seiten. Auch ich bin eine Art Yakusa, aber ich habe einen anderen Daimyo. Dein Boss und meiner befehden sich, also sind wir Gegner. Na und? Wir segeln ein schnelles Boot auf einem wunderschönen See. Warum bist du nicht fröhlich! Im Korb ist ein gutes Mittagessen. Und der Daimyo oder der Mann in der Bar wird dir neue Patronen für deine Pistole geben. Niemand wird zornig auf dich sein. Du hast deine Pflicht getan und mich auf den Biwasee gelockt. Und ich bin gekommen. Ich bin dumm, aber diese Dummheit ist meine Sache, nicht deine.»

Sie lachte und rieb sich die Augen. «Du bist nicht dumm. Das wusste ich schon, als ich dich in der Bar kennen lernte. Du machst dein Spiel und hast bis jetzt noch nicht verloren. Es ist nur, dass ich mich vor dem Wasser fürchte. Ich habe Boote noch nie gemocht. Es war die Idee des Daimyo, und ich konnte mich nicht weigern, aber ich fühle mich, als wäre ich in der Hölle. Das Wasser bedroht mich.»

«Das Wasser trägt uns», sagte de Gier. «Spürst du es nicht? Es beschützt uns so wie die Wiege ein Baby.»

Er schob die Ruderpinne ein wenig zur Seite und verkürzte die Schot. Der Kutter hielt sich gut, als er nach Luv drehte. Er setzte sich auf die Seite und winkte Yuiko zu sich. Das Boot krängte wieder, aber Yuiko schien ihm jetzt zu vertrauen und sah sich ein wenig um. Nach einer Stunde war sie bereit zu lernen, und er zeigte ihr, wie sie mit der Klüverschot umzugehen hatte.

Er ließ den Kutter wenden und drückte Yuikos Kopf nach unten, damit der Mastbaum darüber hinwegschwingen konnte. Sie begriff sofort und reagierte entsprechend auf seinen Warnruf, als er das Manöver einige Minuten später wiederholte. Sie waren jetzt dem Land wieder näher gekommen, einige Seemeilen nördlich vom Hafen. Der Wind hatte etwas von seiner Stärke verloren, da er auf seinem Weg zum See von Hügeln und Wäldern aufgehalten wurde.

«Was ist los?», fragte er und gab ihr eine Zigarette und sein Feuerzeug. «Wird man uns irgendwo auf dem See überfallen? Treibt Kono sich hier herum?»

«Ich weiß es nicht. Man hat mir gesagt, ich soll mit dir segeln gehen. Die sagen mir nie genau, was geschehen wird. Ich bin unwichtig.»

Sie hatte Schwierigkeiten mit dem Feuerzeug, das er wieder an sich nahm. Er steckte eine Zigarette zwischen Hemd und Jacke an und gab sie ihr.

«Meinst du, dass der Daimyo wieder einmal etwas im Schilde führt?»

«Das könnte sein», sagte sie und inhalierte hungrig den Zigarettenrauch. «Der Manager vom *Goldenen Drachen* hat mir die Mitteilung übermittelt. Er war beunruhigt. Wir haben das Gesicht verloren. Ich habe gehört, wie sie in der Bar über euch gesprochen haben. Jemand ist gekommen, um uns zu sagen, dass ihr hier in der Gegend Kunstwerke aufkauft. Sie waren sicher, euch so erschrecken zu können, dass ihr aufgebt; bei anderen war ihnen das schon oft gelungen. Der Daimyo war zufällig in Kyoto und kam in den *Goldenen Drachen* und dachte sich das Spiel mit der Maske aus. Ein Bildhauer, der häufig die Bar besucht – er trinkt viel, aber er ist sehr gut –, wurde beauftragt, die Maske anzufertigen. Ich glaube, man hat ihn in euern Gasthof gebracht, wo er deinen Freund, den alten Herrn, gesehen hat. Er hat die Maske sofort angefertigt und dabei nach einer Skizze gearbeitet.»

«Ja», sagte de Gier. «Ja, sie war offenbar sehr eindrucksvoll.»

«Aber dich konnte man nicht einschüchtern. Wir haben gehört, dass du Flöte gespielt hast. Danach dachten sie, du seist unüberwindbar, deshalb wurde Kono beauftragt, sich um dich zu kümmern. Kono liebt Schusswaffen. Manchmal bringt er Menschen um, aber nicht sehr oft, weil der Daimyo das nicht mag.»

De Gier wandte den Kopf und schaute ihr ins Gesicht. «Ich mag Kono nicht. Wenn er meinen Chef gezwungen hätte, sich selbst zu verletzen, wäre ich auf ihn losgegangen.»

Sie zuckte die Achseln. «Kono hätte das nichts ausgemacht. Ihm gefallen Schlägereien und Schusswaffen und Rennwagen. Er ist aber altmodisch; in seinem Haus hat er Bilder von den berühmten Samurai, über die er auch Geschichten liest. Der Daimyo nennt ihn seinen kleinen Jungen, obwohl sie gleichaltrig sind. Man sagte, Kono habe geweint, als er nach Hause kam.»

«Wegen seiner Hand?»

«Nein. Er hatte das Gesicht verloren, aber vielleicht ist er ein guter Verlierer. Er hat gesagt, dein Chef sei ein großartiger Mann.»

«Schade», sagte de Gier, «dann sollte ich mich vielleicht nicht mit ihm schlagen, nur um ihn zu ärgern. Und jetzt ist er irgendwo hier in dieser Gegend, nehme ich an, aber was hat er diesmal vor? Mich zwingen, mir die Ohren abzuschneiden und sie zu essen?»

Sie lachte. «Nein. Aber vielleicht will er dich jetzt umbringen. Falls er das tut, wird er es wie einen Unfall aussehen lassen, denke ich.»

«Danke, dass du es mir gesagt hast.»

«Du solltest heute ein bisschen vorsichtig sein», sagte Yuiko, wobei sie seinem Blick auswich und so tat, als interessiere sie sich für die Klüverschot, die an ihren Händen zog.

«Belege sie», sagte de Gier. «Dort ist eine Klampe. Schlag die Schot nur einmal herum; falls viel Wind aufkommt, kannst du sie lösen, wenn du daran ziehst. Ich hoffe, dass Kono kommt. Jedenfalls bin ich nicht allein. Dorin ist ebenfalls auf dem See, und ich glaube nicht, dass *er* allein ist. Wir sind nicht so blöd, wie wir aussehen. Es würde mich nicht überraschen, wenn Dorin ein Maschinengewehr oder einen leichten Granatwerfer an Bord hätte. Wir könnten uns eine richtige Schlacht liefern. Dorin ist wie Kono: Er liebt den Kampf und erledigt gern alles auf stolze Art und Weise.»

«Dorin», sagte sie, «das ist kein japanischer Name. Ich habe ein Foto von deinem Freund; einer unserer Jungen hat es in der Nähe des Gasthofs aufgenommen, in dem ihr wohnt. Er ist Japaner. Wir haben uns bemüht, etwas über ihn zu erfahren, aber ich glaube, ergebnislos. Die sagen, er spricht mit einem Tokioter Akzent und benimmt sich wie ein Nisei, ein in den USA geborener Japaner. Wer ist er?»

De Gier machte eine vage Handbewegung. «Weiß nicht. Mein Chef hat ihn über seine Kontakte in Hongkong gefunden. Ich glaube, er hatte einen eigenen Betrieb, aber dann ist etwas schief gelaufen, sodass er jetzt für andere arbeitet. Vielleicht schließt er sich uns an. Ich glaube, er ist sehr gut. Ich arbeite gern mit ihm. Er kann unser ständiger Beauftragter hier sein, soweit es mich angeht, aber ich weiß nicht, was mein Chef meint. Er hat es mir noch nicht gesagt.»

Sie nickte. «Er muss schon ein guter Mann sein. Er hat euch

sicherlich die richtigen Kontakte hier verschafft. Ihr habt viel Ware gekauft.»

De Gier hatte gerade die Nummer einer Tonne mit einem Punkt auf seiner Karte verglichen und nicht zugehört. Sie wiederholte ihre Bemerkung.

«Gewiss», sagte er. «Das Zeug sollte sich leicht verkaufen lassen, wenn wir nach Hause kommen, jedenfalls sagt das mein Chef. Ich habe keine Ahnung von Kunst, das ist auch nicht mein Job. Ich soll nur auf den Alten aufpassen.»

«Deshalb lässt du ihn wohl allein im Gasthof zurück», sagte sie vorwurfsvoll.

De Gier grinste. «Ihm geht es gut, denke ich. Er weicht vermutlich jetzt im Badehaus seine Haut ein.» Er sah auf seine Uhr. «Es ist Zeit zum Essen, Yuiko-san, wo wollen wir speisen?»

«Man hat mir gesagt, ich soll dich zu der Insel mit dem orangefarbenen Torii bringen. Sie liegt nördlich vom Hafen. Vielleicht ist es die Insel dort drüben. Kann ich bitte mal die Karte haben?»

Sie murmelte vor sich hin, als sie die Namen las. «Hier, dies muss die Insel sein; am Rand steht eine Anmerkung darüber. Berühmtes Torii. Weißt du, was ein Torii ist?»

«Nein.»

«Es ist ein im Wasser errichtetes Tor. Viele Seen haben welche. Die Insel ist ein Nationalheiligtum. Ich habe Gedichte gelesen, in denen sie beschrieben wird. Sie soll wie der Himmel sein.»

Er beugte sich vor, um die Karte zu betrachten. «Ja, das ist die Insel, auf die wir jetzt zufahren. Der Daimyo wünscht also, dass wir dort zu Mittag essen, wie? Es ist besser, wenn du die Klüverschot jetzt wieder löst. Wir fahren jetzt auf den See hinaus, wo der Wind an Stärke zunehmen wird. Was sollen wir auf Wunsch des Daimyo noch tun?»

«Den berühmten Buddha besichtigen», sagte sie. «Er hat mir gesagt, dort ist eine Statue auf einem Steinpostament mit einem Hügel als Hintergrund. Auf dem Hügel ist eine weitere Manifestation Buddhas, noch eine Statue, nehme ich an. Wir können auf den Hügel steigen, wenn du möchtest.»

«Der Daimyo», sagte de Gier. «Ich bin sicher, dass er schlau ist, aber ich begreife sein Spiel heute nicht. Er muss sich doch gewiss darüber im Klaren sein, dass ich nicht einfach in eine Falle tappe. Weiß er nicht, dass ich dich inzwischen ziemlich gut kenne und wir beide gut miteinander auskommen und so?»

«Was heißt hier und so?»

«Na, wir haben doch ein kleines Verhältnis miteinander, nicht wahr?»

«Das haben wir nicht», sagte sie ruhig. «Als wir das erste Mal zusammen waren, wurde ich krank, und das zweite Mal wolltest du nicht. Die andere Begegnung war im Krankenhaus, als alle fünf Minuten eine Schwester kam, um selbst festzustellen, wie du aussiehst.»

«So?», fragte er. «Aber bestimmt weiß der Daimyo inzwischen, dass mir bekannt ist, dass du eine Yakusa bist und er dich benutzt, um mich zu manipulieren.»

Sie versuchte, sich eine neue Zigarette anzustecken, aber aus den Funken wollte keine Flamme werden. «*Chigau*», sagte sie scharf. «Du irrst dich. Was weißt denn du von den Gedanken des Daimyo? Er weiß vermutlich, dass du absichtlich in die Bar gekommen bist, aber er folgt seinen eigenen Gedankengängen. Er ist ein großer Gospieler. Go ist japanisches Schach, aber viel schwieriger als euer Spiel, das Schach des Westens. Er macht seine Züge und du deine. Ich weiß nicht, was du auf der Insel finden wirst. Du brauchtest die Patronen nicht aus meiner Pistole zu entfernen. Ich trage immer eine Schusswaffe, aber ich bin keine Mörderin. Und der Daimyo hat es nicht gern, dass wir Schusswaffen gebrauchen, das habe ich dir bereits gesagt. Schusswaffen sind zu schwer, meint er. Er will, dass wir leichtere und interessantere Waffen benutzen.»

Er wurde durch ihre plötzliche Heftigkeit überrascht und spürte Zorn in sich aufsteigen, er reizte seinen Magen und wollte hinauf ins Gehirn. Er versuchte, ihn zu kontrollieren, aber ein Teil kam trotzdem hoch. «Gib der Schot mehr Lose», rief er. «Du sollst auf den Klüver achten, er ist viel zu straff. Schau dir das Großsegel an, es steht querab, und der Klüver klebt am Mast.»

Sie senkte unterwürfig den Kopf und ließ die dünne Segelleine durch die Hände gleiten.

«Ist es so richtig?»

«Ja», rief er, und sie verbeugte sich noch einmal. Er kam sich albern vor und senkte die Stimme. «Da ist das Fischerboot», sagte er und zeigte nach vorn. «Das Boot, das wir gesehen haben, bevor wir ausgelaufen sind. Es muss direkt zur Insel gefahren sein, während wir die Zeit vor der Küste vertrödelt haben. Es ist bereits bei der Insel gewesen und kommt jetzt zurück, glaube ich.»

«Wie gut sind deine Augen?», fragte sie.

«Sie sind in Ordnung. Wieso?»

«Ich brauche eine Brille, aber sie ist in meiner Handtasche. Ich trage sie nur, wenn ich allein bin. Kannst du erkennen, wer im Boot ist?»

«Ich sehe einen Mann an der Ruderpinne.»

«Kannst du seine Augenbrauen erkennen?»

«Nein», sagte de Gier. «Selbstverständlich nicht. Ich bin kein Adler. Das Boot ist zu weit entfernt. Hat der Daimyo besondere Augenbrauen?»

«Sie sind buschig», sagte sie, «und ganz schwarz. Er hat wenig Haare auf dem Kopf, nur einen grauen Kranz, aber seine

Augenbrauen sind pechschwarz. Ich glaube, er taucht sie in Tinte.» Sie kicherte.

De Gier schirmte die Augen ab und schaute noch einmal. «Ich kann nichts erkennen, und das Boot hat gewendet und laviert jetzt weg von uns. Ich würde sagen, dass der Mann an der Pinne jung ist. Hat der Daimyo gesagt, er werde ein Fischerboot benutzen?»

Sie schüttelte den Kopf.

«Ich sehe das Torii jetzt», sagte er. «Wozu steht es da? Zwei dicke Balken und ein steiles Dach. Weshalb sind die Balken orange? Ich dachte, Japaner malen nicht gern etwas an, sondern ziehen natürliche Farben vor.»

«Das ist eine Verzierung, um den Wassergöttern zu gefallen», sagte sie und zog an der Schot. Der Klüver hatte angefangen zu flattern, denn der Kutter segelte jetzt viel näher am Wind, als de Gier eine kleine Bucht ansteuerte. Sie passierten in kurzer Entfernung das Torii, ein solides Bauwerk, dessen Balken mindestens dreißig Zentimeter dick waren.

Man hatte es achthundert Meter vor dem Strand der Insel errichtet; die Wellen schlugen gegen die glänzende Orangefarbe, leckten mit grünen Zungen am Tor und rieben sich mit weißen Schaumköpfen daran. Zwei starke Holzpfosten erhoben sich aus dem Wasser; das Dach war mit Ziegeln gedeckt und so steil wie die Tempel in Tokio. Ein kapriziöses Bauwerk, dachte de Gier, errichtet zu Ehren der Wassergötter. Vielleicht sollte ich versuchen, direkt hindurchzusegeln. Ein kleines Zurschaustellen von Unerschrockenheit. Der See ist nicht freundlich, die Insel ebenfalls nicht. Der Daimyo kennt den See und benutzt ihn gegen mich. Er versuchte, sich an seinen Plan zu erinnern. Er hatte nur das Ziel, dem Daimyo zu begegnen, um ihn zu identifizieren und möglichst zu provozieren, damit man ihn festnehmen und vor Gericht bringen konnte. Er versuchte auch, sich an seine Mutmaßungen zu erinnern, die das Vorhaben des Daimyo erklären würden. Der Daimyo, so meinte er – und er stellte sich vor, dass der Commissaris ähnlich dachte –, war nicht mehr daran interessiert, sie mit Furcht und Schrecken aus Japan zu vertreiben. Er würde sie wahrscheinlich immer noch gern verjagen, aber er dachte vermutlich, dass er dazu nicht in der Lage war. Der Daimyo hatte nicht die Absicht, sie umbringen zu lassen. Zwei tote Ausländer würden die Regierung in Verlegenheit bringen und könnten zum Sturz des Daimyo führen. Aber der Daimyo würde auch noch nicht aufgeben. Das Spiel ging weiter, dachte de Gier, sonst würde er jetzt nicht in diesem Kutter bei dem Wassertor herumsegeln. Der Daimyo hielt sie offensichtlich für das, was sie vorgaben zu sein: zwei Niederländer, Repräsentanten einer gesetzwidrigen Organisation, die bereit war, gestohlene Kunstwerke und Heroin zu kaufen. Der Daimyo hatte keine Möglichkeit, ihre wahre Identität in den Niederlanden überprüfen zu lassen, denn seine Leute in Amsterdam saßen im Gefängnis. Der Daimyo war jetzt darauf aus, die niederländische Organisation mit seiner eigenen zu vereinigen, und dieser Bootsausflug mit der charmanten und verführerischen Yuiko war sein Versuch, Kontakt aufzunehmen. Der Daimyo hatte vermutet, dass auch de Gier Kontakte herstellen wollte, denn warum sollte er sonst den *Goldenen Drachen* aufgesucht haben. De Gier brauchte jetzt also nur weiterzumachen und zu sehen, was der Daimyo im Laufe dieses Tages mit ihm vorhatte.

Er überprüfte seine Gedanken noch einmal, als er den Kutter erneut um das Wassertor segelte. Ja, anscheinend war alles durchaus logisch. Und falls er sich irrte, war Dorin irgendwo in der Nähe. Es könnte sein, dass der Daimyo ihn doch noch umbringen wollte und versuchen würde, gleichzeitig den Commissaris in Kyoto zu ermorden. Aber der Commissaris wurde beschützt. Zwei von Dorins Männern würden jetzt bei ihm sein, vermutlich saßen sie im öffentlichen Badehaus, andere waren um das Haus postiert. Leute aus Dorins Kommandoeinheit, Schneeaffen, ohne Uniform, eifrige junge Männer, gut ausgebildet. Falls etwas schief lief, dachte de Gier, würde er selbst das Opfer sein. Dorins Boot war nicht zu sehen; es würde etwas dauern, bis er zu ihm stoßen konnte. Man hatte ihm ein kleines Funkgerät gegeben, klein genug, um in die Tasche seiner Windjacke zu passen. Wenn er auf einen Knopf drückte, würde Dorin kommen. Er meinte, er habe Dorins Boot vor einer kleinen Weile gesehen, einen Punkt am anderen Ende des Sees. Vermutlich war es ein schnelles Motorboot, aber es würde dennoch eine halbe bis eine Stunde dauern, bis es bei ihm sein konnte.

Das Fischerboot war nicht mehr zu sehen, verschluckt von einer Felsenreihe, die von der Insel ins Meer ragte. Er wies Yuiko an, den Anker fallen zu lassen. Der Kutter war jetzt nahe an der Insel, er konnte den sandigen Boden des Sees sehen. Indem sie dem Anker viel Leine gaben und das Schwert hochzogen, brachten sie den Kutter nahe genug an den Strand, um das seichte Wasser zu durchwaten. Er zog die Schuhe aus und rollte seine Jeans auf. Yuiko hatte ihm beim Niederholen der flatternden Segel geholfen und stand jetzt neben ihm auf dem kleinen Achterdeck. Sie starrte ins Wasser, in dem ein kleiner Schwarm Fische nervös hin und her flitzte, von denen einige sich hin und wieder umdrehten und dabei ihre winzigen Bäuche aufblitzen ließen. Er trug sie an den Strand, und sie küsste ihn, als er durch die niedrigen Wellen watete, die einander jagten, bis sie sich an dem Sandstreifen brachen. Sie presste ihre Brüste an seine Brust und streichelte das dichte Haar in seinem Nacken. Er küsste sie auf die Wange, verlor den Halt und wäre beinahe gefallen.

«*Abunai yo*», flüsterte sie. «Es ist gefährlich hier.»

Er lächelte. Hier schien es keine großen Gefahren zu geben.

Falls er fiel, würden seine Kleider nass werden; sie würden in Sonne und Wind wieder trocknen. Er ging zum Boot zurück, um den Picknickkorb zu holen. Er hatte immer noch das Gefühl, das er empfunden hatte, als er nach dem Unfall in Amsterdam im Haus des Commissaris aufgewacht war. Er hatte sich sanft von dem benebelten und durch Medikamente betäubten Schlaf befreit und die bunte Flickendecke betrachtet, die die Frau des Commissaris erst wenige Minuten zuvor ordentlich eingeschlagen hatte. Sein Gefühl hatte er mit vier Wörtern beschreiben können: Es ist alles egal. Ein sehr starkes Gefühl, das alle anderen Empfindungen auslöschte. Es ist alles egal, sagte er sich jetzt, als er den Korb auf einen Felsen stellte. Überhaupt alles. «Ich war ein Ballon», sagte er laut und wandte sich dem See zu. Ein Ballon, ein kleines rundes, aufgeblasenes Spielzeug, das herumschwebt und glaubt, es lebe und habe eine eigene Identität, bis jemand es platzen ließ. Ich bin zerplatzt, dachte er und grinste vage. Ihm fielen die Hippies ein, die in die Amsterdamer Polizeiwachen kamen, um den Beamten zu sagen, dass sie ausgeflippt seien und sich alles geändert habe. Aber ich bin nicht ausgeflippt, dachte er und spähte hinaus auf den sich endlos erstreckenden See, ich bin zerplatzt. Ausflippen ist nur eine Richtungsänderung, Zerplatzen ist endgültig. Nichts war greifbar gewesen, als er auf die Flickendecke geschaut hatte. Eine Figur, eine Gestalt, die in einem sauberen Bett liegt und jetzt einen Korb auf einen Felsen stellt. Einen Korb aus trockenen, gebleichten Stängeln auf einen grauen toten Felsen, fleckig von gelber Flechte. Seine Gedanken bildeten sich von selbst, klar und scharf wie Nachrichten aus einem Fernschreiber. Ich bewege mich, dachte er, und ich spreche und höre zu, ich kleide mich an und aus und rasiere mich und fahre einen Sportwagen und segle ein Boot und schlafe vielleicht mit diesem Mädchen, ehe der Tag zu Ende ist, und falls der Daimyo eine andere Art von Schach spielt, als ich erwarte, werde ich heute möglicherweise auch noch umgebracht. Ich träume, der Daimyo träumt, unsere Träume berühren sich heute, aber es geschieht nichts. Ich bin nicht beteiligt, ich habe nichts, mit dem ich beteiligt sein kann.

Er grinste, denn das Gefühl war gar nicht so schlecht, und er wollte, dass es andauerte. Aber als er dann vom Felsen fortging und den Korb trug, blieb er plötzlich stehen. Ihm war also doch noch eine gewisse Sorge geblieben. Vielleicht würde das angenehme Gefühl nicht andauern. Er konnte immer noch ein wenig leiden; in ihm war noch etwas, das litt.

Er stolperte und verletzte sein Schienbein an einem Stück Treibholz. Er spürte die Reaktion seiner Nerven, aber wiederum gab es keinen echten Kontakt. Er nahm den Schmerz wahr, einen Wurm, der sich durch die Knochen seines Beins wand, einen glühend heißen Wurm, einen amüsanten Wurm, aber das hatte mit ihm alles nichts zu tun. Yuiko kam ihm entgegen; zusammen gingen sie über den feinen, glitzernden Sand. Sie zeigte auf eine Buddhastatue, die eine Gruppe von Felsen und Sträuchern am Rande des Strandes beherrschte. Die Sonne, die reine Luft und das Wasser des Sees, das an der Insel knabberte, hatten Yuiko aufgeheitert. Sie lief voraus, aber er sah, wie sie abrupt vor der Statue stehen blieb und zusammenbrach. Als er bei ihr war, lag sie auf den Knien und hatte die Hände vor das Gesicht geschlagen. Der Buddha war lebensgroß, eine aufrecht sitzende Gestalt, die Hände unter den Falten des steinernen Gewands verschränkt, die Hände ausgestreckt, wobei die linke Hand die rechte stützte. Die großen, schrägen und sanften Augen ruhten auf seinen Händen, auf denen etwas lag. Eine Katze, träge in der letzten Stille des Todes schlafend, das Kinn auf den Pfoten, und ein Vogel, ebenfalls tot, der an einem fast unsichtbaren Nylonfaden hing und sich langsam drehte und abwechselnd ein geschlossenes und ein sehr stark vergrößertes offenes Auge zeigte. Das geschlossene Auge schien friedvoll, das offene Auge drückte intensives Erstaunen aus, eine wahnsinnige Furcht, inspiriert von der Situation, in der er sich befand. Wer immer die beiden Leichen arrangiert haben mochte, er hatte sich Zeit gelassen und die gewünschte Wirkung erzielt. Der Tod zeigte sein wahres Gesicht; der sich drehende Vogel vor dem Hintergrund des hellgrauen Steins verkörperte das Ende von allem bis zum extremen Höhepunkt nackter Realität.

Yuiko war nach vorn gefallen und wimmerte. Die Anstrengungen des Daimyo hatten Erfolg gehabt, aber sie hatten der falschen Person Furcht eingeflößt. De Gier öffnete sein Taschenmesser und durchschnitt den Faden, an dem der Vogel hing. Er nahm Katze und Vogel, legte sie sanft hinter die Statue und bedeckte beide mit kleinen Steinen und Kieseln. Er arbeitete langsam und ließ sich Zeit, um nachzudenken. Der Daimyo hatte also seine Pläne geändert. Er hatte den Ausflug auf den See arrangiert, indem er Yuiko veranlasste, den Brigadier einzuladen. Vielleicht hatte er vorgehabt, ihn dennoch umbringen zu lassen, denn Kono könnte hier sein. Der Daimyo hatte Kono schon früher benutzt, und sein Schachzug war verbunden mit Gewalt, mit einem Messer und grober Einschüchterung. Aber die Inszenierung mit toter Katze und totem Vogel und Buddhastatue deutete an, dass der Daimyo selbst die Hand im Spiel hatte. De Gier versuchte sich vorzustellen, was zu der Konfrontation geführt hatte, die er soeben erlebt hatte. Er hatte Katze und Vogel auf dem Weg zum Biwasee gesehen. Jetzt waren sie hier. Der Daimyo hatte die Tierleichen mitgenommen und hierher gebracht, also war dessen Wagen hinter seinem Sportwagen gefahren. Der Daimyo war ebenfalls von dem Mann mit dem Fähnchen angehalten worden, hatte die Leichen gesehen und aufgehoben. Während de Gier und Yuiko sich auf dem Weg zum Hafen verfahren hatten, war der Daimyo vorausgeeilt, an Bord des Fischerboots gegangen und abgesegelt. De Gier hatte mit dem Herumkreuzen nahe der Küste weitere Zeit eingebüßt, während das Fischerboot direkt zur Insel gefahren war. Der Daimyo hatte sein Tableau mit den toten Tieren arrangiert, die ihm der Zufall in die Hände gespielt hatte, und war wieder abgefahren, oder das Boot war abgefahren und hatte ihn zurückgelassen, weil er wahrscheinlich sehen wollte, wie de Gier reagieren würde. Aber alles war aufgrund einer plötzlichen Eingebung arrangiert worden, einen wohl erwogenen Plan hatte es nicht gegeben. Also war sich der Daimyo im Zweifel gewesen, ob er die Opposition vernichten oder bestehen lassen sollte, um mit ihr zum gegenseitigen Vorteil zusammenzuarbeiten. Aber dann musste, sozusagen um den Weg zu ebnen, die Opposition noch ein wenig erschüttert werden, bevor er eine Beteiligung vorschlug. De Gier lachte, als er Sand über die Steine schob. Er fing an wie der Commissaris zu denken, vielleicht lernte er am Ende doch noch etwas.

Er ging um die Statue herum und kniete neben Yuiko nieder. Sie wimmerte nicht mehr. Er drehte sie um, hob sie auf und schmiegte seine Lippen an ihre Wange. Er trug sie zu einer Stelle, von der aus die Statue nicht zu sehen war, und setzte sie hin.

«*Yoroshii*», sagte er. «Alles in Ordnung. Dein Chef wollte mich erschrecken, aber da waren nur eine tote Katze und ein toter Vogel. Du hast den Vogel vorher schon gesehen, erinnerst du dich? Du musst dich nicht aufregen, es hatte nichts mit dir zu tun. Der Daimyo steht auf deiner Seite, nicht wahr?»

Sie lächelte und streckte die Hand aus, um sein Haar zu streicheln.

«Ich hole den Korb», sagte er. «Jetzt ist genau die richtige Zeit zum Essen.»

Als er wieder bei ihr war, hatte sie sich beruhigt, obwohl ihr

Körper noch starr war. Sie öffnete mechanisch den Korb, nahm die kleinen viereckigen Plastikbehälter heraus, schnippte die Deckel ab und verteilte den kalten gekochten Reis und dünne Fleischscheibchen. Sie gab ihm die in einer engen Papierhülle verpackten Essstäbchen. Er riss das Papier ab und die Stäbchen auseinander, wobei er wilde Grimassen schnitt und vor sich hin murmelte.

«Wie bitte?», fragte sie mit matter, leiser Stimme. «Was hast du gesagt?»

«Verdammte Stäbchen», murmelte er. «Warum müssen sie die aneinander fügen?» Er nahm ein zweites Paar und zeigte es ihr. «Siehst du? Sie sind am unteren Ende aneinander gefügt; die erwarten, dass man sie auseinander reißt. Die Hersteller werden immer fauler. Das ist, als ob sie einem ein Hemd verkaufen, in dem zweihundertvierundachtzig Nadeln sind. Bevor man es anzieht, muss man sich zehn Minuten lang hinsetzen, und vergisst man, eine herauszuziehen, kratzt man sich.»

Sie lächelte müde. «Essstäbchen sind immer so, jedenfalls die billigen. Sie werden von riesigen Maschinen hergestellt. Ich habe mal eine gesehen, als ich noch zur Schule ging; wir wurden zu einer Fabrik geführt. Mir macht es nichts aus, die Stäbchen auseinander zu reißen, aber ich entschuldige mich, wenn es dir lästig ist. Vielleicht sollte man sie für Ausländer anders verpacken.»

«Macht nichts», sagte er mürrisch. «Du bist nicht verantwortlich für die Art, in der Essstäbchen verpackt werden. Vielleicht hat mich der tote Vogel ja doch aus der Fassung gebracht. Vielleicht geht mir dein Daimyo am Ende auf die Nerven. Ich bin sicher, dass er hier irgendwo umherwandert. Vielleicht ist er hinter dem Felsen dort drüben oder oben in dem Baum. Siehst du einen Daimyo in einem Baum?»

Sie schaute gehorsam zu den Bäumen hinüber und schüttelte den Kopf. «Nein», sagte sie. «Ich sehe keinen Daimyo in einem Baum.» Sie weinte und lachte zugleich, und er fing sie in seinem Arm auf, als sie umfiel. «Du bist verrückt», schluchzte sie. «Ich hoffe, dass dir nichts geschieht. Die hätten nicht mich auswählen sollen, dich hierher zu bringen. Da sind noch andere Mädchen im *Goldenen Drachen*, die Englisch sprechen. Ich bin zu sentimental, und du bringst mich manchmal zum Lachen. Siehst du einen Daimyo in einem Baum! Er ist alt und kann nicht auf Bäume klettern, er hat einen zu hohen Blutdruck. Er hatte im vergangenen Jahr einen Schlaganfall, nicht sehr ernst, aber er war für eine Weile im Krankenhaus.»

Sie aßen. Ihm schmeckte das Essen. Er fragte sie, wie sie es zubereitet habe. Die Thermosflasche war mit gutem Kaffee gefüllt. Allmählich vergaßen sie, was sie auf diese Insel gebracht hatte. De Gier rollte sich auf den Rücken, und sie steckte ihm eine Zigarette an und kuschelte sich in seinen Arm. Ihr Bein presste sich an seins. Er spürte, wie ein Zittern durch ihren Körper lief, und zog sie noch enger an sich. Er küsste sie und öffnete die Knöpfe ihrer Bluse und spielte an ihren Brüsten herum, wobei er die Tatsache übersah, dass deren Festigkeit und Größe zum Teil auf Pressluft zurückzuführen war. Sie befreite sich aus seinem Arm, stand auf und zog ihn hoch. Sie nahm seine Hand. Gemeinsam fanden sie eine nahe gelegene Höhle. Sie zog sich aus und half ihm beim Auskleiden. Der Boden der Höhle war mit Fichtennadeln und Moosen bedeckt. Und als er sie zu lieben begann, sah er die Fläche des Sees durch eine transparente Wand sich wiegender Farne. Er hatte darauf geachtet, dass seine Pistole in Reichweite war, und er dachte kurz an die Gegenwart des Daimyo und die Möglichkeit des Todes. Der Gedanke verging sehr schnell, aber ihm folgte ein anderer: Falls er jetzt umgebracht würde, könnte es geschehen, dass ihn die Kugel genau in dem Augenblick in den Nacken traf, da er einen Orgasmus hatte.

Er hatte die Höhle genau gemustert, als sie eingetreten waren. Es gab für einen Angreifer einfach keine Möglichkeit, zum Zug zu kommen, höchstens durch einen Spalt in der Decke, aber der war mit Büschen und den unteren Zweigen von Zedern überwachsen. Vielleicht fand der Daimyo eine Möglichkeit, sich durch die Zweige zu zwängen und eine Kugel abzufeuern oder eine Handgranate zu werfen. Er grinste, als er sich einen alten Mann mit rotem Gesicht und buschigen pechschwarzen Augenbrauen vorstellte, der unbequem mit den Schenkeln auf einem Ast hockt, nach unten späht und eine Handgranate abzieht. Er würde auf den richtigen Augenblick warten, denn auch der Daimyo würde daran denken, den Tod mit dem Orgasmus zu kombinieren. Es wäre wieder ein ausgeklügelter schlechter Scherz. Er spürte Yuikos Arme um seinen Rücken. Die Arme würden abgerissen werden. Verschiedene Bilder des Schreckens rasten ihm durch den Kopf, aber er konnte sie ruhig beobachten, als sein Körper die Bewegungen machte, die durch das Liebesspiel von ihnen beiden ausgelöst worden waren. Dennoch war die Lust nicht nur automatisch. Das grüne Gewirr der Farnblätter, die oben an dünnen Stängeln saßen und ihre fächerartigen Formen graziös beugten, der Duft von Moos und Fichtennadeln und das tiefe Grau, durchzogen vom schimmernden Blau der steinernen Höhlenwände, und die weißgekrönten Wellen des riesigen Sees, die zwischen den nackten Farnstängeln zu sehen waren, das alles verschmolz mit Yuikos Körper. Und er hatte das Gefühl, als ob alles ohne Ausnahme – einschließlich der Leichen des Vogels und der Katze auf den Händen der Buddhastatue und der buschigen Augenbrauen des alten Mannes, der anscheinend so entschlossen war, ihn einzuschüchtern und zu manipulieren – sich eingefunden hatte, als Yuiko schluchzte und er stöhnte und der Moment erreicht war.

24

Sie bemerkte die leichte Ausbuchtung in der rechten Tasche seiner Jacke, als sie sich wieder anzogen. «Noch eine Pistole?», fragte sie. «Du hast schon eine in der Achselhöhle, genügt nicht eine?»

«Ein Sender», sagte er und zeigte ihr den kleinen Apparat. «Er hat hier einen Knopf, siehst du? Wenn ich ihn drücke, wird Dorin kommen, aber dazu braucht er Zeit. Für eine Weile werde ich allein sein. Der Daimyo hat sich einen guten Platz ausgesucht.»

Sie zuckte die Achseln. «Keinen so guten», sagte sie. «Wenn der Daimyo auf dem Fischerboot oder hier auf der Insel ist, wird er entweder von einem Mann beschützt oder gar nicht. Du müsstest ihn erledigen können, und falls er Konos Boot ruft, wirst du es sehen können, wenn es sich nähert. Dann kann Dorin kommen und dir helfen.»

Er nickte. «Ja. Und?»

«Und ich weiß auch nicht, was der Daimyo vorhat», sagte sie, «und es ist mir auch ziemlich einerlei. Ich glaube, es geht alles in Ordnung, vielleicht will er Freundschaft schließen.»

«Indem er mir einen toten Vogel zeigt, der sich an einem Plastikfaden dreht? Belauert von einer toten Katze?»

Sie zuckte wieder die Achseln. «Die waren auf den Händen des Buddha. Buddha ist keine böse Gestalt. Ich glaube, der Daimyo will Freundschaft schließen. Er ist ein sehr seltsamer Mensch, sein Verhalten ist häufig anscheinend unberechenbar, aber wenn sich seine Pläne irgendwie verwirklichen, erkennt man, dass dahinter eine unbeirrbare Gedankenfolge stand. Der Manager vom *Goldenen Drachen* hat das mal gesagt, und er arbeitet seit vielen Jahren mit dem Daimyo zusammen. Sie waren während des Krieges zusammen bei der Luftwaffe. Der Daimyo war Kamikazeflieger.»

Sie hatten die Höhle verlassen und wanderten über die kleine Insel; sie folgten einem schmalen Pfad aus flachen Steinen, die in einem Abstand von etwa einem Meter lagen. Er blieb stehen, sie rempelte ihn an. «Verzeihung», sagte er, «aber ich habe dich nicht verstanden. Kamikazeflieger sind bei ihrem Angriff umgekommen, oder? Sie sind mit ihren Flugzeugen direkt ins Ziel geflogen und dabei in kleine Stücke zerrissen worden. Stimmt das nicht? Aber den Daimyo gibt es noch.»

Sie lachte und setzte sich auf eine niedrige Bank. Sie hatten wieder einen ungehinderten Ausblick auf den See. De Gier seufzte vor Freude und setzte sich neben sie. «Wunderschön», sagte er. «Sehr friedlich. Hier sind wir sogar vor dem Wind geschützt.»

Sie hielt seine Hand, während sie erzählte, dass die Insel früher kaiserliches Eigentum gewesen sei und sich der Staat heute noch um sie kümmere; er bezahlte die Gärtner, die sie sauber hielten und mindestens einmal wöchentlich Unkraut jäteten, Moos und Flechten begossen, abgestorbene Äste abschnitten und sogar einige Felsen mit Wasser abspülten. Auf der Insel war nie gebaut worden, und die Kaiser hatten die Strände und Hügel ebenso genutzt wie sie jetzt; sie waren umhergeschlendert und hatten vielleicht mit ihren Frauen geschlafen und aus Körben gegessen. Die beiden Buddhastatuen hatte man errichtet, um die Ruhe und Abgeschiedenheit der Insel hervorzuheben.

«Zwei?», fragte de Gier.

«Du wirst die andere bald sehen», sagte sie. «Nach der Karte ist sie oben auf diesem Hügel. Möchtest du noch mehr über den Daimyo hören?»

«Ja, bitte.»

Sie kicherte. «Es ist wirklich eine komische Geschichte. Weißt du, die Kamikazeflieger starben für den Kaiser; es galt als Ehre, ausgewählt zu werden, um den Feind zu töten und gleichzeitig Selbstmord zu verüben. Deshalb erhielten sie einen vom Kaiser unterzeichneten Brief, und es gab eine große Zeremonie, ehe sie zu ihren Flugzeugen gingen. Der Daimyo war damals ein junger Mann, ich glaube, noch keine dreißig, und er marschierte zu der Plattform, auf der sein kommandierender Offizier ihn erwartete. Er trug seine beste Uniform und hatte einen weißen Streifen um die Stirn, weißen Baumwollstoff mit einem besonderen Muster, vielleicht mit dem Schriftzeichen für Tod, ehrenvollen Tod. Der Kommandeur sagte einige Worte und verbeugte sich, und er verbeugte sich ebenfalls und marschierte zurück zu seinen Kameraden, die in Habachtstellung standen. Der Kommandeur schenkte Sake aus, besonders heiligen Sake, den der Kaiser aus Tokio geschickt hatte, und das Etikett trug sein Siegel, ein rotes Siegel. Jeder Pilot erhielt einen großen Becher voll, aber die meisten wollten ihn nicht trinken, denn sie betrachteten sich als unwürdig, den geheiligten Alkohol runterzuschlucken. Sie rührten ihre Becher nicht an, aber der Daimyo trank sie alle leer. Er trinkt gern; sogar jetzt wird er noch manchmal sehr betrunken, obwohl sein Arzt nicht wünscht, dass er trinkt. Er geht zum besten Herzspezialisten in Kobe, und jedes Mal fragt der Arzt, ob er getrunken habe, aber der Daimyo sagt nein, nie. Zu uns sagt er, der Sake habe ihm einmal das Leben gerettet, was er nicht vergesse. Jetzt könne er ihn umbringen, wenn er wolle, aber offenbar will der Sake nicht, denn er ist noch sehr lebendig.»

«Er hat sich also am heiligen Schnaps betrunken, wie?», fragte de Gier und grinste.

«Das hat er. Er ist zum Flugzeug gewankt und hat es in die Luft gekriegt, aber er konnte das Meer nicht finden; so ist er einfach eine ganze Weile herumgeflogen und zurückgekehrt, als ihm der Treibstoff ausging. Alle waren sehr ärgerlich auf ihn, denn alle seine Kameraden starben bei ihrem Angriff auf die amerikanische Flotte, aber der Daimyo musste ins Bett getragen werden. Ich denke, man würde ihn bestraft haben, aber wenige Tage später hat Japan kapituliert, dann änderte sich alles. Keiner kümmerte sich mehr um etwas, und der Kaiser wurde ein gewöhnlicher Mensch, ein netter Mann mit Brille, der Meeresgewächse durch ein sehr teures und genaues Mikroskop betrachtet. Sogar ich habe den Kaiser gesehen, ganz aus der Nähe. Ich hätte ihn berühren können, ich habe geweint, obwohl ich wusste, dass er ein gewöhnlicher Mensch ist und kein Gott. Der Daimyo hat immer gewusst, dass der Kaiser kein Gott ist, und sich geweigert zu sterben, als man es ihm befahl. Er sagt, er zieht es vor, Zeit und Ort selbst zu bestimmen.»

De Gier schaute hinaus auf den See, als sie ihren Bericht beendet hatte. «Ja», sagte er, «das ist eine hübsche Geschichte, selbst wenn sie nicht wahr ist, aber vielleicht ist sie wahr. Mir scheint, dein Chef ist sowohl originell als auch mutig. Ich hoffe, dass er wirklich Freundschaft mit uns schließen will. Ich würde gern mit ihm zusammenarbeiten.»

«Was treibt ihr so in eurem Land?», fragte sie. «Verkauft ihr auch Rauschgift und gestohlene Waren, und besitzt ihr Restaurants und Bars und so weiter?»

«Ja», sagte er. «Unser Geschäft ist zwar nicht so groß wie das des Daimyo hier, aber ich denke, es läuft auf das Gleiche hinaus.»

«Mir gefällt der Rauschgifthandel nicht», sagte sie und rückte näher an ihn heran. «Hier ist es nicht so schlimm, aber ich habe seine Auswirkungen in Tokio gesehen, Tokio gehört nicht zu unserem Territorium. Dort gibt es viele Süchtige, sehr traurige Menschen. Ich weiß, dass der Daimyo manchmal Heroin und Kokain verkauft. Harte Drogen werden auch im *Goldenen Drachen* verkauft, aber die Gäste müssen danach fragen, wir drängen sie ihnen nicht auf.»

«Ja», sagte de Gier, «aber der Handel bringt was ein. Verkauft man das Zeug nicht selbst, tut es ein anderer. Lass uns gehen und die Statue anschauen.»

Sie stiegen den Pfad hinauf. Sie machte ihn darauf aufmerksam, dass selbst die kleinsten Zweige von dem Teppich aus Tannennadeln entfernt worden waren, wie die Moose überall gehegt wurden und wie sorgfältig die vollendet ausgeführten Felsenformationen geplant worden waren, jeden Felsen hatte man mit einem speziell angefertigten Holzgestell auf den Hügel getragen. Aber obwohl man mit der Insel viel herumhantiert hatte, sah sie natürlich aus, ein Juwel von großer Schönheit, unberührt und friedlich.

Sie fanden die Statue oder vielmehr einen leeren Schrein, ein abschüssiges Steindach auf dünnen Pfeilern.

«Hast du nicht gesagt, hier sei eine Buddhastatue?», fragte de Gier und trat zurück, um das kleine Bauwerk besser betrachten zu können. «Hat jemand den Buddha weggenommen?»

«Dies *ist* Buddha», sagte sie. «Er hat viele Gestalten. Dies ist eine davon.»

Er drehte sich um und schaute den Hügel hinunter, wo der andere Buddha saß. «Was ist denn jetzt dies?», fragte er und zeigte auf die kleine Pagode. «Der Geist des Buddha?»

«Ich hatte eine Vorlesung in Religion belegt, als ich studierte, um Dolmetscherin zu werden», sagte sie. «Unser Lehrer hat uns erläutert, dass Buddha seinen Geist transzendiert.»

«Was bedeutet das?»

«Keine Ahnung», sagte sie.

Er nahm sie beim Arm und ging mit ihr zurück zum Strand. «Eine Dolmetscherin verdient viel Geld», sagte er. «Warum bist du nicht bei deinem Beruf geblieben? Japan hat einen umfangreichen Außenhandel; du hättest bestimmt eine Stelle finden können.»

«Ich *habe* eine Stelle», sagte sie, «und sie wird gut bezahlt. Meine Familie ist den Yakusa irgendwie verpflichtet und konnte sich nicht weigern, als der Daimyo eine Andeutung machte. Vielleicht hätte ich ablehnen können, die Zeiten haben sich ein wenig geändert. Wenn ich sehr taktvoll gewesen wäre, hätte ich meine Mutter vielleicht davon abhalten können, den Vertrag anzunehmen. Ich glaube jedoch nicht, dass ich das wollte. Ich verbringe nicht meine ganze Zeit im *Goldenen Drachen.* Der Daimyo hat mir einige interessante Aufgaben übertragen.»

«Gefällt dir speziell diese?», fragte er.

«Vielleicht ist es bis jetzt die beste», sagte sie. Sie waren am Strand angelangt, wo sie den Korb nahm. «Wir müssen noch sauber machen», sagte sie. «Ich habe die leeren Teller und die Pappbecher und Essstäbchen, aber vielleicht haben wir einige Zigarettenkippen liegen lassen.»

Er half ihr. Sie fanden alle, de Gier noch eine extra, eine mit Filter. Er zeigte sie ihr.

«Ja», sagte sie, «der Daimyo war hier, aber das wissen wir bereits.» Sie zeigte auf den Buddha.

«Ja», sagte er, «und er ist wieder fort. Dort ist das Fischerboot. Jetzt sind zwei Männer darauf. Er muss auf der anderen Seite der Insel an Bord gegangen sein, auf der Seite, die wir von der Hügelspitze aus nicht sehen konnten. Er hat vermutlich auf derselben Bank gesessen, auf der wir soeben waren, und ist dann einen anderen Weg gegangen. Warum hat er nicht auf uns gewartet?»

Sie zuckte die Achseln.

Als sie wieder auf dem Kutter waren, entdeckten sie in einiger Entfernung eine Motorbarkasse. De Gier glaubte, Dorin am Ruder zu erkennen, und zählte noch zwei Männer. Das Fischerboot segelte davon, aber der Kutter fuhr schneller. «Zur Abwechslung werde jetzt ich mal die Initiative ergreifen», sagte de Gier. «Ich will den Daimyo sehen, und zwar jetzt, wann es mir passt und nicht ihm. Nun höre mal gut zu.»

Ihre Augen waren vor Furcht größer geworden, als sie die

Wellenkämme in der Umgebung des Kutters betrachtete, aber er sprach weiter.

«Es ist ganz einfach, Yuiko, es kann nichts passieren. Wir werden sehr nahe an das Boot heransegeln, und dann werde ich hinüberspringen. Du wirst allein sein, aber völlig sicher, solange du nichts tust. Denke nur daran, dass du nichts tun darfst. Greif nicht nach der Ruderpinne und lass die Schote und anderen Leinen in Ruhe. Der Kutter hat ein gutes Schwert und ist so stabil genug. Wenn du nichts tust, wird er sich in den Wind drehen und die Segel flattern lassen. Vielleicht wird er einige Meter weit segeln, aber dann wird er sich wieder in den Wind drehen. Der Baum wird sich viel bewegen, aber du musst den Kopf ducken, damit er dich nicht treffen kann. Du wirst nicht für lange allein sein. Auf dem Fischerboot ist noch ein Mann, und ich werde sehen, ob er zu dir kommen kann. Falls nicht, komme ich zurück. In Ordnung?»

«Nein», sagte sie. «Das Boot wird kentern.»

«Es wird nicht kentern», sagte de Gier und zog die Ruderpinne zu sich heran. Seine Position war gerade richtig. Das Fischerboot war nicht viel weiter als eine halbe Meile entfernt, und der Wind kam von achtern. Er wies Yuiko an, den Klüver nach Backbord zu holen und ihn festzumachen, indem sie durch die Kupferöse am unteren Rand einen Haken steckte, während er die Schot vom Großsegel so verlängerte, dass es querab an Steuerbord stand. Der Klüver füllte sich und addierte seine ganze Größe zur Fläche des Großsegels, sodass der Kutter schnellere Fahrt aufnahm. Er zog an der Schwertleine und hob so das rechteckige Eisenblech bis in seinen Kasten, damit der Kutter ein Minimum an Reibungsfläche bot. Als er das Seil belegte, erhöhte sich die Fahrt des Kutters noch mehr. Sie spürten den Wasserdruck unter dem dünnen Boden, als sich der Kutter vorn aus dem Wasser hob, und Yuiko schrie, als der Kunststoffrumpf gegen ihre Fußsohlen drückte.

De Gier klopfte ihr auf den Rücken und lächelte ermutigend. «Alles in Ordnung, der Boden wird halten. Wir gleiten jetzt über den See, weißt du, und spüren unter uns die Wellenkämme.» Das bebende Ruder ließ einen langen weißen Schaumstreifen hinter sich zurück; die Ruderpinne vibrierte in seiner Hand; die Segel waren bis zum Zerreißen gespannt. Der Kutter begann zu rollen, sein Mast schwankte wie verrückt, aber diese Bewegung behinderte nicht die noch immer zunehmende Fahrt des Bootes. Das Fischerboot war jetzt sehr nahe. Er sah, wie die beiden Männer aufsprangen und wie wahnsinnig winkten, ihre schreienden Münder hoben sich ab wie ein schwarzes O. Der stahlverstärkte Bug des Kutters war jetzt genau mitten auf die Breitseite des Fischerboots gerichtet. Als beide Fahrzeuge einander fast berührten und eine Kollision unvermeidbar schien, schob de Gier die Ruderpinne seitwärts und löste die Schwertleine, sodass das flache Metall klirrend herabfiel und den Kutter stabilisierte. De Gier tauchte unter dem Mastbaum hinweg und sprang über die Reling, als der Kutter mit seiner Breitseite das Heck des Fischerboots schrammte. Obwohl der jüngere der beiden Männer – ein kleiner, schwergebauter Kerl mit niedriger Stirn und glattem Haar, das ihm über das gelbe Ölzeug hing – nicht darauf gefasst gewesen war, drehte er sich um und gewann einen sicheren Stand, um de Giers Sprung aufzuhalten. De Gier hatte die Pistole gezogen, ehe er vom Kutter herübersprang, aber er dachte gar nicht daran, sie zu benutzen. Der Mann hatte ein langes Messer und wollte damit zustechen, als de Giers Arm dessen Handgelenk blockierte. De Gier traf den Mann seitlich mit der Faust am Kinn, und der Yakusa fiel hintenüber, wobei er versuchte, sich mit der freien Hand abzustützen. Sein rechter Fuß schwebte in der Luft, und de Gier griff danach und hob ihn mit beiden Händen hoch, wobei er die Pistole fallen ließ. Er sah nicht, wie der Mann ins Wasser fiel, denn er wusste, dass er es noch mit dem Daimyo zu tun hatte. Aber als er aufstand, die Pistole wieder in der Hand, saß der Daimyo ruhig auf einer kleinen Holzbank vor der Kabine. Das Fischerboot war außer Kontrolle geraten, das kleine Großsegel flatterte, der hoch angesetzte Mastbaum ruckte. De Gier glitt hinüber zur Ruderpinne, die Pistole auf den Daimyo gerichtet. Er drückte mit der Taille gegen die Pinne, sodass das Boot wendete und der Wind die Segel erfassen konnte; er bekam die Schot zu fassen und belegte sie lose an einer Klampe an Backbord. Die Maschine war im Leerlauf, er legte den Hebel in die nächste Kerbe, sodass der Diesel zu pochen begann. Sie waren näher an den Strand getrieben, und der Wind hatte nachgelassen; die Maschine unterstützte das Segel, um das Boot wieder in freies Wasser zu bringen.

Der Daimyo hatte sich nicht gerührt. De Gier steckte die Pistole wieder unter seine Jacke. Er sah, dass der Kutter seinen Bug noch immer in den Wind drängte und der Mann im Wasser fast bei Yuiko war, die sich an der Seite weit vorgebeugt hatte, um ihm zu helfen, an Bord zu kommen.

«Gut», sagte de Gier laut.

Der Daimyo starrte ihn an und verbeugte sich mit einem leichten Senken des Kopfes und der Schultern, als de Gier den Blick erwiderte. De Gier verbeugte sich ebenfalls und zeigte das höfliche und unverbindliche Lächeln eines Japaners, der feststellt, dass er es mit einem Fremden zu tun hat.

Der Daimyo klopfte auf die Tasche seiner Lederjacke. «Pistole», sagte er. «Willst du Pistole?»

De Gier zögerte. Er sollte die Waffe selbstverständlich nehmen und hätte seine eigene nicht wegstecken sollen. Er könnte seinen Gegner immer noch erreichen, bevor der alte Mann ziehen konnte, aber er musste auch das Boot steuern und war daher gezwungen, seine Aufmerksamkeit zu teilen. Den Daimyo im Besitz einer Waffe zu lassen hieß, Schwierigkeiten heraufzubeschwören. Aber er schüttelte den Kopf und zeigte ein Lächeln, diesmal ein freundliches. «Nein. Behalt die Waffe.»

«*Abunai*», sagte der Daimyo. «Gefährlich.» Der Daimyo lächelte ebenfalls. Seine Augenbrauen waren tatsächlich tiefschwarz, sie wuchsen buschig nach vorn, machten seitlich einen Bogen nach oben und liefen in scharfen Spitzen aus, was dem runden Kopf einen wunderlichen Ausdruck verlieh. Das Gesicht war rot, fast purpurn, was auf ein Netz geplatzter Äderchen zurückzuführen war. De Gier schätzte den Mann auf Ende sechzig, aber er besaß anscheinend immer noch Kraft. Er saß schwergewichtig auf der kleinen Bank, die Beine gespreizt, die Brust vorgewölbt. Die Falten seines Stiernackens waren unter dem offenen Jackenkragen und dem dicken Hemd zu sehen.

«Sprichst du Englisch?», fragte de Gier.

«Wenig. Einige Worte.» Der Daimyo zeigte auf den Kutter, der, mit dem jungen Mann an der Pinne, dem Fischerboot folgte. Der Kutter lief schneller als das Fischerboot.

«Yuiko-san», sagte der Daimyo. «Sie hat viele Wörter. Wir holen sie, ja?»

«Gewiss.» De Gier zog den Hebel nach hinten, der Diesel tuckerte wieder im Leerlauf. Er verlängerte die Schot, das Großsegel flatterte. Der Kutter, der schneidig unter vollem Zeug segelte, würde sie in wenigen Minuten eingeholt haben.

Der Daimyo lächelte immer noch und nickte. De Gier grinste plötzlich. Der Daimyo erinnerte ihn an den fetten chinesischen Gott, der in der Altstadt von Amsterdam in dem billigen Esslokal hing, wo de Gier einmal oder zweimal in der Woche seine Lieblingsgerichte einnahm. Der Gott, auf Seide gemalt und von billigem Flitterkram umrahmt, sah wohlwollend und irgendwie kindlich aus, aber de Gier hatte, wenn er seine gebratenen Nudeln oder süßsaures Schweinefleisch aß, der Gottheit noch andere Eigenschaften zugedacht. List und

Gleichgültigkeit. Eine Gleichgültigkeit, beruhend auf der Einsicht in ein Mysterium, dem de Gier auf seinen Wanderungen durch das Gewirr der Gassen und Grachten Amsterdams nahe gekommen war, das er aber nie begriffen hatte. Aber jetzt war der Gott nahe und hatte die Form von Fleisch und Knochen und Arterien voller Blut angenommen. Vielleicht konnte er den Gott irgendwann einmal nach dem Mysterium fragen.

25

Als Yuiko an Bord des Fischerboots kletterte und erleichtert nach ihrem einsamen Kummer aussah, kam auch Dorins Motorbarkasse längsseits. De Gier hatte das schlanke dunkelgraue Fahrzeug seit einer Minute beobachtet, wie es eine schwere Linie durch die kleiner werdenden Wellen des Sees schnitt, denn der Wind ließ jetzt eindeutig nach. Die Barkasse sah mit ihrem hohen Bug und den niedrigen Stahlseiten leistungsfähig und bedrohlich aus. Die drei Männer an Bord hatten ihre Waffen – Uzi-Maschinenpistolen, stumpfnasig mit schwerem Magazin am kurzen Lauf – auf den Daimyo gerichtet, und de Gier fuhr erstaunt auf, als er den Commissaris zwischen Dorin und dem Mann am Ruder erkannte. Der Commissaris war so nahe, dass de Gier das Gesicht und das Zwinkern in den Augen seines Vorgesetzten erkennen konnte.

«Auf Gefechtsstationen», rief der Commissaris auf Holländisch. «Er macht dir doch nicht etwa Schwierigkeiten, oder?»

«Nein, Mijnheer.»

«Gut, sonst werde ich ihn voll Blei pumpen.»

Der Commissaris trug eine Seemannsmütze mit glänzend schwarzem Schirm und einem großen gestickten Goldanker auf dem fleckenlosen weißen Tuch. Er hatte die Mütze keck schief aufgesetzt, sodass einige der ordentlich gescheitelten Haare zu sehen waren. Er stand breitbeinig da, den Griff der Maschinenpistole auf dem Hüftknochen, das Magazin in der linken Hand, eines alten Mannes magere Hand mit weißen Knöcheln und spinnenartigen Fingern. Er sah schmuck aus, aber auch äußerst lächerlich, wie ein verblichenes Bild aus einem sehr alten Film, und de Gier musste tief einatmen, um nicht in hysterisches Lachen auszubrechen. Die Gesichtsmuskeln begannen zu schmerzen, und er dachte verzweifelt daran, dass er etwas tun musste, irgendwas. Dies war nicht der Augenblick für ungehemmte Heiterkeit.

«Woher haben Sie das Boot, Mijnheer», fragte er mit hoher Stimme. «Ich dachte, Sie wollten den Tag im Badehaus verbringen.»

«Dorin hat es gemietet, in Otsu, einer Kleinstadt weiter die Küste hinunter. Wir sind den ganzen Tag über auf dem Wasser gewesen. Ist dein Gefangener unser Mann?»

«Ja.»

Yuiko zog ihn am Arm, und er drehte sich um und schaute sie an.

«Der Daimyo möchte durch mich mit dir sprechen. Bist du bereit?»

Er wandte sich dem Daimyo zu und machte mit gespreizter Hand eine einladende Bewegung. «Nur zu.»

«Er möchte wissen, ob dein Chef an Bord kommen will und Dorin-san ebenfalls.»

Der Commissaris hatte es gehört und kletterte vorsichtig über das Schandeck der Barkasse und die Reling des Fischerboots. Dorin folgte ihm. Der Daimyo hatte auf seiner Bank für den Commissaris Platz gemacht, Dorin setzte sich neben die Ruderpinne, die Uzi noch in der Hand; aber er hatte die Waffe gesenkt, sodass ihr Lauf auf das Deck zeigte.

«Wer ist der dritte Mann?», fragte Yuiko.

«Er gehört zu mir», antwortete Dorin bissig. Der junge Mann vertäute beide Boote miteinander. Der Kutter segelte in der Nähe, bemannt mit dem Gehilfen des Daimyo, der ihm zuwinkte, er solle weiterfahren.

Der Daimyo schaute seine Zuhörer an, er drehte den schweren Kopf langsam von einer Seite zur anderen und begann zu sprechen. Yuiko übersetzte seine Worte Satz für Satz. Sie sprach nicht mehr in der dritten Person.

«Ich habe auf diese Begegnung gewartet, meine Herren», sagte der Daimyo und bewegte die Augenbrauen, sodass die geschwungenen buschigen Enden seine Worte betonten, «und sie ist zustande gekommen, wie ich es vorhergesehen hatte, wenn auch einige Details anders ausgefallen sind, als ich es geplant hatte.»

Der Commissaris hörte aufmerksam zu. Der Mann in der Barkasse, ein junger, athletischer und ziemlich großer Mann mit Bürstenhaarschnitt und großen lachenden Augen, stand nahe am Schandeck seines Bootes. Er hatte die Maschinenpistole weggelegt, aber in Reichweite.

«Aber wir können nicht alle Eventualitäten planen», fuhr der Daimyo fort, «und obwohl wir ein wenig wussten, beruhten viele unserer Aktionen auf Annahmen. Ich räume ein, dass mich Ihre Reaktionen auf unsere verschiedenen Angriffe beeindruckt haben.» Er verbeugte sich. Dorin erwiderte die Verbeugung. Der Commissaris und de Gier verbeugten sich ebenfalls, aber bei ihnen dauerte es etwas länger, bis sie das Kompliment des Daimyo zur Kenntnis genommen hatten.

Der Daimyo kicherte und langte in die Kabine des Fischerboots. Er zog seine Hand zurück und zeigte ihnen ein Mikrofon an einem gummiumhüllten dicken Kabel. «Ich halte Kontakt. Heute Morgen habe ich mit dem Manager des *Goldenen Drachen* gesprochen, der, wie Sie inzwischen wissen, unser örtliches Büro ist. Er hat mir von den toten Fliegen erzählt, die wir in Dorin-sans Zimmer verstreut hatten und die den Weg zu uns zurückgefunden haben. Das war ebenfalls sehr gelungen. Der *Goldene Drachen* wird gewöhnlich gut bewacht, auch während der Stunden, da er geschlossen ist, und der Manager hat noch nicht ausfindig gemacht, wie es Ihnen gelungen ist, hineinzukommen und die Fliegen auszustreuen, nicht nur in der Bar, sondern auch in anderen Räumen. Eine ausgezeichnete Leistung.»

«Entschuldigen Sie», sagte der Commissaris, und der Daimyo, der gerade einen neuen Satz anfangen wollte, hielt inne.

«Fliegen», sagte der Commissaris. «Dorin hat einen Zettel mit einem Text bekommen, den wir zurückverfolgt haben bis zu der Zeit, da Niederländer auf der kleinen Insel Deshima lebten. ‹*Wenn die Holländer in den Fernen Osten gehen, folgen Fliegen.*›»

Yuiko übersetzte, der Daimyo nickte.

«Die Mitteilung hatte offensichtlich mit den toten Fliegen zu tun, die in Dorins Zimmer im Gasthof gefunden wurden.»

Wieder nickte der Daimyo.

«Die Mitteilung interessiert mich», sagte der Commissaris. «Sie ist in japanischen und chinesischen Schriftzeichen, aber man hat uns gesagt, sie stammten von einem Ausländer, vermutlich von einem aus dem Westen. Wer hat die Mitteilung geschrieben? Beschäftigen Sie in Ihrer Organisation einen Gaijin?»

«Die Mitteilung», rief der Daimyo und begann zu lachen. Die Runzeln um seine Augen zogen sich zusammen, seine kleine Stupsnase bekam zwei tiefe Falten. «Die Mitteilung hat Ihr eigener Botschafter in Tokio geschrieben. Ich habe ihn vor Jahren auf einer Geishaparty kennen gelernt, auf der wir beide viel getrunken haben. Es war eine Zusammenkunft von Geschäftsleuten und hohen Beamten, sie hatte mit dem japanischen Außenhandel zu tun. Ich habe vergessen, wie ich dorthin gekommen bin. Vielleicht, weil ich Präsident mehrerer kleiner Unternehmen bin, die gelegentlich mit dem Westen Handel treiben, oder vielleicht bin ich durch einen Freund eingeführt worden. Aber ich habe Ihren Botschafter kennen gelernt, einen sehr großen Mann.» Er breitete die Hände aus, stand auf, streckte die Brust heraus, machte die Schultern breit und zog das Kinn ein. Seine aufgeblasenen Wangen machten die Imitation perfekt. Der Commissaris erkannte in ihm den Botschafter wieder; sogar die Handbewegung des Daimyo war exakt. Der Botschafter, wie er schwungvoll eine Rede hält. «Er beherrscht unsere Sprache gut», fuhr der Daimyo fort, «und kennt unsere Geschichte. Ich war interessiert, und er erzählte mir mehr über Deshima und jenen Teil unserer Vergangenheit, als ich damals wusste. Und er kann auch Japanisch schreiben. Er hat das Zitat für mich geschrieben, und ich habe es aufbewahrt. Ich habe es noch. Die Mitteilung, die wir Dorin-san geschickt haben, war eine Kopie, die einer meiner Angestellten angefertigt hat.»

«Also wurde sie von einem Japaner geschrieben», sagte Dorin. «Dann habe ich mich geirrt.»

«Eine Kopie», sagte der Daimyo. «Eine gute Kopie. Das Original hat ein Gaijin geschrieben. Sie hatten zu achtundneunzig Prozent Recht.»

Der Daimyo schloss die Augen, aber als er sie wieder öffnete und weitersprechen wollte, wurde er wieder unterbrochen, diesmal von de Gier.

«Das Mikrofon», sagte de Gier, «das Sie uns vorhin gezeigt haben, ist mit einem Funkgerät verbunden, stimmt's?»

«Stimmt.»

«Sie hätten also Unterstützung anfordern können, wenn wir wirklich zusammengestoßen wären.»

«Wir sind zusammengestoßen», sagte der Daimyo. «Sie

sind in der Überzahl. Mit Yuiko-san sind wir zu dritt, und mein Assistent ist dort drüben in nutzloser Position. Sie sind vier und haben mich, wie es scheint, in Ihrer Gewalt.»

«Das frage ich mich», sagte de Gier. «Haben wir Sie?»

Der Daimyo drückte auf die Mikrofontaste und sprach. Bevor er damit fertig war, hörten sie das Brummen eines Flugzeugs. Eine kleine zweimotorige Maschine tauchte über den Hügeln auf und setzte zu einem großen Kreis an. Das Flugzeug benötigte nur Sekunden, um die drei Boote zu entdecken. Es änderte seine Richtung, flog auf sie zu und verlor dabei rasch an Höhe. Der Daimyo sprach noch einmal, woraufhin die Maschine abdrehte.

«Da ist auch noch ein Boot», sagte der Daimyo. «Der Skipper ist einer von uns, und aus seiner Mannschaft werden Kämpfer, wenn Kono das Zeichen dazu gibt. Sie haben Kono-san kennen gelernt», sagte er und schaute den Commissaris an, «in dem Restaurant, in dem Sie einen selbst gefangenen Fisch gegessen haben. Soll ich das Boot rufen?»

«Ja bitte», sagte der Commissaris. «Wie geht es Kono-sans Hand?»

Der Daimyo drückte wieder auf die Mikrofontaste und bellte einen Befehl. Der Mann am Ruder von Dorins Barkasse griff nach seiner Maschinenpistole. Dorin und de Gier erstarrten. Der Wind hatte im weiteren Verlauf des Tages ganz nachgelassen. Das schwere Grollen eines Schiffsdiesels drang über das ruhigere Wasser des Sees herüber. Lange bevor das Boot in Sicht kam, sahen sie seine Bugwelle, einen weißen Fleck auf dem blaugrauen Wasser.

Der Daymo sprach noch einmal, das Grollen erstarb.

«Sie haben die Maschine abgestellt, aber sie sind da. Zwölf Mann. Vielleicht sind deren Waffen gegenüber Ihren in der Übermacht. Unsere Barkasse hat ein Maschinengewehr, das Flugzeug hat ebenfalls automatische Waffen. Aber wir können uns kein Gefecht liefern, denn ich bin Ihre Geisel. Das Spiel steht unentschieden.»

«Allerdings», sagte der Commissaris. «Aber wie geht es Konos Hand?»

«Sie heilt. Aber ihm ist der Appetit vergangen. Der Arzt hat ihm Penicillin gegeben, anscheinend war die Wunde infiziert.»

«Das tut mir Leid», sagte der Commissaris.

«Das ist nicht nötig. Kono war es ernst, als er versuchte, Sie zu zwingen, sich das Messer durch die Hand zu stoßen. Er handelte auf meinen Befehl, deshalb sollte ich derjenige sein, dem es Leid tut. Ich habe versucht, Sie zu verscheuchen, er hatte nicht den Befehl, Sie umzubringen. Töten ist der letzte Zug; dazu war ich noch nicht bereit.»

«Sind Sie es jetzt?»

«Nein», sagte der Daimyo und lächelte, «aber ich bin bereit, die Möglichkeiten einer Zusammenarbeit zu erörtern. Sie beide sind aus Amsterdam, aus Holland, und Holland interessiert mich. Ich bin zweimal als Tourist in Ihrer Stadt gewesen und mochte ihre Atmosphäre und Lage. Viele meiner Landsleute haben sich dort jetzt niedergelassen und sind entzückt. Von allen Städten, die ich besucht habe, gefallen mir Amsterdam und Kyoto am besten. Kobe ist meine eigene Stadt, und ich verbringe viel von meiner Zeit in Kobe oder in meinem Haus in den nahe gelegenen Rokkobergen, aber ich ziehe den Frieden Kyotos und die Harmonie Amsterdams vor. Ich habe mein Bestes getan, um meine Organisation so auszuweiten, dass sie Amsterdam einschloss, aber die Dinge haben sich schlecht entwickelt. Man kann nicht alles vorhersehen. Mein Freund Nagai wurde erschossen von meinem Angestellten Fujitani, einem harmlosen Menschen, der es nicht wagte, seiner Frau Widerworte zu geben. Wie konnte ich wissen, dass der harmlose Mann einen Mord planen und ausführen und dann erwischt werden sowie durch seinen Pfusch uns hineinreißen würde, die mit dem Tod von Nagai überhaupt nichts zu tun hatten? Und genau das ist geschehen. Ein verängstigtes Mädchen erhob Anschuldigungen, und die Polizei nahm meinen Beauftragten und alle seine Männer fest. Die Verbindungen mit den Kunstschätzen und dem Rauschgift wurden aufgedeckt und unterbrochen; zwei meiner Männer aus Kobe, die einfach nur Urlaub machten, landeten im Gefängnis.» Der Daimyo schaute auf und starrte zum Himmel empor. Das kleine Flugzeug zog noch immer seine Kreise, und er sprach noch einmal ins Mikrofon. Die Maschine ging in die Schräglage und drehte ab in Richtung Hügel.

«Ja», sagte der Commissaris. «Sie hatten geschäftliche Verluste. Aber die hätten Sie möglicherweise so und so gehabt. Unsere Organisation arbeitet vielleicht genau wie Ihre, und wir erhielten Kenntnis von Ihren Aktivitäten.»

Der Daimyo schaute auf seine Uhr, eine große, flache Uhr an einem massiven Goldarmband, das um sein haariges Handgelenk lag. Der Commissaris lehnte sich zurück und rieb seine Hände. Er hatte diesen Tag genossen, das Herumkreuzen auf dem See. Sie hatten ihre Speisen aus dem Gasthof mitgenommen und ihr Mittagessen in der Barkasse eingenommen, die im Schutz der Küste ankerte. Die meiste Zeit hatten sie de Giers Kutter durch ihre Ferngläser sehen können, denn seine Segel hoben sich von den sanften Farben des Sees und der Insel ab. Er hatte sich nicht gesorgt, als der Kutter verschwunden war, denn er hatte erwartet, dass der Brigadier eine Weile auf der Insel verbringen würde. Er hatte sich auch nicht um den nächsten Schachzug des Daimyo gesorgt. Falls der Daimyo entweder ihn selbst oder den Brigadier hätte umbringen wollen, hatte er dazu viele Gelegenheiten gehabt, warum sollte er es also auf dem Biwasee tun? Alles lief immer noch nach Plan, nach seinem Plan und dem des Daimyo, aber jetzt hatten sich ihre Gedankengänge und die daraus folgenden Aktivitäten getroffen. Vielleicht wäre die Scharade mit der Barkasse, mit Dorin und seinem Schneeaffen und den Maschinenpistolen nicht nötig gewesen, wenn auch das Vorführen der Kräfte auf ihrer Seite dazu beitragen könnte, den richtigen Eindruck zu machen.

Er lächelte Yuiko an, die neben dem Daimyo kniete und vor Konzentration die Stirn runzelte, bereit, sofort den nächsten Wortschwall zu übersetzen, den der Daimyo mit seiner schweren, brummenden Stimme von sich geben könnte. Er war nicht in der Lage gewesen, sich den General des Feindes vorzustellen. Er hatte – vermutlich wegen der schlechten Scherze mit der Maske, dem Theater und den Fliegen – angenommen, dass der Daimyo aussehen könnte wie ein böser Zauberer, wie ein Hexenmeister mit hohem, spitzem Hut und einem bis zum Boden reichenden Gewand und einem Stock mit einem Fledermauskopf als Knauf. Aber der Mann sah ziemlich gewöhnlich aus. Wären nicht die Augenbrauen, würde er aussehen wie viele Männer, denen der Commissaris auf den Straßen von Tokio und Kyoto begegnet war. Ein Direktor einer Handelsfirma oder ein Anwalt oder vielleicht sogar ein Arzt.

«Das Spiel steht also unentschieden», sagte der Commissaris, und Yuiko übersetzte. «Was sollen wir nach Ihrer Meinung jetzt alle tun?»

Die untergehende Sonne durchbrach in einer Senke die Hügel rings um den See und hellte plötzlich das Gesicht des Daimyo auf. Er schloss die Augen und lächelte breit und freute sich an der Wärme, die sich über sein Gesicht ausbreitete. «Nach Hause gehen», sagte er gemächlich. «Gehen wir alle nach Hause. Es ist ein guter Tag gewesen, aber nichts ist ewig, und wir brauchen etwas zu essen und Ruhe. Meine Herren, ich würde Sie gern zu einer Party in mein Haus in den Rokkobergen einladen. Es ist schwer zu finden, deshalb werde ich Ihnen einen Wagen schicken. Er wird sie zum Flugplatz bringen, mit dem Flugzeug werden Sie innerhalb einer halben Stunde bei uns sein. Wir haben in der Nähe einen privaten Flugplatz. Heute ist Mittwoch, wie wäre es mit Freitagabend? Der Wagen kann Sie nachmittags um vier an Ihrem Gasthof abholen.»

Dorins Lippen waren noch immer ein dünner Strich im Gesicht. «Eine Party?», fragte er niedergeschlagen.

«Ja. Und Sie können alle über das Wochenende bleiben. Ich denke, wir sollten Zeit haben, um miteinander zu reden. Das Geschäft, in das Sie sich eingemischt haben, ist sehr einträglich. Wir können Ihnen hier beim Einkauf helfen, und Sie werden drüben in Holland und den anderen europäischen Ländern verkaufen. Dorin-san hat sich in den vergangenen Wochen in vielerlei Hinsicht als fähig erwiesen. Er kann als Verbindungsmann fungieren. Sie haben jetzt seit einiger Zeit gewonnen, aber keiner siegt für immer. Wenn wir unsere Kräfte vereinigen, werden sich unsere Chancen vergrößern.»

«Eine Fusion», sagte der Commissaris und bot dem Daimyo aus seiner flachen Blechdose einen Zigarillo an. Der Daimyo zündete ein Streichholz an, und beide Männer brachten ihre Köpfe einander näher.

«Eine Party», sagte de Gier. «Werden Ihre Musiker aus der Bar im *Goldenen Drachen* auch auf der Party sein?»

«Gewiss», sagte der Daimyo. «Sie mögen Jazz, nicht wahr?»

«Manchmal», sagte de Gier. «Ihre Musiker sind sehr gut.»

«Sie haben viel Übung und sind talentiert», sagte der Daimyo. «Ich mag Jazz ebenfalls. Ich habe sie mal auf einem Schiff gehört. Wir machten eine Vergnügungsreise. Sie sagten, sie würden sich gern in Kyoto niederlassen. Das ist jetzt schon einige Jahre her. Seither haben sie in unseren Bars und Nachtclubs gespielt und sind sehr bekannt. Ja, sie werden auf der Party sein, und ich bin sicher, sie werden ihr Bestes geben.»

«Ich möchte hingehen», sagte der Commissaris zu Dorin,

der sich verbeugte. Dorin schaute den Daimyo an. Seine Augen funkelten, die Hand am Griff seiner Maschinenpistole zuckte.

«Sie brauchen Ihre Waffen nicht mitzubringen», sagte der Daimyo und winkte hinüber zum Kutter, der wendete und auf die beiden miteinander vertäuten Boote zusegelte. «Wir sind redliche Leute. Sie werden unsere Gäste sein bis zu dem Augenblick, da wir Sie wieder am Gasthof absetzen. Wenn Sie mit unseren Vorschlägen nicht einverstanden sind, werden Sie trotzdem unsere Gäste sein. Die Yakusa halten etwas von Freundschaft.» Er legte seine Hand auf Yuikos Unterarm. «*Jin-gi.*»

«*Jin-gi*», sagte Yuiko. «Der Daimyo möchte, dass Sie das Wort auf Japanisch hören. Es bedeutet mehr als Freundschaft.»

Der dicke Zeigefinger des Daimyo zeichnete die Schriftzeichen in die Luft. «*Jin-gi*», sagte er noch einmal. «Dorin-san wird es Ihnen erklären können. Ein sehr wichtiges Wort. Sie haben uns gezeigt, dass Sie die Idee kennen, die hinter dem Wort steckt.»

Er verbeugte sich vor de Gier. «Sie haben einem Yakusa-Mädchen das Leben gerettet.»

Er drehte sich schwerfällig um und verbeugte sich vor dem Commissaris. «Hätten Sie Konos Wunde nicht verbunden, hätte er möglicherweise seine Hand verloren. Unser Arzt hat das gesagt. Kono ist kein gesunder Mensch; Bakterien bekommen ihn leicht zu fassen.»

Der Kutter kam längsseits. Der Daimyo stand auf und ergriff das Tau auf dem Vordeck des Segelboots. Der junge Mann, den de Gier über Bord geworfen hatte, kam auf das Fischerboot.

«Vielleicht sollten wir alle mit unseren eigenen Booten zurückfahren», schlug der Daimyo vor.

Man verneigte sich und lächelte. Auch Dorin lächelte, aber seine Augen funkelten immer noch.

26

«Ah», sagte der Commissaris und brachte den Gürtel seines gestreiften Kimonos wieder in Ordnung. «Das war ein hervorragendes Essen, Brigadier, und auch ein ausgezeichneter Tag.» Er grinste erfreut und stand auf. Sie hatten in ihrem Zimmer gegessen. Die beiden Mädchen hatten den Tisch soeben abgeräumt. Sie hatten eine volle Kaffeekanne und zwei Tassen zurückgelassen und den Aschenbecher geleert. Das Zimmer war makellos sauber wie immer. Die sanften Farben der Tatamis vermischten sich mit dem abendlichen Licht, das durch die offenen Balkontüren hereinkam.

«Ich bin froh, dass Sie sich wohl fühlen, Mijnheer. Ich hatte gedacht, der Tag auf dem Wasser hätte Ihren Beinen geschadet.» Der Brigadier lag auf dem Rücken, den Kopf auf den verschränkten Händen. Er hatte den Commissaris im Bad vorgefunden, als er wiederkam, nachdem er Yuiko bei ihrer Wohnung abgesetzt hatte. Sie hatte ihn hereingebeten, aber er hatte sich entschuldigt und versprochen, am nächsten Tag anzurufen, damit er eine Verabredung treffen konnte, um sie zur Party des Daimyo abzuholen. Er war sicher gewesen, dass der Commissaris Schmerzen haben würde, aber der alte Mann hatte im hölzernen Badezuber gesessen und gesungen und nur aufgehört, um de Gier zu bitten, ihm eine Zigarre anzustecken.

«Nein, ich fühle mich prächtig», sagte der Commissaris. Er hatte die Schranktür geöffnet und seine Matratze ausgerollt. «Diese kleinen harten Kopfkissen sind wirklich sehr behaglich, sobald man sich daran gewöhnt hat.» Er klopfte das Kissen in Form und legte sich hin. «Gieß du den Kaffee ein, Brigadier, ich werde heute nichts mehr tun. Wie habe ich dir gefallen, als ich die Maschinenpistole geschwenkt habe? Habe ich gefährlich ausgesehen?»

De Gier grinste. «Sie haben tödlich ausgesehen, Mijnheer.»

«Ja», sagte der Commissaris und setzte sich hin, um die

Tasse entgegenzunehmen. «Ich habe immer schon mal sagen wollen: ‹Ich werde Sie mit Blei voll pumpen.› Das ist ein so idiotischer Satz. Warum bittest du Dorin nicht herüber, vielleicht können wir ihn aufmuntern. Er hat auf dem Rückweg kein Wort gesagt; das soll nicht heißen, dass es mir etwas ausgemacht hat, ich glaube, ich habe die meiste Zeit geschlafen.»

De Gier brauchte eine Weile, um festzustellen, wo Dorin sich aufhielt. Er war nicht in seinem Zimmer, sodass der Brigadier hinunter ins Büro gehen musste. Eines der Mädchen sagte, er sei möglicherweise in eine kleine Bar in der Nähe gegangen, und sie erbot sich, ihn zu holen. De Gier sagte, er werde selbst gehen, aber die Mädchen legten die Hände vor den Mund und kicherten. Er solle in diesem Kimono nicht auf die Straße gehen. Der Brigadier begriff nicht. Bestimmt sei doch in Japan ein Kimono das richtige Kleidungsstück. Aber das war es nicht. Der Gastwirt wurde aus seinen Privaträumen geholt, damit er erklären konnte. Der Kimono de Giers sei nur für das Bad und werde draußen nicht getragen. Er protestierte, er habe japanische Herren im Zug am helllichten Tag in Unterwäsche gesehen. Ja, aber das sei etwas anderes. Er gab auf und ging wieder in sein Zimmer. Das Mädchen lief, um Dorin zu holen.

Dorin kam mit einer starken, süßlich riechenden Alkoholfahne herein. Seine Augen waren blutunterlaufen. Er zeigte ein Lächeln, aber es lag nur auf der Oberfläche seines Gesichts. Der Commissaris holte ein Kissen aus dem Schrank und legte es neben die Tokonoma, in die ein Mädchen frische Blumen gestellt hatte, zwei wilde Rosen, die auf ihren langen Stängeln graziös die Köpfe neigten.

«Tut mir Leid», sagte der Commissaris. «Ich wollte Sie nicht stören, aber der Brigadier und ich meinten, Sie werden gern mit uns Kaffee trinken. Sie haben noch nicht gebadet?»

Dorin trug noch die Kleidung, die er auf der Barkasse angehabt hatte, eine Windjacke und Jeans, die Haare standen ihm zu Berge.

«Na», sagte der Commissaris, als Dorin vom Brigadier seinen Kaffee bekommen hatte, «was halten Sie jetzt von unserem Abenteuer? Meinen Sie, dass wir vorangekommen sind?»

Dorin nickte einmal und hob die Tasse an den Mund.

«Meinen Sie nicht?», fragte der Commissaris und schaute auf die Schriftrolle, die den Hintergrund zu den beiden Rosen in der Tokonoma bildete. Die Rolle zeigte nur ein Schriftzeichen, gemalt mit einem dicken Pinsel. Der Gastwirt hatte ihm erzählt, das Schriftzeichen bedeute «Träume». Er habe die Rolle von seinem Vater, dem früheren Abt des Daidharmaji. Der Abt hatte das Schriftzeichen unmittelbar vor seinem Tod gemalt. Er hatte eine Menge Rollen mit diesem Schriftzeichen angefertigt und sie Menschen geschenkt, die er gut kannte, wobei er erläutert hatte, dieses Wort sei die Summe seiner Erfahrungen vom Leben, das er jetzt beende.

«Träume», murmelte der Commissaris.

«Wie bitte?», fragte Dorin.

Der Commissaris zeigte auf die Rolle. Dorin drehte sich um und warf einen Blick auf das Schriftzeichen. «Ja», sagte er. «Träume. Albträume. Heute hatte ich einen. Ich habe das Gesicht eines Schweins gesehen.» Er drehte sich wieder um und starrte auf seine Hände, die regungslos auf seinen Schenkeln lagen. «Schwein!», wiederholte er und spuckte das Wort aus.

«Wen haben Sie gesehen?», fragte de Gier. «Sie meinen doch nicht etwa den Daimyo, oder?»

«Doch», sagte Dorin und verschüttete etwas Kaffee auf die Jeans, geistesabwesend wischte er die Tropfen ab. «Wir wissen jetzt, wie das Tier aussieht. Daimyo! Wissen Sie, was das Wort bedeutet?»

«Herrscher», sagte der Commissaris.

«Stimmt. Herrscher. In früherer Zeit herrschten die Daimyos im Namen des Kaisers über Teile des Landes. Sie waren Herzöge und Markgrafen und Grafen, ausgesucht wegen ihrer Tapferkeit, Intelligenz und Einsicht. Sie waren keine Bordellinhaber und Rauschgifthändler und Restaurantbesitzer und Aufkäufer gestohlener Waren. Unser kleines Schwein ist nur ein verirrter Geschäftsmann. Ein Geschäftsmann ist ein Händler, und die haben in unserem Land nie viel gezählt. Es sind habgierige, geistig minderbemittelte Individuen, kaum menschlich, nur auf ihren Gewinn bedacht. Ihre Pflicht ist die Verteilung von Gütern, aber sie sind zu dumm, um zu wissen, dass sie eine Pflicht haben. Wenn die Daimyos die Dienste eines Händlers benötigten, gingen sie in seinen Laden und nahmen sich, was sie wollten, ohne nach dem Preis zu fragen. Der Händler konnte seine Rechnung später am Hintereingang des Palastes eintreiben, falls er einen Hofbeamten fand, der für ihn ein paar Minuten erübrigte. Der Händler kroch im Staub am Rande der Straße, wenn der Daimyo vorüberritt. Und wenn der Händler sich als Gauner erwies, wurde er zu Tode geprügelt, schnell und an einem ruhigen Ort, damit er niemanden mit seinem Geschrei störte.»

«Wirklich?», fragte der Commissaris. Dorins wütendes Gesicht, in dem jeder Muskel arbeitete, die schimmernden Zähne und die wild gestikulierenden Hände hatten ihn an eine Vorkriegskarikatur erinnert, die einen japanischen Soldaten zeigte und vor der Gelben Gefahr warnte, die dabei sei, die Welt zu überfallen. Der Soldat hatte böse gegrinst und sein Gewehr mit Bajonett vorgestreckt.

«Jetzt wissen wir also, wie unser pervertierter Krämer aussieht», sagte Dorin und sprang plötzlich auf, wobei er den niedrigen Tisch beinahe umgeworfen hätte, sodass de Gier die Hände ausstrecken musste, um ihn festzuhalten. «Unser mächtiger Bursche, der in ein Mikrofon sprechen und ein Flugzeug am Himmel und ein Boot voller übler Gestalten aus den Wellen des Biwasees herbeirufen kann. Ich hätte das Flugzeug in die Wolken und seine Nussschale in die Luft sprengen lassen können. Ich hatte ebenfalls ein Funkgerät in der Barkasse.»

«Sind alle Ihre Truppen jetzt in dem Gebiet?», fragte de Gier.

«Ja. Sie sind vor zwei Tagen eingetroffen. Ich habe sie in einer alten Kaserne östlich der Stadt untergebracht. In der Nähe ist eine Landebahn. Hundert Schneeaffen, vier Hubschrauber und zwei Düsenjäger der Luftwaffe, alle bereit, sofort zu starten. Der Mann, den ich heute in der Barkasse hatte, ist einer meiner Offiziere.»

«Warum haben Sie sie nicht alarmiert?», fragte der Commissaris.

«Es war noch zu früh», sagte Dorin. «Ich will den Schweinestall mit allen Schweinen darin verbrennen. Heute Nachmittag war ich in Versuchung. Wir hätten das Boot und das Flugzeug erwischen können, und das Hauptschwein saß direkt auf unserem Präsentierteller, aber er hat noch andere in seiner so genannten Burg. Als er uns zu der Party einlud, habe ich es mir anders überlegt. Ich würde sie viel lieber in den Rokkobergen in die Luft jagen. Dort sind sie durch ihre eigene Dummheit ganz isoliert. Eine Bergfestung, umgeben von Privatwegen. Wir können sie abschlachten, und niemand wird ihr Quieken hören. Auf dem See hätten wir vielleicht eine gewisse Publizität gehabt, und ich möchte nicht, dass Aktivitäten des Geheimdienstes auf den ersten Zeitungsseiten stehen.»

Dorin wurde immer aufgeregter und stieß die Worte mit einem scharfen Flüstern aus. Der Commissaris schloss für einen Moment die Augen.

«Aber können wir sie nicht einfach von der örtlichen Polizei festnehmen lassen?», fragte de Gier. «Der Daimyo hat seine Identität heute in Gegenwart von drei Zeugen enthüllt.

Wenn wir eine Aussage machen, können wir einen Richter überzeugen und ...»

«Nein», sagte Dorin scharf. «Die Polizei weiß, wer der Daimyo ist. Wenn ich die Burg angreife, wird die Polizei dort sein, aber ich werde sie erst im allerletzten Augenblick benachrichtigen. Die Burg wird schon brennen, wenn ihre Wagen eintreffen. Die Polizei wird dabei sein, weil ich nicht will, dass sie ihr Gesicht verliert. Sie kann in den Ruinen herumstochern und die Leichen finden und anschließend Berichte schreiben, die jemand abheften wird.»

«Sie trauen der Polizei nicht?», fragte de Gier.

«Ich vertraue den Schneeaffen», sagte Dorin, «meinen eigenen Männern, richtig ausgebildet und in vielerlei Hinsicht erprobt. Es sind Kämpfer, die nicht daran interessiert sind, mit Gangstern Golf zu spielen. Golf ist in diesem Land ein wichtiges Spiel. Wenn ein Mann möchte, dass ein anderer ihm einen Gefallen erweist, läd er ihn zum Golf ein. Sie wetten miteinander. Es sind hohe Einsätze, einige tausend Yen oder mehr, je nachdem, wie viel der Gefallen wert ist. Und der Mann, der den Gefallen erwiesen haben möchte, verliert die Partie. Ich habe hohe Polizeioffiziere kennen gelernt, die gern Golf spielen. Meine Männer mögen andere Spiele.»

«Ja», sagte der Commissaris müde und gähnte. «Dessen bin ich sicher. Ihr Offizier ist mir sehr bissig vorgekommen. Er ging mit der Maschinenpistole um, als sei sie sein Lieblingsspielzeug.»

Dorin lächelte freudlos. «Die Uzi *ist* eines seiner Lieblingsspielzeuge. Er kann auch mit einem Schwert kämpfen und ein Messer mit einer einzigen Bewegung ziehen und werfen, und ich habe noch nie gesehen, dass er vorbeigeworfen hat. Aber er hat auch noch andere Fertigkeiten. Vor einigen Wochen hat er in einer Bar im Zentrum von Tokio mit einem korrupten Beamten gesprochen. Es war eine sehr freundliche Unterhaltung, bei der es um nichts Besonderes ging, aber der Beamte hat sich an dem Abend sehr betrunken und seinen Wagen an einem Betonpfeiler zerschmettert und ist gestorben, bevor die Ambulanz eintraf.»

«Von solchen Dingen verstehen wir nichts», sagte der Commissaris. «Wir sind nur Polizeibeamte.»

«Die Polizei fängt Diebe und Betrunkene und Gauner und den Menschen, der sich vergisst und es fertig bringt, einen anderen Bürger umzubringen», sagte Dorin mit normaler Stimme, «aber es gibt andere Verbrecher, die wissen, wie sie sich verbergen und Masken tragen müssen, die an Fäden ziehen und Freunde haben, die hier und da ein Wort sagen können. Ein Polizist beginnt vielleicht mit Ermittlungen und kommt zu einem Ergebnis, aber dann bekommt er einen Zettel oder einen Anruf, und plötzlich fängt er etwas anderes an und vergisst seinen Fall.»

Der Commissaris gähnte noch einmal und entschuldigte sich.

«Gute Nacht», sagte Dorin. «Morgen kommt Woo, um seine Yen zu kassieren und in Hongkong anzurufen. Mr. Johnson hat mir erzählt, er habe die Angelegenheit mit Ihnen verabredet, und ich glaube, die Ware wird auf ein holländisches Schiff und nach Amsterdam gebracht.»

«Ja», sagte der Commissaris glücklich. «Das Heroin dürfte uns einige interessante Verbindungen in Europa verschaffen. Woo hilft uns sehr.»

«Die holländische Polizei wird sich um die Verbindungen kümmern?», fragte Dorin.

«Bestimmt», sagte der Commissaris, «und ich denke, Mr. Johnson wird uns dabei unterstützen.»

«Ich glaube nicht, dass der Commissaris Golf spielt», sagte de Gier langsam.

«Was könnte einen solchen Ausbruch verursacht haben?», fragte der Commissaris, nachdem Dorin gegangen war und de Gier seine Matratze und das Bettzeug in der anderen Zimmerecke hingelegt und das Licht ausgemacht hatte. «Mir scheint, unser Kollege hat ein persönliches Interesse an dem Fall, meinst du nicht auch? Bis jetzt hat er nicht viele Gefühle gezeigt, obwohl er ein überempfindlicher Mensch ist. Es ist wirklich höchst ungewöhnlich, dass er die Selbstbeherrschung verliert.»

«Sein Bruder», sagte de Gier. «Er hat mir vor einiger Zeit von seinem jüngeren Bruder erzählt. Sein Bruder ist süchtig, ein ausgeflippter Student, heroinsüchtig. Einer dieser jungen Menschen, die wir in den Hintergassen von Tokio gesehen haben, die stundenlag ihre Schuhe anstarren, bis die Wirkung des Rauschgifts nachgelassen hat und sie wieder anfangen müssen zu rauben. Woos Ware ist ziemlich teuer.»

Der Commissaris seufzte.

«Was halten Sie von unserem Abenteuer, Mijnheer?», fragte de Gier wenige Minuten später.

«Ich denke nicht viel darüber nach, Brigadier», sagte der Commissaris leise. «Vielleicht wäre ich bestürzt über das ungesetzliche Vorgehen dabei und vielleicht ergriffen, weil wir anscheinend in ein Märchen verwickelt worden sind. Und an dem, was Dorin zu uns gesagt hat, könnte etwas Wahres sein. Vielleicht sollte das organisierte Verbrechen durch ausgebildete Krieger ausgelöscht werden, obwohl mir scheint, dass die Befehlshaber dieser Kämpfer zu viel Macht haben würden. Was hältst du selbst davon?»

«Ich fürchte, ich kümmere mich so oder so nicht viel darum, Mijnheer», sagte de Gier und rückte den Kopf so, dass er den undeutlichen Umriss der Gestalt des Commissaris wahrnehmen konnte. Die Decke war verrutscht, das Licht einer Straßenlaterne beleuchtete das Knie des Commissaris, ein weißer Kreis im dunklen Zimmer. «Aber ich habe mich kaum um etwas gekümmert, seit ich meinen Kater erschossen habe. Ich fühle mich sehr leicht, nichts berührt mich. Fast nichts. Wenn ich an heute denke, sehe ich Dunst. Eigentlich habe ich heute nur einige Farne gesehen, die sich in der Brise bewegten und durch die hindurch ich die Wellen des Sees erkennen konnte. Und die Augenbrauen des Daimyo.»

«Der Daimyo», sagte der Commissaris. «Er hat keine große Chance, diese Woche zu überleben, jedenfalls nicht bei diesem Haufen von Halsabschneidern, die in der Nähe ihrer Hubschrauber lagern.»

«Jin-gi», sagte de Gier. «Freundschaft. Ich habe Dorin nicht danach gefragt, aber der Gastwirt hat es mir ein bisschen erklärt. Er hat mir die beiden Schriftzeichen aufgemalt. Das erste bedeutet zwei Menschen, das zweite hat etwas mit Gerechtigkeit zu tun. Zwei Menschen verbinden sich miteinander und sind zusammen etwas Überlegenes.»

«Sehr nett», sagte der Commissaris. «Sehr lobenswert. Aber das Ergebnis ist pervertiert. Wie du soeben gesagt hast, junge Menschen in den Gossen der Großstädte starren stundenlang ihre Schuhe an. Wenn die Yakusa nicht mit Rauschgift handelten, wäre ich versucht, der Burg in den Rokkobergen eine Warnung zukommen zu lassen.»

«Dann würde die Party abgesagt», sagte de Gier. «Gute Nacht, Mijnheer.»

«Ja», sagte der Commissaris, «und ich bin gespannt auf die Party. Gute Nacht, Brigadier.» Aber wenige Minuten später war er wieder aufgestanden. De Gier rührte sich und griff nach seiner Pistole.

«Stimmt was nicht, Mijnheer?»

«Doch», sagte der Commissaris munter, «ich kann nur meine Hausschuhe nicht finden. Ich habe den Botschafter ganz vergessen. Weißt du, ich soll ihn von Zeit zu Zeit anrufen und berichten. Ich bin sicher, dass er über unser Schicksal beunruhigt ist.»

«Ja», sagte de Gier. «Wie war das noch, Mijnheer? Mit unserer Mission hier, meine ich. Manchmal ist mir das alles ein bisschen zu hoch.»

Der Commissaris saß auf dem Fußboden und kämpfte mit seinem rechten Hausschuh. «Ganz einfach», sagte er. «Erinnerst du dich nicht? Im Jahr sechzehnhundertundsoundso hat uns die japanische Regierung das Recht gewährt, auf einer sehr kleinen Insel zu leben, direkt vor der Küste von Nagasaki, einem Hafen im Süden.»

«Uns?», fragte de Gier.

«Uns. Den Niederländern. Kaufleuten. Wir durften von ihnen Waren kaufen, und sie lernten von uns. Die Medizin und wie man Kanonen herstellt.»

«Ja», sagte de Gier verschlafen, «durch den einen Gefallen wird also der andere vergolten, aber ich scheine mich zu erinnern, dass wir für etwas dankbar sein sollten und wir einen Gefallen vergelten, wir, meine ich, Sie und ich, die wir wie blöde Kaninchen herumrennen, damit die Yakusa uns abknallen können.»

«Ja, dies ist auch mir nicht klar geworden. Dem Botschafter schien das allerdings sehr klar zu sein. Wir vergelten einen Gefallen. Die japanische Regierung ist beunruhigt, weil ihre Kunstwerke gestohlen und in den Westen exportiert werden, und wir sollen uns hier als Käufer ausgeben, um die Yakusa herauszulocken, damit sie festgenommen und vor Gericht gebracht werden können. Vielleicht war der Botschafter beeindruckt von der Tatsache, dass nur wir, wir Niederländer, mit den Japanern Handel treiben durften.»

«Im Jahr sechzehnhundertundsoundso», sagte de Gier.

«Und während der dreihundert und ein paar Jahre, die dem Jahr folgten. Und offenbar haben sie uns mit Nahrung und

Wein und Frauen versorgt, als die Franzosen die Niederlande eroberten. Vielleicht war das der Gefallen.»

«Sie fallen auf solchen Mumpitz doch nicht etwa herein, Mijnheer, nicht wahr?», fragte de Gier und setzte sich hin. Der Commissaris hatte es endlich geschafft, die Hausschuhe anzuziehen, und stand in der offenen Tür.

«Die Sache hat uns eine Gratisreise in ein fremdes Land eingebracht, nicht wahr?», fragte der Commissaris und lächelte freundlich.

«Vielleicht eine Gratisreise in den Tod.»

«Sterben ist reisen», sagte der Commissaris. «Es dürfte von allen Reisen die interessanteste sein, die der Mensch unternehmen kann.»

Die Schiebetür schloss sich. De Gier hörte, wie der Alte in seinen Hausschuhen die Treppe hinunterlatschte. Er grinste und legte sich wieder hin und versuchte wach zu bleiben. Er war noch wach, als der Commissaris nach einer halben Stunde zurückkam.

«Das war ein langes Gespräch, Mijnheer.»

«Der Botschafter hat heute Abend ein bisschen langsam kapiert», sagte der Commissaris und rieb sich die Hände, «aber am Ende hat er es doch noch geschafft, mich zu verstehen.»

27

«*Banzai*», riefen die fünf Musiker und sprangen von ihren Plätzen auf. Der Commissaris, Dorin und de Gier blieben stehen und verbeugten sich, drei kleine und irgendwie verloren aussehende Gestalten in der Burghalle, einem vier Stockwerke hohen und dreißig mal dreißig Meter großen Saal. Der Commissaris schien schüchtern zu sein. Dorin war zornig, aber der Brigadier fühlte sich, als könne er in den Himmel fliegen. Er schaute auf die an beiden Längswänden aufgereihten Yakusa und auf das kleine Empfangskomitee am Ende der Halle, auf den Daimyo und Kono, und ging weiter auf die beiden Männer zu. Er merkte nicht mehr, dass der Commissaris und Dorin mit ihm gingen; er fühlte sich äußerst allein. Ich bin ein Gaijin, ein Ausländer, dachte er, ganz auf mich gestellt. Diese Folgerung war angenehm, und er grinste, und das Grinsen wurde zu einem Teil der Banzai-Rufe auf der Bühne. De Gier winkte den Musikern zu, und der Trompeter antwortete mit einem kurzen Schmettern, während der Pianist einen Akkord anschlug, der in das Anfangsthema des *St. Louis Blues* überleitete. De Gier ging weiter, der Daimyo und Kono kamen ihm entgegen. Das Bewusstsein des Brigadiers von äußerster Freiheit wuchs noch. Er zog die Schultern ein, breitete die Arme aus und begann zu hüpfen im Gleichklang mit dem Rhythmus, jetzt verstärkt durch das Saxophon, das die schmetternde Trompete unterstützte und eine Oktave tiefer jaulte, und durch den Pulsschlag des plötzlich einsetzenden Basses. Gleichzeitig war das Schlagzeug explodiert, und eine wilde Kakophonie zitternder Schläge mischte sich mit den klirrenden Becken.

Die Yakusa hatten dem Brigadier bei seinem Hüpfen zugeschaut und erfüllten die Halle mit Beifallsgebrüll, das sich dann auf den Daimyo konzentrierte, der mit breitem Grinsen und ausgebreiteten Armen in einer allumfassenden Geste des Willkommens mit Kono im Gefolge im Kreis um seine Gäste herumzuspringen begann. Die Yakusa waren von den Wänden herbeigekommen und hatten sich in den Kreis eingereiht, zuerst mit langsamen Bewegungen, dann mit zunehmender Lautstärke des Blues immer schneller werdend. Der Commissaris schaute sich um, sprachlos, aber er fühlte sich von dem Strom der Energie eingeschlossen, der so plötzlich ausgebrochen war und auch von ihm selbst zu kommen schien, denn er spürte ein deutliches Beben an der untersten Stelle seines Rückgrats. Eine Woge von Energie lief ihm den Rücken hinauf und strömte in seinen Kopf und darüber hinaus und ließ ihn ebenfalls tanzen, den Tanz eines alten Mannes mit einem Minimum an Aktion, wobei er nur Füße und Schultern bewegte. Überall um ihn herum sah er die bräunlich gelben Gesichter der Yakusa, jedes von einem Lächeln aufgespalten, und er grinste zurück. Sehr hübsch, dachte er und berührte Dorin, einladend lächelnd.

«Was?», fragte Dorin.

«Die Party!», sagte der Commissaris. «Hübsch! Machen wir mit!»

Dorin erwachte anscheinend aus seiner Erstarrung und hob ein Bein wie ein Balletttänzer, der mit einem Satz quer über die ganze Bühne springen will, und wieder brüllten die Yakusa.

Die drei Männer waren der Mittelpunkt eines sich fließend bewegenden Kreises und sahen aus wie elegante lebende Spielzeuge. De Gier in seinem hellblauen Jeansanzug mit dem weißen Seidenschal und Dorin in seinem schönen maßgeschneiderten Leinenanzug waren das passende schmückende Beiwerk für den Commissaris in seiner Shantungjacke und der engen Hose und dem mit einer Perle festgesteckten grauen Halstuch. Die Yakusa, alle in tadellosem dunklem Anzug, weißem Hemd und schwarzer Krawatte, waren der Rahmen für das sich bewegende Bild.

Der Blues schleppte sich dahin mit der Wiederholung des Themas in schlichten, einfachen Pianotönen, aber ununterbrochenen Improvisationen in Trompeten- und Basssoli. Der Daimyo hatte seine Jacke aufgeknöpft und flatterte mit den Frackschößen, sodass er aussah wie eine mächtige Fledermaus, gefolgt von ihren blutgierigen Gefährten. De Gier ging nicht mehr herum, sondern stand da, fast unmerklich zitternd, die Schultern gereckt, und streichelte die Luft mit langsamen sinnlichen Gebärden. Der Commissaris, verloren in einer Vision von seiner frühen Jugend, sah sich als kleines Kind, das im Garten seines Großvaters spielt. Dorin, vorübergehend von seinem Zorn befreit, schien Basketball zu spielen, wobei er den Ball von der flachen Hand abprallen ließ. Der Daimyo rief nur «*Jingi*», ein einziges Wort, das für einen Moment in der Halle schwebte. Die Musiker hörten auf zu spielen, setzten jedoch nach kurzem Schweigen wieder ein und veränderten damit die Atmosphäre in der Halle, ohne jedoch die alles durchdringende Gemeinsamkeit zu beeinträchtigen. Die Gäste, plötzlich aufgerüttelt, sahen, wie sich ein zweiter Kreis um sie herum bildete. Schlanke japanische Mädchen im Kimono umtrippelten die jetzt tölpelhaft aussehenden Männer und wedelten mit ihren verzierten Papierfächern. Jetzt war der Brigadier dran, Beifall zu brüllen. Er hatte die Erscheinung gesehen, die an der Spitze der Schmetterlinge ging: eine große schwarze Frau, aufragend mit ihrer Afrofrisur, aber auch schlank und graziös, durch die Halle schreitend mit katzenhaft gleitenden Bewegungen auf unglaublich langen Beinen, die in schlanken Fesseln und hochgewölbten Füßen endeten. Jeder Schritt ihrer gestreckten Beine war ein sorgsam verlangsamter Sprung, damit die Mini-Geschöpfe hinter ihr mithalten konnten. Sie trug einen weißen Skidress; die eng anliegende Jacke reichte bis zu den Hinterbacken, die sich bei jedem Sprung rundeten und bogen.

Der Schlagzeuger, beeindruckt von de Giers Brüllen, beugte sich über seine Trommeln und schlug sanft und wirbelte dumpf, damit er die gleitende und vibrierende Prozession kontrollieren konnte. Der Trompeter teilte seine Begeisterung und blies runde, volle Töne zum Dach der Halle hinauf und zu den geschwärzten, handbehauenen Balken, die es trugen.

Die Yakusa hatten mit ihren Fledermausimitationen aufgehört und ahmten Dorins Basketballtechnik nach und schlugen die Bälle aus Luft hin und her. Der Daimyo summte ein kurzes, aus drei Tönen bestehendes Lied mit einer Pause beim vierten Taktschlag, und die Yakusa sangen mit, aber leise, sodass seine Stimme ihr glückliches Brummen trug.

Der Schlagzeuger konnte die Empfindungen im Saal nicht mehr aufhalten und ließ die Stöcke über den Trommeln schweben. Der Daimyo hob eine Hand, die Musik brach ab.

«Willkommen», röhrte der Daimyo. «Getränke für die Gäste und für uns!» Der Commissaris brach eine graziöse Drehung auf halbem Wege ab und blinzelte, sein Gehirn begann wieder zu funktionieren. Er fragte sich, inwieweit der Daimyo dies Geschehen vorhergesehen hatte. Woher hätte er wissen können, dass der Brigadier so spontan reagieren würde? Und hatte de Gier nicht – jedenfalls gegenwärtig – einen Geisteszustand erreicht, der nicht mehr zu manipulieren war?

Der Daimyo schaute den Commissaris an, lächelte und verbeugte sich.

«Gefällt Ihnen?», fragte der Daimyo.

«O ja», sagte der Commissaris. «Sehr.»

«Tatsächlich», sagte der Daimyo und winkte einem Kellner, einem der drei chinesischen Barmänner aus dem *Goldenen Drachen* in Kyoto. Der Kellner, dessen Schädel im sanften Licht der überall in der Halle aufgehängten Lampions schimmerte, schüttelte den Kopf, ließ den Zopf tanzen und aufblitzen, drehte ihn um und stand unter einem Silberteller von einem Meter Durchmesser. Er bot von seinem Tablett dem Commissaris einen Drink an.

«Einen Whisky, Sir?»

«Gewiss», sagte der Commissaris und war sich, während er trank, der Tatsache bewusst, dass er getanzt und gerufen und gesungen hatte, ohne die leiseste Entschuldigung, dass der Alkohol in seinem Blut einen bestimmten Pegel in Promille erreicht habe. Er hatte einfach getan, was der Daimyo von ihm erwartete, genau wie damals im Tempelgarten, als er gerannt war und gekeucht hatte. Aber war das jetzt wichtig? Er glaubte nicht. Der Whisky brannte ihm in der Kehle, während er in die freundlich blickenden, vorstehenden Augen des Daimyo schaute.

«Gefällt Ihnen?», fragte der Daimyo noch einmal.

«Ja», sagte der Commissaris. «Mir gefällt es.»

Die Pause dauerte nicht lange. Die Barmänner brachten einen großen rot lackierten Wandschirm herein, auf dem ein orangefarbener Drache glänzte, die feurige Zunge und der grausame Kopf auf dem ersten Teil, der gewundene schuppige Körper auf dem mittleren und der schwingende gepanzerte Schwanz auf dem dritten. Die Bar verschwand hinter dem Paravent, und Gastgeber und Gäste suchten nach einem Platz, wo sie ihre leeren Gläser abstellen konnten, aber die Barmänner liefen herum, sammelten die Gläser ein und balancierten ihre großen runden Tabletts. Die Trompete blies einen langen einfachen Ton, ein widerhallendes Schmettern, das aufhörte und auf gleicher Höhe wieder einsetzte, dann aber mit einem Schluchzer abbrach und sich zu einem klagenden Stöhnen senkte. Bass und Perkussion fingen den fast sterbenden Ton auf und belebten ihn in einer Komposition von Thelonius Monk, gurgelnd und fiepend und jede Liedzeile mit zerbrechlichen, glasartigen Tönen auf der äußersten rechten Seite der Pianotastatur beendend. Der Commissaris grinste über die unheimlich komische Musik, aber er fühlte sich wieder von dem Strom fortgeschwemmt, der ihn soeben erst in höhere Regionen getragen hatte. Er dachte für einen ganz kleinen Augenblick daran, sich des niederländischen Verständnisses und guten Benehmens zuliebe zurückzuhalten, aber er widerstand der Versuchung. Der Daimyo machte sich gut und sollte ermutigt werden. Und warum sollte er, der Commissaris, sich nicht von der

Kraft der Gedanken eines anderen tragen lassen? Er ging gemächlich zur Bühne und setzte sich neben den Daimyo; Yuiko kam gehorsam angetrottet, bereit zu übersetzen.

«Meine Hofmusiker», sagte der Daimyo, «haben unseren Nachtclub berühmt gemacht. Ich liebe Jazz. Ich habe die Musik in Amerika entdeckt. Ich reise oft nach Amerika. Ich habe auch Miss Ahboombah entdeckt, eine der besten Tänzerinnen in New York und, wie ich annehme, zu teuer, um sie für hier zu engagieren, aber ich habe es dennoch getan, und zwar für ein Jahr. Es hat sich als gute Idee erwiesen. Unsere Clubs in Kobe und Osaka haben nicht einen leeren Stuhl mehr gehabt, seit sie dort zu tanzen anfing. Und die Gäste buchen oft Wochen im Voraus einen Platz.»

«Eine sehr schöne Frau», sagte der Commissaris und baumelte zufrieden mit den Beinen. «Ich hoffe, wir werden sie heute Abend noch einmal sehen.»

«Aber selbstverständlich», sagte der Daimyo und klopfte dem Commissaris sanft auf die Hand. «Und es stehen auch noch andere Ereignisse auf dem Programm. Ich selbst werde versuchen, mich Ihrer Aufmerksamkeit würdig zu erweisen», – er lachte und zupfte am Ärmel des Commissaris –, «aber das könnte Sie langweilen, deshalb werden wir anschließend Miss Ahboombah noch einmal sehen. Und selbstverständlich wird es etwas zu essen geben. Vielleicht hätten wir mit dem Essen beginnen sollen, aber ich dachte mir, wenn wir alle an langen Tischen hockten und Yuiko zum Übersetzen immerzu rauf und runter laufen müsste und wir uns die ganze Zeit über anstarrten … Nein.»

«Nein», sagte der Commissaris.

«Nein, nein, deshalb werden wir uns zuerst Miss Ahboombah anschauen. Ich muss das Gefühl zwischen Ihnen und mir ausgleichen. Ich habe Sie vor kurzem erschreckt, was mir jetzt Leid tut. Ich sah Ihre Furcht und fühlte mich hinterher schuldig, obwohl ich dachte, als es passierte, dass ich gewonnen hätte.»

«Im Tempelgarten», sagte der Commissaris und baumelte weiter mit den Beinen. Hinter ihm war das Gurgeln und Fiepen sanfter geworden, in die Musik hatte sich Lieblichkeit eingeschlichen. Er ließ sich vom Lied des Basses und den fließenden Tönen der Trompete wiegen.

«Aber das Abenteuer sollte Ihnen nichts ausmachen», sagte der Daimyo. «Ich hätte mich auch geängstigt, und der Trick war nicht einmal originell. Ich habe die Anregung aus einem Buch über die Silberfüchse der Rokkoberge, sieben Hexen, die dort vor langer Zeit lebten, in sieben, im Kreis errichteten Hütten. Den Hexen ist diese Tortur eingefallen – einem Menschen sein eigenes totes Gesicht zu zeigen. Es waren böse Frauen und sehr mächtige, geschickte Zauberinnen. Sie meditierten wochenlang wie die Mönche in Kyoto – wie die guten Mönche, nicht die schlechten, die ihre Tempel bestehlen und die Ware an uns liefern, hübsch eingehüllt in Baumwolltücher. Und die Hexen wollten nur Macht, nicht die Einsicht des Buddha. Ja.»

«Sind Sie Buddhist?», fragte der Commissaris. Er glaubte, einen Ton von Ehrerbietung in der Stimme des Daimyo gehört zu haben.

«Ob ich Buddhist bin?», fragte der Daimyo und hielt seine Hände mit den Flächen nach oben vor seiner Brust. «Was würde ich wohl sein? Eine gute Frage. Ich weiß die Antwort nicht. Mein Geist ist benebelt von den zahllosen Gedanken, mit denen ich mich identifiziert habe und die alle ihre Spuren hinterlassen haben, und man sagt, der Geist des Buddha ist leer, leer und rein, denn Leere ist immer rein.»

Er überlegte. Yuikos Augen hingen anscheinend an seinen dicken, fleischigen Lippen. «Aber wir haben unseren Geist geläutert, Sie und ich. *Jin-gi,* erinnern Sie sich?»

«Ich erinnere mich», sagte der Commissaris, «und ich habe

den Hoteldirektor nach dem Wort gefragt. Er hat es mir aufgeschrieben. Zwei Schriftzeichen. *Jin* bedeutet ‹zwei Menschen›, und *gi* ist ‹Gerechtigkeit›.»

Der Daimyo strahlte. «Sie haben sich an das Wort erinnert und sogar darüber nachgedacht! Aber das ist sehr gut und viel mehr, als ich zu hoffen wagte. Sie sind in einem fremden Land, nehmen viele Eindrücke, Worte und Ideen auf. Den ganzen Tag lang fallen sie auf Sie herab wie Regentropfen, und wie Regentropfen prallen sie vom Schutzschild Ihres Geistes ab und werden von der Erde aufgesaugt. Das ist mir in Amerika passiert, und ich dachte, das Gleiche werde ihnen hier passieren. Aber Sie haben sich an das Wort erinnert, an das Wort, das ich Ihnen auf dem Biwasee gesagt habe. Ein bedeutsames Wort, das nur wir, die Yakusa, durchdrungen und wirklich verstanden haben. Die Idee stammt – wie so viele Ideen in unserem Land – aus China, aber wir wissen nicht immer, was wir mit der Weisheit der Chinesen anfangen sollen, und wir bewahren sie irgendwo auf, meistens in Tempeln.»

Der Daimyo grinste und schob seine Faust dem Commissaris sanft vor die Brust.

«Ja», sagte der Commissaris. «*Jin-gi* ist eine Verhaltensregel, dachte ich, eine Art von Kodex.»

«Ja. Zwei Menschen – Gerechtigkeit. Zwei Ideen schaffen zusammen eine dritte, und diese sagt etwas über menschliche Beziehungen aus. Der alte Daimyo, der Mann, den ich abgelöst habe, als ich den Krieg überstanden hatte und mit einer Reihe von Funktionen in unserer Organisation betraut worden war, dieser Daimyo sagte also, dass zwei Menschen einander erst dann wirklich kennen lernen können, wenn sie gelernt haben, ihre eigenen Sehnsüchte auszulöschen. Jedes Mal, wenn ich ihn sah, wollte er über dieses spezielle Thema sprechen. Lieber einen Schritt zurückgehen als auf Kosten eines anderen Menschen nach vorn springen.»

Der Commissaris hob eine magere Hand. «Auf Kosten eines anderen Yakusa?»

«Ja», sagte der Daimyo, «eines anderen Yakusa. Und als er schließlich zu dem Schluss gekommen war, dass ich es begriffen hatte, wollte er nicht mehr, dass ich mich vor ihm verbeuge. Er behauptete, der japanische Brauch des Verbeugens sei von einer Begrüßung zur Hinnahme eines Status degeneriert.» Er wandte sich dem Commissaris zu. «Können Sie mir folgen?»

«Nein», sagte der Commissaris. «Verbeugen heißt begrüßen, dachte ich.»

«Ja, aber wer verbeugt sich *zuerst*? Darauf kommt es an. In Japan versuchen wir immer, den Lebensstandard eines anderen festzustellen. Wenn sich zwei Menschen begegnen, muss sich der eine zuerst verbeugen. Jedoch nicht in *Jin-gi.*» Er faltete die Hände wie zum Beten. «Sehen Sie, zwei Hände werden zu einer neuen Form. Sie können uns, Sie und mich, ebenfalls als Beispiel nehmen. Falls wir uns bei einem offiziellen Ereignis treffen würden, könnten wir Schwierigkeiten mit dem Verbeugen haben. Sie sind ein mächtiger Mann in Holland, aber Holland ist weit, und ich habe meine Stärke hier, deshalb bin ich vielleicht bedeutender, falls wir einander hier begegnen. Falls das stimmt, könnte man von Ihnen erwarten, dass Sie sich zuerst verbeugen. Aber wir können das Problem auch von einer anderen Seite betrachten. Sie sind älter als ich und viel erfahrener; Sie sind ein exotischer Fremder aus dem Westen, ich bin nur der Herr Tanaka oder Tamaki, eins von hundert Millionen Geschöpfen, die sich auf diesen kleinen Inseln drängeln, um einen Platz zu erwischen. Was tun wir also? Wer verbeugt sich als Erster?»

«Ich», sagte der Commissaris, «wenn ich Ihnen damit einen Gefallen erweisen kann.»

«Keine Verbeugungen», sagte der Daimyo. «Vergessen wir

die Verbeugungen. Sie hatten die Möglichkeit, meinen alten Freund Kono zu töten, und Ihr Assistent hätte Yuiko in ihrem Badezimmer in dem Erbrochenen liegen lassen können. Aber Sie haben Ihre eigenen Wünsche vergessen und Abstand genommen und damit in den Augen eines jeden Yakusa, der dieses Namens würdig ist, bewiesen, dass Sie die Lektionen Ihrer Organisation in Holland gelernt haben und Ihre Einsicht in die Praxis umsetzen können.»

«Na ...», sagte der Commissaris.

«*Jin-gi*», sagte der Daimyo und starrte ins Leere. Die Trompete hatte die erste Note des Songs von Monk wieder aufgenommen, die Rhythmusbegleitung endete. Stille war in die Halle wieder eingekehrt. «Entschuldigen Sie mich bitte», sagte der Daimyo. «Ich muss in die Küche, um nachzusehen, ob die von Ihnen mitgebrachten Spirituosen richtig gekühlt worden sind. Ein gehaltvolles, königliches Getränk, aber Ihr Assistent sagte, es verliere an Geschmack, wenn es nicht sehr kalt serviert werde. Deshalb habe ich den Koch gebeten, die Flaschen in seine Gefrierschränke zu stellen, dann können wir sie heute Abend etwas später trinken. Sie haben eine ganze Menge mitgebracht und müssen sich damit große Mühe gemacht haben. Es war nicht nötig; allein Ihre Gegenwart ist schon ein bedeutendes Geschenk.»

Dorin nahm den Platz des Daimyo auf dem Rand der Bühne ein und lächelte nervös. «Miss Ahboombah steht als Nächste auf dem Programm», sagte er leise. «Was für ein Anblick, eine schwarze Striptänzerin in einer japanischen Burg. Unsere Zivilisation entwickelt sich unter Hüpfen und Springen weiter.»

«Mögen Sie keine schwarzen Frauen?», fragte der Commissaris höflich.

«O doch», sagte Dorin und machte eine vage Handbewegung. «Sehr. Als Junge in San Francisco war ich von ihnen absolut ergriffen, und meine Mutter behauptet, schon als Baby sei ich einfach unmöglich gewesen, wenn schwarze Frauen mir auch nur die geringste Aufmerksamkeit schenkten. Ich glaube, meine erste richtige Erregung hat ein Mädchen aus dem Kongo ausgelöst. Ich kann mich nicht mehr erinnern, weshalb sie in San Francisco war, vielleicht war sie zu einem Kongress gekommen. Sie trug ein weites, fließendes afrikanisches Gewand und hatte ihre Haare grau gefärbt und zu einer Art von Knoten aufgesteckt. Ich bin ihr den ganzen Tag über gefolgt und träume sogar jetzt noch von ihr, und das ist zehn Jahre her.»

«Sexuelle Träume?», fragte der Commissaris.

«Ja, selbstverständlich, aber vielleicht ist mehr daran. Sex bestimmt, aber ohne jede Pornographie, erhabener Sex, so was Ähnliches.»

Dorin war anscheinend verwirrt. Er beugte sich vor und fiel fast von der Bühne, und sein sonst so sorgfältig gebürstetes Haar hing ihm in die Augen.

Die drei chinesischen Barmänner kamen hinter dem Wandschirm hervor und schoben eilends die Yakusa an die Seiten der Halle. Sie glitten auf Samtpantoffeln umher und gestikulierten übertrieben. Die Yakusa ließen sich schieben und grinsten über die Albernheiten der drei pomphaften, aber eleganten Männer in ihren Brokatwesten und den weiten Hosen. Als ob sich die drei Barmänner für ihr rüdes Benehmen entschuldigen wollten, kehrten sie, sich an den Händen haltend, wieder zum Wandschirm zurück, wobei sie im Rhythmus der Musik, die wieder eingesetzt hatte, einen graziösen Shuffle vorführten und die Zöpfe hüpfen und springen ließen.

Ein runder blasser Mond schimmerte sanft, als die Lampions nacheinander ausgemacht wurden. Miss Ahboombah stand am Seeufer und tastete mit vorsichtig ausgestrecktem Fuß nach dem Wasser. Das sanfte Licht reflektierte sich in einem gebleichten Tuch, das sie um den Körper geschlungen hatte. Nur die Perkussionsinstrumente und der Bass begleiteten ihre langsamen traumhaften Bewegungen. Als sie ein Boot mit kurzen Rucken an einem langen Seil zu sich heranzog, war auch die Trompete zu hören, geflüsterte Töne, unterbrochen von dunklen Intervallen, in denen auf dem Piano kurze Doppeltöne angeschlagen wurden. Das Boot entfernte sich wieder vom Ufer, getrieben von langen Paddelschlägen. Sie stand hinten im Boot, das über die Dünung des Sees glitt.

Der Commissaris seufzte. Dort gab es kein Boot, kein Ufer, kein Seil, kein Wasser, sondern nur einen Fußboden aus breiten Brettern, einen Fußboden in einer großen Halle. Aber Miss Ahboombah hatte ihn zu einem afrikanischen See mitgenommen; dort standen Palmen am Ufer, ein Eingeborenendorf mit runden, strohgedeckten Hütten würde nicht weit sein. Er sah, wie sie aufschaute und mit den Augen dem Flug eines Vogels folgte, der auf großen schwarzen Schwingen dahinglitt. Er spürte die träge Hitze einer Tropennacht. Das gebleichte Tuch fiel herab, als sie ins Wasser sprang; es war ein weiter Sprung, bewirkt durch die Kraft ihrer Beinmuskeln und den Widerstand des Bootes, das weiterglitt. Er sah, wie ihr schlanker Körper hoch gehende Wellen durchschnitt und sich Kreise an der Stelle bildeten, an der sie eingetaucht war. Er sah, wie sie die Oberfläche des Wassers durchbrach und mit langen Zügen schwamm, die Hände krümmte und durch kühles Wasser zog. Sie wendete und schwamm wieder zum Boot und schwang ein schimmerndes Bein in den ausgehöhlten Baumstamm. Sie hockte sich hin und erhob sich mit einer einzigen Bewegung und stand mit dem Paddel in der Hand.

Das Licht erstarb im Papiermond und mit ihm die Musik, nur der Bass vibrierte noch in der Halle. Als die Lampions wieder hell wurden, war es still in der Halle. Der Commissaris wollte das Schweigen nicht brechen. Er hörte, wie neben ihm der Daimyo ruhig atmete und wie sich der Trompeter sein Bein an der Seite des Pianos scheuerte. Aber der Applaus setzte ein, zögernd zuerst, dann anschwellend, bis er die Halle erfüllte.

De Gier hatte in einer Ecke gestanden, halb hinter dem Drachenschirm verborgen. Er hatte ungläubig den Kopf geschüttelt, als der Tanz begann. Er hatte eine wilde Vorstellung erwartet, einen Strip, der sich, untermalt von dumpfen Trommelschlägen und durchdringendem Trompetengeschmetter, zu einem heftigen Orgasmus steigerte, bei dem das Saxophon plärrte und schluchzte und krächzte. Eine Nachtclubtänzerin, die ihr Publikum fesseln will, die alles zeigen wird, während einzelne Kleidungsstücke zu Boden wirbeln.

Aber auch de Gier war der Frau gefolgt, auf und in den See, der ihn an seinen Balkon erinnert hatte, so wie der Commissaris dabei an seinen Garten gedacht hatte. Sie hatte ihn an eine geschützte Stelle mitgenommen, die tief unter seinen Gedanken verborgen war, die stille Lichtung, die am Ende des Weges liegen musste, dem er manchmal in seinen Träumen folgte.

Er stieß sich von der Wand ab und sah den Commissaris winken. Er ging quer durch die Halle, die sich mit Yakusa füllte, die darauf warteten, dass die Bar geöffnet wurde.

«Eine gute Party, Mijnheer», sagte er. «Schade, dass die Schneeaffen in einer Minute alles in Stücke schlagen werden. Ich nehme an, sie können jetzt jeden Augenblick eintreffen, nicht wahr?»

Die kleine Gestalt des Commissaris am Rande der Bühne schien ebenso unwirklich zu sein wie seine Begleiter, und er brachte seine Worte nur mit Mühe heraus. «Noch nicht», sagte der Commissaris und griff sich ein Glas von einem vorbeikommenden Tablett. «Es bleiben uns noch einige Stunden. Ich bin froh, dass der Botschafter daran gedacht hat, den Genever zu schicken und du die Kartons heute Morgen vom Flughafen abholen konntest.»

«Achtundvierzig Flaschen vom allerbesten», sagte de Gier. «Wenn sie sich darüber hermachen, wird es ein kleines Durcheinander geben, Mijnheer.»

Der Commissaris schaute hinüber zur Bar, die wieder hinter dem Drachenparavent verschwand. «Der Daimyo hat sie bis jetzt noch ziemlich gut in der Gewalt, Brigadier, aber ich nehme an, er wird im weiteren Verlauf des Abends die Zügel etwas lockern. Wir beide müssen uns an dem allgemeinen Vergnügen beteiligen; wir wollen mal sehen, wer betrunkener werden kann, du oder ich.»

«Meinen Sie das im Ernst, Mijnheer? Das dürfte nicht schwierig sein. Die Bar ist voll mit Whisky und Weinbrand, und obendrein wird man unseren Genever ausschenken.»

«Ja», sagte der Commissaris und nickte. «Betrunken müssen wir werden, stinkbesoffen, zerschmettert, je schlimmer, desto besser.»

«Aber sollten wir nicht in der Lage bleiben, uns umsehen zu können? Sie wissen, was Dorin vorhat. Vielleicht sollten wir auf den Beinen sein, wenn die Hubschrauber kommen.»

Der Commissaris gab mit dem Kopf einen Hinweis. De Gier schaute sich um und sah Dorin, der sich langsam seinen Weg durch die Menge der Yakusa bahnte. «Keine Sorge, Rinus», sagte der Commissaris leise. «Vielleicht müssen sie uns hinaustragen, aber morgen werden wir wie gewöhnlich aufwachen, mit einem kleinen Kater, wie ich mir denke, aber sonst sicher und heil.»

«Ich habe soeben mit Kono gesprochen», sagte Dorin. «Er hat den Verband von der Hand abgemacht. Die Wunde scheint gut zu heilen.»

«Ein netter Kerl», sagte der Commissaris.

«Ein Schatz», sagte Dorin, «wie alle diese Zuckerbübchen. Von ihrer Freundlichkeit wird mir speiübel. Sie übertreiben es heute Abend aber auch zu sehr. Ich muss mir immer wieder einreden, dass sie die schlimmsten Bastarde sind, denen man aus dem Weg gehen sollte, denn wenn ich das nicht tue, vergesse ich es, und ich vergesse es trotzdem jedes Mal, wenn einer von ihnen kommt, um zu plaudern und zu lächeln.»

«Ist es so schlimm?», fragte der Commissaris und ließ die Eiswürfel in seinem Glas klingeln.

«Ja, so schlimm.» Dorins Lächeln war höhnisch geworden. «Ich hasse diesen Unrat. Wenn ich die Möglichkeit hätte, klar zu denken, würde ich wissen, dass sie die gleichen Typen wie die chinesischen Kriegsherren und deren Kumpane sind, die ihr eigenes Land bis zu dem Punkt verdarben, dass sich die Bauern nicht mehr die Mühe machen wollten, auf ihren Feldern zu säen, und verhungernde Mütter ihre Säuglinge im Graben zurückließen, weil sie sie nicht mehr ernähren konnten. Die Yakusa sind eine lebende Geißel, die in dem Augenblick vernichtet werden sollte, da sie sich zu erkennen gibt, ohne Zeremonie, ohne weitere Überlegung. Als der Daimyo vorhin tanzte, hat er seine wahre Gesinnung gezeigt, die eines Vampirs, eines Blut saugenden Parasiten, aber eine Minute später war er der ideale Gastgeber, der mit einer einzigen Geste eine perfekte Atmosphäre schaffen kann.»

«Vielleicht», sagte der Commissaris. «Aber er ist kein gewöhnlicher Mensch, ganz und gar nicht, und ich bezweifle, ob er der Wahnsinnige ist, für den Sie ihn offenbar halten. Vielleicht beweist die Tatsache seiner Existenz, dass die Gesellschaft, in der er lebt, Raum für dieses Dasein bietet, es vielleicht sogar erwünscht ist. In einer anderen Gesellschaft würde er vielleicht auch eine andere Rolle spielen, möglicherweise eine, die man als gut bezeichnen könnte.»

Dorin versuchte, eine Filterzigarette am falschen Ende anzustecken. Er riss die schwelende Zigarette aus dem Mund und zerrieb sie mit seinem Absatz auf dem Fußboden. «Nein.»

«Was meinst du, de Gier?», fragte der Commissaris, aber

der Brigadier antwortete nicht. Lächerlich, dachte de Gier, ich habe meine Katze erschossen, ich bin in einer Burg in den Rokkobergen, ein schwarzer Engel ist soeben durch meine Seele getanzt.

«De Gier?»

Esther ist tot, dachte de Gier, und die Erde in meinen Blumentöpfen verkrustet und wird rissig. Ich kann nicht zurückreisen, aber ich bin frei. Ich bin seit Wochen frei und habe keine Ahnung, was ich mit meiner Freiheit anfangen soll. Ich habe mit einer japanischen Frau geschlafen und dabei aus einem See wachsende Farne gesehen. Und alle Menschen in dieser Halle sind meine Todfeinde.

«Wo bist du?», fragte der Commissaris.

«Ja, Mijnheer», sagte de Gier und ging davon.

Der Daimyo kam mit Yuiko an der Hand herbei, um seine Gäste zu holen. Tische wurden hereingetragen, und die Barmänner, unterstützt von Köchen in weißer Kleidung, brachten mit Schüsseln und Schalen beladene Tabletts herein.

«Ich habe für Sie einige Spezialgerichte zubereiten lassen», sagte der Daimyo. «Ich habe gehört, dass Sie bis jetzt von japanischen Speisen gelebt haben, und mir gedacht, dass Ihnen eine Abwechslung gelegen käme. Es gibt Steaks und Lammkoteletts und Bratkartoffeln und Salate und …» Er zeigte auf die einzelnen Gerichte und beschrieb sie und zog den Commissaris und Yuiko mit fort. «Die Salate sind die Spezialität des Kochs, und er kennt auch die Zubereitung der dazu passenden Saucen. Die Salate sind aus Konos Garten. Ich habe ihm heute Morgen beim Ernten geholfen. Wir arbeiten oft zusammen auf den Feldern, vielleicht zu oft, weil ich in diesen Tagen meine Pflichten vernachlässige. Das Vergnügen eines Mannes, der dabei ist, sich vom Geschäft zurückzuziehen.»

«Sie wollen sich bald zurückziehen?», fragte der Commissaris.

«Vielleicht in einem Jahr, aber ich werde weiterhin interessiert sein. Alte Menschen haben in Japan noch eine gewisse Bedeutung. Vielleicht wird man mich von Zeit zu Zeit um Rat bitten.»

«Hier», sagte der Daimyo, «bedienen Sie sich bitte selbst. Ich werde gleich wieder hier sein. Ich muss drüben am anderen Tisch den Karpfen tranchieren.»

Dorin schaute auf seine Uhr. «Jetzt sollte die Landebahn in unserer Hand sein», sagte er dem Commissaris ins Ohr, «und die Burg umzingelt. Ich nehme nicht an, dass die Posten eine Möglichkeit zum Widerstand hatten, falls überhaupt Posten aufgestellt waren. Der Daimyo hat jahrelang hinter der Barriere seiner Bestechungen in Sicherheit gelebt.»

«Ich hoffe, die Schneeaffen sind auch in Geduld geübt», sagte der Commissaris, drehte über seinem Salat einen Löffel um und ließ die dunkelrote Sauce auf die frischen Blätter tropfen. «Sie sollten erst hereinkommen, wenn unsere Freunde hübsch betrunken sind, und so weit ist es noch lange nicht.»

Dorin stieß seinen Löffel in einen Silberkübel, der mit einer cremig weißen Flüssigkeit gefüllt war. «Na klar», sagte er, «sie sind in vielerlei Hinsicht geübt. Dies ist eine russische Sauce, ich nehme mir immer russische Speisen, damit ich mich an sie gewöhnt habe, wenn der Zeitpunkt gekommen ist. Sie können innerhalb weniger Stunden hier sein.»

«Die Russen?»

«Die Russen. Ich habe sie vorigen Monat durch mein Fernglas beobachtet. Sie hatten vor unserer Küste im Norden eine Übung. Ihre Inseln liegen so nahe, dass sie manchmal beim Baden an unsere Strände geschwommen kommen und wir sie mit der Fähre wieder hinüberbringen müssen.» Der Löffel kam heraus und hinterließ ein Vakuum, das sich übel gurgelnd wieder füllte.

«Machen Sie sich keine Sorgen wegen der Russen? Die müssen in Europa die gleiche Bedrohung darstellen wie hier.»

Der Commissaris schnitt sein Steak vorsichtig und langsam mit einem sehr scharfen Messer. Die blutig roten Scheiben kippten auf seinem Teller um.

«Nein», sagte er zögernd. «Nein, ich glaube nicht. Vielleicht, wenn die Zeit kommt, aber sie ist noch nicht gekommen. Und es kommt so viel. Zum Beispiel der Tod.»

De Gier kam zu ihnen, Ahboombah hielt seinen Arm. Die Tänzerin trug ein langes Kleid, das an ihrem sehr langen Hals geschlossen war. Sie hielt ihren Teller hin, auf den de Gier einige Salatblätter legte, während sie beifällig lächelte.

«Sie sind eine große Künstlerin», sagte der Commissaris. «Mir hat Ihr Tanz sehr gefallen.»

Sie lachte. «Ich hoffe, Sie waren nicht enttäuscht. Gewöhnlich ist mein Tanzstil ganz anders, aber der Daimyo hatte sich diese Pantomime gewünscht. Er hatte sie in New York von mir gesehen.»

De Gier berührte Dorins Ellbogen, während der Commissaris und die Tänzerin miteinander sprachen.

«Ja?»

«Ich weiß nicht, welche Pläne Sie für den Rest des Abends haben», flüsterte de Gier, «aber der alte Mann muss heil herauskommen.» Sein Flüstern war kühl und grimmig, Dorin fuhr auf.

«Reden Sie keinen Quatsch, Mann», zischte er zurück. «Selbstverständlich wird er heil herauskommen. Dies ist eine Party, oder? Eine fröhliche Party! Wir sind bei Freunden, nicht wahr?»

De Gier hatte keine Möglichkeit zu antworten. Dorin hatte seinen Teller auf den Tisch geknallt und war mit zuckendem Gesicht und schwingenden Armen davonstolziert.

Der Daimyo kam zurück und beteiligte sich am Gespräch.

Dann ging er wieder und nahm Ahboombah mit. Der Commissaris sah dem Paar nach, wie es die Halle durchquerte. Die lange Hand der Tänzerin – jeder spindelförmige Finger endete in einem langen, gebogenen silbernen Nagel – ruhte auf der Schulter des Daimyo, ihr Gesicht war seinem Kopf zugeneigt, mit der Wange berührte sie eine borstig buschige Augenbraue.

Vielleicht muss ich mich ja nicht so betrinken, dachte der Commissaris, aber er schüttelte verzagt den Kopf. Er würde sich betrinken müssen und hinterher krank sein. Kopfschmerzen, Durst, höchstwahrscheinlich Krämpfe, schlimmstenfalls Durchfall. Aber er wurde wieder fröhlich. Er konnte immer ein Bad nehmen. Die japanischen Bäder hatten bis jetzt Wunder gewirkt, seine Beine schmerzten nicht mehr so sehr.

Der Daimyo tauchte wieder auf und bot Delikatessen an. Große in Teig ausgebackene Garnelen und Stückchen von Tintenfisch, die in einer dicken dunklen Sauce schwammen.

«Morgen», sagte der Daimyo. «Morgen können wir in Ruhe alles besprechen, wenn wir einen Spaziergang machen und uns einiges anschauen. Kono möchte seine Vögel zeigen. Er hat ein paar neue Fasane, wunderhübsche Tiere, und Schwäne hat er jetzt auch, schwarze australische Schwäne. Die Vögel sind sein Stolz, ebenso wie die Bären einst für mich, aber sie sind jetzt zu alt und haben sich nicht fortgepflanzt.»

«Ich habe Ihre Bären gesehen», sagte der Commissaris, «als wir gekommen sind, in einem Käfig beim Eingangstor. Oben auf dem Käfig saß ein Pfau, und zwischen seinen Schwanzfedern war der Kopf eines Bären zu sehen. Ein Anblick von großer Schönheit. Sie leben hier wirklich prächtig.»

«Ich lebe in meinem Traum», sagte der Daimyo, «und der ändert sich, aber nicht immer in der Art und Weise, wie ich es möchte. Aber jetzt, da meine Jahre mich einholen, versuche ich, mit der Veränderung zu leben und sie nicht mehr wie früher zu erzwingen. Und der Traum geht bald zu Ende. Ich werde diese Stätte verlassen und mich jetzt schon an den Gedanken gewöhnen.»

«Wohin werden Sie gehen?», fragte der Commissaris und nahm einen Bissen Seetang. Er behielt die schleimige Substanz vorn im Mund und kaute sie langsam.

«Ich glaube, ich werde mir ein kleines Haus suchen, vielleicht auf einer Insel im Binnenmeer. Ein Haus mit Gemüsegarten; seit einiger Zeit macht es mir Spaß, Gemüse und so anzubauen. Sie sollten dann kommen und mich besuchen. Sie könnten bei mir wohnen, und vielleicht könnten wir dann reisen, und Sie können mir erzählen, was Sie sehen, und ich werde mein Land mit ihren Augen sehen. Es wird ein Abenteuer werden, das wir miteinander teilen können.»

«Ja», sagte der Commissaris und schluckte, wobei er bemüht war, sich nicht zu schütteln.

«Aber der Zeitpunkt ist noch nicht gekommen», sagte der Daimyo traurig. «Gegenwärtig werden wir von unseren eigenen Plänen getrieben, obwohl …» Er brach seinen Satz ab und ließ Yuiko bei der Übersetzung mitten in einem Wort innehalten. «Vielleicht werden Sie mich heute Abend etwas später besser verstehen. Ich werde in einem kleinen Stück mitspielen, in einem No-Spiel. Die No-Spiele sind echt japanisch, die einzige Kunstform, die wir nicht aus China eingeführt haben.»

«Ein Theaterstück?», fragte der Commissaris. «Worum geht es dabei?»

«Um einen schlechten Menschen. Ich werde der schlechte Mensch sein. Er ist schlecht, weil er nicht weiß, was gut ist. Ein sehr kompliziertes Thema, aber ich werde mich bemühen, es einfach darzustellen. Ich werde tanzen und singen, die Yakusa werden auch singen und die Musiker uns begleiten. Sie bereiten sich jetzt vor. Da sind sie schon. Ich muss jetzt gehen und mich umziehen.»

Der Commissaris ging zu de Gier und mit ihm zusammen zur Bühne.

«Wie geht's, Brigadier?»

De Gier lächelte unsicher. «Sehr gut, Mijnheer, vielleicht zu gut. Ich kann es kaum ertragen. Ich sehe immerzu startende Hubschrauber. In Holland habe ich mal eine Übung mit Hubschraubern gesehen. Sie haben schwere Maschinengewehre an Stangen montiert, die seitlich aus dem Cockpit ragen, mit Patronen aus Gurten versorgt, die ausschwenken. Langsame Maschinen, schwerfällig, aber man kann sich gegen sie nicht verteidigen, weil sie in jede Richtung fliegen können. Und jeder Hubschrauber ist voll von diesen übel wollenden kleinen Menschen, diesen zerstörenden Affen. Sie werden hier alles zerbrechen und verbrennen. Nichts wird übrig bleiben, nur ein schwelender Trümmerhaufen, und dann werden sie aufsteigen und wieder abfliegen.»

Der Commissaris trug eine Schale Eiscreme in der Hand. «Ich mag dies eigentlich nicht, Brigadier, warum essen Sie es nicht?»

«Danke.» De Gier begann zu essen.

«Aber du siehst ganz fröhlich aus», sagte der Commissaris.

«Das ist es ja, worauf ich hinauswollte, Mijnheer. Die Musik ist ausgezeichnet, und der Tanz hat mich auch gefesselt. Es ist, als ob heute Abend alles genau passt. Ich bin tatsächlich vollkommen glücklich, aber ‹glücklich› ist ein so lächerliches Wort.»

Der Commissaris klopfte ihm auf den Rücken. «Du machst dich gut, Brigadier. Bleib so für eine Weile. Wir werden sehen, wohin das alles führen wird, und inzwischen können wir dem Augenblick leben.»

Dorin holte sie ein. «Ich glaube nicht, dass sie bewaffnet sind», sagte er, «aber wir müssen aufpassen; in der Burg muss ein Waffenlager sein.»

«Die werden in einer Stunde betrunken sein», sagte der Commissaris freundlich. «Wir müssen mit ihnen trinken, Sie auch, Dorin. Der Daimyo ist ein empfindsamer und intelligenter Mann. Wenn wir Widerwillen zeigen, wird er sofort Bescheid wissen.»

Ein schriller Schrei ertönte auf der Bühne, die Lichter wurden schwächer und gingen aus und machten aus der Halle ein großes schwarzes Loch. Drei Laternen erschienen hinter dem Drachenparavent, getragen von den Barmännern, die schwarze Kimonos angezogen hatten. Sie bildeten einen Halbkreis und warteten und hoben die Lichter.

Eine Männerstimme sang, eine tiefe Stimme, und ließ traurige Worte erklingen. Eine breitschultrige Gestalt sprang in den schwachen Lichtschein. Kurze Trommelschläge betonten das Lied. Eine Flöte durchdrang zitternd die Perkussion, hoch und dünn, einzelne Töne, die zu einem glasscharfen Triller moduliert wurden.

«Der Daimyo», sagte Dorin und zeigte auf den Schauspieler. «Er ist viel besser, als ich angenommen hatte. Ich kenne das Stück. Es geht um einen Krieger, der seinen Gebieter verloren hat und versucht, eine neue Lebensgrundlage zu finden. Ein schwieriges Stück und in einer so altertümlichen Sprache geschrieben, dass der Sinn zum größten Teil verborgen bleibt. Es endet böse, so viel ist sicher. Ich glaube, er verliert den Verstand, ein seltsames Stück für eine Party.»

Eine zweite Gestalt wurde sichtbar, die den Sänger bedrohte.

«Ahboombah», sagte de Gier, «mit Maske und weißer Perücke.»

Die Frau umsprang den Daimyo und blieb direkt vor ihm stehen, die Hände erhoben. Die Maske war so geschnitzt, dass sie den Ausdruck höhnischen Zorns zeigte mit zurückgezogenen Lippen und dreieckigen schimmernden Zähnen. Der

Kopf begann zu beben, das weiße Haar verteilte sich zu einer breiten Franse. Der Daimyo zog sich langsam zurück, verfolgt von der Frau, die ihre Arme krümmte und ihn mit zitternden, langen gebogenen Fingernägeln bedrohte. Andere Schauspieler erschienen und griffen den Daimyo an, der sich zu verteidigen suchte, aber das Gesicht bedecken musste, um die Vision auszusperren. Die Flöte akzentuierte die Drohung, kehrte aber zu einer sanft lockenden Melodie zurück, und der Daimyo schien sich auszuruhen. Die Feinde formierten sich neu und griffen wieder an, und die Dämonen der Angst siegten und zwangen den Daimyo zu einer unterwürfig knienden Haltung, die zur völligen Aufgabe führte, als er zu Boden fiel. Die Laternen entfernten sich schlurfend in Richtung Wandschirm und verschwanden dahinter.

Die Halle war wieder beleuchtet. Die Musiker stimmten ein fröhlich pulsierendes Lied an, während die Barmänner die Bar in die Mitte der Halle rollten.

Der Wechsel war für den Commissaris zu schnell gewesen. Er hockte immer noch da und starrte auf die Stelle, an der der Daimyo vor wenigen Augenblicken vernichtet worden war.

«Bei Gott!», murmelte der Commissaris. Er war froh, als er de Gier neben sich husten hörte, und schaute auf. «Was hast du davon gehalten, Rinus?»

«So habe ich mich an dem Abend gefühlt, als der Unfall passiert ist», sagte de Gier leise. «Aus welchem Grund hat er das nach Ihrer Meinung getan, Mijnheer?»

Der Commissaris schüttelte den Kopf.

«Hat es irgendwie mit *Jin-gi* zu tun, Mijnheer?»

«Vielleicht. Bestimmt hat er uns seine Seele gezeigt. Ein eigenartiger Mann, Brigadier.»

«Was haben Sie von dem Stück gehalten?», fragte Dorin höflich.

«Ich bitte um Vergebung», sagte der Commissaris. «Wir

hätten nicht holländisch sprechen dürfen. Ja, ich fand es sehr gut, gewiss sehr interessant.»

«Auf sehr unorthodoxe Weise aufgeführt», sagte Dorin. «Es ist das erste Mal, dass ich eine Frau in einem No-Stück habe spielen sehen. Schade, dass die Professoren für Kunstgeschichte von der Universität Kyoto nicht hier waren, um das zu sehen. Falls der Daimyo das Stück inszeniert hat, dann hat er seinen Beruf verfehlt.»

«Er *hat* es inszeniert», sagte der Commissaris. «Der Mann ist ein Künstler und dennoch ein Verbrecher, ein Schieber. Höchst ungewöhnlich. Man sollte meinen, dass er nie ein Yakusa werden musste, jedenfalls nicht, wenn er sich auf solche Art und Weise ausdrücken kann. Aber der Mann ist zu verabscheuen. Zweifellos zerstört er die staatliche Ordnung. Aber warum? Aus Gewohnheit? Weil er in eine Routine abgeglitten ist, die ihm keine anderen Möglichkeiten ließ?»

«Sie mögen den Daimyo, nicht wahr?», fragte Dorin. Seine Stimme war wieder eiskalt.

Der Commissaris drehte sich um und schaute ihn an. Es schien, als erkenne er den Major nicht.

«Ah», sagte er. «Ja, gewiss. Ich mag den Daimyo sehr und glaube, dass ich ihn heute Abend kennen gelernt habe.»

28

Der Genever wurde stilvoll serviert. Man hatte die achtundvierzig Flaschen aus den Gefrierschränken geholt und mit Zeichen der Ehrerbietung auf die Bar gestellt. Die Barmänner, überwacht von einem grimmig aussehenden Kono, füllten kleine geeiste Weinbrandgläser mit vorsichtigen Bewegungen. Dem Daimyo und den Gästen wurde serviert; die anderen reihten sich an der Bar auf und verbeugten sich, ehe sie ihr Glas entgegennahmen. Als alle ihren Drink hatten, kletterte der Daimyo auf die Bühne.

«Kampai! Ex!»

Er goss die schmackhafte gelbe Flüssigkeit in seinen weit geöffneten Mund und drückte dabei das Glas an die dicke Unterlippe. Er schluckte, knickte in den Knien ein, wartete auf den Schock und brüllte vor Vergnügen, als er eintrat.

«Gut!», rief der Daimyo. «Feuer aus Holland! Mehr!»

Der Chef der Barmänner kam mit einer Flasche gelaufen, die Yakusa drängelten sich an der Bar. Das Piano begann eine Rumba. Ahboombah wurde in die Mitte der Halle geführt. Ein Barmann brachte ihr ein großes, bis zum Rand mit dem eisigen Sprengstoff gefülltes Glas, und ein Trommelwirbel erklang, während sie es leerte. Die Becken rasselten, als sie schluckte. Das Glas flog davon und wurde vom Barmann elegant aufgefangen, während Ahboombah sprang, drei Meter weiter landete und in einen Tanz hineinhüpfte, zu dem sie sich den Daimyo als Partner wählte. Die Yakusa schlossen sich mit ihren Mädchen an. Und nach einer Weile ging die Rumba in einen langsamen Foxtrott über, der zu den untersetzten und irgendwie noch plump aussehenden Männern besser zu passen schien, aber später, als noch mehr Alkohol konsumiert worden war, lockerte er sich zu einem moderneren Shuffle auf.

De Gier beobachtete das fröhliche Treiben aus seiner Ecke in der Nähe des Drachenparavents, nahe genug an der Bar, um häufig bedient zu werden. Der Shuffle nahm kein Ende. Hin und wieder verstummte ein Instrument, weil der Musiker ein frisches Getränk bekam, aber die anderen machten weiter und improvisierten unaufhörlich. Die Yakusa, erhitzt und laut, rempelten sich gegenseitig an und griffen nach Gläsern auf der Bar. De Gier wurde gelegentlich entdeckt, dann kamen sie grinsend zu ihm.

«Hallo!»

«Hallo!»

«Kampai!»

«Kampai!»

Wieder ein Glas geleert. Die Menge schob, de Gier vergoß einige Tropfen, aber immer war schon ein neues Glas unterwegs. «Auf Ihr Wohl!» Runter mit dem Genever. Rein in den Magen und von dort aus ins Blut.

Er fühlte sich heiß und nahm eine Flasche, die er über die Wangen und den Nacken rollte. Wie viele Gläser bis jetzt? Acht? Neun? Er nahm die wohl bekannten Symptome wahr. Erhöhte Schnelligkeit der Gedanken, Bilder folgten einander so schnell, dass sie sich überschnitten, intensive Identifizierung mit der Musik und eine große Liebe für alle Anwesenden.

«Große Liebe für die Yakusa», sagte er laut. Das kam undeutlich heraus. «Betrunken», sagte er. Betrunken, weil man ihm gesagt hatte, er solle sich betrinken. Wie nett. Wie viele Schnäpse habe ich gehabt? Er wollte irgendetwas zählen. Deshalb zählte er die Yakusa und hörte bei neunzig auf. Das Zählen dauerte eine Weile, denn sie waren alle in Bewegung, wenn er mit unsicherem Finger auf sie zeigte. Eine halbe Flasche für jeden, dachte er und schloss die Augen. Er rechnete noch einmal nach. Neunzig geteilt durch achtundvierzig. Hundert durch fünfzig. Das macht zwei. Zwei Flaschen für jeden. Nein. Umgekehrt. Eine halbe Flasche. Aber die Hälfte der Leute waren Frauen, und obendrein sehr kleine Frauen, aber Ahboombah war eine ziemlich große Frau. Ein wichtiger Faktor, der zu berücksichtigen war. Er öffnete die Augen. Ahboombah kam direkt auf ihn zu. Schade, er hatte die Formel beinahe. Nur noch einige Sekunden. Nein, zu spät. Er spürte ihre starken Hände auf seinen Schultern und ihren breiten feuchten Mund an seiner Wange. Er folgte ihr, ein wohlerzogener kleiner Junge, der seiner Kindergärtnerin vertraut. Sie tanzten mit ausgestreckten Armen, die Finger ineinander verflochten. Die Yakusa standen herum und applaudierten, die Musiker sangen ein mit obszönen Wörtern gespicktes anrüchiges Lied, betont durch Trommelschläge und das Brummen des Basses. Auch der Daimyo und Kono sangen, Arm in Arm, zweifellos ebenfalls obszöne Worte, aber sie sangen japanisch. Der Commissaris führte wieder seinen Tanz vor, ganz allein, und Ahboombah ging, um ihm seinen Preis zu geben, einen Kuss oben auf den Kopf.

De Gier ging wieder in seine Ecke, um die Formel auszuarbeiten. Der Daimyo rief den Commissaris. Sie setzten sich auf den Rand der Bühne auf jeweils einen kleinen Kasten, Yuiko saß zwischen ihnen.

«Habe ich Ihnen schon mal von meiner Erfahrung mit Haschisch erzählt?», fragte der Daimyo. «Nein?»

«Nein», sagte der Commissaris, «aber ich würde es gern hören.»

«Es war ein wenig wie heute Abend, seltsam, aber wahr, sehr wahr. Und dennoch ist Haschisch ganz anders als Alkohol. Mit Haschisch sieht man Dinge; mit Alkohol wird alles, was man sieht, übertrieben groß. Oder vielleicht ist es bei beiden das Gleiche. Wer weiß?» Der Daimyo schwang sich nach vorn und wäre beinahe von der Bühne gerutscht; der Commissaris und Yuiko konnten ihn noch rechtzeitig festhalten. Der Commissaris schwang sich ebenfalls nach vorn, wurde aber an den Hosenträgern ergriffen und nach hinten gezogen. «Hören Sie mir zu?», fragte der Daimyo, stützte sich mit beiden Armen auf Yuiko und blickte eulenhaft den Commissaris an.

«Ja», sagte der Commissaris. Er versuchte seine Brille zu putzen, indem er sie mit seinem Halstuch abrieb. «Ja, Haschisch!»

«Haschisch», sagte der Daimyo triumphierend. «Genau! Davon wollte ich sprechen. Ich habe es geraucht, eine Menge, einen ganzen Beutel voll, einen weißen Beutel, der mit einem roten Bindfaden verschnürt war, die gleiche Farbe wie Ihre lächerlichen Hosenträger. Haha.»

«Haha», sagte der Commissaris. «De Gier hat sie mir gekauft. Die Hose rutschte mir immer wegen der verrückten Pistole.»

«Wo ist Ihre Pistole?»

«Zu Hause», sagte der Commissaris und hob einen Finger. «*Jin-gi!*»

Der Daimyo beugte sich vor, um dem Commissaris auf den Rücken zu klopfen, aber er fiel auf ihn, weil Yuiko entwischt war.

«Komm her!», rief der Daimyo. Yuiko kam zurück. «Was? … Sie sagt, sie kann nicht übersetzen, wenn ich mich bei ihr aufstütze. Gut, ich werde mich also nicht mehr bei ihr aufstützen.»

«Haschisch», sagte der Commissaris.

«Ja, ein Beutel voll, ein Probebeutel. Ein Araber hat ihn gebracht, weil er unser Lieferant werden wollte. Kono hat auch geraucht, aber er ist eingeschlafen. Ich nicht. Ich bin zum Strand gegangen.»

«Strand?»

«Strand. Aber vorher ist etwas anderes passiert. Ich werde nicht sagen, was es war. Sehr schrecklich, ich habe nie wieder Haschisch geraucht. Da war nicht mehr, überhaupt nicht, und ich fiel und fiel. Aber davon werde ich nichts erzählen.»

«Nein», sagte der Commissaris.

«Und dann war ich am Strand. Sauberer, trockener Sand, sich wiegende Bäume, enorme Bäume, Mangroven waren es, die auf seltsam verschlungenen Wurzeln standen, und auch Palmen mit riesigen Blättern, die gespalten waren, und sie bewegten sich um mich herum. Oh, wunderschön. Ich stand am Strand und spürte, wie sich die Brandung über meinen Füßen brach und das Wasser die Haare auf meinen Zehen bewegte. Haben Sie das schon mal gespürt?»

«Nein», sagte der Commissaris. «Ich habe keine Haare auf den Zehen.»

«Nein?», fragte der Daimyo. «Wie schade, dann können Sie es ja nicht spüren, das herrlichste Gefühl, das ein Mensch erleben kann. Halluzinationen haben mehr Details als ...»

«Als?»

«Ja», sagte der Daimyo und bewegte sich auf seinem Kasten. Yuiko streckte die Hand aus und hielt ihn fest. «Ich wollte sagen ‹als die Wirklichkeit›, aber vielleicht weiß ich nicht, was Wirklichkeit ist. Na, jedenfalls war ich da mit dem Wasser, das die Haare auf meinen Zehen bewegte, und ich wusste, ich würde etwas sehen, das sehr bedeutsam war, die Antwort auf die große Frage, auf *die* Frage, die Frage meines Lebens.» Er rieb sich das Kinn.

«Und?»

«Und dann kamen sie. Zwei riesige schwarze Gorillas.»

Der Daimyo versuchte aufzustehen, um dem Commissaris zu zeigen, wie groß die Gorillas waren, aber Yuiko hielt ihn an seinem Riemen fest, sodass er zurückfiel und kicherte.

«Und, haha, sie waren, haha ...» Er wischte sich die Augen aus.

«Ja», sagte der Commissaris, der sich ebenfalls die Augen auswischte und unbändig kicherte.

«Haha», stieß der Daimyo außer Atem aus. «Sie hatten sich umschlungen und winkten mit ihren Strohhüten und Spazierstöcken und tanzten den ganzen Strand entlang, länger als eine Stunde. Ich war dort. Ich war *bei* ihnen. Und sie waren so ernst! Es waren die ernstesten Gorillas, die ich jemals bei einem routinierten Stepptanz gesehen habe!»

«Entschuldigung», sagte Yuiko und zwängte sich frei von den beiden Männern, die einander festhielten, vor Freude schluchzten und die Köpfe aneinander rieben in einer albernen und völligen Hingabe an einen Augenblick geteilter Einsicht.

Die Männer vom Kommandotrupp trugen olivfarbene eintönige Arbeitskleidung und Stahlhelme. Sie waren als kompakte Einheit hereingekommen, ein großes Nadelkissen, strotzend von blauschimmernden Gewehrläufen, hatten sich jedoch sofort verteilt und liefen an den Wänden entlang und trieben die Yakusa zur Tür hinaus, trennten sie von ihren Mädchen; sie bewegten sich lautlos auf dicken Gummisohlen, die Gesichter ausdruckslos, bis auf das Funkeln dunkler Augen unter dem Rand der Helme. Der Commissaris versuchte zu erkennen, was da vorging, aber er sah nur Reihen, grüne Reihen der Kommandoleute und dunkle Reihen der Yakusa. Die Musik schwieg. Er hörte das unregelmäßige schwere Donnern eines Hubschraubers, der draußen im Hof landete, bereit, die ersten Gefangenen aufzunehmen. Eine Frau schrie, aber der Schrei brach ab nach einem dumpfen Laut, als einer vom Kommandotrupp sie in den Nacken schlug, nicht sehr kräftig, aber an der richtigen Stelle. Es gab noch einen Schrei, und der Commissaris glaubte Yuikos Stimme zu erkennen. Auch dieser Schrei brach ab. Er sah, wie Leute der Kommandoeinheit mit Tragbahren hereintrotteten und die letzten Yakusa, sinnlos besoffen, hinter der Bar hervorzerrten, auf das grüne Segeltuch warfen und sie forttrugen. Es war alles vorüber. Der Hubschrauber draußen gewann bereits an Höhe und machte Platz für den nächsten. Und er glaubte, das schwirrende und hackende Geräusch anderer sich nähernder Maschinen zu hören. Vier Hubschrauber, dachte er, das stimmt. Etwa fünfzig Festgenommene; die Hubschrauber werden große Armeemaschinen sein.

«Gut», sagte die Stimme des Daimyo ihm ins Ohr.

Der Commissaris wandte langsam den Kopf. «Gut?», fragte er.

«Ja. Ihre Arbeit?»

«Ja», sagte der Commissaris, «zum Teil.»

Der Daimyo suchte nach Worten. «Geheimdienst?», fragte er.

«Ja. Japanischer Geheimdienst.»

«Gut», sagte der Daimyo noch einmal. «Und Sie?»

«Polizei. Amsterdam.»

Der Daimyo nickte vor sich hin. In der Halle war es sehr still. Die drei Barmänner standen noch immer hinter der aufgebockten Tischplatte. Leute von der Kommandotruppe streiften umher, in der Hand Maschinenpistolen. Durch eine offene Seitentür waren einige Mädchen zu sehen, die sich auf dem Hof wie Motten um ein Licht drängten. Die schwarze Tänzerin war noch in der Halle und saß bewegungslos auf einem Stuhl, die Beine übereinander, den Kopf auf einen Arm gestützt.

De Gier hatte wieder einen Pfosten zum Anlehnen gefunden, aber er wollte fort von ihm und fragte sich, ob er es bis zur Bar schaffen würde. Die Beine gaben nach, aber er wollte trinken; anscheinend gab es sonst nichts zu tun. Dorin, der eine Maschinenpistole trug, die er einem Mann der Kommandoeinheit abgenommen hatte, kam, um ihm zu helfen. Zusammen schwankten sie murmelnd und sich gegenseitig stützend zu dem orangefarbenen Drachen.

«Einen Schnaps», sagte der Brigadier. «Zwei kleine Schnäpse.»

Die Barmänner rührten sich nicht. De Gier streckte die Hand aus und versuchte, sich eine Flasche zu greifen. Dorin legte die Maschinenpistole auf den Boden und wollte ihm helfen.

«Besoffen», sagte de Gier, als er an dem kleinen Glas nippte. «Sehr. Gut gemacht, Dorin. Ohne zu töten. Gut gemacht.» Er nickte feierlich.

Dorins blutunterlaufene Augen versuchten, sich auf das Gesicht des Brigadiers zu konzentrieren. «Nicht gut gemacht», sagte er laut. «Schlecht gemacht. Heute früh Telefonanruf. Aus Tokio. General sagt, nicht töten. Stupider General, blöder General.» Er holte tief Atem und warf das Glas gegen die Bar. «*Idiotischer* General!»

«Wieso?», fragte de Gier und ließ die Halt gebende Bar los, griff aber schnell wieder nach der Stange.

«Die werden wieder freigelassen», sagte Dorin und richtete den Zeigefinger auf de Giers Nase. «Keine Todesstrafe hier. Eines Tages werden sie wieder frei sei. Mein General sagt, macht nichts. Ich sage, macht doch was, aber er sagt, Befehl vom Minister. Wir mussten alle Pläne ändern. Schneeaffen sind verwirrt. Befehle geändert.»

De Gier grinste.

«Kein Töten», sagte Dorin traurig. «Nur in Notwehr, sagt der General. Keine Notwehr. Alle besoffen. Die Idee deines Chefs.»

Er zeigte zur Bühne hinüber, wo der Commissaris und der Daimyo immer noch saßen und die Beine baumeln ließen. «Dein Chef hat mit eurem Botschafter gesprochen. Der Botschafter hat mit dem Minister gesprochen. Der Minister hat mit dem General gesprochen.» Er schüttelte heftig den Kopf. «*Idiotischer* General», sagte er noch einmal, wobei er kreischte.

«Jetzt», sagte der Daimyo leise zum Commissaris. Er stieß sich von der Bühne ab, fiel und kroch zur Bar. Der Commissaris schaute zu, wie er sich vorwärts bewegte. Dem Commissaris war die Brille von der Nase gerutscht, er versuchte, sie wieder aufzusetzen, als der Daimyo die Waffe erreichte. Drei Männer der Kommandoeinheit hatten den Daimyo ebenfalls beobachtet. Sie hoben den Lauf ihrer Waffen an, als er nach Dorins Maschinenpistole griff. Sie riefen, aber die Hand des Daimyo griff zu. Er erhob sich langsam, schwenkte die kurze, stumpfnasige Waffe mit einer fast rituellen Geste und brach zusammen. Der Commissaris sah, wie die schweren Geschosse den Kopf des Daimyo spalteten. Der Schädel war geplatzt, noch ehe der Körper den Boden erreichte.

«Nein», rief der Commissaris. De Gier und Dorin schauten auf. Der Commissaris war von der Bühne gefallen. Sie gingen zu ihm, wobei sie sich aneinander festhielten.

«Mijnheer?», fragte de Gier und kniete nieder.

«Er schläft», sagte Dorin.

29

«Hallo!», sagte Grijpstra.

«Ja?», fragte de Gier.

«Ich bin's», sagte Grijpstra geduldig, «am Telefon. Was ist mit dir los? Bist du betrunken? Oder sprichst du nur noch japanisch?»

«Ich war betrunken», sagte de Gier, «gestern Abend, aber das ist lange her. Ich habe den ganzen Tag lang geschlafen und mich noch nicht rasiert. Es ist jetzt Abend.»

«Hier ist früher Morgen», sagte Grijpstra fröhlich. «Na, wie geht es dir? Kommt ihr überhaupt noch mal zurück? Wie geht's dem Commissaris?»

«Der schläft auch. Die Arbeit ist erledigt. Er hat gestern Abend geweint; sein Freund ist erschossen worden.»

«Freund?»

«Ja, der Chef der Yakusa. Ich nehme an, er wird bald wieder zu Hause sein, aber ich werde nicht kommen.»

«Nein?», fragte Grijpstra. «Warum nicht?»

«Wozu?», fragte de Gier und riss den Mund auf. Er war sicher, dass er einen toten Fisch im Mund hatte.

«Um dir deinen Balkon anzuschauen», sagte Grijpstra.

«Was sonst? Ich bin gestern Abend in deiner Wohnung gewesen. Ich bin jeden zweiten Tag dort gewesen. Deine gelben Blumen sind eingegangen, aber ich habe eine Fuchsie gepflanzt, einen Ableger von der Fuchsie, die ich bei mir zu Hause habe. Sie macht sich gut. Die Blüten hängen auf beiden Seiten der Balkonbrüstung herunter, und ich habe die Lobelien gejätet.»

«Unkraut?», fragte de Gier. «Ich habe nicht gewusst, dass in den Lobelienkästen Unkraut war. Als ich abgereist bin, war keins drin.»

«Lammviertel», sagte Grijpstra. «Ich habe sie angebraten und in einer Plastiktüte in deinen Gefrierschrank gelegt. Sie schmecken sehr gut, wie du weißt.»

«Na ja», sagte de Gier.

«Und ich habe eine neue Katze für dich», sagte Grijpstra mit Nachdruck. «Und sag jetzt nicht, dass du keine andere Katze willst. Diese ist vermutlich auch verrückt, aber sie ist noch sehr klein. Sie hat vorige Woche versucht, in mein Haus zu gelangen, und ich habe sie dann in deine Wohnung gebracht. Es ist keine siamesische.»

«Was für eine ist es?», fragte de Gier, die Worte langsam aussprechend.

«Sie ist hässlich und hat viele Farben. Sie sieht aus wie ein Stück von einem schlecht gemusterten Perserteppich.»

«Hmm», sagte de Gier.

«Wann wirst du also wieder hier sein?», fragte Grijpstra.

«Bald», sagte de Gier und legte auf.

Janwillem van de Wetering

«Seine Helden sind eigensinnig wie Maigret, verrückt wie die Marx Brothers und grenzenlos melancholisch: Der holländische Krimiautor **Janwillem van de Wetering**, der mitten in den einsamen Wäldern des US-Bundesstaats Maine lebt, schreibt mörderische Romane als philosophische Traktate.»
Die Zeit

Eine Auswahl der thriller von Janwillem van de Wetering:

Ketchup, Karate und die Folgen
(thriller 42601)
«... ein hochkarätiger Cocktail aus Spannung und Witz, aus einfühlsamen Charakterstudien und dreisten Persiflagen.»
Norddeutscher Rundfunk

Habgier
(thriller 43332)

Der Schmetterlingsjäger
(thriller 42646)

So etwas passiert doch nicht!
Stories
(thriller 42915)

Sonne, Sand und coole Killer
Erzählungen aus dem Reisetagebuch eines Schriftstellers
(thriller 43129)

Ölpiraten
(thriller 43291)

Mein Lesebuch *Das Beste aus 20 Jahren*
(thriller 43319)

Straßenkrieger
(thriller 43184)

rororo thriller

Janwillem van de Wetering (Hg.)
Totenkopf und Kimono
Japanische Kriminalstories 2
(thriller 43062)

Blut in der Morgenröte
Japanische Kriminalstories 3
(thriller 43075)

Janwillem van de Wetering u. a.
Eine Leiche zum Geburtstag
Stories für blutrünstige Leser
(thriller 43273)
Bloody Bunny *Österliches für blutrünstige Leser*
(thriller 43161)

Ein Gesamtverzeichnis der lieferbaren Titel von **Janwillem van de Wetering** finden Sie in der *Rowohlt Revue*, kostenlos im Buchhandel, und im Internet: www.rororo.de

3021/7

Philip Kerr

Philip Kerr wurde 1956 in Edinburgh geboren und lebt heute in London. Er hat den Ruf, einer der ideenreichsten und intelligentesten Thrillerautoren der Gegenwart zu sein. Für seinen Roman «Das Wittgensteinprogramm» erhielt er den Deutschen Krimi-Preis 1995, für seinen High-Tech Thriller «Game over» den Deutschen Krimi-Preis 1997.
«Philip Kerr schreibt die intelligentesten Thriller seit Jahren.» *Kirkus Review*

Das Wittgensteinprogramm
Ein Thriller
Deutsch von Peter Weber-Schäfer
416 Seiten. Gebunden
(Wunderlich Verlag und als rororo thriller 43342)

Feuer in Berlin
(rororo thriller 43344)

Alte Freunde - neue Feinde *Ein Fall für Bernhard Gunther*
(rororo thriller 43343)

Im Sog der dunklen Mächte *Ein Fall für Bernhard Gunther*
(rororo thriller 43345)
«Ein kantiger, subversiver Held vor einem kraftvoll gestalteten geschichtlichen Hintergrund: Kerr liefert das Beste.» *Literary Review*

Gruschko *Gesetzte der Gier. Roman*
(Wunderlich Taschenbuch 26133)

Der Plan *Thriller*
Deutsch von Cornelia Holfelder- von der Tann
416 Seiten. Gebunden.
Wunderlich

rororo thriller

Game over *Thriller*
Deutsch von
Peter Weber-Schäfer
496 Seiten. Gebunden
Wunderlich und als rororo 22400
Ein High-Tech-Hochhaus in Los Angeles wird zur tödlichen Falle, als der Zentralcomputer plötzlich verrückt spielt. Mit dem ersten Toten beginnt für die Yu Corporation ein Alptraum.
«Brillant und sargschwarz.» *Wiener*

Esau *Thriller*
Deutsch von
Peter Weber-Schäfer
512 Seiten. Gebunden.
Wunderlich und als rororo 22480

Der zweite Engel
Deutsch von Cornelia Holfelder-von der Tann
448 Seiten. Gebunden.
Wunderlich

Weitere Informationen in der **Rowohlt Revue**, kostenlos im Buchhandel, und im Internet: **www.rororo.de**

Colin Dexter

«Dexter ist allen anderen Autoren meilenweit voraus.»
The Literary Review
«Seit Sherlock Holmes gibt es in der englischen Kriminalliteratur keine interessantere Figur als Chief Inspector Morse ...»
Süddeutsche Zeitung

Ihr Fall, Inspector Morse
Stories
(43148)

Der letzte Bus nach Woodstock
(22820)

...wurde sie zuletzt gesehen
(22821)

Die schweigende Welt des Nicholas Quinn
(43263)

Eine Messe für all die Toten
(22845)
Ausgezeichnet mit dem Silver Dagger der britischen Crime Writers' Association.

Die Toten von Jericho
(43242 /
22873 ab April 2001)
Ausgezeichnet mit dem Silver Dagger der britischen Crime Writers' Association.

Das Rätsel der dritten Meile
(42806)
«... brillant, komisch, bizarr und glänzend geschrieben.»
Südwestpresse

Hüte dich vor Maskeraden
(43239)
«Ein intelligenter Krimi zum Mit-Denken. So etwas ist selten.»
Frankfurter Rundschau

Mord am Oxford-Kanal
(42960)
Ausgezeichnet mit dem Gold Dagger der britischen Crime Writers' Association.

Tod für Don Juan
(43041)

Finstere Gründe
(43100)
Ausgezeichnet mit dem Gold Dagger der britischen Crime Writers' Association.

Die Leiche am Fluß
(43189)
«... ganz vorzüglich.»
Süddeutsche Zeitung

Der Tod ist mein Nachbar
(43278)
«... ein weiteres listig-verschlungen konstruiertes Kriminalrätsel aus der meisterlichen Hand von Colin Dexter.»
The New York Times Book Review

Und kurz ist unser Leben
(22819)

rororo